AN OIDHCHE MUS DO SHEÒL SINN

'S ann às An Leth Mheadhanach ann an Uibhist a Deas a tha Aonghas Pàdraig Caimbeul (no Aonghas Phàdraig, mar a chanas a choimhearsnachd fhèin sa cheann a deas). Chaidh e gu Sgoil Gheàrraidh na Mònadh agus an uair sin gu Àrd-Sgoil an Òbain, far an do ghabh e ùidh ann an litreachas fo stiùir an neach-teagaisg Bheurla aige, Iain Mac a' Ghobhainn nach maireann.

Chaidh Aonghas Pàdraig an uair sin gu Oilthigh Dhùn Èideann, far an tug e a-mach Ceum le Urram ann am Poileataigs agus Eachdraidh, fo stiùireadh Richard Ashcraft nach maireann bho UCLA. Fhad 's a bha e san Oilthigh fhuair e misneachd mhòr a thaobh a chuid sgrìobhaidh bho Shomhairle MacGill-Eain, a bha na Sgrìobhaiche aig an Oilthigh aig an àm.

Às deoghaidh an Oilthigh, chaidh Aonghas Pàdraig a dh'obair na fhear-naidheachd do Phàipear Beag an Eilein Sgitheanaich, agus an uair sin chun a' BhBC agus gu Telebhisean Ghrampian. Tha e air grunn leabhraichean a thoirt a-mach mar tha – dà chruinneachadh de bhàrdachd agus còig nobhailean goirid airson nan sgoiltean.

Ann an 2001 chaidh urram Crùn na Bàrdachd a thoirt dha leis a' Chomunn Ghàidhealach aig Mòd nan Eilean Siar, agus anns a' bhliadhna sin cuideachd fhuair e an duais chliùteach 'Creative Scotland Award' bho Chomhairle nan Ealain. Tha e air a bhith na Sgrìobhaiche 's na Òraidiche aig Sabhal Mòr Ostaig agus o chionn ghoirid chaidh obair Caidreachais Iain Mhic a' Ghobhainn aig Roinn na Gàidhealtachd a thoirt dha.

Aon uair chluich e ball-coise ann an Cuach na h-Alba aig Pàirce Hampden an aghaidh Queen's Park, ach 's e sgeulachd eile a tha sin! (Chaill iad 1-0!) Tha e fhèin 's a bhean Liondsaidh a' fuireach ann an Slèite san Eilean Sgitheanach. Tha sianar chloinne aca. 'S e na sgrìobhadairean rosg as fheàrr leis Tolstoy, George Eliot agus Gabriel Garcia Marquez.

An Oidhche
Mus Do Sheòl Sinn

Aonghas Pàdraig Caimbeul

CLÀR

CLÀR

Foillsichte le CLÀR, Station House, Deimhidh,
Inbhir Nis IV2 5XQ Alba

A' chiad chlò 2003

© Aonghas Pàdraig Caimbeul 2003

Gach còir glèidhte.
Chan fhaodar cuid sam bith dhen leabhar seo ath-nochdadh,
a thasgadh no a chraobh-sgaoileadh ann an cruth sam bith,
no an dòigh sam bith, dealantach, uidheamach
no tro dhealbh lethbhric, gun chead fhaighinn
ro-làimh ann an sgrìobhadh
bhon sgrìobhadair is bhon fhoillsichear.

Air a chur ann an clò Minion
le Edderston Book Design, Baile nam Puball.
Air a chlò-bhualadh le Creative Print and Design, Ebbw Vale, A' Chuimrigh

Tha clàr-fhiosrachaidh foillseachaidh dhan leabhar seo
ri fhaighinn bho Leabharlann Bhreatainn

LAGE/ISBN: 1-900901-10-2

ÙR-SGEUL

Tha amas sònraichte aig Ùr-Sgeul – rosg Gàidhlig ùr do dh'inbhich a bhrosnachadh agus a chur an clò. Bhathar a' faireachdainn gu robh beàrn mhòr an seo agus, an co-bhonn ri foillsichearan Gàidhlig, ghabh Comhairle nan Leabhraichean oirre feuchainn ris a' bheàrn a lìonadh. Fhuaireadh taic tron Chrannchur Nàiseanta (Comhairle nan Ealain – Writers Factory) agus bho Bhòrd na Gàidhlig (Alba) gus seo a chur air bhonn. A-nis tha sreath ùr ga chur fa chomhair leughadairean – nobhailean, sgeulachdan goirid, eachdraidh-beatha is eile.

Ùr-Sgeul: sgrìobhadh làidir ùidheil – tha sinn an dòchas gun còrd e ribh.

www.ur-sgeul.com

A Rìbhinn Òg

A rìbhinn òg, bheil cuimhn' agad,
's a ghruagach dhonn, an cluinn thu mi?
A rìbhinn òg, bheil cuimhn' agad
an oidhche mus do sheòl sinn?

Nach anabarrach an t-sìde th' ann,
le sneachd is reothadh 's gaoithean ann,
's mi dol air bòrd na rìbhinn
gu na h-Innseachan air bhòidse.

Nuair thèid mi bhàrr a' chroinn aice
's a bhios an oidhche gheamhraidh ann,
bidh ghealach toirt nam chuimhne-sa
liuthad oidhche bha sinn còmhla.

Tha mise falbh Diciadain ort
's chan fhaic mi airson bliadhna thu –
feuch nach dèan an cianalas
do liathadh ged as òg thu.

A rìbhinn, na biodh iargain ort
ged 's glas a tha mo chiabhagan,
oir 's iomadh oidhche fhiadhaich
rinn mi 'n Cuan an Iar a sheòladh.

Gun urra

Do neach sam bith a tha airson cuimhneachadh no seòladh

Clàr-Innse

Ro-Ràdh le Mgr Cailean MacAonghais 9

Buidheachas 15

1. An Aisling 21
2. Toman an Eich-Ursainn 26
3. Saoghal nan Each 34
4. Lachaidh Mòr am Post 44
5. "Quo redempti sanguinem" 58
6. Eachann Aonghais Eachainn 69
7. Am Brabazonian Special 78
8. "Bha mi 'n-dè 'm Beinn Dòbhrain" 94
9. Dol air Bòrd na Rìbhinn 105
10. Na h-Eòin a' Ceilearadh 129
11. "¿Adonde el camino ira?" 147
12. Fàileadh na Mònadh 161
13. "Bruadal na h-oidhch' am shùil" 175
14. Maighstir Eàirdsidh 197

15.	Am Fearann air a Threabhadh Slàn	212
16.	Mac Chagancha agus Don Alfonso	228
17.	Geasalanachd na Gealaich	243
18.	Air Cùl na Beinne Mòire	254
19.	An Cèilidh Mòr	306
20.	Àrd os Cionn Fairfields	321
21.	"Teanga ghlan na fìrinn"	348
22.	An Oidhche mus do Sheòl Iad	358
23.	Stararaich nan Clach	374

Notaichean 379

Ro-Ràdh

Nuair a bhios an dàn ag obrachadh ceart, chan e gnothach talmhaidh a tha ann an sgrìobhadh. Buinidh na briathran as fheàrr dha na nèamhan, thar tìm. Agus nuair a ghreimicheas a leithid sin air sgrìobhaiche, mar a tha follaiseach san nobhail seo, tha cumhachd gabhaltach air a chùlaibh.

Coisichidh aon neach beinn is machair: bidh ceud mìle rionnag a' dèarrsadh a-nuas air, ach chan fhaic e aon dhiubh mar sholas air a shlighe. Bheir neach eile ceum beag a-mach chun na starsaich air beulaibh an taighe agus cuiridh sealladh mìorbhaileach nan reultan stad air. Chì an neach sin gach reul mar bhunait air a' chruthachaidh agus mar lasair anns a' mhac-meanmna. Tha e mar gum biodh na nèamhan air las le dìomhaireachd cruinne-cè, an dà chuid mòr agus mionaideach. Do neach a chì, tha an solas a tha soillseachadh anns an dorchadas a' togail cheistean a bharrachd air freagairtean, cràdh cho math ri glòir.

'S e duine le inntinn an-fhoiseil a tha ann an Aonghas Pàdraig Caimbeul no, mar as fheàrr as aithne dha na h-Uibhistich e, mac Eòghainn Mhòir Aonghais Nìll Aonghais Iain Mhòir. Tha e follaiseach gu bheil e mothachail air dà cheann na beatha, air aoibhneas agus air fulangas, agus air sàillibh sin gu bheil e deònach stad agus e fhèin 's an saoghal a cheasnachadh. 'S tha e a cheart cho follaiseach nach eil e dìreach a' sireadh fhreagairtean dha fhèin, ach fuasglaidhean a nì feum dhan t-saoghal gu lèir. Feumar fianais nan lathaichean a dh'fhalbh chan e mhàin a sgrìobhadh sìos ach a ghlaodhaich o mhullach nan taighean: thig bàs air corp, ach tha spiorad mhic an duine maireannach. Tha na chaidh seachad mar ionmhas prìseil dhan fheadhainn a tha beò an-diugh, agus tha muinntir an là an-diugh a' deasachadh a' bhùird, a' cur mòine air an teine gus suidhe sìos agus còmhradh a dhèanamh ri clann an latha màireach. Tha eachdraidh an-dè beò an-diugh, agus tha clann an latha màireach a' feitheamh an sgeòil. Leis an leabhar seo tha Aonghas Phàdraig a' dearbhadh gu bheil e na sheirbheiseach dìleas eadar an-dè, an-diugh agus a-màireach.

Tha an neach a bheir seachad beachd air na sgrìobh duine eile daonnan buailteach coimhead air na beachdan as intinniche agus as annasaiche a tha an sgrìobhadair eile air a thoirt am follais. Chan eil gainnead sam bith de bheachdan domhainn agus annasach san leabhar seo aig Aonghas Phàdraig: tha iad ann ann am pailteas. Ach 's e a' chiad rud a bu mhath leamsa a ràdh mu dheidhinn an leabhair seo gun do chòrd e gu mòr rium, agus mar a bha mi a' gluasad bho dhuilleig gu duilleig gu robh e a' toirt toileachadh dhomh agus togail dham spiorad. Seo leabhar a tha dìleas dhan Ghàidheal agus dhan Eileanach. Gu dearbh, 's e seo a' chiad leabhar ann an Gàidhlig nach b' urrainn dhomh a chur sìos gu furasta gun e a thoirt orm smaointinn gu domhainn mu bhith 's mu bheatha: thug e orm ràn agus gàire.

Mar Ghàidheil, bha sinn riamh air ar beannachadh – agus aig amannan air ar mallachadh – leis an spiorad làidir a chaidh a ghineadh annainn: spiorad a bheir oirnn deuchainn a dhèanamh air colannan agus air gach nì saoghalta. Ann an eachdraidh nan Ceilteach, nach iomadh ìompaireachd a dh'fhaodadh a bhith air a bhith aca – nach robh an Ròimh fhèin fon casan airson barrachd is bliadhna? – ach a dh'aindeoin sin chan e togalaichean cloiche a bha nam miann, agus dh'fhàg iad sin uile às an dèidh.

'S e daoine spioradail a tha anns na Ceiltich. Faodaidh eaglais

Ro-Ràdh

agus creideamh ar spiorad a neartachadh no a lagachadh, ach tha e air a dhearbhadh nach mùch eaglais no creud ar spiorad. Chì sinn seo gu soilleir anns an teaghlach a tha an leabhar seo a' dealbh dhuinn. Tha spiorad làidir annta. Tha neart mòr a' ruith tron teaghlach. Math dh'fhaodte gun do cheannaich Armailt Bhreatainn colainn Ghàidheal aig àm bochdainne agus goirt, ach cha do cheannaich Còirneal no Briogaidìor riamh cogais nan Gàidheal. Fhuair Alasdair, am mac as sine san teaghlach seo, onair agus uaisleachd tron Arm, ach cha d' fhuair e fois dha chogais gus an do chur e cùl glan ris.

Chan eil agad ach laigse spiorad daonna talmhaidh a cheangal ri spiorad a tha tighinn mar ghràs bho Dhia – agus gu h-àraid ma tha an gràs sin air a thoirt am follais ann am pearsa eaglais, ann an sagart Caitligeach – agus tha cinnt agad air sàr dheagh stòiridh. Tha Aonghas Phàdraig a' toirt sin dhuinn anns an uirsgeul seo. Eadhon air a' chiad dhuilleig tha sagart, gille a tha gu bhith na shagart, an t-aingeal Gàbriel, an t-Àrd-aingeal Mìcheal agus – saoilidh tu – feachdan Fhlathanais gu lèir a' nochdadh, agus mar sin, tron nobhail air fad, tha Dia, bàs agus beatha, olc agus mathas, gaol agus gràin, eaglais agus pearsachan-eaglais air an rannsachadh agus air an ceasnachadh, gu tric air an dìteadh ann an dòigh agus nach eil cinnt air fhàgail fo thalamh. Bidh creidmhich an Uibhist, far a bheil mòran dhen nobhail air a suidheachadh, taingeil gu bheil Dia air fhàgail beò ged a tha e ri fhaicinn, gu mì-fhortanach, gu bheil an deamhan cuideachd gu math làidir!

Bhiodh leabhar-rannsachaidh mu na cuspairean mòra sin trom agus doirbh ri leughadh, ach tha comas is cumhachd an t-seanchaidh aig an sgrìobhadair, agus aige sin tha eachdraidh a' ghille òig seo, cùram na dachaigh agus beatha athar agus a mhàthar, a pheathraichean agus a bhràithrean a' cumail an sgeòil air ghleus agus an leughadair air bhioran chun na lide mu dheireadh. Tro bheatha gach caractair tha sinn a' cur eòlas air staid iomadach nì a bha riamh na adhbhar-meòrachaidh aig àm nan seann chèilidhean air a' Ghàidhealtachd agus sna h-Eileanan: na gnothaichean bunaiteach a tha chun an là an-diugh nan cuspairean-iongnaidh am measg nan Gàidheal.

Tha e a' còrdadh rinn, saoilidh mi, a bhith a' faighinn eòlas air dòigh-beatha nan Eileanan anns na linntean a chaidh seachad, agus tha an leabhar seo – cha mhòr anns an dol seachad – a' toirt fiosrachadh mòr dhuinn air eachdraidh, staid eaconomaigeach agus dòigh-smaointinn nan daoine air eilean Uibhist tron cheud gu leth bliadhna a chaidh seachad. Bho na làithean a tha air a bhith, tuigidh sinn carson, mar eiseimpleir, a gheibh thu aon bhan-Eileanach na ceannard air òrdugh cràbhach agus tè eile na Banrigh Mhaiseach ann an Canada. Tuigidh tu carson a tha aon Ghàidheal na dhuin'-uasal air ceann poilis ann an Lunnainn fhad 's a tha fear eile ga bhàthadh fhèin anns an Thames air sàillibh dhrogaichean. 'S tuigidh tu carson a tha feadhainn eile gu domhainn am bog a' sgrìobhadh leabhraichean agus a' seinn òran! Mar a chì sinn anns an leabhar, bha cogadh cuideachd ann an eachdraidh agus ann am fuil an Eileanaich, agus bha mòr-thìrean an t-saoghail beag air an son. Tha na h-aimisirean sin air tighinn gu crìch, is tha an leabhar cuideachd gar cuideachadh ann a bhith a' dìteadh faoineas agus truaillidheachd chogaidhean. Tha barrachd gaoil an-diugh air dòigh-beatha agus cultar nan Eilean, agus mar as motha a bheir na h-Eileanan cosnadh is urram dhan òigridh, 's ann as lugha a bhios feum air eilthireachd – rud eile a chì sinn anns an nobhail seo a rinn cron gu leòr. Tha e soilleir, fiù 's anns an sgeulachd dhuilich seo, nach ceannaich nì saoghalta anam agus cridhe an Eileanaich!

Anns an leabhar seo gheibh sinn Gàidhlig bhrèagha Uibhisteach,

Ro-Ràdh

Gàidhlig a tha agus a bha air beul a' phobaill, Gàidhlig nam bàrd agus nam prìomh sgrìobhadairean, leithid Dhòmhnaill Ruaidh Phàislig, agus cuideachd fear air an robh Aonghas Phàdraig eòlach nuair a bha e na b' òige – Dòmhnall Iain Dhonnchaidh à Peighinn nan Aoireann. Aig a' cheart àm, tha faclan ùr air tighinn a-staigh dhan chànain, agus chan eil eagal air Aonghas Phàdraig feum a dhèanamh dhiubh, neo gu dearbh faclan ùra a chruthachadh. Tha snas na dhòigh-sgrìobhaidh; tha i sìmplidh ach tha an comas aige air dealbh bhrèagha a chruthachadh a bhiathas am mac-meanmna ann an doimhneachd. Tha comas àraid aige, saoilidh mi, air mòran dhiofar smaointean a cheangal teann còmhla dìreach le beagan fhaclan.

Cha ghabh co-dhùnadh a dhèanamh air a' bheagan bhriathran seo bhuamsa gun a' cheist a chur: an e mì-thoileachadh le creideamh, agus gu h-àraid le creideamh agus cleachdaidhean na h-Eaglais Chaitligich, a dh'adhbhraich an leabhar seo? Dh'fhaodadh Aonghas Phàdraig a bhith air an taobh sin a ghabhail, 's bha a chead sin aige, ach saoilidh mi fhìn gu bheil an sgrìobhadair a' sealltainn gu mothachail 's gu h-ealanta air cuspairean fada nas farsainge. Tha e mar an iolaire, ag èirigh àrd os cionn na talmhainn, agus le sùil gheur a' coimhead air cor beatha dhaoine tro na linntean, a' meas an cleachdannan agus luach am beatha. Chì an iolaire-sheilg ceann luch am beul an tuill, agus chan eil teagamh nach eil Aonghas Phàdraig a' faicinn, a' tuigsinn agus a' cur ann an sgrìobhadh smaointean dhaoine ann an dòigh a tha fìor phearsanta. Tha cridhe gach aoin air fhosgladh dhuinn mar gum biodh tu a' fosgladh doras do dhachaigh. Aig a' cheart àm, 's e dìomhaireachd mhòr a th' ann am beatha mhic an duine – ann am fulangas, ann am mathas is olc, ann am peacadh 's ann an gràs. Choimhead Aonghas Phàdraig gu domhainn agus gu farsaing, ach dh'fhàg e sinn leis a' cheist.

An Oidhche Mus Do Sheòl Sinn

Tha mise, a chaidh àrach ann am Bòrnais, far a bheil an nobhail seo air a freumhachadh, agus a chuir seachad bliadhnachan ann am Blairs agus anns an Spàinn, a leugh Plato agus Aristotle agus Augustine agus Antonio Machado agus Tolstoy agus a thill a dh'Uibhist mar shagart, mar a rinn Eòin san leabhar, air m' fhàgail leis a' cheist cuideachd. Math dh'fhaodte nach eil freagairt ri fhaighinn anns na sgrìobhadairean ainmeil sin air beatha agus creideamh muinntir nan Eileanan. Saoileam fhìn a-nis gum bu chòir do Aonghas Phàdraig sùil na h-iolaire a thionndadh gu Peig Sayers anns na h-Eileanan Blasgaodach. Bha fulangas agus bròn ann am beatha Peig, ach bha dathan na mara, farsaingeachd nan speuran agus àilleachd a' chruthachaidh a' toirt glòir agus toileachadh dha beatha nach do dh'fhalaich i riamh. Fàgaidh sinn sin airson an ath leabhar.

Ach canaidh mi seo, ann an cànan nam bochd an seo: *El tiempo va a determinar si esta novela deberá ser considerada como una de las grandes piedras monumentales que se encuentran en las montanas de Escocia que se admiran desde la distancia o llegara a ser un punto de referencia de la literatura novalesca. Merece su puesto trascendental en la historia* ('S e tìm a leigeas fhaicinn a bheil an nobhail seo gu bhith coltach ris na tursachan eireachdail a tha air feadh na Gàidhealtachd agus air a bheilear measail ged nach eilear eòlach, no a bheil i gu bhith na cloich-mhìle chudromaich nar litreachas. Chan eil teagamh nach eil i airidh air àite ionmholta nar n-eachdraidh).

Maighstir Cailean MacAonghais
Bòrnais, Uibhist a Deas, agus Quito, Ecuador,
An Dùbhlachd 2002

Buidheachas

Tha mi moiteil às mo bhean, Liondsaidh, agus às ar teaghlach a thug a h-uile taic dhomh fhad 's a bha mi a' dèanamh an leabhair seo: tha e air ur son-se gu sònraichte.

Bu toigh leam cuideachd taing a thoirt do Chomhairle nan Ealain agus dhan Chomataidh Craolaidh Gàidhlig, a thug taic airgid dhomh airson an leabhar a sgrìobhadh, agus do Ghabhan Mac a' Phearsain, a rinn a' chiad cheartachadh air an litreachadh. Mo thaing gu sònraichte, ge-ta, do Raghnall MacilleDhuibh. Tràth anns a' ghnothach, rinn e an rud bu phrìseile: mhisnich e mi. Dh'fhiosraich e na caractaran, an neartan agus an laigsidhean, agus dh'inns e dhomh gu h-onarach far an robh e a' faireachdainn gu robh easbhaidhean san sgeulachd. Ma tha iad ann fhathast, 's e mo choire-sa a tha sin!

Tha taing air leth ri toirt seachad do luchd-obrach Chomhairle nan Leabhraichean – Marie NicAmhlaigh, John Storey agus an sgiobair, Iain MacDhòmhnaill. Eatarra, stiùir iad an sgoth seo gu faiceallach, foighidinneach tro iomadh ànradh agus seachad air iomadh sgeir gu sàbhailte gu caladh. Tha an dearbh thaing a' dol gu Lisa Storey. 'S dòcha gum bu chòir dhomh a ràdh cuideachd gu bheil làn-notaichean agus faclair a rinn mi an cois an nobhail seo air an tasgadh a-nis san Leabharlann Nàiseanta an Dùn Èideann far am faigh duine sam bith a tha airson an leughadh an cothrom sin a dhèanamh.

Tha mi cuideachd airson mo thaing a thoirt seachad dhan fheadhainn a leugh diofar dhreachdan dhen an teacsa tro na

An Oidhche Mus Do Sheòl Sinn

bliadhnachan 's a mhisnich mi cho mòr aig diofar amannan fhad 's a bha mi 'g obair air : an t-Ollamh Iain MacAonghuis, an t-Ollamh Petra 'Tina' Hellmuth, Bill Innes agus an t-Ollamh Anna Latharna NicGilliosa.

'S dòcha gu bheil an taing as motha, anns an t-seagh sin, ri dhol gu Mgr Cailean MacAonghais ann an Ecuador airson a mhisneachaidh 's a mhòr-thaic anns an ro-ràdh is eile: mhaith e iomadh peacadh an seo, agus gu cinnteach 's ann dhomh fhìn a-mhàin a bhuineas an fheadhainn a tha air fhàgail! Ceud mìle taing airson nam briathran còir mòr-chridheach – *Gracias por tu espirita generoso!*

Tha mi airson taing a thoirt do Shabhal Mòr Ostaig airson a bhith cho taiceil anns gach dòigh, gu h-àraid gu Christine Cain agus Siùsaidh NicRath anns an Leabharlann agus gu Caoimhín Ó Donnaile anns an t-seòmar coimpiutaireachd, a thug cead fialaidh is làn-chuideachadh dhomh ann a bhith a' cleachdadh an cuid ghoireasan. Tha an aon rud ri ràdh mu Phàipear Beag an Eilein Sgitheanaich – mo thaing gu Jim Bruce agus Peter Dunlop gu sònraichte airson diofar dhreachdan dhen obair a chur ri chèile dhomh aig diofar amannan.

Fhad 's a bha mi a' sgrìobhadh na nobhail seo, fhuair mi an cothrom na làmh-sgrìobhaidhean aig Dòmhnall Iain Dhonnchaidh nach maireann a leughadh ann an Sgoil Eòlais na h-Alba, 's tha mo thaing an sin a' dol gu Mairead NicAoidh, Stiùiriche na Sgoile, agus gu Rhona Talbot, a bha na leabharlannaiche aig an àm. Tha mi mothachail cuideachd gur ann taing do dh'Iseabail T. NicDhòmhnaill a tha na làmh-sgrìobhaidhean air an tasgadh an sin as leth an teaghlaich sa chiad àite, 's mo thaing dhise 's dhaibhsan.

Bha am briathrachas agus na modhan-cainnt agus am fiosrachadh anns na làmh-sgrìobhaidhean aig Dòmhnall Iain air leth prìseil dhomh, mar a bha an dà thobar domhain sin

Buidheachas

eile – Dwelly agus *Carmina Gadelica*. A bharrachd air a sin 's a bharrachd air m' eòlas fhìn air cainnt Uibhist, rinn mi cinnteach cuideachd gu robh an dualchainnt cho ceart 's a b' urrainn le bhith tarraing às na tobraichean mìorbhaileach sin ris an canar *Gaelic Words and Expressions from South Uist and Eriskay* le Mgr Ailean, *Sporan Dhòmhnaill* aig Dòmhnall Ruadh Phàislig agus na cruinneachaidhean aig K.C. Craig – an thesis a rinn e airson Oilthigh Ghlaschu fon ainm *South Uist Gaelic* nam measg. Tha mi an dòchas gu bheil an leabhar a' toirt urram agus uaisle dhaibhsan, agus do mhuinntir Uibhist, oir b' e sin mo làn-rùn 's m' uile dhòchas.

B' ann aca bha Ghàidhlig, a bharrachd air a' bheatha, agus tha mi taingeil gu bheil dìleab an sgeòil sin slàn beò air bilean na cloinne bige – agus na cloinne mòire – san taigh seo.

Aonghas Phàdraig Caimbeul
Fearann Dòmhnaill, san Eilean Sgitheanach
An t-Sultain 2003

MEADHAN UIBHIST A DEAS

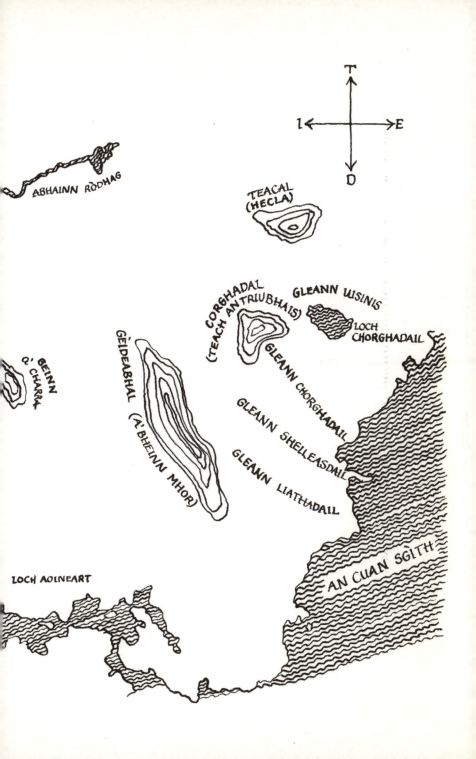

1

Bha e air a' mhadainn a chur seachad a' lorg na cloiche cheart. Tè ìseal, rèidh, dhìreach, nach fhacas a leithid riamh. 'S bha i aige a-nis, 's i cho caol ri slige muirsgein: an sgiobag a b' fheàrr a chunna duine riamh.

Shuath e i air ais 's air adhart le òrdaig, ga tionndadh tòrr thursan, a' coimhead oirre gu mionaideach. Chan fhac' e riamh a leithid de leum-liuchdadair. *Chan fhaca*, shaoil e, *na duine sam bith eile*. Bha i mu chòig òirlich a dh'fhaid aig a' char a b' fhaide, 's mu òirleach gu leth a leud. Cho tana le sliseig deighe. *'S dòcha gun cùm mi greiseag i*, smaoinich e. *Seallaidh mi i do dh'Iain 's do Mhurchadh. Cuiridh mi geall nach fhac' iad a leithid riamh.*

Ach nach biodh e math a tilgeil, ann an aonrachdanas na maidne. Choimhead e mun cuairt 's cha robh sìon ri fhaicinn ach na geòidh air taobh thall an locha. Bha a' Bheinn Mhòr fo cheò. Bha an crodh air an àirigh. 'S bha an sluagh fhèin shìos an Àird Mhìcheil aig tòrradh mòr: ceathrar a chaidh a bhàthadh ann an Loch Aoineart tràth madainn Diciadain.

An Oidhche Mus Do Sheòl Sinn

Bha e dìreach eadar an spitheag a chur na phòcaid 's a tilgeil nuair a chual' e am fuaim an toiseach, mar bhrag nan clachan-meallain: iongannan nan each fad' às. Drumaichean beaga, mar ùird athar, a' bragadaich air cloich. 'S chual' e cuideachd sliasradh na cartach, a' grunnachadh 's ag èirigh sa mhorghan. Dhùisg sitrich nan capall na lachan a bha am falach san luachair. Le foragradh sgèith dh'èirich iad dha na speuran, a' dèanamh air a' chladach.

'S dòcha gur e Gàbriel a bh' ann, shaoil e, no an t-Àrd-aingeal Mìcheal a' tighinn air carbad-teine a-mach às an iar. Chrùb e a-null dhan bhad luachrach às an robh na h-eòin air èirigh, 's thug e sùil. B' e carbad-eich a bh' ann ceart gu leòr, le each geal is each ruadh air an toiseach, 's each dubh is each glas air an cùlaibh. Bha asal is searrach ceangailte ri deireadh na cartach, 's shuas àrd air spiris, le còta mòr dubh is ad dhubh is cuip, bha an sagart ùr, Mgr Eàirdsidh.

Bha sradagan a' tighinn à crùidhean nan each, 's iad nan deann a' dèanamh air an ear, na muingean dathach a' seòladh às an dèidh mar lasraichean teine. Bha a' chairt uaine a' gliogartaich 's a' glagadaich tro na tuill 's na claisean 's na dìgean 's na lòin a bha air an rud ris an canadh feadhainn an Rathad Mòr, 's ris an canadh na bodaich Ceum an Rìgh.

Chum Eòin grèim-bàis air a' chloich-liuchd. Cha robh fhios aige am bu chòir dha e fhèin a nochdadh dhan mhìorbhail a bha a' dol seachad. Sheas e co-dhiù, a cheann bàn òirleach no dhà os cionn na luachrach. Shaoil e gun do thionndaidh gach each, geal is ruadh is dubh is glas, an sùilean garg thuige, ach cha do thionndaidh an sagart taobh seach taobh, a shùilean 's a bhodhaig ri na beanntan a bha air a bheulaibh fada an ear aig ceann an Rathaid Bhig, ris an canadh na bodaich Slighe nan Naomh.

Sheas Eòin ùine mhòr a' coimhead air an duslach a' sìor dhol à

An Aisling

sealladh chun an ear. Sgòthan mòra morghain an toiseach, 's an uair sin toit a' lùghdachadh 's a' sìoladh air falbh gus nach robh sìon ri fhaicinn ach spùtadh anail an siud 's an seo, 's na h-eich air tionndadh gu tuath, a' dèanamh air Hobha Mòr. An ceann ùine cha robh guth ri chluinntinn 's cha robh dad ri fhaicinn. Mura b' e làrach na cuimhne, bhiodh e mar nach biodh sìon air tachairt. Thill na lachan, 's bha esan air ais far an robh e, a dhà làimh a-nis a' còmhdachadh na cloiche.

Choimhead e às ùr air a' chloich. Cho brèagha 's a bha i. Nas fhaide 's nas bioraiche 's nas taine 's nas gleansaiche na tè a chunnaic e riamh. 'S i a dh'fhalbhadh aig an astar! Fada nas fheàrr na an tè a thilg Seonaidh Iain feasgar Dihaoine sa chaidh, a chaidh dà fhichead slat co-dhiù, le ochd leumannan deug. Fiù 's nas fheàrr na an tè ainmeil a thilg Dùghall Sheumais Dhùghaill o chionn bhliadhnachan mòra, a rèir beul-aithris. Clach a sheòl bho aon taobh dhen loch chun an taoibh eile, a rèir eachdraidh a' bhaile. Thar nam bliadhnachan, bha na leumannan air èirigh o dhà fhichead gu faisg air a' cheud. Goirid mus do bhàsaich e na sheann aois, bha e air a ràdh gu robh Dùghall Sheumais fhèin air na leumannan àrdachadh gu ceud is trì deug thar fhichead.

Choisich Eòin a-mach air a' Chreig Bhioraich, an gob far am biodh na balaich a' tilgeil nan leogan o àm Nòah. A rèir nam bodach, bha Dùghall Sheumais air a' chlach a thilgeil às a seo tarsainn meudachd an locha. Cha robh cunntas ann an eachdraidh gun do rinn duine riamh an gnothach air clach a leum fad an locha, a bha a leth uiread a-rithist. 'S dòcha, shaoil Eòin, gum b' e seo a' mhadainn.

Thug e a-mach an leogan, 's chaidh e air ghurraban, ag iathadh a làimhe air ais 's air adhart, a' deisealachadh airson an losg-bhrateine. Rachadh i cho fada! Trì cheud slat co-dhiù! Dà cheud leum aig a' char bu lugha! 'S dòcha dà cheud gu leth! 'S dòcha trì cheud! Bha e ga faicinn cheana a' leum 's a' dannsa tarsainn an locha, sìos is suas, mar bhreac air dubhan, mar leumadair-mara anns a' chuan mhòr, a' coileanadh rachd a chridhe.

'S chuimhnich e air a' chiad chuimhne a bh' aige, a-muigh sa Chuan Siar còmh' le sheanair ann am bàta-siùil, 's an sgadan lainnireach a' dòrtadh a-steach dhan an sgothaidh nam mìltean, 's mar a thàinig na pèileagan cho faisg orra 's gun do theabadh am bàthadh, 's iad a' tulgadh na sgothadh 's i cho faisg air a dhol fodha co-dhiù le cuideam an sgadain, 's mar a b' fheudar dha sheanair an sgadan a thaomadh air ais dhan a' mhuir, 's mar a leum na mucan-biorach orra, gan slugadh sìos nan ceudan eadar-dhà-lionn, gus nach robh sìon air fhàgail ach lannan an èisg a' fleòdradh mar bhleideagan-sneachda air uachdar na mara, 's mar a dh'fhalbh ainmhidhean mòra an aigeil an uair sin fad' a-mach dhan a' Chuan Siar, air an sàsachadh 's am broinnean làn, 's iadsan air am fàgail, gun aon iasg aca airson saothair an latha, a' dol dhachaigh lom, briste, brùite.

Theannaich e a làmh mun chloich, 's i eadar an òrdag 's a' cholgag, 's a ghlaic. Chrom e sìos leatha air a chorra-chnàmh. Aon shad agus siud i le dudar-leum dhan t-sìorraidheachd.

Ach dìreach mus do thilg e i, choimhead e suas a-rithist, far an robh an rathad mòr a' ruith eadar Bòrnais agus Hobha Mòr. Shuas àrd aig Beinn a' Charra chunnaic e an duslach ag èirigh dha na speuran a-rithist, 's thàinig Mgr Eàirdsidh an sealladh aon uair eile, 's e na sheasamh àrd air a' ghige, srian na làimh dheis is cuip na làimh chlì, 's na h-eich a' sitrich air am fiaradh 's iad a-nis a' dèanamh air tuath.

Stad an sagart an sin airson tiotan, 's e a' coimhead thuige is bhuaithe fhad 's a ghabh na h-eich an anail. Bha muinntir an tòrraidh a' feitheamh leis shìos aig Àird Mhìcheil: chitheadh e

An Aisling

na fir nan seasamh nan sreathan air taobh a-muigh na h-eaglais. Bhiodh na mnathan cheana air an glùinean a-staigh a' gabhail na conair Mhoire. Rinn e fhèin comharra na croise, 's e a' coimhead gu deas, suas seachad air Caolas Bharraigh, gorm ann an grèin an Ògmhios.

Bha e aig àirde a shagartachd, agus an saoghal gu lèir fa chomhair. Ge brith dè 'n taobh a choimheadadh e, chitheadh e fada sìorraidh air fàire: tuath, suas dha na h-eileanan eirigeach ris an canadh iad Na Hearadh is Leòdhas; an ear gu strìopachas tìr-mòr na h-Alba; an iar gu farsaingeachd is neonidheachd na Haf; agus deas gu blàths na Frainge agus carthannas na Ròimh, far an deach e fhèin oideachadh anns an t-sagartachd eadar Douai agus a' Bhatacan.

Bha àm ann a bha dùil aige fuireach an teas sàcramaideach na h-Eadailt, ach b' e seo a chuibhreann dhen t-saoghal a-nis, agus bha e taingeil gu leòr air a shon: am measg bochdainn nan Gàidheal bha obair mhòr ri dèanamh, spioradail agus eile. Dh'fhaodadh *Renaissance* a bhith an seo cuideachd. Sgailc e a chuip air an dà each dheiridh, 's thug iadsan ruaiseadh dhan fheadhainn a bha romhpa: leum an gige, 's chruinnich duslach an rathaid mar dhubhadh mun cuairt orra uile.

Cha robh esan air Eòin fhaicinn, 's e air a ghlùinean leis an spitheig shìos aig oir an locha, ach bha Eòin air esan fhaicinn air an àirde, mar aisling à nèamh. Fhad 's a chaidh an sagart gu tuath, ann an deathaich, dh'èirich Eòin suas. Choimhead e gu dùrachdach air a' chloich chruaidh linnseagaich. Shlìob e i, agus chuir e gu faiceallach na phòcaid i.

Chaidh e dhachaigh, 's fios aige a-nis dè bha e a' dol a dhèanamh le bheatha.

2

Bha am bodach – athair – na laighe air a' bheinge ga dhalladh.

"Hug oireann ò ro hiùraibh ò,
Chan eil a' chùis a' còrdadh rium;
Hug oireann ò ro hiùraibh ò.

Dh'èirich mi moch là na fèille –
'S trom mo cheum 's cha neònach e.
Hug oireann ò ro hiùraibh ò."

Bha a mhàthair a' fuine san dorchadas, le pàiste air a cìch. Bha Anna is Ealasaid, an dithis a b' òige aig dà bhliadhna dh'aois, a' cluich mu luaithre an teine. Bha Iain, aois a trì, agus Dòmhnall Uilleam, aois a ceithir, agus Seumas, aois a còig, anns an aon leabaidh sa chùlaist, a' casadaich fala. Cha robh sgeul air a' chòignear eile, ach bhiodh iad far am b' àbhaist dhaibh a bhith: an dithis a bu shine, Alasdair agus Aonghas Iain, a' cruinneachadh stamh air a' chladach, Sìneag aig an tobar, Raonaid air an àirigh, agus Peigi a' sireadh sgillinn na sgalaig ann an taigh mòr nan Dòmhnallach.

Toman an Eich-Ursainn

"Buntàt' ùr is truinnsear maoraich
Chuir mo ghaol gu bòrd thugam.
Hug oireann ò ro hiùraibh ò."

"Trobhad, 'ille. Trobhad 's èist leam."

Chaidh Eòin a-null far an robh e air a' bheinge. "'S cò thusa?" dh'fhaighnich athair dha. "Alasdair, an e?"

Chrath am balach a cheann. "Chan e," thuirt e. "Eòin."

"À! Eòin! Tha leithid dhibh ann. Chan eil e furasta do bhodach mar mise ur n-ainmeannan a chuimhneachadh gu lèir."

Bha athair Eòin dà fhichead.

"Eòin," thuirt e a-rithist, a' meòrachadh. "Air d' ainmeachadh às deoghaidh bràthair do sheanar, Eòin Lachlainn Mhòir 'ic Iain Mhòir 'ac Dhòmhnaill Alasdair. Abair duine! Eil fhios agad air a seo, 'ille: cha robh e ach aona bhliadhn' deug nuair a thog e air dhan a' chogadh an aghaidh Napoleon. Nam biodh e an seo an-diugh, 's e fhèin a dh'innseadh!"

Ghabh e slugan eile à poit chreadha làn uisge-beatha, 's e a' sglopadaich 's a' sgamhadaich. "Nach iomadh uair a shuidh e dìreach thall an sin fhèin ag innse dhomh mu dheidhinn Napoleon. Marengo, Austerlitz, Jena agus Friedland – bha bràthair do sheanar aca sin uile, agus a bharrachd. Nach do choinnich e le Napoleon fhèin! 'Buanaparta', mar a chanadh e fhèin. Pfff." 'S thilg athair smugaid sgòrnanach dhan teine fhosgailte.

"Tilsit, 'ille – an cual' thu riamh mu dheidhinn? Eil fhios agad dè th' ann, eh?"

Chrath Eòin a cheann san dorchadas.

"Coinneamh mhòr, 'ille. Trobhad an seo." 'S thug Eòin aon cheum na b' fhaisge air athair.

"Thoir dhomh do làmh," 's thug Eòin a làmh dha.

"Coinneamh mhòr, 'ille, eadar Bonaparte agus Alasdair Mòr na Ruis. 'S eil fhios agad cà 'n do choinnich iad, eh?" Chrath Eòin a cheann a-rithist san dorchadas.

"Air raft!" dh'èigh athair, aig àird a chlaiginn, le gàire. "Air raft! Nach robh sin fhèin sònraichte? Pfff. Chan e fear nan lùchairtean a bh' ann an Nap còir – Ò, chan e. Dìreach duine colach leinn fhìn, duine stuama, macanta, iriosal. Cha robh e ag iarraidh ach math na cruinne-cè." Ghabh e slugan mòr eile dhen uisge-bheatha. "'S bràthair do sheanar, Eòin – bha esan an sin, an làthair air an raft. Na shaighdear aig Napoleon. 'S e bha."

Sheas e an uair sin, 's mhùin e dhan an teine. "À. Pfff. Tha sin nas fheàrr. Dìreach mar a rinn Nap fhèin dhan Bhistula." Choimhead e mun cuairt. "Pfff. Nach i tha dorch' an seo. Eil dùil idir ri latha?"

Thàinig guth a mhàthar às an dorchadas: "'S fhad' on a bha 'n latha ann. Mura biodh tu nad laighe an sin air an daoraich a latha 's a dh'oidhche, bhiodh deagh fhios agad fhèin air a sin."

Bha smoc na mònadh eadar an dithis. "Pfff," thuirt athair. "Tha mi falbh air cuairt. Trobhad còmh' leam, 'ille."

Lean Eòin e a-mach às an taigh. Bha a' ghrian a' deàrrsadh. Dòmhnall Uilleam Sheumais a' dol an iar an ceann eich. Dà each cartach a' dèanamh air aon taobh eile, a-mach chun na mònadh.

"Seall Uibhist," thuirt athair ris. "Seall an cruinne-cè." Sheall an dithis mun cuairt orra, air na cnuic 's na creagan, air an talamh 's air na speuran, an ear 's an iar. Dòmhnall Uilleam Sheumais 's an t-each ruadh a-nis faisg air a' mhachaire. Na h-eich chartach a-mach à sealladh. Tobhtachan nam fuadaichean sa h-uile àite.

Ceithir taighean deug sa bhaile, 's deichnear anns gach taigh. Deich taighean-dubha is ceithir taighean-geala. Agus taigh mòr an t-sagairt.

"Trobhad," thuirt athair leis.

Choisich iad tarsainn Lèana na Beirghe, a' fiaradh a' bhruthaich, sìos seachad air a' chaibeal, gus an do ràinig iad sloc far an robh seann chairt air a tilgeil, an aon ghàirdean a bha slàn a' stobadh a-mach eadar clach-oisein agus coille sheileastairean.

"Sin, ma-tha, taigh Eòin Lachlainn Mhòir 'ic Iain Mhòir 'ac Dhòmhnaill Alasdair," thuirt athair, 's e a' brùchdail. "An curaidh mòr a bh' aig Borodino. Rugadh an sin e. San tobhta lom bhochd sin!" Rinn e brùchd eile. Agus braidhm a dhùisgeadh na mairbh.

Leum dà radan a-mach às an fhòghlaich. Ruith iad tarsainn na cloich-oisein 's chaidh iad à sealladh.

"1790. Sin nuair a rugadh e – dìreach thall an sin, san oisean ud far an deach na radain. Thuirt e fhèin sin leam aon latha 's e na shuidhe an seo còmhla leam na sheann aois, dìreach far 'eil mi fhìn nam shuidhe an dràsta. 'S mar a thuirt mi riut, cha robh e ach aona bhliadhn' deug nuair a thog e air dhan Arm a chogadh an aghaidh Napoleon."

Bha Eòin a' coimhead air na gucagan a bha a' fàs ann an lòn aig ceann na tobhtadh. Bha athair air a dhol ann an sèorsa de bhruadar, 's buaidh na dibhe air a lùbadh air ais ann an tìm, gu ìre 's gu robh e dhen bheachd gur e fhèin Eòin Lachlainn Mhòir.

"Dìreach ann a shin," bha e ag ràdh. "Dìreach ann a shin. Sin dìreach far an do rugadh mi. An ceathramh là dhen Lùnastal 1790, ged nach eil dearbhadh aig duine sam bith gur e sin an latha ceart. 'S thogadh mi an seo am measg buachar nam beathaichean, eadar na h-othaisgean 's na laoigh. Àm na ceilp, fhios agaibh. Fortan do dh'fhear mòr Bhaghasdail fhèin, 's brùidealas is bochdainn dhòmhsa 's dham athair 's dham mhàthair. Thiodhlaic sinn seachdnar 's gun iad ach latha dh'aois. 'S tha cuimhn' a'm fhathast an latha a thàinig an sàirdseant, am Frisealach, gu Fèill nan Each."

'S bha e a' coimhead suas, eadar Ormacleit is Snaoiseabhal, far am b' àbhaist Fèill Bhrèanain a bhith air a cumail aig toiseach Cèitein. Ghabh e drama eile às a' phige a bha e air a thoirt leis.

"Latha dhomh 's mi sràidearachd," sheinn e,
"Gu h-àrd am bràigh Dhùn Èideann,
'S ann thachair orm an saighdear,
Is dh'fhaighnich e mo sgeul dhomh,

'S na hi lo lo li ho rinn ho."

Sheas e suas is rinn e salute.
"Sàirdseant Friseal, sir," dh'èigh e, a' sgleogadh a bhòtannan còmhla.

"'S ann thachair orm an saighdear,
Is dh'fhaighnich e mo sgeul dhomh,
'S gun tuirt e rium nan liostaiginn,
'S gun do sheas mi greis 's gun d' dh'èist mi,

'S na hi lo lo li ho rinn ho."

"Trobhad, 'ille," dh'èigh e le Eòin, 's chaidh am balach a-null faisg air athair.
"Eil thu a' faicinn an tomain sin?" dh'fhaighnich athair dha.
"Tha."
"Toman an Eich-Ursainn a chanadh iad leis. Far am biodh Mac 'ic Ailein a' goid eich nam marbh. 'S ann an sin a bhiodh na fèillean mòra – Fèill Bhrìghde, 's Fèill Phàdraig, 's Fèill Bhrèanain, 's Fèill Mhoire, 's Fèill Mhìcheil, 's Fèill Mhàrtainn, 's Fèill Anndrais, 's Fèill Fhinnein, 's mìle fèill eile a tha air a dhol à cuimhne. Agus 's ann aig Fèill Bhrèanain thall an sin a chaidh bràthair do sheanar dhan an 79th."

Toman an Eich-Ursainn

Sheas athair suas, 's e air ais sna 1790an, a' cur air guth bràthair athar. "Latha mòr. 'S chluinneadh tu am pìobaire 's an drumair cho fada deas ri Gearradh na Mònadh 's cho fada tuath ri Beinn na Fadhla. 'S am pìobaire cho brèagha, le fèileadh dearg, bonaid bhreac, osain dhathach, sporan clòimhe, gartain ghorma agus sgian-dubh air a còmhdach le grìogagan òir. Bha mi mar Chonal Gulban fhèin na sheasamh an sin, na chula-chath' is na chrua-chòmhraig, agus bu chula-chath' is crua-chòmhrag e; nuair a chleòc e strìllein-stròillein le lèine shleamhainn den t-sìoda bhuidhe, le lùireach aigilleanach iarainn, le chlogada clocharra ceanna-bhuidhe gu dìon a mhuineil agus a gheala-bhràghad. Sin nuair a shocraich an laoch a shlacan geur cruaidh curanta air a thaobh chlì, air am bu lìonmhor dealbh leòmhann 's liopard, no craobh-ìnneach, no nathair-bheumnach shloisgrich shlignich, air a tharraing às a' chiste chaoil ghuirm ghiuthais, 's e air a chur ann gu socair, mar chùis mholltach, 's e gu socair air a shlinn, 's e gu lìomhtha liobharra, 's e gu làidir fulanach, 's e gu socair sàthte sàr-bhuailte, le lann geur eutrom iongantach, mar arm gheura ghobharra, no mar arm ghobharra sgian; 's e sgian a ghearradh ubhal air uisge, agus fuiltean feannarra fiorrghaidh; a bheireadh uisge air a stiomannan, agus teine dearg air a h-eàrrlainn. B' e siud an claidheamh sìosadach suasadach, a ghearradh a naoi naodhannan air a dhol a-null, agus naoi naodhannan air a thighinn a-nall, agus a ghlacadh e fhèin na làimh chiand' a-rithist e. A ghabh e umhaltas an toiseach agus asd às an deireadh; far am bu tiugh' iad bu tain' iad, 's far am bu tain' iad bu luaith' sgaoilt' iad, 's far am bu luaith' sgaoilt' iad, bu dun-mharbhach. Cha do dh'fhàg e fear-innse sgeòil, no chaitheamh an tuairisgeil beò, mura deach e ann an talamh-toll ann an sgealpan creig', ach aon fhear beag cam ruadh air leth-shùil 's air leth-ghlùin 's air leth-mhaise; 's ged a bhiodh deich teangannan fichead fileanta fìor-ghlice na cheann, 's ann ag innse uilc fhèin 's uilc chàich 's treubhantas a' ghaisgich a bhiodh e. Sin na dh'fhàg e beò às an àraich, 's cha do tharraing duine claidheamh ach e fhèin. 'S bha mise cuideachd airson a bhith colach leis a sin. 'S carson nach bitheadh? Nam fhèileadh dearg 's lem bhiodaig òir. 'S an drumair cuideachd, 's e dìreach caran m' aois fhìn, 's e a' dèanamh a leithid de stir, a' dol rat-a-tat-tat am measg nan each, a bha gabhail an eagail.

"Bha mi òg, bha fhios a'm, dìreach aona bhliadhn' deug, ach àrd foghainteach murrach air a shon sin, 's fhad 's a bha na bodaich a' sabaid mu phrìs nan each 's na cailleachan a' ceannach ribinnean dathach, chaidh mi suas thuige 's dh'èist mi le na geallaidhean a bh' aige – chan e a-mhàin am fèileadh 's a' bhonaid 's na gartain ach òr is airgead cuideachd, 's grian is glòir do dhuine sam bith a bha airidh air.

"An làrna-mhàireach bha mi fhìn is seachdnar eile còmh' leis air a' bhàta à Loch nam Madadh, 's an ceann dà latha ann am Fort George 's an ceann sia seachdainean air an t-slighe dhan Fhraing a chur às do Napoleon."

Shuidh e sìos a-rithist air bad luachrach.

"'S gun tuirt e rium nan liostaiginn,
'S gun do sheas mi greis 's gun d' dh'èist mi:
Gheall e 'n t-òr 's an t-airgead,
An còta dearg 's am fèileadh.

'S na hi lo lo . . ."

Ach cha tàinig crìoch an òrain, oir 's ann a thuit athair ann an laigse na dibhe, cop air a bhilean 's e na laighe am measg nam feanntagan, mar gum biodh e marbh.

Toman an Eich-Ursainn

Dh'fhàg Eòin an sin e, 's choisich e air ais dhachaigh, a' sìor shuathadh na cloiche na phòcaid air an t-slighe, 's i cho rèidh 's cho sleamhainn 's cho còmhnard eadar òrdagan.

Bha fàileadh an ime san taigh nuair a ràinig e, 's a mhàthair an sin a' còmhdachadh strùdhan dhan duine mhòr a bha aig ceann a' bhùird.

Cleas an t-Sàirdseant Fhrisealaich bho chionn còrr is linn, bha an sagart a' coimhead uabhasach bòidheach, 's e ag ùrnaigh air beulaibh a' bhonnaich bhlàth.

3

Shuidh Eòin aig ceann na beinge a' coimhead air an t-sagart fhad 's a dh'ith e am bonnach, siuga bainne ri ghlùin.

Cha robh còmhradh sam bith a' dol fhad 's a bha e ag ithe. Cagnadh cinnteach faiceallach, a' blasadh gach mìr. 'S am bainne air fhàgail gu deireadh, 's an uair sin a' dol sìos na aon shlugan.

Nuair a bha e deiseil, thug a mhàthair faoideag uisge dha. Bhog e a chorra-mheur ann, 's e ag ràdh:

"Cuiream uisge orr' gu lèir
An ainm usga Mhic Dè,
An ainm Mhuire na fèil'
Agus Phàdraig.

D' uair shuidheas sinn sìos
Gu gabhail ar biadh,
Cratham an ainme Dhia
Air na pàistean."

Agus shad e froiseadh a-null air ceann a' bhalaich.

Saoghal nan Each

"'S tha an gille trì-deug?" dh'fhaighneachd e do mhàthair Eòin.
"Dìreach o chionn cola-deug, Athair. Air Latha Fhèill Eathain fhèin. Chaidh ainmeachadh às deoghaidh an abstoil."

'S chuimhnich Eòin air bràthair a sheanar, Eòin, a' falbh còmh' leis an t-Sàirdseant Fhrisealach dha na Camshronaich. Dhan an 79th.

"Trobhad, Eòin," thuirt Mgr Eàirdsidh leis gu furaileach. "Na biodh eagal ort. Thig a-nall gam ionnsaigh, a bhalaich."

Chuir an sagart làmh air mullach a chinn, ga bheannachadh. "Eòin," thuirt e ris. "Ainm brèagha.

Thàinig Peadail 's thàinig Pòl,
Thàinig Seumas 's thàinig Eòin,
Thàinig Muiril is Muir' Òigh,
Thàinig Uiril uile-chòrr,
Thàinig Airil àill nan òg,
Thàinig Gàbriel, fàidh na h-Òigh,
Thàinig Raphail, flath nan seòd,
'S thàinig Mìcheal, mìl air slòigh,
Thàinig 's Iosa Crìosda ciùin,
Thàinig 's Spiorad fìor an iùil,
Thàinig 's Rìgh nan Rìgh air stiùir,
A bhaireadh duitse gràidh is rùin,
A bhaireadh duitse gràidh is rùin."

'S thog e a làmhan naomha far mullach a chinn, a' toirt cead do dh'Eòin a shùilean fhosgladh.

"Thugainn cuairt," thuirt an sagart leis. "A-mach às an dorchadas seo dhan an t-solas." 'S ghabh an sagart àrd grèim air a làimh, ga stiùireadh a-mach dhan fheasgar.

Bha a' ghrian air a dhol gu deas, 's i balbh os cionn Èirisgeigh. Beag air bheag, bha an crodh dubh ag èaladh dhachaigh air an snòdan fhèin, na laoigh nan cois. Cha robh oiteag ghaoithe ann.

Chual' iad sitrich shèimh nan each 's iad a' feurachadh aig oir an locha. Bha sgaoth de dh'ealachan-bàna a' grunnachadh sa mheadhan, am measg na cuilce. Anns a' ghul-thàmh, thàinig brag urchair a-muigh an ear, mu Bheinn a' Choraraidh, 's ghluais na h-eòin gu cùramach, muladach, a' toirt sgiath sìos gu Loch Thoronais. (Thachair seo dìreach aig an dearbh dhiog 's a loisg Gavrilo Princip an urchair air an Àrd-dhiùc Franz Ferdinand, ged nach robh sìon a dh'fhios acasan air a sin.)

"Tha sinn fortanach, Eòin," thuirt an sagart. "Àite beannaichte an seo, an Uibhist. Uibhist a Deas. Caim Dhè. Shiubhail mi an saoghal 's chan eil fhios a'm am faca mi riamh àite cho naomh." 'S chuir e a làmh air gualainn Eòin, ga stiùireadh a-mach tron bhaile.

"Tha a nàdar fhèin ga fhàgail beannaichte," chùm e air. "Fois is sàmhchas is sìth. Àite gun chogadh no droch nàdar no strì, Eòin. Air a dhèanamh is air a ghleidheadh le Dia fhèin."

Bha iad a' cromadh bruthach Sheumais, a' dèanamh an ear. Bha sùilean Eòin air a' mhorghan fo chasan, an dust a' sgaoileadh eadar òrdagan. Bha brògan air an t-sagart.

Bha làmh Eòin teann air an spitheig na phòca.

Dh'fhairich e làmh an t-sagairt a' togail a smiogaid suas. "Na bi cho nàrach, 'ille," thuirt an sagart leis. "Faodaidh tu coimhead suas. Cha ruig thu leas a bhith a' coiseachd le do cheann crùbte. Tog suas do shùilean a-chum nam beann, a bhalaich."

Choimhead Eòin suas, 's laigh a shùilean air Toman an Eich-Ursainn. Far an do dh'fhalbh an Sàirdseant Frisealach còmhla le bràthair a sheanar.

"Eil thu 'g iarraidh cothrom air na h-eich?" bha an sagart a' faighneachd, airson an dara turas.

"Tha mi duilich, Athair," thuirt Eòin. "Cha chuala mi sibh."

Shuath an sagart a chorragan tro ghruaig gu coibhneil. "Tha sin ceart gu leòr. Bha mi dìreach a' faighneachd an robh thu 'g iarraidh cothrom air na h-eich. Dh'fhàg mi iad ag ionaltradh tuath air Beinn a' Choraraidh. Bha iad glè sgìth às deoghaidh na cuairt a dh'Àird Mhìcheil na bu tràithe."

Cha tuirt Eòin guth, ach lean e Mgr Eàirdsidh a-mach an ear.

Chual' iad na h-eich mus fhac' iad iad, 's iad a' sitrich le fàileadh an t-sagairt. "Ssshh, ssshh, ssshh, ssshh," thuirt Mgr Eàirdsidh gu socair, 's shèimhich iad, ged a bha a ghuth leth-mhìle bhuapa.

Bha an t-each geal ag òl à sruthan. An t-each ruadh, le chluasan biorach àrd, a' feitheamh ri guth a mhaighstir. An t-each dubh a' cagnadh, 's an t-each glas ga ghlanadh fhèin le teanga mhìn. Bha an gige uaine, le cuibhleachan airgeadach, a' deàrrsadh fad' air fàire ann an dol fodha na grèine.

"Na biodh eagal ort," thuirt Mgr Eàirdsidh leis. "Beathaichean àlainn, nach dèan cron sam bith ort. Bhrist mi fhìn iad, air Bràigh Loch Abair, 's tha iad a-nis cho ciùin ri calmain."

Chan fhaca Eòin an leithidean riamh. Faisg orra, chuir am meudachd 's an cumhachd uabhas air. Bha gach each gleansach le fallas, gu ìre 's gun do shaoil e gum fac' e ìomhaigh fhèin air gach druim. Na fèithean ag at, na cuislean a' bualadh, na sùilean a' deàrrsadh, na muingean a' siabadh ann an àrag gaoithe a bha a-nis air tighinn às an iar-thuath sa chiaradh.

"Seas faisg, Eòin," thuirt Mgr Eàirdsidh ris, ga stiùireadh suas chun an eich dhuibh, a bha na sheasamh socair, gun srian no iall no sparrag no eile.

Bha acfhainn nan each crochte ris a' ghige, fad' às.

"Cuir do làmh air, Eòin," thuirt an sagart, gu dùrachdach. "Cha dèan iad cron sam bith ort. Mar a thubhairt mi, tha iad cho sèimh ri na calmain."

Leig Eòin às an grèim a bh' aige air a' chloich na phòcaid, 's shìn e suas a làmh gu ceann an eich. Chrom an t-each mòr a cheann sìos, a dh'imlich na boise. Shuath Eòin a shròn, a bha cho fliuch.

"Cùm do làmh air, Eòin," thuirt an sagart. "Ciamar a bhiodh tu an dùil eòlas fhaighinn air duine no beathach gun a làimhseachadh? Siuthad, suath e mar bu chòir." Is thog e làmh Eòin suas a dh'ionnsaigh nan slinneanan 's a' chraois 's an sgòrnain. Bha iad bog is teann, mar fàd mònadh as t-earrach. Bha teanga an eich rasach air cridhe na deàrnadh.

"Tha fhios a'm dè tha dhìth ort, 'ille," thuirt an sagart. "A dhol air a muin!" Agus thog e Eòin suas le aon sguabadh air muin na làradh, a rinn seanraig bheag shocair air ais 's air adhart fodha.

Leis an aon ghluasad sin, bha e mar gum biodh e air mullach an t-saoghail, an t-adhar na b' fhaisge na 'n talamh. Fad os cionn an rainich 's na luachrach a bha a' lùbadh a-mach às an locha. Na b' àirde, fiù 's, na Mgr Eàirdsidh fhèin, a bha a-nis fodha. Bha sgall beag a' seallatinn far nach fhac' Eòin riamh ach ad dhubh.

"Huist, huist," bha Mgr Eàirdsidh ag ràdh, a' socrachadh an eich, 's a' cur na srèin teann an làimh a' bhalaich.

Bhrìodail an sagart rudeigin an cluais an eich, 's thuirt e an uair sin ri Eòin, "Leig leis an each an obair a dhèanamh. Sin an aon chomhairle a th' agam dhut." Is le gearradh-ghailleig thuirt e, "Huistir! Huistir!" 's thog an làir oirre gu socair.

Cha robh Eòin riamh air a bhith air muin eich thuige sin, ach bha e a' faireachdainn a cheart cho nàdarra dha ri tarraing anail. Anns an dol sìos, chun na talmhainn; anns an èirigh, chun nan speuran. An t-srian mar shruthan ìme eadar a bhoisean, ga uachdranachdadh le gach gluasad beag bith-bhuan, o thaobh gu taobh.

Bha an làir air a thoirt leth-mhìle gu tuath, gu oir Loch a' Chlachain eadar Rubha 'n Taigh-mhàil agus Loch nan Clach Mòra. An taigh-màil aig Mac 'ic Ailein, far am biodh an tuath a' pàigheadh a' mhàil

Saoghal nan Each

le gràn a h-uile bliadhna. Agus a' bhliadhna bha seo, chuimhnich Eòin bhon taigh-chèilidh, nuair a thàinig latha pàigheadh a' mhàil, bha iad a' cruinneachadh ann às gach taobh le saic ghràin. Agus bha duine aig Mac 'ic Ailein anns an taigh-mhàil a' tomhas a' ghràin le peice. Cò a ràinig, chuimhnich Eòin, ach Gille-Pàdraig Dubh às na Geàrrachan, agus dà shac ghràin aige. Theann fear an tomhais ri thomhas, chanadh na bodaich, agus am peice mu dheireadh dhen ghràn a bha e a' tomhas, bha inneadh air. "Ò," arsa fear an tomhais ri Gille-Pàdraig Dubh, "tha am peice tha seo gann agad – chan eil agad de ghràn na lìonas e, agus bha còir aige a bhith làn a thaobh a' mhàil a th' agad ri phàigheadh."

Bha beall na grèine a-nis ìseal anns an àird an iar, 's an làir a' stiùireadh Eòin chun an iar-thuath, a-staigh ri taobh Loch Ceann a' Bhàigh.

"Stad thusa mionaid, ma-tha," thuirt Gille-Pàdraig le fear an tomhais, a rèir beul-aithris na sgìre, "agus bidh e làn an ceartuair." Agus leis a sin rug e air chùl amhaich air an fhear-tomhais agus spìon e an sgian-dubh far a chliathaich fhèin, agus chàirich e air a sgòrnan i agus chùm e i os cionn a' pheice gus an robh e làn le chuid fala. "Seo a-nis," arsa Gille-Pàdraig Dubh, "tha e làn a-nis," agus fhuair e e fhèin air dòigh agus thill e dhachaigh.

Bha an làir air a dhol gu trotanaich a-nis, 's an dithis aca a' fàs glè chomhartail le chèile, smuain a' stiùireadh smuain. An làir air an rathad nàdarra a bha i air a cheumnachadh ceud turas; esan ann an saoghal uasal ùr. Tuath, seachad air Bogach Ollaidh, far an robh dròbhairean nan trì chòtachan dìreach air cruinneachadh o chionn trì seachdainean.

'S ghluais an trotanach gu fàilearachd 's an làir a' cromadh dhan iar seachad Loch an Achain 's Loch Bhacasaraidh a-staigh a Staoinibrig, far am faiceadh Eòin na crùisgeanan cheana a' lasadh

An Oidhche Mus Do Sheòl Sinn

suas na bochdainn 's na caitheimh a bha air a bhith a' dòrtadh dusan às gach baile a dh'Àird Mhìcheil o chionn sheachdainean.

Bha trì taighean – taigh Uilleam Sheumais, taigh na Bantraich Bhadhlaich agus taigh Dhòmhnaill an Tàilleir – air an ùr-dhùnadh, an triuthach air cur às dha gach duine beò a bh' annta o chionn ochd latha, dusan pàiste fo aois a còig nam measg. Bha smùgrach ceòthadh fhathast a' tighinn às an àtha, far an deach na bloighean beaga a bh' aca de stòras an t-saoghail a chur suas nan lasraichean galarach.

Chuimhnich Eòin air na feadarraich, a bhiodh athair a' maoidheadh air ann an comh-thràth na h-oidhche nuair a smùradh e an teine, 's e a' draghadh a' chlobha tron luaithre gus an robh i dearg-uaine, 's e ga chrathadh an sin, ag èigheach gum b' e na sradagan dathach na feadarraich a thigeadh às a dheoghaidh air feadh na h-oidhche mura caidleadh e. 'S chuimhnich e air Crògaire Fraigh, le a làimh mhòir eagalaich air a' bhalla, 's air Màrtainn nan Corc, le a sgithinn a' cur salann ann an gàgan nan casan salach, 's shaoil leis cuideachd gun cual' e, 's an làir a-nis a' tionndadh deas a thaca Ormaclait, gillean na gaoithe ga ghairm sìos a Hobha Mòr a mheasg nam marbh an Caibeal Chlann 'ic Ailein, 's e a-nis a' dol seachad (ged bu ghann a thug e an aire) air làrach a' chaisteil a thog Peanaidh Fhrangach gu a ghlòir fhèin.

'S ged a bha an oidhche àlainn, 's beag a chunnaic e dhen sin cuideachd, no dhe na buidheagan 's na seamragan 's na cuiseagan 's na copagan a bha a' còmhdach a' mhachaire a bha a' siubhal aig astar fodha. Air mealbhaich Bhòrnais stad an t-each mu dheireadh thall, faisg air Rubha na Fadhlach.

Bha a' ghealach crochte, mar lainntear, fada gu deas, os cionn Cuan na h-Èireann, 's mìle reul a' deàrrsadh air Sgrìob Chlann Uis. An crodh a' caibhleachadh air Sligeanach Dheas Chill Donnain. Na geòidh nan cadal sa chuilc. Fàileadh cùbhraidh an ruadhain 's crios Chù Chulainn 's lus an ròis fhathast air a' mhachaire. Muathal nam bò mu Thaigh Bhòrnais. Durrghan chon mu thuath. Liosan eòrna fa chomhair. Smoislich shocair na mara san eadar-astar.

A' coimhead a-null taobh Àird Ghaidinis 's Àird nan Gobhar, shaoil leis gum fac' e manadh: còignear bhoireannach a' dol gu tuath, a' ceumnachadh à Àirigh Mhuilinn, a' giùlain bhràthntan slàn air an guailnean, 's iad a' seinn, 's na briathran a' tighinn soilleir air a' ghaoith:

"Oidhch' Inid
Bidh feòil againn,
'S bu chòir dhuinn sin.

Lethcheann circe
'S dà ghrèim eòrna,
'S bu leòr dhuinn sin,
Bu leòr dhuinn sin."

'S os an cionn, ann am faileas na gealaich, dubh-aigeann Loch Àird an t-Sìl, far am fac' e anamannan cràidhte nam maor 's nan uachdaran a' sìor chaoineadh air beulaibh ath-chruthachadh bioth-bhuan nan cearclan cloiche.

Leum e air ais air an each 's lean e na h-igheanan seachad air Loch Ghille Mhàrtainn – 's gann gu robh fhios aige gur e fhèin a bh' air ceann na seinn 's iad a' dèanamh seachad air Geàrraidh Bhailteas a-null gu Loch an Àth Ruaidh fo sgiath Beinn a' Mhuilinn, 's na mnathan a' togail na sèist –

"Bidh bin againn,
Bidh beòir againn,
Bidh fìon againn,

Bidh ròic againn.
Meilc is marram,
Mil is bainne,
Sìle fallain,
Meall dheth sin,
Meall dheth sin"

– gus an robh e air ais far an do thòisich e, a' cromadh sìos Loch a' Chabhain gu Loch Mòin Eòin, 's na caileagan air a dhol à sealladh 's Mgr Eàirdsidh ri thaobh a-rithist a' stiuireadh an eich a-null chun na Buaile Riabhaich, 's an sagart a-nis air ceann na seinn, a bha a' tighinn ann an cruth laoidh san dorchadas:

"Bidh Brìde bhithe, bhàna leinn,
Bidh Moire mhìne Mhàthar leinn.
Bidh Mìcheal mìl
Nan lanna liobh
'S bidh Rìgh nan Rìgh,
'S bidh Iosa Crìosda,
'S bidh Spiorad sìth
Nan gràsa leinn,
Nan gràsa leinn."

'S ann a shin, aig Loch an Tuirc, phòg iad a chèile (cleas nan abstol), ann an aonta na sagartachd.

Bha na reultan a' deàrrsadh os an cionn: Rionnag an Iasgair a-mach taobh Hiort, Rionnag a' Bhuachaille deas air Barraigh, Reul an Iuchair gu tuath, agus an Reul-Iùil fhèin ann an àird nan speuran.

Chrom iad dhachaigh, Eòin sàmhach agus Mgr Eàirdsidh ag ùrnaigh ann an Laidinn, na briathran àraid a' tighinn 's a' falbh air a' ghaoith. Eadar mèilich nan caorach agus geum nam bò, chuala am balach na faclan *Deus* agus *misericordiae* agus *bonitatas* agus *clementiam* 's eile, 's mus do ràinig e dhachaigh bha e air gu lèor a chluinntinn gus a chumail a' dol rè na h-oidhche.

Nuair a dhùisg a' chlann eile sa mhadainn, bha an gnothach aige air a theangaidh. "Trobhad," thuirt e le Iain, 's le Dòmhnall Uilleam 's le Seumas beag, 's chuir e iadsan air an glùinean aig ceann na leapa. Chuir e fhèin plaide clòimhe mu thimcheall, 's ad Dòmhnaich athar mu cheann, 's sheas e an sin air mullach na leapa, a làmhan paisgt' ann an ùrnaigh, 's e ag aithris –

> "*Te Deum laudamus: te Dominum confitemur.*
> *Te aeternum Patrem: omnis terra veneratur.*
> *Tibi omnes Angeli: tibi coeli et universae potestates.*
> *Tibi Cherubim et Seraphim: incessabili voce proclamant.*
> *Sanctus, sanctus, sanctus, Dominus Deus Sabaoth.*
> *Pleni sunt coeli et terra: majestatis gloriae tuae*"

– gun sìon a dh'fhios aige dè bha e ag ràdh, no a' ciallachadh. Ach chòrd fuaim nam briathran leis glan, agus bha sùilean na cloinne bige farsaing fosgailte fodha, glacte eadar iongnadh is adhradh.

4

Bha dà latha aige mus robh e falbh gu Blairs. Bheireadh e trì latha taobh Loch Sgiobort air bàta-smùid a Ghlaschu, 's trèan fad latha is oidhche a dh' Obar-Dheathain.

'S gann gun d' fhuair e *majestatis gloriae tuae* a-mach nuair a chual' e athair a' sgoladh 's a' ròcadh a mhuineil an ath dhoras.

"Eòin," dh'èigh e. "Eòin, a mhic an donais, cà 'n diabhal a bheil thu?"

Cha do charaich Eòin airson diog no dhà, e fhathast a' feuchainn leis an ath loidhne a thoirt gu cuimhne, a bha a' tòiseachadh rudeigin mar *Te gloriosus*.

"Eòin, cà 'n diabhal a bheil thu? Falach, an ann, air d' athair bochd, 's e a' bàsachadh an seo gun duine beò deònach a chuideachadh?"

Chaidh Eòin sìos dhan chlòsaid, às an robh samh fail-mhuc. Bha athair na laighe an sin na chac fhèin air seann bhobhstair milfhiarach, gun chomas èirigh.

"Cà 'n diabhal an robh thu, ma-tha?" thuirt e le Eòin aon uair 's gum fac' e e. "Nach iomadh uair a thuirt mi leat cabhag a dhèanamh nuair a bhios d' athair gad iarraidh, an àite bhith a' sliomaireachd mu chuairt an àite? Thalla 's faigh drama dhomh, mus bàsaich mi."

Choimhead Eòin air airson tiotan bheag, a' beachdachadh air dè dhèanadh Mgr Eàirdsidh. Mar a sheasadh e an seo, àrd, is làidir, is cumhachdail, a' toirt àithne dhan diabhal 's dhan deoch 's dhan pheacadh tarraing, ann an ainm Chrìosda. 'S mar a dh'èireadh athair à leabaidh geànrach a bhàis gus e fhèin a ghlanadh, 's mar a chuireadh e air trusgan geal a bhiodh ga chòmhdach fad làithean ròiceil sòlasach a bheatha.

Ach bha an cop air a bhilean, na sglongaidean a' sileadh, 's a chorrag a' comharrachadh seann phoit-mhùin a bha na laighe bun-os-cionn fon leabaidh.

An sin, fhuair Eòin pigeadh creadha anns an robh an druthag mu dheireadh dhen uisge-bheatha. Chuir e a ghàirdean fo cheann athar, a' dòrtadh an stuth làidir sìos amhaich. Laigh athair air ais a-rithist sa bhuinneach, ann am fois anshochrach na dibhe, a' gnòsadaich 's a' gnùsgalaich.

Bha Eòin a' dol ga fhàgail an sin nuair a chuimhnich e air Eòin eile, bràthair a sheanar, 's mar a ghiùlain saighdear Frangach e air a dhruim fad astar chòig mìle deug tron t-sneachda eadar Smolensk agus Molodechno, ga thogail àrd os cionn nan corp a bha a' seòladh seachad nan ceudan sìos Abhainn mhòr Bheresina.

'S aig doras na clòsaid thionndaidh Eòin air ais, 's chaidh e faisg air athair, a bha fann ann an laigse. Cleas Elisa, chaidh e air a ghlùinean, ach ùrnaigh no briathran cha tigeadh. Ach rinn e gul a bhrist a chridhe, gun tuigse carson, ach gu robh na deòir an làrach nam briathran.

'S chaidh e a-mach, 's a' faighinn cuman aig ceann na bàthcha, chaidh e dhan tobar 's ghlan e gach òirleach craicinn air athair gu socair foighidneach, eadar dìobhairt cruaidh na h-amhaich agus craos a' chac air an t-sliasaid.

Bha e cho bogte anns an obair 's nach tug e for cho sàmhach 's a bha an taigh, gus an cual' e gnogadh àrd, cruaidh aig an doras.

Bha am post – Lachlainn Iain Mhòir Aonghais Mhòir – na sheasamh an sin. "'Eil duine staigh?" dh'fhaighneachd e.

Chrath Eòin a cheann.

"Uill, nuair a thig iad air ais, can riutha gu bheil sinn a' cogadh. Anns na Balkans, ge brith cà bheil sin." 'S thog e air, a' sgaoileadh na naidheachd mhòir air feadh a' bhaile.

'S ann an uair sin a bhuail e air Eòin nach robh duine beò a-staigh ach na balaich bheaga bhochd a bha air leabaidh uchd a' bhàis. 'S fhada on a bhiodh a mhàthair 's an còrr dhen teaghlach air togail orra chun a' mhachaire 's chun na mòintich airson saothair an latha, ga fhàgail-san ag altram athar. Bhiodh a mhàthair 's an fheadhainn bheaga sa mhòintich, Alasdair is Aonghas Iain sa chladach, Sìneag is Raonaid air a' mhachaire.

Rinn e air a' chladach, far an robh sreath dhaoine a' feamnadh, 's cuid ri staimh.

Bha Alasdair, a bha a-nis còig-deug, agus Aonghas Iain, a bhiodh ceithir deug an ceann cola-deug, air cruach mhòr a chruthachadh cheana, 's iad a-nis a' gabhail fois.

"Tha thu air dùsgadh!" thuirt Alasdair leis, a' tilgeil smugaid dhan a' mhuran. "Bha sinn gad shiubhal o mhochran, a leisgeadair."

Cha b' fhiach do dh'Eòin e fhèin a dhìon. "Tha 'n cogadh air tòiseachadh," thuirt e le bhràithrean.

"'S cà 'n cual' thu sin? San leabaidh?"

"O Lachaidh Mòr."

Dh'fhàg sin nan tost iad, oir bha deagh fhios aca nach do labhair am post sìon riamh ach an fhìrinn.

"Cuin 's càite?" dh'fhaighneachd Aonghas Iain.

"Chan eil fhios a'm cuin, ach ann an àite ris an can iad na Balkans."

Bha an triùir aca sàmhach airson tiotan, a' coimhead a-mach air na Haf. Coileach air na tuinn, 's i clabhsail fad' às. Fadag chruaidh os cionn Orasaigh. Balbh-shruth deas air Sgeir nam Portan. *Fifie*, 's dòcha, às a' Bhruaich.

"Dh'fhaodamaid falbh a-màireach," thuirt Alasdair, a' tionndadh ri Aonghas Iain. "Bhiomaid nan lùib an ceann sia seachdainean!"

'S thog an dithis aca stamh an urra 's thòisich iad a' bualadh a chèile, mar gum b' ann le claidheamh sìosadach suasadach, a ghearradh a naoi naodhannan air a dhol a-null agus naoi naodhannan air a thighinn a-nall. Aonghas Iain ga dhìon fhèin cho math 's nach d' fhuair e aon shlaic, 's aig an aon àm a' toirt sràc mhòr dha bhràthair an cùl an droma le bragaire mòr fliuch. An t-sabaid cho sìmplidh, 's iad co-ionann aig deireadh na cleas, a' crathadh làimh.

'S thòisich iad le gàireachdainn 's le carachd a-rithist, a' tionndadh a chèile car a' mhuiltein gach taobh dhe na baraillean stamh, gus an deach iad bun-os-cionn mar aon sìos sloc gainmhche, far an do laigh iad air ais le ròsaid mòr gàire fad ùine mhòir.

Bha farmad aig Eòin leotha gun teagamh, nan amaideas 's nan gòraiche, 's iad cho dèidheil air a chèile nan cuid aineolais. Bu mhiann leis fhèin a bhith cho neoichiontach.

"'S thusa, bhalgair," dh'èigh iad suas leis, 's iad fhathast air an druim-dìreach sa ghainmhich. "'Eil thu tighinn còmh' leinn? Dhan a' Chogadh Mhòr, a chur às dha na bugairean 's a dhìon ar dùthcha?"

'S chunnaic e Eòin Lachlainn Mhòir 'ic Iain Mhòir 'ac Dhòmhnaill Alasdair a-rithist na fhèileadh dearg 's na bhonaid thartain a' mèarsadh aig Fort George, 's na bèigneidean a' deàrrsadh sa ghrèin. 'S mar a chaidh e an lùib nam Frangach gus an robh e ionmholta anns a' *Ghrande Armée*, le sreath mòr de bhuinn dhe gach dath 's dhe gach seòrsa crochte ri bhroilleach. 'S e na sheasamh an sin aig beul na teanta, a chorragan tarsainn a bhathais ag aithris, *"Vôtre majesté, c' est une plaisir et bien une honneur de vous servir et même de mourir pour vous,"* nuair a thigeadh an troich seachad air an làir ghil, 's e còmhla leis anns a' choidse dhearg air ais gu Paris fhad's a chruadhaich na ceudan mìltean a dh'fhàg iad nan òirnean san t-sneachda 's nan cnapan-deighe làimh ri aibhnichean Vilna.

"Leisgeadar agus gealtair," bha iad ag èigheach leis, 's iad air èirigh suas sa ghainmhich. "Saighdear clobha, an e? A' fuireach aig an taigh, a bheil, còmh' le Mamaidh?"

Bha am facal cho annasach, oir sa chumantas cha robh riamh aca oirre ach 'a' Chailleach'.

"A' fuireach air a' chruit còmh' le Mamaidh," dh'èigh iad a-rithist. "Ag òl bainne na cìche fhad 's a tha na curaidhean a' cogadh air do shon!"

'S bheachdaich e air òraid mhòr a dhèanamh mu amaideas glòir shaoghalta, 's cho diofraichte 's a bha esan, a' dol a dh'ìobairt a bheatha airson Chrìosda, ach ann an doimhneachd a chridhe chuimhnich e air Mgr Eàirdsidh air na h-eich, 's mar a thàlaidh an cumhachd e, 's cha tuirt e dad.

Bha e airson an cuideachadh le na staimh, ach bha deagh fhios aige gun diùltadh iad a chuid cobhair, 's thionndaidh e air falbh bhuapa, a' dèanamh air a' bheinn, far am biodh a mhàthair 's na h-igheanan òga a' tional na mònadh.

'S choisich e air ais tron bhaile, mothachail nach biodh latha mar seo ann gu sìorraidh tuilleadh. Gun do dh'atharraich an saoghal dhàsan nuair a thàinig Mgr Eàirdsidh air na h-eich, 's dhaibhsan nuair a thàinig am post le naidheachd cogadh choigreach fad' às. Nan diofar dhòighean, bha iad cheana air an altair 's air a' bhlàr.

Na fir nan sreathan a' spealadh, 's na mnathan, mar ghocain nan cuthagan, a' cruinneachadh nan sguaban às an deoghaidh. Na fir a' tughadh 's na mnathan aig an stòbh. Na fir a' còmhradh aig ceann nan taighean 's na mnathan a' ruagadh nan cearc. 'S a' chlann bheag luirmeach mun taigh.

Seachad air Loch nan Clach Mòra shuidh e, dhùin e a shùilean 's dh'èist e leis an eilean. 'S chan e fuaim ach sàmhchas a chual' e, mar gum biodh e a' snàmh am meadhan bruadair gun chomas greimeachadh air càil, leithid leanaibh a' leantainn mhionagadanan anns a' chreathaill.

Curracagan is lianaragain is pollairean a' piobrachadh a chèile. Uiseag Mhoire àrd os an cionn. Dreothainn fad' às, aig oir na h-aisling. 'S fàileadh cuideachd: achlasan Chaluim Chille, 's brèinean breothach, 's bròg an eich uisge, 's bròg na cuthaige, 's bròg na feannaige, 's bròg na làradh, 's ceud fàileadh àibheiseach eile, eadar smùr na mònadh is dias an eòrna.

'S ann am fosgladh na sùla, cha robh sìon ri fhaicinn ach casa-cainbe na grèine anns an fhionnd, na gadmainn fhèin a' deàlradh anns na h-ialaichean teithe.

'S chual' e fuaim an uair sin cho drùidhteach 's a bh' ann: ballain-buaile nam banachagan a' sluaisreadh sa cheò, 's na blàinteagan bleoghainn a' soilleireachadh nuair a thàinig na caileagan, Raonaid aca fhèin air an ceann, a-mach air a' bhlianaig a bha a' ceangal an locha ris a' bhaile.

Cha tug iadsan for airsan, 's e na laighe san fhraoch air taobh thall an locha, ach lean esan gach ceum a ghabh iad, coitheanal nan nighean, 's chual' e gach lide dhen t-seann òran, air a ghiùlain air a' ghaoith, gus an deach iad à sealladh, an gàireachdaich na chluais na ceò, seachad air taigh Peigi Dhòmhnaill a' Mhuilich, a bha iad ag ràdh a bhiodh ri geasachd.

Ghabh esan air a' mhonadh an uair sin far an robh moll a' bhaile air cruinneachadh: na bodaich nach dèanadh an còrr, na pàistean beaga, 's na màthraichean, leithid màthair Eòin, aig nach robh an còrr roghainn, le drungair aig an taigh.

Bha i air a glùinean a' tional nan caoran dubha a bha sgaoilte air na creagan sa pholl. Màiri bheag crochte le bann mu a broilleach. Anna 's Ealasaid a' cluich le dà phìos maide a bha iad air a lorg san fhraoch. Sìneag a' cruinneachadh dìtheanan an fhraoich.

Chaidh e air a ghlùinean air taobh a mhàthar, a' sgioblachadh nan caoran còmh' leatha. Rinn i aiteal gàire nuair a chrom e sìos, ach cha tuirt i dad, a' cumail oirre a' cruachadh. A gàirdeanan, a bha uair cho seang, air ruadhadh 's air reamhrachadh. A meòir, a bha uair cho dìreach, air crùbadh 's air lùbadh. A h-aodann, a bha uair cho òg, air rocadh le teachd na h-aoise.

"Tha na balaich a' dol a bhàsachadh, tha fhios agad," thuirt i leis gu socair, an ceann ùine. "Iain 's Dòmhnall Uilleam 's Seumas. Grèim-mionaich a' bhainne bhinntichte. Thug an drungair sin dhaibh e à cuman nan laogh an latha roimhe, 's e fhèin làn deoch. Chan eil againn na phàigheadh dotair, fiù 's ged a bhiodh dotair ann." Bha a làmhan air chrith anns an togail. "'S chunnaic ise – a' Bhantrach Bharrach – eun buidhe nan corp air spàrr-ealaig na bàthcha an latha roimhe. Cuiridh e crìoch orm, a ghaoil."

'S thòisich i ri caoineadh air a ghualainn, na deòir a' sileadh sìos gu gruag na h-ighne a bha na sioram-suain sa bhann bheag air a broilleach.

"Nach dèan Mgr Eàirdsidh ùrnaigh?" dh'fhaighnich e, gu dùrachdach. *Ùrnaigh a dhùisgeadh na mairbh,* bha e airson a ràdh, *ùrnaigh chumachdail chomasach chliùiteach Chaitligeach, a' crathadh na cruinne-chè, a' ceartachadh gach cràidh*, ach cha tuirt e ach "Tha fhios gun cuidicheadh sin?"

"Rinn e sin, a ghràidh," thuirt i, "'s tha mi taingeil air a son. Chuidich i, tha mi 'n làn-fhios, ach tha iad fhathast an uchd a' bhàis. 'Toil Dhè,' thuirt e rium, 's tha mi a' creidsinn sin cuideachd, ged 's mòr is brùideil am fulangas 's an t-uallach."

'S thill iad gu cruinneachadh nan caoran beaga dubha, a chumadh an teas a b' fheàrr leotha san teine fhosgailte fad finn fuain a' gheamhraidh. Ged nach fhaiceadh esan e, 's e gu bhith ann am pàileas Bhlairs, am measg nan naomh.

"Guth an fhithich, guth an eòin,
Guth an fhithich, guth an eòin;
Guth na h-eala bhàrr nan lòn,
Guth an fhithich, guth an eòin;
Guth na h-eala bhàrr nan lòn;
Gu-bhi-gì, gu-bhi-gò,
Gu-bhi-gì, gu-bhi-gò,
Guth na h-eala bhàrr nan lòn."

"A-rithist," thuirt Anna 's Ealasaid le Sìneag, a bha gan teagasg cleas a' mhaighstir-sgoile. Bha an dithis nighean beaga nan suidhe san fhraoch is Sìneag àrd os an cionn, seann phoca clòimhe mu guailnean, mar gum b' e cleòc a' mhaighstir-sgoile a bh' oirre, 's i ag aithris 'Gu-bhi-gì, gu-bhi-gò' ann an guth àrd cumhachdail.

'S bha Sìneag fhèin a' caoidh gainnead a Beurla, oir ged a bha i air a' mhòr-chuid de làithean na sgoile a chall le bochdainn, bha deagh fhios aice nach biodh Mgr Rea, am maighstir-sgoile, a' toirt 'Gu-bhi-gì' no 'Gu-bhi-gò' sam bith do chlann an àite ach sreathan mòr de dh'òrain 's de bhàrdachd Bheurla a bha cho bòidheach air an duilleig 's cho àlainn air a' chluais.

An Oidhche Mus Do Sheòl Sinn

'S bha i a' caoidh na chaill i dhen fhoghlam mhòr àraid a bha seo, a bhiodh a' dealbh dhùthchannan annasach dhi leis an canadh e 'Italy' is 'Prussia' is 'The Congo', far an robh, a rèir nan leabhraichean, troichean craoibeach a bhiodh ag ithe dhaoine geala, a' toirt an cinn dhiubh mar sgealban buntàta.

'S bha i a' caoidh nach robh cuimhn' aice air sìon dhen bhàrdachd mhìorbhaileach annasach a bha sin ach dìreach dà loidhne a bhiodh i ag aithris rithe fhèin nuair nach biodh duin' eile mun cuairt:

"*Little Bo-peep has lost his sheep*
And doesn't know where to find it."

'S bha i airson innse mar a bhiodh i fhèin a' dèanamh suas a' chòrr dhen sgeul, 's mar a chaidh Bo-peep bhochd a-mach gu taobh thall an t-saoghail, air cùl na Beinne Mòire, 's mar a fhuair i a' chaora chaillte an sin, bàthte ann an Loch Chorghadail. 'S mar a thachair Bo-peep, air an rathad dhachaigh, ri Nighean Mhòr Chorghadail, a dh'ionnsaich dàn ceud-fàth 's bith-ghràbhaidh an t-saoghail dhi a rèir cruinn-eòlas Uibhist:

"*Nuair bu choille chnò an fhairge ghlas,*
'S ann a bha mise nam nighinn;
Bu bhiadh miamh maidne dhomh
Duileasg leac o Eigir is creamh à Sgòth,
Uisge Loch a' Cheann-dubhain
'S iasg an Ionnaire Mhòir –
B' e siud mo rogha beatha
Fhad 's a bhithinn beò.

   Chuirinn mo naoi imirean lìonain
   Ann an gleannan caomh Chorghadail,
   'S bheirinn mo chrioslachain chnò
   Às a' choille mhòir eadar dà Bhòrnais."

Ach cha do dh'aithris i riamh an dàn 's cha do dh'inns i riamh an sgeul, air eagal 's gum magadh an saoghal mòr oirre airson a h-amaideis 's a gòraiche mu shaoghal nach robh ann, a rèir nan leabhraichean sgoile.

"Dudar-udar, leum thu, Dudar-udar, leum thu," bha an dithis òga a-nis a' seinn, 's iad a' dìreadh suas am measg nan cruachan mònadh a bha Seonaidh an Tàilleir air a thogail feadh nam bliadhnachan. Seonaidh Spìocach, a bhiodh a' cùmhnadh gach fàd 's a chuir seachad a bheatha a' fadachadh nan cruachan (gus an tug an sluagh 'Glaschu' 's 'Inbhir Nis' is 'Lunnainn', 's fiù 's 'Buenos Aires' air na cruachan mònadh aige), 's gus an do thuit e fhèin marbh aon latha brèagha samhraidh às dèidh còig troighean eile a chur ri 'Liverpool'.

Grèim cridhe, thuirt an lighiche, ged a thuirt gach duine gur e breitheanas a bh' ann air sannt 's miannan mòr an t-saoghail seo ("Ged 's beag a mhiannan-san seach Bismarck," thuirt Lachaidh Mòr am Post air latha a thòrraidh).

Chrìochnaich iad an obair ri fàin an latha. Breac a' mhuiltein àlainn àrd deas taobh Bharraigh, gach òirleach cho grìsneach le mìle coparan Mhoire. Breacadh rionnaich gu tuath, taobh Bheinne Bhadhla.

"An tog thu 'n fheadhainn bheaga?" dh'fhaighneachd i dha, 's chuir esan Anna air aon ghàirdean 's Ealasaid air a' ghàirdean eile. Raonaid le Màiri bheag na h-uchd 's i fhèin aig ceann na coiseachd a' dèanamh air a' Bhuaile Riabhaich, far an do dh'fhàg Mgr Eàirdsidh na h-eich.

Cha robh sgeul orra, 's chùm iadsan orra a-steach dhan bhaile, a' smèideadh ri clann 'Ic Ìosaig, a bha a' dèanamh adagan air cùl an taighe, am bodach fhèin, Niall Beag, a' caoineachadh na saidhe ann am pàirc an t-sagairt. Seachad air bruchlag Dhòmhnaill Cheòsaich, a bha air leabaidh a bhàis, 's air taigh Iseabail Òig, 's i gu moiteil aig ceann an taighe na brèid pòsaidh, a bha a' sèideadh mar chanach an t-slèibh sa ghaoith.

'S ged a dh'fheuch iad ri fiaradh air falbh, bha ise – a' Bhantrach Bharrach – a' cnuasachadh mu cheann na tobhtadh aice fhèin, 's ghairm i null iad le guth tiamhaidh ìseal.

"Mo chaoin-chailin," thuirt i, a' beannachadh Màiri le a bois. "'S sibhse, a m' eudailean," a' toirt pòg do dh'Anna 's do dh'Ealasaid.

"'S seo Eòin?" thuirt i, a' coimhead suas ris. "Nach e th' air fàs!" 'S chuir i a lamhan air gach taobh dhe aodann, a' plucadh gach bus. 'S thòisich i air caoineadh, 's i 'g ràdh, "'S an fheadhainn bheaga bhochda, na truaghain. Na truaghain bhochda, gun chron gun chomas, gun lot 's gun neart. Na h-ainglean 's na h-eudailean sna h-àirdeanna. Crònain chaoin na màthar gaoil. Seun mo phàistean. Dìon on bhàs iad. Greas gu slàint' iad. Mar as àill leat. Trobhadaibh, trobhadaibh." 'S chaidh iad uile a-staigh dhan dubh-dhorchadas far an robh i a' fuireach, làn toit is chat.

An ceann ùine, chaoir coire, 's chaidh gàdair mòr de chuag eòrna ime a chur na làimh dheis, 's cuach fiodh de bhainne blàth san làimh eile. Bha i fhèin a' ciùcharan 's a' crònan 's a torraghan sa bhreac-sholas, cainnt dhìomhair eadar uibe agus fìth-fàth:

"Dèanam-sa dut
Eòlas air greigh,
Eòlas air pruidh,
Eòlas air cnuimh
Agus tùr càthach.

Eòlas air pèist,
Eòlas air crèist,
Eòlas air dèist,

Eòlas air fèith
Agus leum cnàmha"

is doimhneachdan mòra eile nach tuigeadh beò, no 's dòcha marbh.

"O Mhoire Mhàthair an dubh-bhròin!" chual' e. "Is iomadh rud a chunnaic mi ri mo latha agus ri mo linn. Is iomadh rud sin, a Mhoire Mhàthair an dubh-bhròin! Chunnaic mi na bailtean fearainn air an sguabadh, agus na gabhalaichean mòra gan dèanamh dhiubh, an tuath gan sgiùrsadh às an dùthaich gu sràidean Ghlaschu agus gu fàsaichean Chanada, a' chuid dhiubh nach do bhàsaich le acras agus plàigh agus banachdaich a' dol a-null air a' chuan."

Shuidh i air furm ri taobh an teine. Air fàs cleachdte leis an dorchadas, chitheadh Eòin a-nis air feadh an taighe: a' chagailt 's an t-slabhraidh 's an dubhan 's an tallan fiodha 's an sabhal 's cùil nan othaisgean 's an toll lodain 's buabhall na bà 's an toll fasgnaidh 's a' chùil bhuntàta. Leabaidh dhùinte 's bòrd 's preas 's ciste 's dreasair 's being. Sùist 's criathar 's corran 's speal 's spaid 's ràcan 's treidhsgear 's barailtean sgadain is rionnaich 's bucaidean làn sìl dha na cearcan 's làn rùisg a' bhuntàta dha na laoigh. Clòimh is caoraich, 's mìle rud eile nach aithnicheadh Eòin no eile.

Bha i air i fhèin a chur air clach an t-seabhdail, 's air pìob a lasadh. Thàinig a guth a-mach às a' cheò. "Chunna mi na mnathan a' cur na cloinne anns na cairtean a bha gan cur o Bheinne Bhadhla agus on Ìochdar gu Loch Baghasdail, agus am fir-phòsta ceangailte anns a' chrò agus a' gal rin taobh, gun chomas làmh-chòmhnaidh a thoirt dhaibh, ged a bha iad fhèin ag èigheach agus an clann bheag a' rànaich ion dol à cochall an cridhe."

'S rinn Màiri bheag èigh mus d' fhuair i grèim ceart air ceann na cìche aig ceann na beinge.

"'S chunna mi na fir mhòra," thuirt a' chailleach, "na fir mhòra làidir, diùlnaich na dùthcha, ceatharnaich an t-saoghail, gan ceangal air cidhe Loch Baghasdail agus gan tilgeil anns an luing mar a dhèant' air prasgan each no chruidh anns an eathar, na bàillidhean agus na maoir agus na constabail agus na poileasmain gan tional às an deoghaidh nan tòir os an cionn. Aig Dia nan dùl agus aigesan a-mhàin a tha fios air obair ghràineil dhaoine an là ud."

'S bha dubh-shàmhchas san taigh, ach a-mhàin gun cluinneadh tu an leanabh a' deothal a' bhainne. Anna 's Ealasaid nan tost aig a' chagailte. Sìneag a' bleoghann gach facail.

Feumaidh gun tàinig àrag gaoithe, oir las an teine suas na chaoir dhearg, a' soillseachadh an dorchadais. Bha gach aodann, sean is òg, laiste leis an sgeul.

Dh'èirich a' Bhantrach 's thug i mach ultach snàth à mùdag aig a' chagailt. Snàth sìoda 's snàth-cuir 's snàth-moineis, ann an diofar dhathan. Chuir i an snàth sìoda timcheall a' ghàirdein dheis, an snàth-cuir mun ghàirdean chlì, agus an snàth-moineis air a glùinean. 'S shiùdanaich i air ais 's air adhart gu sèimh socair, a' seinn gu suaimhneach 's a' snìomh aig an dearbh àm, na snàithleanan eadar-dhealaichte a' dol nan caisreagan toinnte mu a meòirean, 's i a' sìor sheinn:

"Rann a rinn ban-naomh Brìde
Dhan mharaiche chrùbach,
Air ghlùn, air lug, air chuagas,
Air na naodh galara gith, air na trì galara cuara,
Na ob e do bhrùid, na diùlt e do mhnaoi,"

an snàithlean dubh (a' comharrachadh dìteadh Dhè) teann air a colgaig chlì, an snàithlean dearg (ceusadh Chrìosda) teann air a colgaig cheart, 's an snàithlean geal (glanadh an Spioraid) ceangailte eatarra, 's i a' sìor sheinn:

> "*Chaidh Crìosd air each,*
> *Bhrist each a chas,*
> *Chaidh Crìosd a-bhàn,*
> *Rinn e slàn a chas.*
> *Mar a shlànaich Crìosd sin,*
> *Gun slànaich Crìosd seo,*
> *Agus nas motha na seo,*
> *Mas e thoil a dhèanamh.*"

'S thilg i smugaid air an t-snàth gheal ann an ainm Dhè, an t-Athair, 's smugaid air an t-snàth dhearg ann an ainm Chrìosda, 's smugaid air an t-snàth gheal ann an ainm an Spioraid, 's i a' seinn:

> "*An t-eòlas a rinn Calum Cille,*
> *Air eòrlain a' ghlinne,*
> *Do sgocha fèithe, do leum cnàmha,*
> *Tha thu tinn an-diugh, bidh thu slàn a-màireach.*"

'S aig an dearbh dhiog (ged nach robh fhios acasan aig an dearbh àm) dh'fhàg an galair na bràithrean a bha air leabaidh a' bhàis.

'S nuair a ràinig Eòin 's a mhàthair 's Màiri bheag 's Sìneag 's Anna 's Ealasaid an dachaigh ann an ciaradh an fheasgair, ruith na balaich nan coinneimh le làn-fhallaineachd na h-òige.

Bha athair fhathast air a leabaidh mhisg, agus chitheadh iad Alasdair agus Aonghas Iain a' tighinn dhachaigh anns a' chomh-thràth on tràigh fheamad. Fada air an cùlaibh, a-muigh san àird an iar, bha fadag chruaidh a' deàrrsadh.

Chan b' ann gun adhbhar, ge-ta, shaoil Eòin, a chunnaic a' Bhantrach Bharrach eun buidhe nan corp air a' bhòn-dè.

5

Bha còig sagairt thar fhichead nan seasamh nan riadhan fada air beulaibh an togalaich, na cleòcan dubha mun sàilean, biretta air gach ceann.

Bha na balaich – còig cheud dhiubh – nan sreathan air am beulaibh, mar shaighdearan. An fheadhainn bheaga – aois Eòin – aig an aghaidh, 's na bliadhnachan eile air an cùlaibh. Ceud aois nan trì-deug. Ceud aois nan ceithir-deug. Ceud aois nan còig-deug. Ceud aois nan sia-deug. Leth-cheud aois nan seachd-deug. Leth-cheud aois nan ochd-deug. An dà leth-cheud eile air fàgail, nuair a fhuair iad an aona chothrom, aig toiseach na còigeamh bliadhna. Iad a-nis sna trainnseachan.

Chaidh iad a-steach, ainm às deoghaidh ainm: Seumas Caimbeul, Dòmhnall Iain MacAonghais, Mìcheal Iain MacÌosaig, Alasdair Curaidh, Calum Iain Mac a' Mhaoilein, Iain Pòl MacFhionghain, Eòin Dòmhnallach. An t-uabhas Ghàidheal. An còrr le ainmean Èireannach. Terry Finnegan, à Glaschu. Michael Kelly, à Dùn Dèagh. Patrick Donnelly à Àird Ruighe. Sean Kelly à Broxburn. Francis Devine à Lannraig.

"Quo Redempti Sanguinem"

Fhuair iad uile ainm ùr. Ainm Laidinn. Ainm naoimh. Stephanus a bh' air Eòin. "O seo a-mach," thuirt Fr Dolan ris, "cleachdaidh tu Stephanus. Stephanus E. airson eadar-dhealachadh a dhèanamh eadar thu fhèin 's an fheadhainn eile a fhuair an aon ainm. Seo: cuir d' ainm san leabhar." 'S shìn e peann thuige.

Dh'fhosgail Fr Dolan an leabhar air ais, a' tionndadh nan duilleagan. "Rinn mise an dearbh rud," thuirt e, "bho chionn leth-cheud bliadhna. Seall." Sgrìobhte an sin bha *'Stephanus R. 21 September 1864.'*

Thaom e na duilleagan air adhart a-rithist, seachad air mìle naomh. "'S tu as òige th' againn am bliadhna. Aige sin, 's tu bhios a' dol sìos an toiseach." Agus, cho math 's a b' urrainn dha, sgrìobh Eòin ainm san leabhar: *'Stephanus E. 19 September 1914'.*

"Sin thu fhèin. Sin thu fhèin," thuirt Fr Dolan leis. "Sin thu fhèin."

Bha iad a' fuireach ann an dormataraidhean: dà fhichead balach gu gach seòmar, ann am bunk-beds. Bha na h-ainmeannan aca cheana sgrìobhte air ceann nan leapannan: Stephanus E, Stephanus C, Stephanus G, Athanasius L, Athanasius B, Athanasius F, Duns Scotus M, N, R. Bha Eòin san leabaidh aig ceann shìos an t-seòmair, os cionn Stephanus C – Cailean MacNèill à Barraigh.

Chaidh iad nan sreath gus aodach fhaighinn: deise ghoirid ghlas, lèine gheal is taidh dubh, stocainnean geala. "Cumaibh glan iad," thuirt Fr Dolan. "Gheibh sib' fhèin cothrom an nighe, uair sa mhìos."

An ceann cairteal na h-uarach bha an còig cheud balach nan seasamh ann an loidhneachan fada, deiseil airson na seirbheis. Bhuail clag, agus clag eile, agus fear eile, an co-sheirm, agus thàinig fuaim drùidhteach tiamhaidh tro na trannsaichean mòra. Chunnacas ceò, 's thàinig aisling nan sagart an uair sin, an còig thar fhichead a bha cho dubh a-muigh a-nis air an còmhdachadh ann an soutanes fhada gheal, le cleòcannan dhe gach dath air an guailnean: purpaidh is òr is gorm is uaine is orains is buidhe is dearg.

Bha ceithir mnathan-cràbhaidh air am beulaibh, a' giùlain na tùis, às an robh am fàileadh cùbhraidh ag èirigh. 'S thòisich na sagartan air seinn às ùr, mar ainglean:

"*Sancti venite,*
Christi corpus sumite,
Sanctum bibentes,
Quo redempti,
Sanguinem."

'S chaidh an leth-cheud balach às an t-siathamh bliadhna nan cois, 's iadsan cuideachd a' ceilearadh a-nis ann an guthan binn ceòlmhor àrd:

"*Salvati Christi*
Corpore et sanguine,
A quo refecti,
Laudes dicamus
Deo."

'S air an sàilean-san, an leth-cheud às a' chòigeamh bliadhna –

"*Hoc sacramento . . .*"

– gus an robh a' Cholaiste gu lèir nan seasamh aingealach ann an co-sheirm anns an eaglais bhrèagha a bha aig cridhe an togalaich. Crìosda air a pheantadh, crochte, air mullach na h-eaglais. Na h-abstoil air an snaidheadh ann am fiodh air na ballachan. An Òigh Moire, na cleòca gorm, air aon taobh. Eòsaph, le uan fo achlais, air an taobh eile. *Supra quae propitio ac sereno vultu respicere digneris, et accepta habere, sicuti accepta habere dignatus es munera pueri tui justi Abel, et sacrificium Patriarchae nostri Abrahaem* sgrìobhte mu chuairt na h-eaglais.

Chaidh an sagart a bu shine suas chun na h-altarach, 's chaidh na ceithir sagairt thar fhichead eile, an dà bhean-chràbhaidh agus an còig cheud gille sa mhionaid uarach air an glùinean. Bhuail an caolach-aifrinn trì tursan, 's chùm Eòin agus an còrr dhe na balaich an cinn crom fhad 's a thòisich an seann sagart air an aifreann: "*In Nomine Patris, et Filii, et Spiritus Sancti . . .*"

'S ged a dh'fheuch Eòin ri shùilean a chumail fosgailte fad na seirbheis, pheacaich e, turas agus turas eile, a' tuiteam na chadal 's a' bruadar mu Uibhist 's mu na h-eich, mu Alasdair agus Aonghas Iain. Athair anns an dìobhairt. "*Emitte lucem tuam et veritatem tuam.*" An turas a chaidh e fhèin 's a sheanair, Eàirdsidh Mòr, a shealg a Ghleann Uisinis, 's iad nan laighe san fhraoch fad trì uairean a thìde gus an tàinig rìgh mòr an dà chabar dheug cho faisg 's gum faiceadh tu d' fhaileas fhèin ann an clach na sùla. "*O Altitudo divitarium sapientiae et scientiae Dei.*" Sglibheig Dhùghaill Sheumais a' dannsa dhan t-sìorraidheachd. "*Kyrie eleison. Kyrie eleison. Kyrie eleison.* A Thighearna, dèan tròcair oirnn." Alasdair agus Aonghas Iain bochd.

An oidhche dh'fhàg Eòin, dh'fhalbh iadsan cuideachd, gu tuath taobh Fort George. Thug Mgr Eàirdsidh esan gu Loch Sgiobort air a' ghige, fhad 's a cheumnaich na balaich fada gu tuath. Fhuair iad tarsainn na fadhlach air èiginn, ach mus do ràinig iad Càirinis bha sianar ghillean eile nan cuideachd, 's deise uaine nan Lovat Scouts air dithis dhiubh – Niall Mac-a-Phì à Gramasdal agus Ruairidh Stiùbhart à Griomasaigh – a bha cheana nan reservists aig Mac Shimidh.

Chaidil iad a-muigh gu madainn, ann an tobhtaidh faisg air Corùna, mus d' fhuair iad an t-aiseag dhan Chaol. Às a sin thug iad trì latha a' coiseachd gu Fort George, balaich eile às Cinn t-Sàile, Gleanna Garadh is Srath Ghlais a' tighinn cuide leotha air a' mhèars. Mus do ràinig iad Fort George, bha ochd balach fichead ann gu lèir, deiseil airson cur às dhan a' Cheusar. Aig ochd-deug, b' e Ruairidh Stiùbhart am fear bu shine. An ceann mìos bha fichead dhiubh marbh sa pholl aig Ypres.

'S bha an sagart a-nis a' togail na cailise, 's gach glùin lùbte, gach ceann crom. Seann chanon a' crathadh na dìsread. "*Sanctus, Sanctus, Sanctus,*" 's an caolach-aifrinn a' bualadh 's a' bualadh 's a' bualadh, a' toirt cead coimhead suas, far an robh a' ghrian a' dòrtadh a-steach tro na h-uinneagan dathte, a' soillseachadh gach Òigh Moire a bha snaidhte air gach sgeilp bheag.

Ghabh gach balach comain, 's iad air an ùr-ghlanadh le coinfidir an latha roimhe. An t-abhlan fhèin cho cruinn 's cho mòr, mar ghealach an abachaidh os cionn na Beinne Mòire. A' leaghadh, mar mhìlseag, sa bheul. Gach balach a' bualadh uchd trì tursan, 's an uair sin air ais, lom o aithreachas, chun nan treastachan.

'S bha Alasdair, aig an dearbh dhiog, ag altram Aonghais Iain aig uchd a' bhàis. Fad na cola-deug a bha iad san trainns, cha robh i air sgur a shileadh. "Tha seo, a Dhia bheannaichte," ars Aonghas Iain, "nas miosa na Uibhist fhèin." Tuiltean a' tighinn à neamh agus à ifrinn a latha 's a dh'oidhche. Agus 's e bu mhiosa nach robh fhios aca cò bha gam marbhadh. Dìreach peilear an dràsta 's a-rithist à trainns air an taobh thall, gun ghuth no làmh no aodann ri fhaicinn air a chùl.

O, bha iad air a bhith sgìth ceart gu leòr nuair a ràinig iad Fort George, air an t-seinn. Ruairidh Stiùbhart an ceann nan salm, 's iad a' cromadh às na glinn, arbhar Machair Rois na mhuir air

"Quo Redempti Sanguinem"

am beulaibh san leth-innis. Fochann a bhiathadh na mìltean. Bu truagh Uibhist an coimeas ri seo. *Glòir Dhè làn-fhoillsichidh na nèamh,* sheinn Ruairidh, *'s na speuran gnìomh a làmh,* 's ged nach do sheinn Alasdair is Aonghas Iain salm riamh roimhe, chuir iad an guthan ris a' chòrr, a' dèanamh nam fuaimean iomchaidh anns an toileachas. *Tha là a' dèanamh sgèil do là,* sheinn cuid dhiubh, os cionn Fort George, *is oidhche dh'oidhch' gun tàmh,* ged nach robh Alasdair is Aonghas Iain ach a' dèanamh nam fuaimean: *à, is à is à.*

'S chan e Mac 'ic Ailein no Alasdair euchdach Mac Colla a chuir fàilte orra ach sàirdseant-màidsear beag puilseach fon ainm McCann bho thaobh Inbhir Àir a bha cho gunaideach ris an t-seabhaig 's cho giùdach ris an iaraig. 'Cumberland' a thug iad air sa bhad, 's e cho cruinn ri marag mhòr à Steòrnabhagh.

Ach reamhar 's gu robh e, bha e math air èigheach, 's aig ceann nan sia seachdainean a bha iad aige bha an comas a rèir a' choireil: bha iad fraigeannach, ialach, langaideach, peinntealta, deiseil mar chaoraich chum a' chasgraidh.

Ach abair bòidhchead seallaidh! An t-fhèileadh cho fìor ghrinn orra uile air a' mhèars, 's gach bròg is putan a' deàrrsadh mar an t-òr. Cha robh iongnadh, shaoil iad, gu robh caileagan Inbhir Nis a' gearradh fead nuair a chaidh iad air na trèanaichean an sin, deas chun a' bhàis.

Bha na ceudan dhiubh air deic a' bhàta, a' gabhail na grèine, Ralph Carson air ceann na seinn:

> "At last has come the time for which
> we always used to pine:
> we're all aboard the Viper
> and we lounge and smoke and dine,
> and watch the wheeling seagulls

and the distant shore of France,
and the sunlight on the water
and the waves which gaily dance.
For we're all off together,
we're making for the War –
we don't need to worry
or grumble anymore."

Fàidheadarachd a choilean Ralph an ceann ceithir latha ann an dìg aig Mons.

Fhuair na balaich cothrom siogarait mu dheireadh thall. Pacaid Woodbines. Na sgallachain a bha Vera Lynn a' dol a dhèanamh ainmeil ann an cogadh eile a' dol à sealladh.

"'Eil eagal sam bith ort?" thuirt Aonghas Iain. Shèid a bhràthair toit, ach cha tuirt e sìon.

"Tha ormsa," thuirt Aonghas Iain. "Eagal mo thòine. Chac mi a' bhriogais a-raoir." Sheòl toit eile dhan iarmailt. "Tha fhios a'm glè mhath nach e glòir is onair a tha romhainn ach na thachair do bhràthair ar seanar. No nas miosa."

"Carson, ma-tha, a tha thu a' tighinn?" Choimhead Aonghas Iain sìos air na stuaghan, a bha a' tighinn gu clabhsail. Os cionn Afraga bha an Grioglachan eireachdail.

"Eagal. Eagal, eagal, eagal. Eagal a bhith nam ghealtaire 's nam rongair. Eagal a bhith air mo mheas mar shaighdear-sitig, breacadh nan cailleach a' tighinn air mo shliasaidean ri taobh na mònadh. 'S eagal gun caillinn rudeigin cuideachd – sgeul na curaidheachd, mar a bh' aig Eòin Lachlainn Mhòir 'ic Iain Mhòir 'ac Dhòmhnaill Alasdair, a bha ainmeil sa bhaile. Dè a' chuimhne bhiodh airsan, ann am beul-aithris no eile, mura biodh e air a dhol a chogadh? 'S dè eile bha romhainn, a bhalaich, nar suidhe an sin an Uibhist

"Quo Redempti Sanguinem"

a Deas a' feitheamh leis a' bhochdainn no obair shuarach air choreigin nar sgimilearan aig a' bhàillidh sin a tha a' sìor imlich tòn an uachdarain?"

Bha lasairean iargalta a' spreaghadh os cionn na Frainge. Dreag a' dol aig astar dhan iar. Shad iad na fags sìos dhan chuan, far an do dhanns iad tiotan air na strithean àrda, 's chaidh iad fhèin sìos gu h-ìseal còmh' le na balaich eile, a bha air sgur dhen t-seinn. Ceud dhiubh nan suidhe balbh nam brògan tacaideach.

Fear beag rangalach an sin air chrith, cop mu bheul. "Pox from that old whore he was with in the East End last week," thuirt fear ceòsach eile air an taobh thall. "Told him she would finish him off before the Hun did."

"No fifes or drums did bugle blow for him, mate," thuirt corpailear, ga dhraghadh an comhair a chinn suas an staidhre chorrach.

'S laigh iad uile far an robh iad gus an reveille aig sia uairean sa mhadainn, mìle o chost na Frainge. 'S ò, chuir na bailtean fàilte mhòr orra ceart gu leòr. Nigheanan òga a' smèideadh nam brèidean riutha, 's na gillean beaga nan cois, mas fhìor a' mèarsadh. Bonnaich, ris an canadh iad croissants, leaghte le ìm, air an sìneadh dhaibh. Flùraichean, teòclaid, aran, measan, suiteis, fìon, leann, siogaraits, pàipearan-naidheachd. Brataichean beaga trì-dhathach aig an t-sluagh uile. *Vive la République!*

A' ghrian a' deàrrsadh, mar gum b' e meadhan samhraidh a bh' ann. Gheàrr an deagh chuid dhe na saighdearan na briogaisean os cionn nan glùinean, leis an teas. Seachd latha mar seo, 's na Gearmailtich air an ratreuta, tarsainn na Marne, 's na h-Ourcq, 's mu dheireadh chun na h-Aisne, far an do sheas iad.

Na sligean a' tòiseachadh an uair sin on chnoc air am beulaibh. *"Fall in, fall in, fall in,"* 's Alasdair 's Aonghas Iain 's Niall Mac-a-Phì 's na ceudan eile nan sruth fallais suas an cnoc. Slige a' spreaghadh 's Mac-a-Phì agus sianar a bha a' ruith còmhla leis nan closnaichean air a' bhlàr. Na machine-guns acasan a' dol *ta-ta-ta-ta*. Machine-guns nan Gearmailteach a' dol *tut-tut-tut-tut*.

Fad an fheasgair na ceudan a' dìreadh a' chnuic, 's na leth-cheudan a' tighinn air ais beò. Anns a' chiaradh, an t-sabaid aig oir na coille. Lasraichean san ear 's lasraichean san iar. Na cuirp nan laighe far an do thuit iad. Streitsearan a' ruith air ais san dorchadas. A' buannachadh slat air an t-slait 's a' gèilleadh òirleach air an òirlich. Clochranaich is carrasaich às gach toll. Solais, mar gum b' e coille-bìonain no corra-shùgain, air gach taobh. An Crann-Arain fada shuas san iar-thuath.

Bha uair foise ann sa mhadainn, eadar a còig 's a sia. Thàinig fear leis an canadh iad Bunter mu chuairt le muga ruma agus rud leis an tuirt e 'doubt' – bloigh siogarait. Fhuair Alasdair agus Aonghas Iain an anail mu dheireadh aiste.

Laigh iad air ais san toll, a' coimhead suas air coilleagadh na maidne a' sìneadh a-steach dhan ghlòmaich 's dhan chamhanaich 's dhan ghlasadh. "Chual' thu mu Iain Mòr, nach cuala?" ars Alasdair. "Iain Mòr Odessa, mar a theireadh iad leis. Bhàsaich e aig Tel-el-Kebir. Bha iad ag ràdh nuair a mhèars e tarsainn an Transvaal gu a bhàs nach do sguir e sheinn. Òran na h-Oda. Ceithir fichead rann chun na h-uarach, fad cheithir uairean fichead. 'S cha mhòr g' eil duine a' tuigsinn nam faclan an-diugh. Na bloighean dhiubh nach do bhàsaich còmhla leis san fhàsaich."

"Ododarum."

"Torcan."

"Sliopag."

'S aig an dearbh dhiog shèid biùgailear Gearmailteach an reveille a-rithist 's thill *tut-tut-tut-tut* nan nàimhdean 's iad nan seasamh

"Quo Redempti Sanguinem"

àrd air na h-eich, 's iad a' sruthadh sìos am bruthach mar ann an rèis.

'S air cùl inntinn chuala Aonghas Iain a' chailleach, Catrìona Nic-a-Phì, a-rithist (mar a chuala na h-uile), 's i a' labhairt a-mach às an t-sìorraidheachd: "A Rìgh na gile 's na grèine, is iomadh atharrachadh a thàinig air an dùthaich ri mo linn fhìn. Is cuimhne leamsa dar a bhiodh daoine na dùthcha dol chon na h-Oda ann an Àird Mhìcheil latha na Fèill Mìcheil."

'S leum e a-mach às an trainns, poll mu adhbrainn 's mu chalpannan 's mu ghlùinean 's mu shliasaidean, is ise a' labhairt leis. "Bha mi fhìn aig an Oda turas agus turas; agus is ann an sin a bha an sealladh sluaigh! Daoine às gach beinn agus baile, mòinteach agus machair, eilean agus rubha san dùthaich, agus an saoghal fhèin a dh'eich!"

'S leig Alasdair èigh mhòr às a dheoghaidh, ach chùm Aonghas Iain air, suas leathad a' chnuic, na peilearan a' dol *tut-tut-tut-tut* mu chluasan. "Cha robh fhios cò às a thàinig iad no cò às a bha iad a' tighinn," thuirt i. "Cha robh fo ghrèin ghil nam buadh. Ò, a Mhoire nan gràs, an latha gràdhach a bh' againn an sin, le marcachd agus cuartachadh agus carraideachadh, le cùlagan agus currain, le fàilteachadh agus le furain dhaoine!"

'S chan eil fhios cia mheud peilear a chaidh troimhe mus do thuit e, na saighdearan Gearmailteach ga fhàgail marbh 's a' ruith nan deann dhan choille, far an deach cur às dhaib' fhèin le ambush a bha an Royal Garrison Artillery (Mountain Regiment) air a chur an gleus.

'S anns an t-sàmhchas iargalta a lean, shnàig Alasdair tron pholl fad leth-cheud slat gu a bhràthair, a bha a' brùchdadh na fala. "Agus oidhche na Fèill Mìcheil! B' i sin an oidhche shòlasach an Uibhist! Bàl agus dannsa, ceòl agus òrain, beòir agus uilim an ceann gach ursainn. Agus na falachain aig a' chlann-nighean! Agus gun fhios fon ghrèin cuin no càit an d' fhuair iad na currain – cha robh fios!"

'S bhàsaich e an sin, an uchd a bhràthar, aois ceithir-deug, aig an dearbh dhiog a bha Eòin 's na còig sagairt fhichead a' crìochnachadh na h-aifrinn ann am Blairs.

"*Pleni sunt coeli et terra gloria tua,*" thuirt na sagairt.

"*Hosanna in excelsis,*" fhreagair na balaich.

"*Benedictus qui venit in nomine Domini,*" ghairm na sagairt.

"*Hosanna in excelsis,*" fhreagair na balaich, 's dh'fhàg iad uile an eaglais mar a thàinig iad a-steach: an dà chailleach-dhubh sa bheulaibh a' crathadh na tùis ghlòrmhoir, na sagartan dathach, purpaidh is orains is dearg is uaine is geal, air an cùlaibh, 's na balaich uile, an cinn crom, aig an sàilean, 's iad uile a' seinn an *Te Deum* mar na h-eòin:

"*Te deum laudamus:*
te Dominum confitemur.
Te aeternum Patrem:
omnis terra veneratur."

6

~~~>●<~~~

Ghiùlain Sìneag paidearan nan dìtheanan dhachaigh, gu faiceallach.

Ceithir thar fhichead eòintean buidhe air am fighe còmhla le gob na h-ìne.

Iad a' snìomh a-mach 's a-steach air a chèile.

'S bha i na suidhe a-nis ann an greathan an latha air a' mhachaire, a' meas cò a phòsadh i.

"Dreathan-donn is iolaire. Uiseag is a cèil'. Lon-dubh mòr nam monaidhean, ràcan a' chùl-chinn," 's shad i ceithir air falbh. "An eala bhàn 's an sùlaire, a' chuthag 's am brù-dearg: nam faighinn cead mo roghainn-sa, 's e saighdear bàn a b' fheàrr."

Stad i aige sin, a' toirt an ochdamh eòintein – dìthean an t-saighdeir – a-mach às a' bhuaile 's ga chàradh na gruaig. Thilg i an fheadhainn eile leis a' ghaoith, 's dh'fhalbh iad nan spèilleagan am measg a' mhurain.

Ruith i sìos gu oir na tràghad.

Cha robh duine beò ri fhaicinn, 's chuir i dhith an t-aodach clòimhe, 's chaidh i dhan uisge. Chuir am fuachd grìs troimhpe mus tàinig an dara blàths tron an t-sàl.

Bha i sia bliadhna deug a dh'aois, cheana mothachail gu robh a maighdeanas air atharrachadh. An t-uisge fionnar air a cìochan infhir, 's i a' faireachdainn cho glan lìomhta o mhullach a cinn gu bonn a sàilean. Tonnan dha cruth 's guth 's dha mànrachd.

Rinn i ceud sràc-snàimh a-mach, 's ceud air ais, 's i air bhog air a druim. Na sgairbh 's an cuid òdhragan a' lasagraich air a cùl thall mu Sgeir na Cloiche Duibh. Annlagan 's bòdhagan 's brìdein 's buna-bhuachaillean a' cìobaireachd nan nèamh. Gràilleagain 's trìlleachain a' caismeachd air teas na gainmhich. An crodh dubh a' geumnaich fad' às.

Bha Eachann Aonghais Eachainn an ath dhoras, 's i an dùil a phòsadh. Ged nach robh fhios aig duine beò air a sin.

Bha esan fichead, 's e ag iasgach a-mach à Loch Aoineart. Saor is clachair – is seanchaidh cuideachd – a bha na athair, a dh'fhalbh còmh' leis a' chòrr ann am '14 's nach do thill. 'S mar aona mhac bantraich fhuair esan an cead nach d'fhuair na milleanan, cumail clìoras clàbar nan trainnseachan. A thog – le muir-thachdar – sgoth cho brèagha 's a bha sa Cheann a Deas. *An Fhaoileag* a thug e oirre, an t-ainm sgrìobhte le creasot à bùth a' Mhuilich.

'S bhiodh deichnear aice co-dhiù, cleas a màthar, ach bhiodh iad slàn fallain, 's air an deagh fhoghlamachadh. Sin co-dhiù, os cionn gach rud. Rùnaich i, air bhog san t-sàl, sin a bhith aca co-dhiù: sgoil.

'S gann gu robh i air a h-aodach a chur uimpe a-rithist nuair a chual' i a ghuth àrd os a cionn. Eachann. Na sheasamh an sin, air mullach togsaid, ial na grèine ga shoillseachadh. A ghruag bhàn a' sèideadh sa ghaoith. E gàireachdainn, 's a làmhan a-mach mar sgiathan faoileig.

Saoil am fac' e mi? smaoinich Sìneag. *An seo lom luirmeach?* Bha nàire oirre, 's nàire oirre faighneachd am faca. *Saoil an robh e na sheasamh an sin o chionn leth-uair gam choimhead? No am falach air cùl na togsaid nuair a thàinig mi rùisgt' às a' mhuir? Am balgair salach.*

"Hoigh. He. Ha," bha e ag èigheach os cionn na togsaid. "Seall ormsa. Faoileag mhòr na mara." 'S sheinn e rann, a' dol deiseal air mullach na togsaid.

"Sheòl mi gu deas, 's shèol mi gu tuath,
'S chan fhaca mi riamh a leithid;
Sheòl mi an ear 's sheòl mi an iar,
'S chan fhaca mi riamh do leithid."

Bha i cinnteach a-nis gu robh e air a faicinn.

Leum e nuas on togsaid, a' dèanamh car a' mhuiltein air na bruthaichean gainmhich, sìos thuice. "A Shìneag," thuirt e rithe, gu sìmplidh. "Tha e cho math d' fhaicinn." A-rithist, shaoil i gu robh ciall eile air a bhriathran.

"'S dè chunna tu?"

"O, an saoghal mòr," ars esan. "An cuan, 's na h-eòin, 's an tràigh."

"Agus sin e?"

"Ameireagaidh cuideachd – thall an sin, air oir na Haf."

"Nach brèagh' an sealladh," thuirt i, 's dh'aidich e le gàire beag.

"An cùm mi ceum dhachaigh leat?" dh'fhaighneachd e, an uair sin.

"Do thoil fhèin," thuirt i, 's choisich an dithis aca air an socair suas a' Chròic a Deas.

"Chuala mi g' eil an cogadh seachad," thuirt e, gu socair.

"Cha do thill duine," thuirt i. "Alasdair no Aonghas Iain. 'S cha till."

A' ghrian a' dol fodha, dearg, tuath air Holaisgeir.

"'S 'eil thusa a' falbh?" dh'fhaighneachd i.

Choimhead e sìos oirre gu dùrachdach. "Ma tha, chan ann dhan Arm. Tha mo shùil air Ameireagaidh. Cho luath 's a gheibh mi pasaids. Bha balaich an Ìochdair a' bruidhinn air dìreach an latha roimhe – gun do dh'fhalbh Seonaidh Dhòmhnaill Sheumais o chionn sia mìosan, 's g' eil e air fhortan a dhèanamh a cheana. Tha e 'g obair aig Ford, ann an Chicago. A' dèanamh làraidhean – nach e 'm balach e."

Bha i sàmhach, 's iad a-nis air an tràigh mhòir a bha a' ruith tuath gu Àird Mhìcheil. Faisg air ceud bliadhna cheana on a chaidh an cuartachadh 's an rèis mu dheireadh a chumail an sin. 1820. Oda mhòr nan each. Mìcheal mìl nan steuda geala, choisinn cois air dràgon fala. "Latha mòr mòr latha na Fèill Mìcheil, a luaidh, latha nach faic sinn a leithid gu bràth tuilleadh. Bha gach beag agus mòr, gach òg agus sean, gach fireann agus boireann san dùthaich air falbh aig an Oda latha na Fèill Mìcheil, gun neach air bonn taighe ach seann duine no seann bhean no leanaban beag bà gun chron gun chèill. Ò, a Mhòire mhìn nan gràs, 's ann nan dàil-san a bha an tuairneal! "Bha na daoine cho dùmhail mu chladh an Teampaill latha na Fèill Mìcheil agus a tha na cathain air Machair a' Mhiogadain latha mòr na h-imriche. Cha robh beinn no baile, bàgh no rubha eadar Fadhail Ghramasdail agus Stac Èirisgeigh nach robh a' dòrtadh an daoine a dh'Àird Mhìcheil latha na h-Oda. Ò, a Mhoire, Mhoire, ach an dùmhladas sluaigh a bhiodh an sin, beag agus mòr, àrd agus ìseal!

Bha an aon togail air na h-eich uile, òg agus aosta. Gheibheadh sibh an t-sùil cho beò, a' chluas cho biorach, a' chas cho luath agus an aigne cho aotrom. Ò, a leabhra fhèin, shaoileadh sibh gum b' eich òga na seann eich aosta, agus gum b' eich aosta na h-eich òga nach robh riamh aig an Oda – iad cho togarrach ris na h-eich a bha tric ann. Bha e mar gum biodh e nàdarra dhaibh mar a tha e nàdarra do chrodh na h-àirigh agus do dh'eòin na mara falbh air an latha suidhichte fhèin. Ò, Mhòire nan gràs, an gnè agus an nàdar a chuir Tì mòr nan Dùl anns gach creutair a chruthaich a làmhan beannaichte fhèin – bho mhac an duine gu eich na h-Oda, bho crodh na h-àirigh gu eòin a' machaire!"

Nach fhada cian on uair sin, shaoil i. 'S ghabh i smuain air na currain, a bhiodh na boireannaich 's na nigheanan òga gu lèir a' cruinneachadh.

'S ged nach cual' i riamh air Freud, bha fhios aice gu dè an samhla a bh' ann. Bha 's aca uile, 's nach iomadh gàire a rinn na caileagan mu dheidhinn, 's na fir a' smaointinn gu robh iad cho neoichiontach! Na h-amadain!

"Torcan torrach, torrach, torrach,
Sonas curran còrr orm,
Mìcheal mìl a bhith gam chonail,
Brìde gheal gam chònradh.

Piseach linn gach piseach,
Piseach dha mo bhroinn,
Piseach linn gach piseach,
Piseach dha mo chloinn."

Nach àraid, shaoil Sìneag, gu robh a seanmhair uair cho òg 's cho iarrtach 's a bha i fhèin.

Am biodh i cho dàn 's gum faighneachdadh i dha – an dràsta fhèin – 's ise na caileig cho òg?

"An toir thu mise leat?" dh'fhaighneachd i, gu sìmplidh. "A dh'Ameireagaidh. A Thìr a' Gheallaidh?"

'S cha do rinn e gàire no sìon, ach ghabh e dìreach a dà làimh thuige fhèin, ga toirt faisg, 's phòg iad, gus nach robh anail air fhàgail 's an tàinig anfhannachd, 's thuit iad, ann an gàirdeanan a chèile, le lachainnean mòra gàire, am measg a' mhurain.

"Thig mi air ais air do shon," thuirt e, an ceann ùine. "Nuair a choisneas mi beagan. Tillidh mi le tiocaid air do shon, 's thèid an dithist againn air ais an uair sin tarsainn na h-Atlantic, còmhla."

Choimhead e sìos oirre, fodha. "Dìreach g' eil thu ro òg an dràsta. Cha bhiodh beatha ann dhut an Ameireagaidh an dràsta, gus am faigh mi fhìn a-mach an toiseach cò leis a tha e colach. Aon uair 's gum faigh mi obair, 's taigh a chur suas – 's e log cabins a th' aca an sin – leigidh mi fios thugad. 'S dòcha dìreach gun cuir mi thugad tiocaid. Bhiodh sin, 's dòcha, nas luaithe buileach, seach mi fhìn tilleadh. 'S choinnichinn leat thall. Air a' wharf aig New York. Sin a th' aig na Yankees air cidhe – agus 's e New York am baile as motha air an t-saoghal!"

Choimhead Sìneag suas air, 's e cho brèagha 's cho breugach. A shùilean bòidheach air lasadh leis an t-saoghal ùr.

'S ann aice a bha an deagh fhios nach fhaiceadh i tuilleadh e, aon uair 's gum falbhadh e. Chan e nach robh e buileach ag iarraidh, ach bha e – ceart gu leòr – mar fhaoileig air iteig. Gaisgeach na misnich a' dol air astar na fiosachd. 'S e nach siùbhladh air criplich, ach air steud briain Mhìcheil, gun chabhstar na shliopan, e marcachd air iteig. 'S thòisich i air seinn, seann òran à aiteigin an aignidhean domhainn a cridhe, 's esan na shuidhe os a cionn, fhalt bàn a' siabadh anns a' ghaoith, mar dhiasan eòrna am meadhan an fhoghair:

"Thug mo leannan dhomh sgian bheag
A ghearradh am meangan goid,
A ghearradh am bog 's an cruaidh –
Saoghal buan dhan làmh a thug.

Eachann Aonghais Eachainn

Gheall mo leannan dhòmsa stìom,
Gheall, agus bràiste 's cìr,
'S gheall mise coinneamh ris
Am bun a' phris mun èireadh grian.

Gheall mo leannan dhòmhsa sgàthan
Anns am faicinn m' àille fèin,
Gheall, agus brèid is fàinne,
Agus clàrsach bhinn nan teud.

Gheall e siud dhomh 's buaile bhà,
Agus fàlaire nan steud,
Agus birlinn bheannach bhàn
Rachadh slàn thar chuan nam beud.

Mìle beannachd, mìle buaidh,
Dha mo luaidh a dh'fhalbh an-dè:
Thug e dhòmhsa 'n gealladh buan
Gum b' e Bhuachaill-san mac Dhè."

'S bha fios is cinnt aice gun soirbhicheadh leis-san, mar nach soirbhicheadh le daoine eile, a bhàsaicheadh ann an dìgean Chanada mar a bhàsaicheadh iad ann an dìgean Uibhist. Oir bha lainnir an fhortain air, caimeachadh nan naoi buaidhean glana caon na ghruaidhean caomha geala. Gheibheadh e cosnadh, is taigh, is bean is teaghlach, thall an sin ceart gu leòr, 's an ceann leth-cheud bliadhna, shaoil i, bhiodh e a' luasganaich air ais 's air adhart ann an sèithear mòr air verandah, air a chuartachadh le àl, cleas a' bhodaich fheusagaich a chunnaic i o chionn seachdain anns an *Daily Mail* an taigh Dhùghaill Chaimbeil fon tiotal 'Homesteaders'. Dh'aithnich a cridhe a' bhreug, ged nach robh de Bheurla aice a leughadh an duatharachadh.

"Tiugainn," thuirt i leis, a' gabhail a làimhe.

'S choisich iad deiseal air Cill Mhìcheil 's a-null seachad air na taigheacha-talmhainn far an robh na bòcain a' fuireach. Bha fallas air deàrnadh a bhoise. Fallas an eagail. An e dleastanas nam ban a bhith gu sìorraidh ag altram nam fear? Gan giùlain 's gan comhartachadh, gam biathadh 's gam misneachadh. 'S a' laighe fodhpa nuair a bha iad ag iarraidh, 's ag èirigh romhpa airson teintean a lasadh, beathaichean a bhleoghann, lite a thogail, ìm is gruth is miùg is clòimh is clann is tuiream a dhèanamh a rèir an toil. No co-dhiù a rèir toil na nàbaidheachd, no toil Dhè.

Dhealaich iad aig snaidhm an ùdrathaid a bha a' gearradh Bhòrnais is Ormacleit na dhà leth. Sheas iad greis, ceart gu leòr, an làmhan ceangailte, 's an sùilean glacte. "Tha mi . . ." thòisich e, ach chuir i stad air le crathadh beag dhe ceann.

"Tha fhios a'm," thuirt i. "Tha fhios a'm."

Bha a' ghealach a-nis a' fiaradh mullach na Beinne Mòire.

"Tha fhios a'm," thuirt i a-rithist. "Slàn leat."

Mhothaich i na deòir na shùilean, 's gus stad a chur orra, steig i a teanga a-mach, 's rinn e an gàire a bha iomchaidh.

Bha e saor, bha fhios aige, 's thog e air na ruith tarsainn nam ballachan-cloiche taobh Loch Olaigh.

'S thionndaidh ise gu deas, a' caoineadh, mar a rinn Beathag Mhòr, 's na mìltean dhe leithid, a dh'aindeoin nam briathran àlainn gun toireadh fear a' Bhealaich tè bhòidheach, shocair, chiallach dhachaigh leis.

'S nuair a ràinig i an taigh, bha a h-athair an sin a' dochann a màthar sa chlòsaid. An leanabh is Anna 's Ealasaid 's Iain 's Dòmhnall Uilleam 's Seumas 's Raonaid ann an sàmhchair an eagail. Dìreach Peigi a' dèanamh oidhirp stad a chur air an eachdraidh, le caoineadh follaiseach os cionn a màthar, a bha a' giùlain nam buillean gu fulaingeach sàmhach.

Eachann Aonghais Eachainn

Bha na h-innealan crochte air a' bhalla: an t-sùist 's an criathar 's an corran 's an speal 's an spaid 's an ràcan 's an treidhsgeir. Ò, mar a bha a' Bhantrach Bharrach a' dèanamh feum dhiubh! 'S ruith Sìneag a-null thuca. A' bristeadh aon lagh, ach a' coileanadh fear na bu mhotha, thog i an spaid, 's thug i dha h-athair i air cnàimh an droma.

Thuit e na spèilleig aig a casan, ospagan eagalach a' tighinn às – pìochan is carrasan is glòchair, striamalaich ilisgein 's lùghaidhean iodhannach – a' grùmhan 's a' gòmadaich neagaidean leanabail 's a' smeurachadh mu chuairt sa ghainmhich aig an casan.

Riamh on uair sin, bha e aircleach is balbh, a' leantainn a màthar mar uan fo ùth.

7

Bha sia bliadhna air a dhol seachad – 's ochd millean marbh sna trainnsichean – mus d' fhuair Eòin a-mach à Blairs a-rithist.

Ceart gu leòr, fhuair e an cothrom a dhol a-staigh a bhaile Obar-Dheathain dà latha sa bhliadhna – air a cho-latha-breith agus air co-latha-breith ainm-dalta, Steafain – ach 's e sin na chunnaic e dhen t-saoghal mhòr gus an d' fhuair e mìos dheth airson a dhol dhachaigh aig deireadh na siathamh bliadhna, san t-samhradh, 1920.

Bha e ann an saoghal Laidinn agus Clasaigeach. Chan e a-mhàin an aifreann is modhan na sagartachd, ach an eachdraidh 's an litreachas a rinn e – Livy is Pliny is Homer is Plato a' còmhdachadh na Roinn-Eòrpa, 's Maois is Daibhidh 's Augustine 's Pòl an còrr dhen t-saoghal aithnichte.

Bha iad sa chlas aon latha nuair a chuir balach à Glaschu suas a làmh. "Father?" thuirt e. "Bha cuideigin ag ràdh gu robh cogadh mòr a' dol a-muigh. Eil sìon a dh'fhios agaibh dè a tha tachairt?"

Stad an sagart aosta a bha gan teagasg mar gum biodh urchair

air a dhol dheth. A' gluasad a speuclairean, thuirt e, "'Ille, 's e an aon chogadh a bu chòir a bhith a' cur dragh ortsa am fear a tha san leabhar air do bheulaibh. Eadar-theangaich!"

'S chrom ceud sùil a-rithist gu Homer: Μῆνιν ἄειδε, θεά, Πηληϊάδεω Ἀχιλῆος – Seinn, Ò bhana-dhè, fearg chunnartach Achilles.

B' e lathaichean – is bliadhnachan – àraid a bh' ann, ceart gu leòr.

Chunnaic e am baile fhèin airson na ciad uair oidhche na Nollaig, 1914. Lainntearan beaga gas crochte an uinneagan nam bùithtean (cha robh guth air 'blackout' gus an ath sgrios mòr).

Bùth ceimigeir – Thain's – aig aon cheann de Union Street, 's taigh-seinnse – The Causey Inn – aig a' cheann eile. Postair mòr ann an uinneig bùth nan dèideagan an ath dhoras do Thain's.

Little girls and little boys,
Never suck your German toys;
German soldiers licked will make
Darling Baby's tummy ache.

Parents, you should always try
Only British toys to buy;
Though to pieces they be picked,
British soldiers can't be licked.

An uinneag làn gholliwogs.

Bha saorsa aig Eòin a bhith sa bhaile eadar ceithir uairean 's sia. I cheana dorcha le ciùchradh sneachda a' tuiteam. Na trams a' gliogadaich 's a' glagadaich. Na h-uaislean air taobh a-muigh MacIntosh and Esslemont nan gigeachan. Na tuathanaich, air an daoraich, a-staigh sa bhaile le each is cairt. Chaidh Chris Tavendale seachad, gun fhios, gun fhor.

Bha ùrnaighean aig Eòin an aghaidh bhuairidhean, 's labhair e iad gach uair a chunnaic e boireannach, le adhbrann rùisgte, a' dol seachad. Leadan Moire, le trì cheud latha laghaidh na chois. *Sub tuum praesidium confugimus, sancta Dei Genitrix, nostras deprecationes ne despicias in necessitatibus nostris; sed a periculis cunctis libera nos semper, Virgo gloriosa et benedicta.*

Bha pìobaire dall air dhèirc taobh a-muigh Àrd-eaglais na h-Òigh Moire. Air a dhalladh aig Mons ochd seachdainean roimhe. Cha robh aig Eòin ach na sia sgillinnean a bha e a' cumail airson piulan beag air choreigin a cheannach dha mhàthair. Thug e iad dhan duine dhall, a chùm air le *Bonnie Dundee*.

"You'll have a bit more of where that came from," thuirt an t-siùrsach a sheas ri thaobh. Boireannach àrd caol, mu mheadhan-aois. Pùdar is lipstick is baga-làimhe lainnireach. Am blobhs ìseal, a' taisbeanadh bàrr nan cìochan. *Mater purissima*, thuirt Eòin leis fhèin. *Ora pro nobis. Mater inviolata. Ora pro nobis. Mater intemerata. Ora pro nobis.*

Ghluais e air falbh, ga fàgail teann leis a' bhaga, prìs seòladair Ruiseanach na h-oidhche roimhe.

Sìos seachad air Smith's the Cartwrights, Carse & Dargie, Solicitors, Lunn's Hosiery, MacGruther & MacGregor, Jewellers, agus an Causey Inn. Ceàrd an sin san doras le acòirdian a' gleadhraich *Silent Night, Holy Night*.

An sneachda a-nis nas truime, 's e a' cromadh sìos Causeyside chun na tràghad. Nach fhaca 's nach do bhlais e on a dh'fhàg e Uibhist o chionn cheithir mìosan.

Funfair a' dol an sin, na alla-ghlòir. Carabhan phurpaidh, is *The Bearded Lady* sgrìobhte oirre. Fuamhaire mòr, le dà sgèile anns gach làimh, a' leum mun cuairt air àrd-ùrlar. Fear dreaste mar cowboy, is *Wild Bill Hickock* air a sheacaid. Boireannach le tights òir air a corra-biod air muin eich. Bailiùnaichean a' siabadh san t-sneachda.

"Happy Christmas," thuirt drungair ris san dol seachad.

Chunnaic e an uair sin rud nach fhaca esan – no duine sam bith eile an Obar-Dheathain – riamh roimhe: bratach mhòr dhearg a' sanasachadh '*AIR FLIGHTS*'. Bha an t-inneal, a reir an duine a bha a' gleadhraich a-steach dhan tannoy, a cheart cho èifeachdach leis an itealan ainmeil a thug J.T.C. Moore-Brabazon eadar Manchester is Paris a' bhliadhna roimhe. Ceithir fichead mìle san uair, gu àirde sia mìle slat.

Nach e bhiodh math, shuas anns na nèamhan, cho faisg air Dia! (Saoil an e toibheum a bha sin? – bha fhios nach e, oir nach do rinn Esan na nèamhan a bharrachd air thalamh!) Ach na sgillinnean a bh' aige ann an ceap a' phìobaire dhoill!

Chunnaic e an uair sin stàile nan coconuts, is nighean dhubh bhòidheach, mu aois fhèin, a' frithealadh. Bha i a' coimhead ris, a' tilgeil coconut eadar a dà làimh. Sùilean brèagha donna, 's a falt a' dòrtadh sìos gu a guailnean deithineach. Luirg rùisgte. Gàire tàisneach àlainn na sùilean. Peacadh.

Iarrtas is peacadh toinnte. *Refugium peccatorum, ora pro nobis.* I fhèin 's an t-itealan, cho brèagha 's thar comais. An t-airgead aig an duine dhall, 's an t-sagartachd a' cur cùl ri nigheanan. A shùilean-san air Crìosda 's air a mhàthair a-mhàin. "Òigh ro ghlic, Òigh ro mheasail, Òigh ro chliùiteach, Òigh ro chumhachdach, Òigh ro thròcaireach, Òigh ro dhìleas. *Rosa mystica. Turris Davidica. Turris eburnea. Ora pro nobis.*"

Stob i tarag dhan choconut 's dhòirt sruth bainne às. Chuir i a ceann air ais is dh'òl i. "Seo," thuirt i leis. "Gabh balgam – tha e cho blasta."

Eubha.

Bha am bainne milis, ach tana.

"Tapadh leat," thuirt e.

"'S e do bheatha. Tha gu leòr dhiubh ann."

Leth-cheud coconut ga cuartachadh. "Carson a tha iad?"

"O, dìreach airson daoin' a thàladh," thuirt i. "Tha iad cho annasach an seo. Duais airson sia crogain a leagail. Seall – bheil thu airson feuchainn?"

Shìn i an coconut a-null thuige, mar chrùn òir.

Chuir e a dhà làimh mun choconut.

"Uh-uh," thuirt i, a' crathadh a cinn. "Mar seo," a dà làimh sheang a' còmhdachadh a làimh-san.

"Aon làmh. Seo." Breacadh-seunain air caol a dùirn.

"Tha e aotrom gu leòr. Seall." Fàileadh brèagha mu h-amhaich. Mar dhìtheanan an earraich.

"Amas air a' chrogan sa mheadhan 's leagaidh tu iad uile." A h-anail cho faisg is cho blàth, 's an sneachda a' tuiteam.

Rùsg a' choconut cho molach, 's a craiceann a' coimhead cho mìn.

Canach an t-slèibh air Beinn a' Mhuilinn. Na gucagan air Loch a' Chlachain.

Gar-ag-ar-ag-ar-ag-ar-ag! Siud na sia crogain nan car a' mhuiltein, 's an coconut a thilg e na spiolagain cuideachd. Ise na lachan gàire am measg an sprùillich bhig a chaidh a spreaghadh – golliwogs is saighdearan beaga fiodha is doilidhean cotain is triuireanan ioma-dhathte.

"'Eil thu 'g iarraidh duais?"

A sùilean an duais.

E fo làn-amhluadh.

"Saighdear," thuirt e, 's thug i dha bioran fiodh air a chòmhdachadh ann an tartan.

Am Brabazonian Special

Na bleideagan sneachda a-nis a' laighe air a gruaig, geal air an dubh, a' leaghadh sìos a gnùis nan aibhnichean beaga soilleir.

Chuir e làmh an sin a' feuchainn le boinne a ghlacadh. Dol à sealladh anns an t-suathadh. A lipean fosgailte faoisgneach. *Regina Angelorum. Ora pro nobis. Regina Patriarcharum, Regina Prophetarum, Regina Apostolarum, Regina Martyrum, Regina Confessorum, Regina Virginum, Regina Sanctorum,* 's an siopsach mòr a bha air ceann an itealain a-nis a' gairm gu robh am Brabazonian Special gu bhith a' togail oirre an ceann chòig mhionaidean, 's gum b' e seo an cothrom mu dheireadh faighinn air bòrd.

'S ghabh i grèim teann air a làimh, 's i 'g èigheach, "Thugainn, thugainn. Leigidh e mise oirre saor an asgaidh – 's e m' uncail a th' ann," is siud dà chlogad mhòr leathair mun cinn 's iad nan suidhe air na treastachan fiodha le gleadhradh nan einnsean nan cluasan 's na rothairean a' tionndadh aig astar do-chreidsinneach 's iad a' falbh 's a' falbh 's a' falbh, teann ri taobh a chèile, 's an uair sin ag èirigh mar ann am mìorbhail suas suas suas, 's dòcha mar a rinn Mac Dhè fhèin an là ud ann an Ierusalem.

Cha chluinneadh e a guth leis an fhuaim, ach leugh e a bilean ag èigheach, "Seall," 's shìos fodha, tron t-sneachda, bha baile Obair-Dheathain a-nis a' deàrrsadh san dorchadas. Na tilleys cheana air an lasadh anns gach cidsin, 's lanntair air ceann gach gige a' dol dhachaigh le tiodhlac Nollaig. Na tuathanaich 's na marsantan, na h-iasgairean 's na bàird, na banaltraman 's na siùrsaichean, na maighstirean-sgoile 's na seòladairean nan cabhaig dhachaigh le ciofagan dha na mnathan 's dhan chloinn: siùcaran 's teadaidhean, Bìobaill 's prosbaigean, cidhisean 's cuiseidean.

'S nuair a laigh iad, dhealaich iad – gu sìorraidh. Ise a-staigh do charabhan bhuidhe fon ainm *Tuppence Hapenny Tatties*, esan a' coiseachd air ais dhan an t-sagartachd.

"Ann an ainm an Athar," bha am Monsignor ag ràdh gu socair, a' toirt dha na ciad sràic dhen chuip air a thòin rùisgte.

"Ann an ainm a' Mhic," 's an fhuil a' stealladh air a mhàsan.

"'S an ainm an Spioraid Naoimh."

Oir bha e fada seachad air sia uairean nuair a rinn e a shlighe air ais tron t-sneachda a Bhlairs – deich uairean, a dh'innse na fìrinn.

Bha am Monsignor a' feitheamh leis aig an doras, uaireadair-pòcaid òir aige na làimh.

Cha tuirt e guth idir idir le Eòin, a lean e, bog fliuch, sìos tro na trannsaichean chun na leabharlainn.

"Air do ghlùinean," thuirt e an sin le Eòin, "agus iarr mathanas air Dia airson do chealgaireachd 's d' uilc. Thig am peanas saoghalta bhuam fhìn."

Chrom Eòin a cheann, air a ghlùinean air an ùrlar.

Bròg an gleansach a' Mhonsignor a' dol mu chuairt 's mu chuairt air.

"Chan eil faoisid balbh," thuirt an guth os a chionn, an ceann greiseig. "Ged a tha Dia uile-chumhachdach, tha e air eadar-mheadhanairean a stèidheachadh air thalamh – an t-Athair Urramach Benedict XV agus sinne, a chuid shagart. Rannsaich do chogais le dìcheall mhòr agus saothair, gun dol gu geilt no imcheist. Cuidich do mheomhair le clàr-innse nam peacannan, agus gabh sàr-bheachd air na h-ana-miannan a tha fuaighte riut; air a' chuideachd anns an robh thu; air do ghnothaichean-gnàthail; air dleastanas do staide, agus an dòigh anns an do choilean thu iad; a h-uile peacadh anns an d' èirich dhut tuiteam an gnìomh no 'n dearmad faigh a-mach, agus cho tric agus a bha thu ciontach."

Na bròg an a' dol mu chuairt fhathast.

Na bròg an nan stad air a bheulaibh. E fhèin na bhog-fhallas le uisge an t-sneachda.

Dà làimh a' Mhonsignor a-nis air mullach a chinn. Lòn mu a ghlùinean.

'S leis a seo, thog e smiogaid Eòin suas. "'S can seo: 'Airson nam peacannan seo 's gach peacaidh a rinn mi riamh, tha mi duilich bho ghrunnd mo chridhe, 's a' cur romham nach peacaich mi tuilleadh. Tha mi guidhe mathanais bho Dhia annta, 's breitheanas-aithrich is fuasgladh bhuaibhse, Athair-fhaoisid.'

"An sin èist le sùim 's le irioslachd ri gach seòladh is comhairle a bheirear ort, gabh rid bhreitheanas-aithrich le ùmhlachd, a' cur romhad a chur an gnìomh. A' faotainn fuasglaidh, crom sìos do cheann, ùraich d' aithreachas airson do pheacannan uile, agus le fìor irioslachd iarr tròcair air Dia, 's gun deònaicheadh e mathanas a thoirt dhut air nèamh mar a tha mise a' toirt dhut air thalamh.

"'S an dèidh d' fhaoisid cuir do bhreitheanas-aithrich an gnìomh san àm agus san àite a dh'iarrar ort. Ùraich do rùn a h-uile peacadh a sheachnadh, agus na meadhanan iomchaidh thuige sin a chleachdadh, le ceann-adhbhar 's buaireadh a' pheacaidh a sheachnadh. Mar sin cuir thu fhèin air rian do chaitheamh-beatha a leasachadh.

"'S a-nis tòisich."

An sneachda tron do dh'itealaich e fhèin 's an t-siopsach bheag a-nis na loch mu chasan. Ò, cho faoin 's a bha an saoghal! Carson a rinn e e! Carson a bha e cho gòrach. A' cur a shagartachd (gun ghuth air a mhàthair 's air Uibhist) fo nàire airson uaireannan spòrs còmhla le nighean nach fhaiceadh e gu sìorraidh tuilleadh. A' cur nam bliadhnachan mòra a bha roimhe an cunnart airson mhionaidean beaga a' tilgeil choconuts! O, cho meallta 's a bha am peacadh, 's cho ceart 's a bha an duine mòr còir a bha na sheasamh os a chionn.

'S chuir Eòin comharra na croise air, 's thuirt e, "Athair,

beannaich mi, oir pheacaich mi," 's chuir am Monsignor a làmh air a cheann mar chomharra gu robh cumhachd aige sin a dhèanamh, 's thòisich Eòin an Confiteor: "*Confiteor Deo omnipotenti, beatae Mariae semper Virgini*... tha mi ag aideachadh do Dhia uile-chumhachdach, do Naomh Mhoire a bha riamh na h-Òigh, do Naomh Mìcheal an t-Àrd-aingeal, do Naomh Eòin Baiste, do na Naoimh Ostail Peadar agus Pòl, do na Naoimh uile, agus dhuibhse, Athair, gun do pheacaich mi gu trom lem smaointean, lem bhriathran 's lem ghnìomhannan, lem choire fhèin, lem choire fhèin, lem mhòr-choire fhèin..."

'S thàinig sùilean meara na h-ighne air ais na chuimhne, 's iad cho cruinn 's cho donn le uighean na h-uiseig air a' mhòintich. 'S chuimhnich e cuideachd air an latha a chaidh e fhèin 's Alasdair 's Aonghas Iain cuairt a Loch Sgiobort a' leantainn slighe Abhainn Ròdhaig 's Loch Àirigh Amhlaigh 's Allt Mille nan Con seachad air Loch Fada 's Loch Spotail, 's mar a thàinig iad tarsainn air neadan nan uiseagan san fhraoch air cùl Maoladh Creag nan Druidean. Na h-uiseagan fhèin a' dol às an rian os an cionn le sgreuchail fhaoin nach do chuir dragh no eagal air Aonghas Iain, a thog na sia uighean às gach nid 's a thilg iad – dìreach feuch an cluinneadh e am *plub* – fada sìos dhan Chaolas Mhòr fo sgallachain Loch Sgiobort. Cha chuala na, oir bha an fhairge cho garbh 's nach biodh tu air Clach Mhòr Ormacleit fhèin a chluinntinn a' tuiteam innte.

'S bha an t-àm aige a-nis a pheacannan aideachadh gu saor, soilleir, mar a thuirt am Monsignor.

Ach dè na peacannan? Cà 'n tòisicheadh e, no cà 'n crìochnaich-eadh e? Nach robh e na fhear-fianais do bhristeadh nan uighean? A' cuideachadh le bhith cur às do dh'àl Dhè? Nach do pheacaich e air sgàth 's nach tuirt e guth, 's nach do rinn e oidhirp sam bith stad a chur air Aonghas Iain? Gu dearbh, ann an dìomhaireachd a chridhe, nach do chòrd e leis? Nach d' fhuair e toileachas à sgreuchail eagalach nan eun, 's a bharrachd a-rithist às mar a sheòl na h-uighean bòidheach sìos air falbh dhan t-sìorraidheachd? Nach do leig e air gun cual' e am *plub* aig deireadh an sgeòil? Gu dearbh, nach robh e a' cunntais gu deich às dèidh dha gach ugh falbh, 's an uair sin ag ràdh *plub* beag socair ris fhèin fo anail? Na h-uiseagan bochda, 's an ath ghinealach gu lèir air an spadadh sa Chaolas Mhòr.

'S nach robh e air a h-uile riaghailt eile a bhristeadh cuideachd – chan e a-mhàin Deich Fàintean Dhè (Còig: Na dèan marbhadh), ach Sia Fàintean na h-Eaglaise (Còig: Deacamh a dhìoladh do na pearsachan-eaglais), na Seachd Sàcramaidean, na Trì Subhailcean Diadhaidh, na Ceithir Freumh-Shubhailcean, Seachd Tiodhlaicean an Spioraid Naoimh, Dà Thoradh Dheug an Spioraid Naoimh, Seachd Obraichean Corporra na Tròcaire, Seachd Obraichean Spioradail na Tròcaire, na h-Ochd Beannachdan, an Dà Shubhailc anns a bheil Sùim an Lagha 's nam Fàintean, na Seachd Peacannan-bàis, na Peacannan a tha an aghaidh an Spioraid Naoimh, na Peacannan a tha 'g èigheach dìoghaltais bho Fhlathanas, na Naoi Dòighean air am faod sinn a bhith coireach am peacadh an atharraich, Trì Iuchraichean Fhlathanais agus Trì Comhairlean an t-Soisgeil.

Nach robh e air am bristeadh uile?

Ach cha do dh'aidich e a-mach guth dheth.

"Tha mi duilich, Athair, gun do pheacaich mi," thuirt e an àite sin, "le bhith a-muigh anmoch gun chead."

Bha tiotan sàmhchais ann.

"Agus sin e – sin uil' e?" thuirt am Monsignor, is e os a chionn.

Chan e, shaoil e. *Chan e. Idir, idir, idir.* "'S e," thuirt e.

Thàinig a' bhuille thuige às an àird a deas, dìreach eadar a' chluais agus am peirceall.

"Na inns breug dhan Spiorad Naomh, no dhòmhsa," thuirt am Monsignor. "Tha fàileadh asad. Fàileadh a' pheacaidh. Cà robh thu 's cò còmhla ris 's carson? Dè rinn thu 's dè cho tric 's cho domhainn 's a bha am peacadh? Labhair a-mach e am fianais Dhè."

Am Monsignor a-nis cho faisg air 's gun cluinneadh e diog an uaireadair òir tron anart dhubh.

An fhìrinn cho beag agus tàmailteach, 's a' bhreug cho mòr agus uabhasach. Oir dè rinn e ach a dhol gu fèill, 's coconut a thilgeil, 's a dhol suas gu mìorbhaileach dha na speuran (nach e muinntir Bhòrnais a bhiodh moiteil!) còmhla le caileig neoichiontaich bhòidhich.

Ach air slighe naomhachd na sagartachd b' e peacadh a bha sin, a' toirt a-steach co-dhiù dà pheacadh-bàis: sannt is drùis. 'S bha an àicheadh na bu mhiosa buileach, a' dèanamh dìmeas air riochdaire Dhè air thalamh a bha na sheasamh os a chionn. 'S mura h-aidicheadh e, bha deagh fhios aige gum biodh e air a chur dhachaigh sa mhadainn, gach plana a bh' aige briste, na nàire dha mhàthair 's dha choimhearsnachd.

"'S pheacaich mi, Athair," thuirt e. "Chaidh mi gu fèill shaoghalta a' sireadh aoibhneis ann am faoineis spòrs – a' tilgeil choconuts. 'S chunnaic mi nighean 's bhruidhinn mi leatha 's chaidh mi cuide leatha 's chùm sinn grèim air làmhan a chèile, 's bha iarrtas ro mhòr agam cuideachd, Athair, 's thoir mathanas dhomh, a pògadh, 's chaidh sinn suas àrd dha na speuran air itealan ùr-nòsach, a' dèanamh toibheum air mòrachd is ùghdarras Dhè air nèamh agus talamh, 's nuair a thill sinn air ais gu talamh tròcair bha sinn an cuideachd a chèile a-rithist: rud, tha fhios a'm, a tha an aghaidh lagh Dhè, lagh na h-Eaglais agus lagh an ionaid seo. Athair urramaich, thoiribh mathanas dhomh airson sin agus airson gach peacaidh a rinn mi riamh. Amen."

Bha am Monsignor ag osnaich os a chionn, a' tulgadh air ais 's air adhart, a' miannachadh faighneachd dhan ghill' òg an d' fhuair e eòlas corporra sam bith air an nighinn, ach bha nàire air faighneachd, fiù 's na dhreuchd. Oir ò, mar a bha e fhèin air tuiteam, uair agus uair eile, ann an smuain, ann an gnìomh, thall ann an clobhsaichean dubh a' bhaile a-null mu Thorry, a dh'aindeoin gach aideachaidh agus aithreachais agus rùin a rinn e riamh. Nach e an aon ghlanadh a bha dhìth?

'S bha aige a-nis ri mathanas a thoirt dhan bhalach òg a bha fodha, Eòin Dòmhnallach, nach do rinn sìon ceàrr ach a dhol gu fèill is coconuts a thilgeil. 'S aige cuideachd ri breitheanas-aithrich is seòladh is comhairle a thoirt dha. Esan a bha cho caillte e fhèin.

'S dè am peanas a bheireadh e dha? Conair na Trianaid Uile-naoimh no Laoidh nan Aingeal no Leadan Corp Chrìosda no am *Pange Lingua*, a bheireadh trì cheud latha laghaidh air aithris aon uair san latha, no làn-laghadh air Diardaoin Bangaid, Diardaoin Corp Chrìosda, no latha sam bith dhen ochdamh 's aon latha sam bith eile dhen bhliadhna, air na cùmhnantan gnàthaichte?

> *"Pange lingua gloriosi*
> *Corporis mysterium,*
> *Sanguinisque pretiosi,*
> *Quem in mundi pretium."*

'S shìn e a làmh air uachdar a ghille 's ghairm e: "Tha thu air d' fhuasgladh o do pheacannan uile an ainm an Athar 's a' Mhic 's an Spioraid Naoimh," 's thug e dha Leadan an Aingil-Choimhidich le ràdh trì tursan san latha airson sia seachdainean, a bharrachd air peanas corporra mar fhulangas airson a pheacaidh-dhaonnda.

'S bha na sràcan a bha Eòin a' faighinn a-nis air a thòin rùisgte nan gnìomh eadar nàire is nàdar – an dithis aca air an tàmailteachadh 's air an irioslachadh, 's an dithis aca a' sìor shileadh nan deur.

'S dh'ionnsaich e on tachartas sin ceart gu leòr. A bhith dùinte culmach an àite fosgailte dòchasach. Anns an iomlaid, chaidh saorsa a reic airson cinnt.

Gu sìorraidh tuilleadh cha chuireadh banacheàrd de shiopsach a dhreuchd ann an cunnart.

Dh'fhàs e cho ruighinn ris an iarann 's cho tairiseach ri gille-steabhaig.

Cha robh gràs anns a' Bhìoball no lagh anns an eaglais nach robh aige air a theangaidh.

"Anns an toiseach," chanadh e, "chruthaich Dia na nèamhan agus an talamh," sìos gu "Gràs ar Tighearna Iosa Crìosda gu robh maille ribh uile. Amen" aig deireadh Leabhar an Taisbeanaidh, ged a bheireadh e còig latha ('s oidhche) san aithris, gun ghuth a ràdh air cò ghin cò – ghin Osias Ioatam, agus ghin Ioatam Achas, agus ghin Achas Esecias – eadar na duilleagan mòra sin.

'S dh'ionnsaich e air a theangaidh cuin is carson a bha làithean-traisge 's làithean-fèille 's làithean-cràbhaidh na h-Eaglais ann. Là Fheill Moire nan Coinneal, Là an Ostail Mathiais, Là Naomh Iòsaph, Là nan Ostal Philip 's Seumas, Là Faotainn na Croise, Là Ban-Naomh Maighread, Banrigh na h-Alba (an 10mh dhen Ògmhios), Là Breith Naomh Eòin Baiste, Là an Ostail Sheumais, Là Naomh Anna, Màthair na h-Òighe Moire, Là Cruth-atharrachadh an Tighearna (an 6mh dhen Lùnastal), Là Naomh Labhrainn, am martair, Là an Ostail Bhartolome, Là Breith na h-Òighe Moire, Là an Ostail Mhata, Là Fheill Mìcheil an t-Àrd-aingeal (eòlach gu leòr air a seo co-dhiù: an 29mh dhen t-Sultain), Là nan Ostal Sìmon agus Iùda, Là an Ostail Thòmais, Là Naomh Stephen, am martair,

Am Brabazonian Special

La an Ostail Eòin, Là nan Naoidheachan, agus Diluain agus Dimàirt Càsga agus Diluain agus Dimàirt Caingis.

Dh'ionnsaich e Ùrnaigh an Aingil Choimhidich, 's an *Salve Regina*, 's an *Sub Tuum Praesidium*, 's am *Memorare*, 's an *Angelus Domini*, 's an *Regini Coeli*, 's Ùrnaigh Naomh Ignatius ("Ò Thighearna, glac agus gabh m' uile shaorsa, mo mheomhair, mo thuigse agus m' uile thoil, ciod sam bith a th' agam 's as leam: is tu fhèin a thug dhomh iad uile; dhutsa, Ò Thighearna, bheirim air an ais iad: is leat iad uile, dèan riutha gu h-uile mar as àill leat. Thoir dhomh do ghaol 's do ghràsan, is làn-phailteas sin dhomh. Amen."), 's Ùrnaigh an Ostail Anndra 's Ùrnaigh Ban-Naomh Maighread ("A Dhia, a rinn Ban-Naomh Maighread, Banrigh na h-Alba, ro iomraiteach a thaobh a mòr-iochd do na bochdan; deònaich, às leth a h-eadar-ghuidhe agus a samhlaidh, do ghaol a bhith sìor mheudachadh nar cridheachan. Tro Chrìosda ceudna ar Tighearna. Amen."), 's Ùrnaigh airson Staid Chaitheamh-Bheatha a Roghnachadh, 's Ùrnaigh Phàrantan airson na Cloinne, 's Ùrnaigh Cloinne airson nam Pàrantan, 's Ùrnaigh airson ar Pears-eaglais, 's Ùrnaigh Càraide-pòsta, 's Ùrnaigh Bhantraichean is Dhìlleachdan, 's Ùrnaigh Sheann Sluaigh, 's Ùrnaigh Luchd-Foghlaim, 's Ùrnaigh ro Theagasg no ro Leasan, 's Ùrnaigh Chlement XI airson a h-uile feuma, 's Creud Naomh Athanasius, 's Creud Phiuis IV.

'S Ìobairt na h-Aifrinn, 's mar a bha (i) uaisle sagairt, (ii) uaisle tobhartais agus (iii) uaisle beachd a' toirt urram is coileantachd dhan Aifrinn, 's ciall mhionaideach na h-Altarach agus a h-uidheim. An altair fhèin a' ciallachadh Beinn Chalbhari, na h-anartan a bha a' còmhdach na h-Altarach nan comharradh air an lìon-aodach leis an do phaisgeadh colainn Chrìosda san uaigh, na coinnlean laiste a' ciallachadh solas a' chreidimh air a thaisbeanadh do na h-Iùdhaich agus do na Cinnich, a' chailis na samhla air uaigh an Tighearna, agus am paten air a' chloich mhòir a charaicheadh gu beul na h-uaghach.

'S a' chulaidh-aifrinn cuideachd: an t-anart a bhiodh an sagart a' cur air a cheann agus a' ceangal mu amhaich a' ciallachadh na brèid leis an do dhall na h-Iùdhaich Crìosda 's iad a' magadh air; an t-èideadh geal a' ciallachadh an trusgain ghil a chuir Herod air Crìosda; an crios, am maniple 's an stòl mar shamhla air na cùird agus na ceanglaichean a chuir na h-Iùdhaich air Crìosda, is samhla an fhallain-uachdaraich air an trusgan dhearg-ghorm a chuir na saighdearan air Crìosda.

'S na dathan: an geal a' comharrachadh aighir is toil-inntinn, agus le sin bu chòir dha culaidh gheal a chur air aig àm na Nollaig, air Diardaoin-deasghabhail, is aig na fèilltean a bhuineadh do Mhoire, do na h-Ainglean, 's do Naoimh nach eil nam Martairean. An dearg na shuaicheantas fala agus dòrainne; agus air an adhbhar sin bha e ri chur suas air fèilltean nam Martairean. An t-uaine na chomharradh air fàs agus cinneachadh, gus a thoirt dhuinn ri thuigsinn gum bu chòir dhuinn a h-uile latha fàs nas diadhaidhe 's na b' fheàrr – aige sin, bhiodh esan, agus sagairt eile na h-Eaglais, a' cleachdadh an uaine roinn mhòr de Dhòmhnaich na bliadhna. An dearg-ghorm na shuaicheantas air aithreachas, agus mar sin air a chleachdadh an àm na h-Aidbhein agus a' Charghais. An dubh, mu dheireadh thall, a' samhlachadh a' bhròin 's a' mhulaid, a dh'fheuchainn dhuinn gur e mulad is bròn a nigheas bhon pheacadh sin. Chaidh innse do dh'Eòin gum biodh an Eaglais a' cleachdadh an duibh aig na h-aifreannan airson nam marbh, a dh'fheuchainn na h-èiginn anns a bheil iad.

'S cha robh an sin uile ach cuibhreann glè bheag dhe na dh'ionnnsaich e na cheann 's air a theangaidh, oir bha tuiltean mòra eile aige cuideachd: an *Anima Christi* 's an *De Profundis* 's am

Am Brabazonian Special

Miserere 's an *Te Deum*, a bharrachd air na Scapularan, a bha gu sònraichte buannachdail ann a bhith a' lùghdachadh pèin aimsireil Phurgadair; gu seachd buannachdail bha Scapular a' Ghinidh gun Smal (liath-ghorm) a choisinneadh dhut lùghdachadh de thrì fichead bliadhna ann am Purgadair fhad 's a mheòraicheadh tu air, can, leth-uair a dh'ùine gach latha.

Mus do thill e a dh'Uibhist ann an 1920, airson cola-deug saorsa eadar Blairs agus an Real Colegio de Escoses ann a Valladolid san Spàinn, bha e cho foghlamaichte ri Aquinas agus cho cruaidh ri Knox.

Cha robh guth tuilleadh – air an taobh a-muigh co-dhiù – air *Carmina Gadelica* no air an t-siopsach bheag bhòidheach dhrùiseach.

8

Dhen fhichead balach sa bhaile, cha do thill ach dithis às dèidh a' Chogaidh – Iain Mhurchaidh Aonghais Mhòir air leth-chois, agus Dòmhnall Sheumais Uilleim an Tàilleir na leth-ghloic.

An còrr sna Dardanelles 's fo Hill 60.

Fhuair Alasdair sreath bhonn a dh'fhàg e clàraichte na ghais-geach aig an Imperial War Museum co-dhiù: DSO aig Mons, DSM aig Ypres, DCM aig Passchendale, MID aig Loos, an 1914 Star, agus na dhà a fhuair a h-uile fear eile a thàinig beò as an uabhas – am British War Medal agus a' Victory Medal.

Rinn sin a' chùis dha 's cha do thill e dhachaigh gu bràth tuilleadh.

Phòs e ban-Shasannach, banaltram anns an Royal Fleet Auxiliary, agus rinn iad an dachaigh an toiseach an Dòbhair 's an uair sin am Brighton, far an do cheannaich iad taigh-òsta beag le airgead-dìleib a dh'fhàg bràthair a h-athar, aig an robh tea plantation sna h-Ìnnsean, aicese.

'Bornish' an t-ainm a thug iad air an taigh-òsta, mar chuimh-neachan air Aonghas Iain.

"Bha mi 'n-dè 'm Beinn Dòbhrain"

Chan e gu robh Alasdair fhèin leòmach ann an dòigh sam bith, ach thug ise (Bunty a bh' oirre) air na buinn a chur air – agus an t-fhèileadh – airson fàilte cheart a chur air na h-uaislean beaga a bhiodh a' tighinn a chosg cola-deug air an tràigh.

"Thanks, Jock," chanadh a h-uile mac màthar dhiubh, 's bheireadh iad greis a' seanchas san lounge mun t-sìde 's mu Alba 's mun Chogadh, a bha a-nis seachad.

"You Jocks saved us all, so you did," chanadh na gioballain bheaga à Lunnainn a bha air cùmhnadh fad bliadhna airson seachdain am Brighton. "If it weren't for you, we'd all be dead or Huns by now," 's bheireadh iad dha sgleabag air a dhruim agus salute san dealachadh.

B' fheàrr leis buileach na seann Chòirnealairean 's na Màidsearan a thigeadh an cuideachd nam ban pùdarach sultach, 's a bheireadh dha uaisle is urram, ga shìor mholadh, chan ann a-mhàin airson nan sreath bhonn a bha e a-nis a' crochadh air a lèine ghil fad na h-ùine, ach cuideachd airson a mhodh is irioslachd riuthasan aig an robh ceanglaichean ris an t-seann sheat a bha a' ruith na dùthcha.

Cha b' fhada gus an robh blas Eton air a ghuth fhèin.

"MacDonald," chanadh na Còirnealairean agus na Màidsearan, "so good to see you again, old chap," nuair a thigeadh iad air ais gach dàrnacha deireadh seachdain, chan ann le na mnathan reamhar ach le companaich òga bhàna, a bha dèonach gu leòr na sgiortaichean freangach a chumail òirleach os cionn an adhbrainn.

"You know what it's like, Jock," chanadh iad leis-san. "Old hounds need new cubs," 's dhèanadh iad smeid cheacharra leis 's iad a' dèanamh air na cùiltean fàileanach shuas an staidhre. 'S e b' fheàrr leis ach oidhche Shathairne nuair a bhiodh na fir a' cruinneachadh còmhla san drawing-room airson greis òil is seanchais fhad 's a bhiodh na gioblarlagan bàna gan deisealachadh fhèin shuas an staidhre airson carachd dhrùiseil na h-oidhche.

"Brandy for the randy," chanadh cuideigin, 's dhèanadh iad uile an gàire àbhaisteach, a' gliongadh an glainneachan 's a tilgeil na ciad tè air ais na h-aonan.

Dhòirteadh iad uile an uair sin tè mhòr eile 's dh'iarradh iad air Alasdair òran a ghabhail.

"One of the old Scotch songs," mar a chanadh iad, 's sheasadh Alasdair (mac Lachlainn Mhòir 'ic Iain Mhòir 'ac Dhòmhnaill Alasdair) an sin na fhèileadh a' seinn 'Annie Laurie' no 'Kelvin Grove' no 'There's Nae Luck aboot the Hoose':

"And are ye sure the news is true?
And are you sure he's weel?
Is this a time to talk o wark?
Ye jades, fling by your wheel!
Is this a time to think o wark,
When Colin's at the door?
Gie me my cloak, I'll to the quay,
And see him come ashore."

'S sheinneadh a h-uile diabhal an uair sin, 's iad air lasadh leis a' bhranndaidh:

"For there's nae luck about the hoose,
There's nae luck at a,
There's little pleasure in the hoose
When our gudeman's awa."

'S dhòirteadh iad na glainneachan sìos a-rithist agus a-rithist.

"The old war was good for us," chanadh Màidsear air choreigin, na leth-laighe air chaise-longue. "It made men of us."

"Filled us with spunk," chanadh feareigin eile, anfhoiseil faighinn suas an staidhre.

"Bha mi 'n-dè 'm Beinn Dòbhrain"

"Of course," chumadh am Màidsear air, "they're all bloody well blaming us now, as if we could have done anything about the mud and the rain..."

'S chuimhnicheadh Alasdair, aig na h-amannan sin, air Aonghas Iain a' spùtadh na fala aig an Aisne.

Seachd bliadhna deug a cheana bhon uair sin. Mar sheachd diogan air aon dòigh, 's mar rud nach do thachair riamh air dòigh eile.

Uaireannan, cha robh comas aige dealbh a dhèanamh dhe a bhràthair – cha b' urrainn dha cuimhneachadh cò leis a bha e coltach – dath a shùilean, no àirde, no an dòigh-labhairt aige. Uaireannan eile, 's e na laighe na dhùisg ri taobh Bunty, 's an trombone aig Joe Loss ri chluinntinn tron dorchadas, chitheadh e Aonghas Iain mar a bha e, agus mar a bhitheadh e gu sìorraidh bràth a-nis – òg ann an Uibhist. Aon rud cinnteach: chan fhàsadh esan sean co-dhiù.

"All right, luv?" chanadh Bunty ris, 's i a' tionndadh na cadal, mar mhuc-mhara air na tuinn.

Uair 's bha i seang, ceart gu leòr. Nuair a thachair e leatha an toiseach aig Bàl mòr an Demob anns an Officers Mess an Dòbhair. Froca pinc le dìtheanan beaga buidhe oirre 's a gruag dhualach dhonn a' dòrtadh thairis air a guailnean. Danns às dèidh danns, 's ribinn daraich an MID crochte air an lèine streafonach Jabot a fhuair e fhèin ('s an ceud oifigear eile) air màl o Scott Adie (Highland Outfitters) Ltd, Bond Street, an Lunnainn.

"My granpa was from the old country," thuirt i leis, 's iad a' dèanamh a' chiad waltz còmhla. "Had a small estate in Perthshire, but fell on hard times and came south to train as a lawyer. Established a small firm which is still in the family." Sùilean brèagha gorma. "Hence the family name – Hunter." Coille bheag aca eadar Ceann Loch Raineach 's an Ceann Mòr, fo sgàil Mheall Thairneachain. Bothan-sgrathan an sin a bhiodh na bheannachadh dha na sheann aois is e glacadh nam bradan tarr-gheal, ged nach robh sìon a dh'fhios aige air a sin an dràsta.

'S phòs iad, ann an caibeal bheag an Dòbhair, air madainn bhrèagha Chèitein. Crùn de chinn-ghorma 's de chrom-chinn ga còmhdachadh, 's ushers is page-boys am pailteas. Oifigearan na rèiseamaid nan fhèilidhean, 's am Màidsear-Pìoba – Caimbeulach às an Òban – a' dalladh air na ruidhlichean am measg a' chonfetti. Dà each ghleansach dhubh is cairt airgeadach (chuimhnich e air Mgr Eàirdsidh ceart gu leòr nuair a chunnaic e an gige deàrrsach an toiseach) ga thoirt fhèin 's a mhnà nuadh-phòsta chun na cuirm san Dorchester. Big Band an sin, le saxophones is trombaidean is bow-ties. Abair oidhche! *A Righteous Swing* a-steach gu *Twice Is Nice* gu *Warm and Toasty!*

Ach a dh'aindeoin gràdh is oidhirp na h-oidhche sin – 's gràdh 's fuachd 's oidhirpean mìle oidhche eile – bha ise neo-thorrach. Cha robh sliochd ri thighinn, a dh'aindeoin gach laighe, 's gach pile Lycopodium 's Natmur 's Pulsatilla a ghabh i, 's a dh'aindeoin gach ùrnaigh sagairt (ged as e 'vicars' a bh' aca orra san àite) a chaidh a dhòrtadh orra. Airson greis dh'fheuch i lusragain 's quacks, 's fiù 's draoidh ainmeil a bha a' fuireach air a' mhòintich tuath air Canterbury, ach cha tàinig sìon às a sin ach bristeadh-cridhe is bochdainn.

B' e faochadh a bh' ann an dìleab an tea plantation, nuair a thàinig i ann an '25. Fhuair iad leabaidh – gu dearbh, seòmar – an urra, 's cha robh aca tuilleadh le dhol tro fhulangas riamannach nan oidhirpean.

Eadar sgonaichean is searaidh, chaidh a' bhanaltram òg gu reamhrachd, 's chuir esan a thìde seachad am measg nam

"Bha mi 'n-dè 'm Beinn Dòbhrain"

Màidsearan, 's aig a' Chomunn Ghàidhealach, a bha air meur ùr fhosgladh am Brighton a' bhliadhna roimhe. Bhiodh coinneamhan aca san Loids an ath dhoras dhan Phavilion uair sa mhìos, 's gach dàrnacha mìos bhiodh iad uile a' siubhal suas a Lunnainn airson cèilidh mòr. Dhèanadh e fhèin turn an sin, a toirt dhaibh 'Fil Òro', no 'Cead Deireannach nam Beann', a rèir a shunnd 's nan dramaichean, aighearach no eile.

'S cha b' fhada, cuideachd, gus an robh Sir Alasdair MacDonald na Cheann-Suidhe air Meur Shussex dhen Chomunn, 's nuair a thug Comunn na Gàidhlig an Lunnainn dha tiodhlac airson a chuideachadh leis a' chòisir, thug iad dha map dhen sgìre, a chroch e gu follaiseach aig ionad-fàilte 'Bhornish'. 'S iomadh uair a chuir e fhèin 's na Màidsearan seachad a' sgrùdadh na sgìre: Hastings air an taobh sear, Bognor Regis air an taobh siar agus an Dorking Gap air an taobh tuath. "Best hound country" ann an làmh-sgrìobhadh Lord Astor air an taobh siar. "Best horse country" ann an làmh-sgrìobhadh Stanley Baldwin air an taobh sear.

"... and, of course," bha am Màidsear ag ràdh a-nis, "the worse bloody thing of all is that the Empire has quite forgotten the need for strong leadership. Unless you show those black fellows a bit of stick, they'll do bugger-all for you. Next thing the Colonies will go. Mark my words..." 'S chaidh round eile a dhòrtadh, 's thòisich pronn-chainnt air choreigin mu Abyssinia 's Mussolini 's feareigin ris an cante Hitler.

"Sir Alasdair?"

Thionndaidh e, 's an sin bha nighean òg – mu aois fichead – le gruag ghoirid bhàn agus, rud a bha glè annasach aig an àm, seacaid 's briogais leathair oirre.

"Yes?"

"Would it be possible to have a word with you, sir – out on the verandah? Or in the garden, perhaps?" Blas mealach sèimh air a guth. Sùilean gorma a-rithist.

"Certainly. Follow me through the patio door."

Bha jazz na mallachd a' seòladh tron dorchadas. *Salty Dog's Stockyard Strut*. Clarence Williams shìos san Dorchester.

Choisich iad a-null chun an taigh-shamhraidh eadar an lios ùbhlan agus gàrradh nan ròs.

"Tha mi duilich dragh a chur ort mar seo," thuirt i leis sa Ghàidhlig. "'S mise Màiri. Do phiuthar."

Ghabh e ceum air ais, faisg air laigse. I crochte, na chuimhne, ri cìch a mhàthar air mòintich Loch nam Faoileann. Cha b' urrainn dha bhith.

"Ciamar a dh'aithnicheadh tu mi?" thuirt i. "Bha mi air a' chìch nuair a dh'fhàg thu. Gu bith trì bliadhn' thar fhichead a-nis."

"Mo mhàthair?" thuirt e. "Ciamar a . . . A bheil i . . . ?"

"Tha. Tha mi duilich. Ann an '25. Na leabaidh."

"'S am bodach . . . ?"

"Ò," thuirt i le gàire. "Esan. A rèir cholais, bidh esan beò gu sìorraidh. An Iùbhrach Bhallach aige a' ruith eadar Ceann Bharraigh agus Leac Bhàn a' Chaolais."

"'S Eòin? 'S Anna, 's Ealasaid? 'S Iain 's Dòmhnall Uilleam 's Seumas? 'S Sìneag 's Raonaid 's Peigi?"

Rinn i sitrich gàire. Cho coltach le a h-athair. "Nach ann agad a tha chuimhne! Thusa nach do ghabh dragh ged a bhiodh sinn uile marbh sna boglaichean. Mar a bha. An curaidh mòr a dh'fhalbh a chur às dhan Cheusar! Thu fhèin 's Aonghas Iain. Dè fhuair an truaghan sin air a shon? Teileagram a chuir às dham mhàthair. 'S e sin a mharbh i, ged a thug e deich bliadhna."

E a' faireachdainn cho gòrach 's cho coimheach air a beulaibh na fhèileadh mòr. Na buinn 's na ribinnean leòmach nan cùis-nàire

"Bha mi 'n-dè 'm Beinn Dòbhrain"

dha fo à sùilean. Murtair, shaoil e. A' draghadh Aonghais Iain bhochd còmhla leis dha na trainnseachan. Glòir! Cò thubhairt. A' marbhadh a mhàthar na chois. Dè b' fhiach buinn òir is fhèilidhean 's Màidsearan 's an tiotal suarach a thug iad dha – Sir! – am measg sin?

'S thòisich e a' caoineadh – an caoineadh nach do rinn e, mar bu chòir, aig an Aisne, no Loos, no Passchendaele no eile. An caoineadh nach do rinn e nuair a phòs e sa chaibeal bhòidheach, no nuair a dh'èist e gach oidhche, san dubh-dhorchadas, le Bunty a' gul an ath dhoras.

"'S Eòin?" thuirt e rithist. " 'S Anna 's Ealasaid? 'S an còrr?"

"Sgapt' air feadh an t-saoghail mhòir."

Clarence Williams a-nis àrd air an trombone: *Chicago Blues*.

"An Canada 's an Astràilia 's a Hàllainn. Nan curaidhean 's nan sgalagan."

Uaireadair crochte ri làimh. Thug i sùil air. "Chan eil fad' agam – feumaidh mi falbh."

'S i fhèin, shaoil e – dè dh'fhàg an seo i? Ciamar a fhuair i mach gu robh e an seo? Dè bha i ris? Dè bha i 'g iarraidh? Dè rinn i fad còrr is fichead bliadhna? (Dè rinn e fhèin?) Iad sin is mìle ceist eile, 's gun ùine faighneachd, 's i deiseil gu falbh, a' cur nam miotagan leathair air ais oirre.

"Motair-baidhsagal," thuirt i leis, gu socair. "Tha fhios gum fac' thu iad aig do nàimhdean sa Chogadh Mhòr. Haig, tha mi ciallachadh – dispatch rider a' bhàis! Nach do chleachd na gocamain aigesan iad tric gu leòr? A' dol aig astar eadar na cuirp. A' cur theachdairean gu na Gàidheil – togaibh ur pìoban and over the top, boys."

Chuir e a làmh air a gàirdean 's cha do charaich i. Airson sin fhèin bha e toilichte – nach do ghluais i air falbh bhuaithe. "Fuirich. Fuirich mionaid, a Mhàiri." An t-ainm cho annasach ri ràidhtinn.

"Carson a thàinig thu? 'Eil feum agad air cuideachadh? 'Eil sìon ann as urrainn dhomh a dhèanamh? 'Eil . . . ?"

"Tha. Tha, 's rinn thu cheana e. Thàinig mi dìreach airson d' fhaicinn," thuirt i. "Dìreach airson faicinn a-staigh dhad dhà shùil. Airson faicinn dhomh fhìn dè rinn glòir shaoghalta air anam mo bhràthar. 'S tha mi air faicinn."

Lean e i a-mach fo na craobhan-ubhail, tarsainn gàrradh nan ròs.

"Chuala mi a leithid mud dheidhinn," thuirt i rithist. "On chìch suas, cha robh ann ach cho moiteil 's a bu chòir dhuinn a bhith asad, agus à Aonghas Iain, agus Eòin agus curaidh mòr Bhorodino, Eòin Lachlainn Mhòir 'ic Iain Mhòir 'ac Dhòmhnaill Alasdair."

Stad i aig beinge ri taobh an taigh-shamhraidh. Seiniolach beag bàn a' ceilearadh an sin ann an cèids. "'S nuair a thàinig mi nuas a Lunnainn, leugh mi na h-uiread mu do dheidhinn. Cha robh pàipear-naidheachd ri fhosgladh nach robh d' ainm ann, a' faighinn urram mòr eile o King George. Bha mi dìreach airson fhaicinn dè na bha thu air a thrèigsinn, 's dè na rinn sin ort, Sir Alasdair. Dè thachras do dhuine nuair a reiceas e anam."

Rinn i le gluasad, ach chuir e stad oirre rithist, 's dh'fhuirich i.

"Ged a dh'aidichinn, cha dèanadh e diofar, 's ged a rachainn às àicheadh, chan atharraicheadh e smid. Tha mi mar a tha mi, 's gun sìon a dh'fhios agadsa ciamar a tha m' anam."

Rabhd òrain a-nis a' tighinn às an taigh, a-mach tro na french windows:

"Flow gently, sweet Afton, amang thy green braes,
Flow gently, I'll sing thee a song in thy praise;
My Mary's asleep by thy murmuring stream,
Flow gently, sweet Afton – disturb not her dream."

"Bha mi dìreach airson dèanamh cinnteach," thuirt i, "nach bithinn-sa mar sin cuideachd. Nach bithinn mar sin gu sìorraidh, ge brith dè eile bhithinn."

Cha robh e fhathast a' tuigsinn carson a bha i cho cruaidh air. Carson a bha i air a shireadh a-mach airson seo a ràdh ris? Dè am feum a bha e dèanamh?

Èigheach mhòr a' tighinn a-nuas às an Dorchester, 's an còmhlan-jazz a' crìochnachadh le *Fine and Mellow*.

Thuig i glè mhath gu robh e ag iarraidh ceann-adhbhar a turais. "Dìreach," thuirt i, "g' eil mise cuideachd a-nis a' falbh dhan chogadh, 's bha mi airson dèanamh soilleir dhomh fhìn nach e cogadh ìompaire no cogadh bùirdeasach luchd-malairt a bha mi dìon, mar a rinn thusa 's do leithid. Bha mi airson sùilean meallta na glòir fhaicinn, mus ìobrainn mi fhìn na h-aghaidh."

Lasairean teine a' sradadh dhan iarmailt shìos aig an Dorchester 's am pàrtaidh aig Clarence Williams a' tòiseachadh.

"'S dè an cogadh brèagha a tha seo?" dh'fhaighneachd e, "a tha cho math an coimeas ris an ifrinn anns an robh mise 's Aonghas Iain?" An cornet aig Clarence Williams a' togail fonn: *Free and Easy.*

"An Spàinn," thuirt i gu sìmplidh. "Tha mi falbh ann a-màireach còmhla leis an International Brigade, a chur às dha na Fascists agus dhad leithid-sa, am petit-bourgeoisie. Ann an ainm saorsa agus ceartais."

Agus dh'fhalbh i, seachad air na french windows, sìos cliathaich an taighe. Dìreach mar a dh'fhalbh e fhèin 's Aonghas Iain 's Niall Mac-a-Phì à Gramasdal agus Ruairidh Stiùbhart à Griomasaigh o chionn dà bhliadhn' thar fhichead.

Reabh i am motair-baidhsagal 's dh'fhalbh i, 's dh'èist e leis an t-srann a' dol fad' às, gus nach robh sìon ri chluinntinn ach an cornet san Dorchester 's na Màidsearan a' sgeòdal san drawing-room.

"Good God, Sir Alasdair," thuirt iad ris. "Where have you been? You've been such a long time. Bit on the side, is it? Well we don't blame you," 's rinn iad uile gàire drùiseil. "Anyway, it's about time you gave us a song." 'S sheas e an sin, na fhèileadh mòr, a' toirt dhaibh 'Cead Deireannach nam Beann':

"Bha mi 'n-dè 'm Beinn Dòbhrain
'S na còir cha robh mi aineolach;
Chunna mi na gleanntan
'S na beanntaichean a b' aithne dhomh:
B' e sin an sealladh èibhinn
Bhith 'g imeachd air na slèibhtean,
Nuair bhiodh a' ghrian ag èirigh
'S a bhiodh na fèidh a' langanaich."

9

Nuair a thill Eòin a dh'Uibhist ann an '20, bha an saoghal air atharrachadh.

Bha an t-eilean fhèin mar a bha e riamh, ceart gu leòr: a' Bheinn Mhòr gorm san Iuchar, am machair loma-làn bheàrnan-brìghde 's bhuidheag an arbhair, am monadh cùbhraidh le lus nam Frangach 's blàth nam bodach. An Cuan Siar a' lìonadh 's a' tràghadh, Abhainn Shòrnairigh 's Abhainn Unailte nan cop ruadh mar a b' àbhaist. Gainmheach fhathast air an rathad mhòr, Loidse Ghrodhaigearraidh daingeann, an crodh dubh air a' bheinn.

Ach bha a' Bhantrach Bharrach marbh, i fhèin 's a h-uibean 's a h-orthachan ann an Àird Mhìcheil. Lachaidh Mòr am Post an sin cuideachd, le òrain 's a sgeulachdan 's a naidheachdan. Niall Beag 'icÌosaig, a chunnaic e mu dheireadh a' caoineachadh na saidhe ann am pàirc an t-sagairt, na laighe ri thaobh, 's Iseabail Òg, a bha gu moiteil aig ceann an taighe na brèid pòsaidh, air siubhal còmhla riutha, mar chanach an t-slèibhe.

Ach bha Mgr Eàirdsidh ann fhathast, slàn, dìreach, fallain, 's e aig cidhe Loch Sgiobort a' feitheamh ris. "Eòin! Eòin! Eòin!" dh'èigh e leis, fada mus robh comas aig Eòin a chluinntinn, ach dh'aithnich e ainm air bilean an t-sagairt urramaich, a bha a' sgaoileadh a làmhan a-mach cheana eadar fàilte 's beannachadh.

'S ghreimich e na uchd e nuair a thàinig e gu tìr, a-rithist ag ràdh leis, "Eòin! Eòin! Eòin! Tha e cho math d' fhaicinn dhachaigh, 's tha mi air a leithid a mholadh fhaighinn ort on Rector aig Blairs. Tha thu, a rèir cholais, air a bhith nad oileanach sònraichte – nad adhbhar-moit do dh'Uibhist 's do Dhia, mar a chuir e fhèin e. Thugainn, thugainn, 's gabh grèim bìdh còmhla rium aig an taigh mus dèan thu rud sam bith eile." 'S gun cothrom (no iarraidh) athair no mhàthair no bhràithrean no pheathraichean fhaicinn, leum e ceum air cheum le cois an t-sagairt, 's siud iad suas an cnoc mar an dealan, crùidhean nam brògan tacaideach aig Maighstir Eàirdsidh a' bragadaich lasraichean, mar a rinn na h-eich fhèin, ann an dà-rìribh agus sa chuimhne, sia bliadhna air ais.

"'S tha thu a' dèanamh cho math, Eòin," thuirt Mgr Eàirdsidh ris as deoghaidh na suipeir. "Fada air thoiseach air do chomhaoisean a rèir nan aithrisean a thàinig thugamsa. Diadhaidh, onarach, dìcheallach, geur – sin na buadhairean a thàinig air ais thugamsa mud dheidhinn."

Thug e pìob chreadha a-mach à drathair 's las e i. Rud ùr an seo, shaoil Eòin. Ach tha fhios gu robh e aonranach cuideachd, an seo leis fhèin. Ghabhadh e a leisgeul airson sin.

"Cha bhi thu fhèin a' smocadh?" thuirt Mgr Eàirdsidh, ach cha mhòr ris fhèin, 's ga fhreagairt fhèin san aon anail: "Cha bhi, cha bhi, tha fhios nach bi – tha fhios a'm nach bi."

Toitean ceòthadh a' còmhdachadh a chinn a-nis. "'S cò ris a bha e colach, Eòin? Inns dhomh mu dheidhinn – sia bliadhna! Ùine mhòr an sin. Ùine mhòr, mhòr, mhòr."

Bha e mar gum biodh e fhèin air an t-uabhas fhulang san ùine sin – mar nach robh e a' creidsinn cho beag smachd 's a bha aige air tìm, cho beag cumhachd thairis air àm is cinneamhain. Bha na briathran, air an aithris 's air an ath-aithris, nan oidhirp air grèim fhaighinn air a chall. "'S e. 'S e ùine mhòr mhòr mhòr a th' ann."

Bha na briathran nan laigse: cheana, aig aois naoi-deug, bha e soilleir gu robh Eòin na bu làidire 's na bu chumhachdaile na 'n duine seo.

'S air sgàth sin, dh'fhuathaich Eòin e na chridhe: air cho bog 's cho sgìth 's cho saoghalta (smaoinich air, shaoil e – a' smocadh pìob chreadha mar phiogmaidh à Afraga!) 's a bha e air a dhol fhad 's a bha e fhèin air a dhol cho dìreach 's cho arralach 's cho coisrigte. Cha b' iongnadh, shaoil Eoin, gu robh muinntir Uibhist air sleamhnachadh le teachdaire lag mar seo air an ceann.

Ach cha tuirt e sìon dhe sin an làthair Mhgr Eàirdsidh: leig e air nach robh e air càil aithneachadh (ged a bha an dithis aca air a dheagh aithneachadh).

"Seadh, 's inns dhomh mar a bha e," thuirt Mgr Eàirdsidh, a' lìonadh cupa cofaidh dha fhèin. "Sia bliadhnachan beannaicht', tha fhios?"

"'S e, 's e gu dearbh, Athair," fhreagair e. "Chan urrainn dhomh taing gu leòr a thoirt dhuibh airson mo stiùireadh air a' chùrsa seo."

"Ud," ars an sagart, "a-mach leat! Chan e mise a stiùir thu – tha fhios agad fhèin air a sin – ach Dia fhèin a shònraich thu o thoiseach tìm. Nach eil an salmadair fhèin ag ràdh sin: *Chunnaic do shùilean mo chiad-fhàs anabaich, agus ann ad leabhar sgrìobhadh sìos mo bhuill uile, a dhealbhadh ri ùine, gun aon dhiubh fhathast ann.*"

Chrom Eòin a cheann air eagal 's gum faiceadh Mgr Eàirdsidh a' phròis a bha na chridhe fo na faclan sin – gun do thagh Dia *esan*, Eòin Dòmhnallach, 's gu robh ceartas an taghaidh sin cho follaiseach mar-tha dha gach duine a bha dèiligeadh leis: nach robh Easbaig Obar-Dheathain cheana air a ràdh leis nach biodh àrd-easbaigeachd gu leòr dha thàlantan 's dha chomasan?

"Tha sin cho ceart, Athair," thuirt e, "ach na dheoghaidh sin, mura b' e an eisimpleir a thug sib' fhèin dhomh 's mi òg, cha bhithinn a-nis air a' chùrsa bheannaichte seo." 'S chuimhnich an dithis aca – le nàire air gach taobh – air latha a' ghige, 's mar a thàl an cumhachd ('s dìreach an cumhachd a-mhàin) am balach òg chun na sagartachd.

Dh' fhairich Eòin fàileadh an uisge-bheatha às a' chofaidh nuair a ghabh Mgr Eàirdsidh balgam. Cionnas a thuit na cumhachdaich. An robh e riamh lag, smaoin-bheachdaich e, no an robh an t-àite 's an ùine – an Cogadh 's an t-aonranas – air an laigse seo a bhuileachadh air? Tha fhios nach robh e lag latha mòr a' ghige, 's e shuas àrd air an spiris, le còta mòr dubh is ad dhubh is cuip, is am morghan a' siabadh air a chùl? Tha fhios nach robh. Cha b' urrainn gu robh. Cha robh e ceadaichte gu robh.

A' tuigsinn sin, thuirt Mgr Eàirdsidh, "Bha mi cumhachdail an là ud – anns na lathaichean ud, tha mi ciallachadh."

Bha Eòin a' coimhead an robh an deoch air, 's cha robh. Bha a shùilean cho soilleir ri grèin na Càisg.

"An latha a chunnaic thu mi àrd air a' ghige – bha sin cuideachd fìrinneach. Mar a tha na tha thu a' faicinn 's a' faireachdainn an-diugh fìrinneach. Bha mi làidir, is dìreach is cumhachdail, 's tha mi nis lag is bog is – canaidh cuid – saoghalta."

Ghabh e drudhag bheag eile dhen chofaidh. "Ach cò as urrainn a ràdh gu bheil aon seach aon nas fheàrr no nas miosa na 'm fear eile?"

An can mise? thuirt Eòin ris fhèin. *Oir tha diofar mòr eadar na dhà.* Ach cha tubhairt.

"Bha an saoghal mòr romham, 's mi cho òg, 's cho fallain. Cho dìorrasach 's cho cinnteach – sin a bha aig cnag na cùise, aig cridhe a' ghnothaich. Cinnt, Eòin. Cinnt, cinnt, cinnt – an uair sin bha mi cho cinnteach mun a h-uile sìon – cho cinnteach gu robh Dia air mo ghairm 's air mo thaghadh; cho cinnteach gu robh gach lide dhen leadan cho fìor chudromach; cho cinnteach mun bheàrn eadar peacadh-bàis 's peacadh-sola; cho cinnteach mun Phàp 's na h-Àrd-easbaigean 's na h-Easbaigean 's an t-sagartachd; cho cinnteach gu robh an Laideann na b' fhaisge air Dia na Ghàidhlig; cho cinnteach nach robh anns na seann òrain 's na sgeulachdan a bh' aig na seann daoine an seo ach dìomhanasan saoghalta nach b' fhiach an coimeas ris an *Te Deum* 's an *Stabat Mater*."

"'S a-nis?" dh'fhaighneachd Eòin gu socair. "A-nis?"

"A-nis? À, a-nis." Dhùin e a shùilean greis. An crùisgean an impis a dhol às san uinneig. Fàd mònadh eile a dhìth san teine. "A-nis, tha mi saor."

A shùilean fhathast dùinte.

"Chan e saorsa," thuirt Eòin, "a bhith nad shuidhe an sin ag òl uisge-beatha gun fhiost'. Chan e saorsa a bhith teagmhach mu do dhreuchd 's mu do dhleastanasan. A bhith lag am measg nan lag."

Cha mhòr nach tuirt e "bhith nad pheacach am measg pheacach," ach chùm e sin.

"Mura h-e, inns thusa dhòmhsa dè th' ann an saorsa."

"A bhith làidir," thuirt Eòin. "Soilleir, cinnteach, creidsinneach. Mura bheil na bunaitean righinn cruaidh agad, tha thu air chall, a' sèideadh le gaoth sam bith a thig à taobh sam bith. Chan e saorsa a tha sin ach tràillidheachd ri gaothan caochlaideach an t-saoghail seo."

"'S cò air," thuirt Mgr Eàirdsidh, "a tha a' chinnt a tha sin air a stèidheachadh? Air Dia? Air Crìosda? Air a' Phàp? Air Moire? Air a' Bhìoball? Air an aifreann? Air measgachadh dhiubh uile? 'S co-dhiù," chùm e air, "ciamar a tha thu a' dol gan cuingealachadh? Ciamar as urrainn dhutsa, no do dhuin' eile sa chruinne-chè, a ràdh riumsa nach buin na sìthichean no òrain MhicCodram no 'Am Bròn Binn' no rud sam bith eile dhen seòrsa do Dhia cuideachd? Nach eil Litir nan Ròmanach ag ràdh gu soilleir nach eil nì sam bith neòghlan dhe fhèin?"

"A' cunntais an uisge-bheatha fhalaichte?" dh'fhaighneachd Eòin.

Ghabh Mgr Eàirdsidh sùghadh eile dhen chofaidh. "Chan eil. Chan eil," fhreagair e gu socair. "'S e dìreach peacadh is laigse a tha sin, oir tha sin ri aideachadh cuideachd: gu bheil millean mìle rud ann a tha an aghaidh toil is math Dhè. Ach tha mo dhòchas na ghràs-san 's chan ann na mo neart-sa."

'S thàinig i air ais gu Eòin na cheann – ise a chaidh fhuadach às leis a' chruaidh-pheanas fad sia bliadhna: Lilidh, an t-siopsach àlainn, a chaidh a stampadh na chogais mar bhuaireadh salach. Chuir e eagal air gu robh an làrach tàirneach fhathast na chridhe.

"Ach cha do dh'inns duine fhathast dhomh," chùm Mgr Eàirdsidh air, "– 's e sin, le cinnt mhòr sam bith – a bheil òran, no ceòl pìoba, gad thoirt faisg no air falbh o Dhia. 'S cuideachd, feadhainn dhe na peacaidhean bu mhotha bha mis' an sàs annta, 's ann air an altair fhèin, am meadhan seirbheis: ann an doimhneachd mo chridhe a bha iad a' gabhail àite, 's chan ann ann an taigh-seinnse no ann am bothain bheaga nan daoine bochda mun cuairt seo."

Chrìochnaich e an cofaidh 's choimhead e gu soilleir air Eòin.

"Chan eil coilear no anart a' dol gad dhìon bhuat fhèin. Thalla nis, 's faigh eòlas air do dhaoine fhèin."

Bha e uair sa mhadainn. Choisich Eòin a-mach, gu oidhche bhrèagha reultach. Na Grigirean àrd tuath air Beinne Bhadhla. Bò fo dhàir mu Stadhlaigearraidh: dh'aithnich e a' bhùirich niata. Corran na gealaich thall os cionn Dhùn Bheagain.

Dol air Bòrd na Rìbhinn

Bha dusan mìle roimhe fhathast, tro Ghèirinis 's Ghrodhaigearraidh 's Dhreumasdal 's Hobha Mòr 's Hobha Beag 's Snaoiseabhal 's Staoinebrig 's Ormacleit a Bhòrnais.

Chan ann mar seo a bha e an dùil a bhitheadh e, shaoil e. Nach robh e air sia bliadhna iomraiteach a chur seachad air falbh on taigh! Nach robh e air duais Bhlairs fhaighinn airson Laidinn agus Greugais agus Feallsanachd Mhoralta agus Diadhachd nam Meadhan-Aoisean! Nach robh e air duais shònraichte Aquinas fhaighinn – a' chiad duine riamh a bha air a mheas airidh air an duais mhòir sin! Nach robh e air na h-uiread ìobairt airson na sagartachd a cheana – Lilidh 's mìle rud dìomhain eile.

Nach bu chòir, aige sin, fàilte cheart a chur air air ais dhachaigh dhan eilean? Nach saoileadh tu gum bu chòir athair 's a mhàthair, 's Alasdair 's Aonghas Iain 's Sìneag 's Raonaid 's Peigi 's Seumas 's Iain 's Dòmhnall Uilleam 's Anna 's Ealasaid 's Màiri bheag – bhiodh ise sia i fhèin a-nis – a bhith aig a' chidhe a chur fàilt' air? Ach cha robh.

'S an sagart mòr, Mgr Eàirdsidh, a dh'adhbhraich a chùrsa sa chiad àite – dè a' chiall a bh' ann an sin? E an sin na dhrungair a' brunndalaich mu dheidhinn MhicCodram 's Mac Fhionnlaigh nan Dàn nuair a bu chòir dha a bhith air beannachadh naomh a thoirt dhàsan, 's a dhol air a dhà ghlùin còmhla leis a thoirt taing airson soirbheachadh mòr nan sia bliadhna a chaidh seachad. Bha sìneadh math ann am Purgadair a' feitheamh leis an dearbh fhear, shaoil e, ged a thàinig nàire is ciont air airson an smuain sin altram.

Stad e mu dheireadh thall air mullach Beinn a' Charra, far an robh am fear a bha air sleamhnachadh air seasamh o chionn sia bliadhna àrd air a' ghige, srian na làimh dheis is cuip na làimh chlì. An sin, chaidh Eòin air a ghlùinean ag ùrnaigh fo sholas glas na gealaich.

"Cùm mi daingeann, a Thighearna. Daingeann, tèarainte, sàbhailte, cinnteach. Cuir do shrian-sa na mo làimh dheis, 's do chuip-sa na mo làimh chlì. Sàbhail mi on bhreitheanas a thàinig air an duine bhochd ud, a leig do chuip air falbh 's a thilg do shrian ris a' ghaoith. Dèan diofraichte mi, a Thighearna Dhia na Glòire." Is sheas e suas, àrd, dìreach, a' coimhead thuige agus bhuaithe: tuath, suas dha na h-eileanan eirigeach ris an canadh iad Na Hearadh is Leodhas; an ear gu strìopachas tìr-mòr na h-Alba; an iar gu farsaingeachd is neonidheachd na Haf; agus deas gu blàths agus carthannas na Spàinn, far am biodh e fhèin an ceann cola-deug.

A' dìreadh sìos Beinn a' Charra anns a' ghormanaich, thàinig e tarsainn air bloigh de chraoibh seilich aig oir Loch an Tuirc. Lùb is bhrist e meanglan, a bha cho tana ri pìos cuilce 's cho subailte ri pìos todhair. Cruaidh cuideachd, mar an t-iarann. B' e sin a' chuip, 's ga frasadh tarsainn na guailne thug e leth-cheud sràc dha fhèin mus do ràinig e an gàrradh cloiche a bha eadar an rathad mòr agus taigh athar. Bha an fhuil a' dòrtadh sìos a dhruim fon an soutane, ach b' e cràdh aoibhneach cràbhach a bha sin, luach trì cheud latha laghaidh a rèir a' *Mhemorare*.

'S cha robh e fèineil mu dheidhinn a bharrachd: chan ann air a shon fhèin a bha e a' gabhail na cuipe, ach airson an t-sagairt sheachranaich eile, a bha cho feumail air làn-thròcair.

Gag-gag-ag-ag-àag. Chuir na cearcan co-dhiù fàilte chridheil air – 's an coileach cìreanach cuideachd – nuair a ràinig e an taigh-dubh mu dheireadh thall anns an fhìor chamhanaich. Bha iad nan sgràl mu chasan mar gum b' e Naomh Francis fhèin a bh' ann, 's an coileach air spiris na h-àtha a' coireal caismeachd.

'S dh'fhosgail doras an taighe 's thàinig dithis bheaga dhubh a-mach às a sin, reafain briogais air aon fhear 's luidean de sgiorta chlòimh air an tè eile: Anna 's Iain, 's iad a-nis a h-ochd 's a naoi.

Sheas iad ri taobh a chèile air an starsaich a' coimhead air gu drollanta. Am priobadh na sùla bha triùir chibheargach eile san t-sreath còmhla leotha – Màiri (a bh' air a' chìch mu dheireadh), Ealasaid 's Dòmhnall Uilleam. 'S gun fhiost', sheas Seumas, 's e nis a h-aon-deug, agus Sìneag, a h-ochd-deug, gu socair culmach air an cùlaibh.

Ghoir an coileach, mar bu dual, 's cha deach an samhlachas seachad air duin' aca. Ach sheas iad uile far an robh iad, socair, sàmhach.

"'S mise th' ann – Eòin," thuirt e, ach cha do ghluais beul no cas. An sùilean mòra donna a' coimhead suas air. Na cearcan a' gàrcanaich am measg an druighleagain.

Mhothaich e gu robh gràilleag chàise aig fear dhe na balaich bheaga teann na dhòrn. "Tha an t-acras orm – an toir thu dhomh pìos dhen chàise sin?" dh'fhaighneachd e, 's choimhead am balach beag (Iain) air a' chriomaig dhèabhta gu dùrachdach. Choisich e a-null gu Eòin an uair sin 's thug e an cnap sgreagach dha.

"Tapadh leat," thuirt Eòin. "Tha sin dìreach cho coibhneil." 'S thog e Iain suas air a ghualainn 's siud e le gioma-goc-àrd a' bocadaich am measg nan cearc, 's an coileach a' dol à cochall a chridhe air a chorra-chab a' gugadaich 's a' gacadaich. Shaor sin an fheadhainn bheaga, a dh'ath-aithnich am bràthair anns a' chluich.

"Tha peat' agam," bha Dòmhnall Uilleam ag ràdh. "Uan – Donaidh a th' agam air. 'Eil thu son fhaicinn? Tha e san iodhlainn."

"Tha 's agamsa," bha Seumas ag ràdh. "Laogh – Beataidh. Tha i sa bhàthaich. Thugainn."

"'Eil preusant agad dhuinn?" bha Anna a' faighneachd.

"Suiteis? Maide milis?" ars Ealasaid.

"Tha geam' ùr againn," bha Sìneag ag ràdh. "Pìridh a chanas tu leis – seall." 'S thog i oirre na deann-ruith sìos seachad air an àtha a' roiligeadh seann chuibheal cartach.

"Eòin, Eòin – trobhad," bha Anna ag èigheach gu cabhagach, grèim aice air a làimh 's i ga dhraghadh tarsainn na h-iodhlainn. "Thugainn còmh' leinn a chluich. MacCruslaig 's na mucan – treis mhòr mhòr nach do chluich sinn e, 's faodaidh tusa bhith nad cheannard!"

"Chan e," bha Ealasaid ag ràdh, 's grèim teann aice air a bhriogais mun ghlùin, "cha toigh leamsa an geama sin – dè mu dheidhinn mireag nan cruach? On a dh'eug Pàdraig Dubh tha na cocannan aige shuas fhathast – faodaidh sinn a chluich ann a shin!"

"Chan eil mise dol a chluich thall an sin," thuirt Anna. "Tha e làn bhòcan. Carson nach tèid sinn dìreach sìos chun a' chladaich, ma-tha, a dhèanamh iomairt-faochaig? Bhiodh sin glè mhath, nach bitheadh, Eòin?" 's a sùilean mòra gorma a' coimhead suas leis gu dùrachdach.

B' e Màiri an aon tè nach tuirt sìon ris, 's i na seasamh fhathast air an starsaich, a h-òrdag stobte na beul.

"Cà 'il Mam 's Dàd?" dh'fhaighneachd e mu dheireadh thall, às deoghaidh dhaibh uile còig no sia a mhionaidean fhaighinn air an dèile-bhogadain. "San leabaidh fhathast?"

Chrath Sìneag a ceann. "Chan ann."

"Air falbh," thuirt Seumas.

"Ann an Loch nam Madadh," thuirt Dòmhnall Uilleam.

"Airson dotair fhaicinn."

"Do Dàd."

"Cha bhi iad air ais gu Diardaoin."

"Dh'iarr mise orra doilidh a thoirt thugam."

"Agus ball dhòmhsa."

A' chlann uile a' bruidhinn aig an aon àm, mar nach robh ùine air fhàgail airson a h-uile rud a ràdh.

"Tha e cuagach."

"Aircleach."

"Cripleach."

"Dàd, tha sinn ag ciallachadh."

"'S dòcha nach robh fios agad?"

"Tha fhios nach robh."

"Ciamar a bhitheadh?"

"Sìneag a rinn e."

"Le spaid."

"Air cnàimh an droma."

"Chan urrainn dha coiseachd."

"Idir, idir."

"Dàd bochd."

"'S e thoill e."

Cho rianail 's cho cinnteach 's a bha na sia bliadhnachan am Blairs an coimeas ri seo. Sagart an ceann gach clas is òrdugh is modh a' dol fad na h-ùine. A' chùis-nàire a bhiodh ann nam biodh a h-uile balach an sin a' gàgail aig an aon àm mar a bha an cròthad gainniseach a bh' air a bheulaibh.

'S cho salach 's a bha iad! Sglongaid crochte à cuinnlean Dhòmhnaill Uilleim, 's giodraich dhubh air choreigin air cruadhachadh eadar òrdagan rùisgte Ealasaid. Oir nach b' e a dhleastanas innealtachd a chur an cèill, òrdugh a stèidheachadh, rian a chuir an grèim? *Oir chan e Dia ùghdar na mì-riaghailt, ach na sìthe,* chuimhnich e, 's nach b' e fhèin ('s Mgr Eàirdsidh 's an còrr) teachdairean is saighdearan Dhè air thalamh airson dèanamh cinnteach gun tachradh sin? *Oir chan eil cumhachd ann ach o Dhia: agus na cumhachdan a tha ann, is ann le Dia a dh'òrdaicheadh iad. Air an adhbhar sin, ge b' e air bith a chuireas an aghaidh a' chumhachd, tha e cur an aghaidh òrdugh Dhè.*

"Seasaibh," dh'èigh e, aig àird a chlaiginn. "Seasaibh, seasaibh, seasaibh!"

Leig Anna is Ealasaid às am pìridh. Thilg Seumas a' chearc ruadh a bh' aige fo achlais air falbh. Thug Dòmhnall Uilleam a chorrag a-mach às a shròin, 's shluig e an cnap a bha e dìreach air a stobadh na bheul.

Sheas Màiri far an robh i.

"Tha mi duilich," thuirt e. "Tha mi duilich a bhith 'g èigheach, ach chan urrainn a h-uile duine bhith sgalthartaich aig an aon àm – ciamar a nì sinn ciall de rud sam bith ma tha sin a' tachairt?"

Bha a h-uile duine sàmhach, a' coimhead air.

"Nis. Aon duin' aig gach àm – innsibh dhomh ur n-ainmeannan. Cuiribh nam chuimhne cò sibh – nach eil sia bliadhn' air a bhith ann?" 'S sheas iad uile ann an sreath, òg gu sean, 's thuirt iad:

"Màiri Dhòmhnallach. Sia."

"Anna Dhòmhallach. Ochd."

"Ealasaid Dhòmhnallach. Ochd."

"Iain Dòmhnallach. Naoi."

"Dòmhnall Uilleam Dòmhnallach. Deich."

"Seumas Dòmhnallach. A h-aon-deug."

"Sìneag Dhòmhnallach. A h-ochd-deug."

"'S cà 'il an còrr?" dh'fhaighneachd e. "Alasdair? Aonghas Iain? Raonaid? Peigi?"

Fhreagair Sìneag, "Tha Aonghas Iain marbh. Chan eil sìon a dh'fhios againn cà 'il Alasdair. Tha Raonaid pòsta anns an Òban agus tha Peigi a' cutadh – ann a Lowestoft an dràsta."

Bha e air cluinntinn – nach robh Mgr Eàirdsidh a' cur litir thuige gach Nollaig. Ach b' e rud eile a bh' ann a chluinntinn cho sìmplidh 's cho dìreach o a theaghlach fhèin. Na truaghain.

"'S dè tha seo mu dheidhinn Mam 's Dàd?" – ged a bha fhios aige air a sin a cheana cuideachd: rannghal de litir mhòr fhada o Mhgr Eàirdsidh aig toiseach na bliadhna.

"Tub . . ." thòisich Dòmhnall Uilleam, ach chuir Màiri stad air. "Chan e tubaist. Bha e bualadh 's a' dochann Mam, 's bhuail Sìneag le spaid e. Chan urrainn dha coiseachd a-nis."

Sùilean Sìneig ris an talamh.

"A Shìneag?" thuirt e rithe, mar a thuirt am Monsignor ris fhèin o chionn bhliadhnachan.

Thog i suas a sùilean 's thuirt i, "Chan eil aithreachas sam bith orm. Rinn mi rud a bha ceart is iomchaidh. Cha robh mise – no Dia – a' dol a chur suas leis an dol a-mach a bha siud tuilleadh. Mura bithinn air rudeigin a dhèanamh, bhiodh e air mo mhàthair a mharbhadh aon latha."

Cha tuirt Eòin dad.

Garraicleis shuas taobh Loch Olaigh: na geòidh a' sgàireanaich.

Bha an t-acras air. "'Eil biadh sam bith a-staigh?"

"Buntàta," thuirt Sìneag. "Gu leòr dhe sin."

"Tha 'n gunn' agam," thuirt Seumas. "Dh'fhaodamaid lach fhaighinn – bha iad a-muigh a-raoir nan ceudan shìos aig a' ghob."

Cho fada cian on a rinn e sin! An latha chaidh e fhèin 's Alasdair 's Aonghas Iain còmh' le Dàd a-mach a Heidhsgeir. Tràth, tràth sa mhadainn, fada fiù 's mus do dhùisg na ròin – iad a' sleamhnachadh nan ceudan far nan creagan nuair a thàinig an sgoth bheag acasan mu chuairt Bàgh Hunndaidh. 'S a' ghrian cho teth an là ud – nach deach an losgadh uile, 's b' fheudar do Mham ola sgamhain na bèiste-duibhe a dhòrtadh orra. Fàileadh eagalach asta uile fad seachdain, ach b' fheàrr sin na 'n craiceann a' rùsgadh!

'S nuair a ràinig iad Heidhsgeir – lachan! A dhuine, chan fhaca tu a leithid riamh. Chan e na ceudan ach na mìltean, air bhog 's air iteig. Poca dhiubh aig gach fear a' tighinn dhachaigh, 's mnathan 's

An Oidhche Mus Do Sheòl Sinn

clann-nighean nam bailtean an uair sin fad latha gan spìonadh, le na h-òrain. Bha e mar gum b' e banais a bh' ann, 's Lachaidh Mòr am Post a' cur nam both às leis a' mheileòidian nuair a thàinig e gu àm ithe. 'S cinn ghoirte gu leòr an ath mhadainn – fiù 's aige fhèin 's gun e ach deich, 's e air deolcadh à seann phigeadh a bh' aig Lachaidh Mòr air cùl a' mheileòidian.

Rachadh e ann! Carson nach rachadh!

"Sgoinneil," dh'èigh e. "Nì sinn sin. Cà 'il an gunna, Sheumais? Eil fùdar gu leòr ann?"

"Tha. Gu leòr," 's ruith e null gu bruchlag nan cearc.

Bha an gunna air a dheagh linnsigeadh. Thug Dòmhnall Uilleam am fùdar dha.

"Am faod mise tighinn?" dh'fhaighneachd Anna.

"'S mise?" ars Ealasaid.

Cha robh e riamh dual. Obair fhear a bha seo.

"Faodaidh," thuirt e. "Làn-dì do bheatha. Chan eil riaghailt na aghaidh! Thugainnibh!" 'S leum iad uile a-null taobh na h-iodhlainn far an robh an t-seann chairt air a ceangal.

Shreap Sìneag tarsainn a' ghàrraidh-chloiche a dh'fhuasgladh na làradh, 's an ceann dhà no trì mhionaidean bha iad uile an achlaisean a chèile sa chairt 's i gliongadaich 's a' glangadaich sìos rathad a' mhachaire, Màiri air muin na làradh le grèim teann air a' mhuingean.

'S leum iad dhith aig tobhta Iain Tàilleir, a' dèanamh an uair sin air an socair tarsainn drochaid nan togsaidean, a bha Eòghainn an Canèidianach, mar a chanadh iad ris, air a dhèanamh o chionn bhliadhnachan às deoghaidh tilleadh o na Great Lakes, mar a chanadh e fhèin.

"Sssshhhh. Sssshhhh," bha Eòin ag ràdh. "Air ur socair, air ur socair, no falbhaidh na lachan. Sssshhh." 'S chaidh e air a ghlùinean, a' snàigeadh tron choirce, 's an seachdnar eile air an glùinean air a shàilean.

Mar gum biodh iad a' snàmh tro fhlùraichean a' mhachaire: clach-bhriseach reultach 's luibhean cridhe 's curracan-cuthaige 's costagan fiadhain a' suathadh an sùilean, 's a' dol seachad. A' ghainmheach tiugh air an crògan, 's na fàileidhean cùbhraidh domhainn nan cuinnleanan.

"Fead," thuirt Seumas gu socair. "Sin a dh'fheumas tu a dhèanamh, airson an tàladh." 'S thog e boch-fhuinn binn a fhreagair na h-èoin sa bhad, U! O! U! O! O! U! O! U!, gus an robh iad dìreach astar na h-urchaire air falbh, 's an uair sin leum an seachdnar le fuaim àrd eagalach: "Boch-fhuinn a bhù! Boch-fhuinn a bhù!" 'S siud iad nan ceudan air sgèith, dìreach os an cionn, 's Eòin a' losgadh, fàileadh làidir an fhùdair na chuinnlean, 's an lach a' tuiteam, reamhar, sultach, blasta, dìreach fan comhair.

Bha gu leòr ann dhaibh uile, còmhla leis a' bhuntàta ùr a thog iad air an rathad dhachaigh – 's air a' mhadainn fhathast, mharbh Sìneag am molt molach a bha air theadhair aig Dòmhnall Iseabail gus an do dh'eug e na aonar bho chionn seachdain, 's air an fheasgar cuideachd chaidh na balaich a-mach le toirdsichean 's biorain 's lìn 's thill iad le seisear choineanach, 's rinn iad uile iomairt mhòr air na cairtean – *snap, snap, snap* – mus do dh'ith iad stiùbh sultach nan coineanach mu mheadhan-oidhche.

'S nuair a bha an còrr air tuiteam nan clò far an robh iad, fhuair Eòin agus Sìneag cothrom nan inbheach, 's shuidh iad gan garadh fhèin ris a' mhòine gu uairean beaga na maidneadh.

'S dh'inns iad do chach-a-chèile na rudan a bha feumail, a' fàgail às nan rudan a bha cudromach. Cha tuirteadh guth mu Lilidh no Eachann Aonghais Eachainn.

"'S carson Loch nam Madadh?" dh'fhaighneachd e.

"Tha dotair ainmeil – Lees – à Dùn Eideann – an sin. Chual' iad gum biodh e tighinn uair sa bhliadhna chun a' Hotel a dh'iasgach. Lannsair ainmeil, a rèir cholais. Rinn e leighis uabhasach sa Chogadh, tha iad ag ràdh – a' fighe air ais chnàmhan briste 's mar sin air adhart. Tha e ainmeil."

'S aig an dearbh àm a bha iad a' bruidhinn – am meadhan na h-oidhche – bha an athair 's am màthair air a' mhòintich eadar an Clachan 's Càirinis, air an rathad air ais dhachaigh – esan air a druim. Bha iad air an fhadhail a ghabhail tràth sa mhadainn 's air coiseachd às a sin a Loch na Madadh, fad dusan uair a thìde.

"Chan urrainn dhuibh dragh a chur air an dotair," thuirt an sgalag aig an doras. "Tha e a' gabhail a dhìnneir an dràsta às deoghaidh a bhith muigh fad an latha. 'S cha mhotha a ruigeas sibh a leas bodraigeadh a-màireach, oir tha e a' falbh air an aiseag aig còig uairean sa mhadainn."

Ach an dèis an t-siubhail mhòir, cha do leig iad seachad an cothrom, 's chaidh iad a-mach 's shuidh iad air a' chnoc pìos thall on taigh-òsta fhad 's a bha an duin'-uasal a' gabhail a bhìdh.

Chitheadh iad e – e fhèin 's a thriùir chompanach – aig a' bhòrd mhòr gheal air beulaibh na h-uinneig, a' stòcadh air ais truinnsear às deoghaidh truinnsear de bhiadh ròcail – brot is breac is bradan is feòil sithinn ,'s feòil uain 's pudding no dhà cuideachd – gun ghuth a ràdh mu na sia no seachd botail mhòra de dh'fhìon Frangach a shluig iad air ais.

Chitheadh iadsan a' ghàireachdainn cho soilleir tron uinneig ghleansaich. Glè thric, bha a làmhan air an sìneadh a-mach: gu follaiseach, bha am bradan a ghlac e air feadh an latha a' dol am meud.

"This bloody size," bha e ag ràdh le chompanaich, ged nach ann air breac no bradan ach air bod mòr Afraganach a bha e a' bruidhinn, rè ùine mar Chief Medical Officer anns a' Cholonial Service. "No bloody wonder there are so many of the black bastards," 's dhèanadh an ceathrar ròcan mòra leis an fhìon.

"Natives. The same everywhere – always on the scrounge and looking for something for nothing. Even free medical advice..." Is dh'innseadh e sgeulachd mhòr èibhinn eile a thaobh mar a thigeadh na Kenyans thuige a dh'iarraidh leighis airson chìochan no mhagarlan air at. "Always had the perfect cure for them," thuirt e, a bheul làn cop. "Told the women that white semen was the only cure. Castrated the men. And they all bloody well believed me, ha, ha. Being white, you know – the white coat and the certificate above my desk made all the difference. Must have shagged about a thousand of them anyway, and clipped a thousand men. What do you think of that, eh?" 'S shluig an triùir eile an Chartreuse, eudach nach b' iadsan a rinn an dìol, 's ga bhualadh 's ga mholadh air an druim: "Good sense of mathematics too, old chap. Good sense of mathematics. Ha, ha."

'S chaidh na coinnlean a lasadh san taigh-òsta, 's chunnaic Lachlainn mac Iain Mhòir 'ac Dhòmhnhnaill Alasdair 's a bhean chòir, Cairistìona, an dotair uasal 's a thriùir chompanach a' dol an ath dhoras dhan chocktail bar, far an do shuidh iad le sgailcean mòra teithe – ruma 's Cointreau air a bhàthadh ann an uisge-beatha – fad uairean a thìde.

Mu dheireadh, 's caol na gealaiche ri taobh na Hearadh – mun dearbh àm 's a chaidh an fheadhainn bheaga dha na leapannan milfhiarach am Bòrnais – chaidh i fhèin gu doras mòr an taigh-òsta a-rithist. Cha robh an sgalag ri faicinn, 's choisich i staigh gu doras glainne a' bhàr. Chaidh i null thuige.

"Doctor Lees," thuirt i, "I need your help."

Choimhead e oirre o bhun gu bàrr, ga rùsgadh.

"If only you were black, I might help you," thuirt e fo anail le chompanaich, a rinn gàire, ged nach do thuig ise carson.

"My husband," thuirt ise. "He's crippled, and I thought..."

"Good God, woman," dh'èigh e, "can't you see we're all paralysed," 's rinn e gàire mòr. "Pun, woman. But I don't suppose you'll understand." 'S ghabh e deolchadh mòr eile dhen an ruma.

"We've come a long way, sir, and..."

"Barman," dh'èigh e, "give this woman a drink and tell her to go away. Tell it to her in Gaelic. Then she might understand."

Thuig Cairistìona ceart gu leòr, ach dh'fhuirich i gus an tàinig an gille-coise a-nall le glainne bheag searaidh.

"Slàint'!" thuirt i leis an dotair uasal. "And that means health, in case you don't understand," 's dhòirt i na bha san tiomailear air mullach a chinn. "Pun dhuts', 'ille," 's thog i oirre, sriutan ghuidheachan air a sàilean.

'S ann am feirg, 's gun dàil a chur air a' chùis, 's ann a thog i an duine aice cruinn air a gualainn, 's chàirich i air a druim e airson a ghiùlain dhachaigh. "Seallaidh mise dhaibh, na bugairean," thuirt i, "seallaidh mise dhaibh," 's a-mach leatha gu deas, cho toilichte ris an rìgh. Chan e bataichean a bhiodh aige tuilleadh – dhèanadh ise diabhalta cinnteach às a sin!

'S choisich i leis mar sin gus an do ràinig i an fhadhail an Càirinis, 's a-null taobh Chnoc Cuidhein gu Baile Glas an Griomasaigh, far an tug i rapladh garbh dhan doras aig Iain Fhionnlaigh a' Ghobha. 'S an sin, aig leth-uair às dèidh ceithir sa mhadainn, thàinig am bodach bochd chun an dorais na dhrathais 's na sheamat.

"Chan eil mi dol a dh'èisteachd le leisgeul mu oidhche no latha, Iain Fhionnlaigh," thuirt i leis. "Tha mi air coiseachd à Bòrnais a Loch nam Madadh 's a-nis air ais, an làn-chinnt gun urrainn dhutsa rud a dhèanamh nach dèanadh an dotair as suaraiche

Dol air Bòrd na Rìbhinn

san rìoghachd seo – an duine bochd seo, Lachlainn Mòr mac Iain Mhòir 'ac Dhòmhnaill Alasdair, a chur air ghluais. Nach tu an gobha as ainmeile sna h-Eileanan an Iar! Sin a chuala mise co-dhiù! Dearbh e, ma-tha!" 'S sheas i an sin.

'S thill am bodach còir an ceann deich mionaidean, uidheamaichte airson obair-latha, lasraichean aingealta aige nan sradagan air ceann clobha. A' ghealach mar chorran ann an Loch an Fhaing, 's mìle rionnag a' priobadaich san iarmailt.

'S chaidh e chun na ceàrdaich, 's ise, fhathast le Lachlainn Mòr mac Iain Mhòir 'ac Dhòmhnaill Alasdair air a druim, ga leantainn. Dhragh e adhairc a' mhairt, 's ghluais am balg-sèididh, suas is sìos, null 's a-nall, a' toirt na grìosaich gu èibhleig, 's an èibhleag gu lasair, 's an lasair gu teas, 's an teas gu deargachd, 's an deargachd gu gealachd. 'S anns an eadar-àm, bha na gilbean 's na geingean, an t-òrd-coise 's an t-òrd-làimhe, na bannan-cìche 's na basan, na ruithlean 's na sliosan, na luirgean 's na gàirdeanan, na h-udalain 's na stapallan, na dealgain 's na cluasan, na maidichean-siubhail 's na cupannan, na sparragan 's na greallaigean, air an cur mu chuairt an innein, mar èildearan aig comanachadh.

'S anns a' chaoir-theas sin, laigh Iain Fhionnlaigh a' Ghobha ris an obair, a' bualadh 's a' brùilleadh, a' cabadh 's a' cùmhlachadh, a' dèisgeadh 's a' dlòthadh, a' faoisgneadh 's a' fuasgladh, a' gearradh 's a' geurachadh, a' lomadh 's a' locradh, a' madadh 's a' maothadh, a' nighe 's a' nasgadh, a' pronnadh 's a' punndrachadh, a' rèidheadh 's a' ròbladh, a' sàbhadh 's a' sadadh, a' tomhas 's a' tàirnigeadh.

Aisealan an siud 's sliosan an seo; ceapaichean air aon taobh, cromagan-tàirnge air an taobh eile; iallan gu deas, srathairean gu tuath; motair an ear, casagan an iar. Sliosan, spèilearan, cuairsgeanan, bachallan, spògan, roilearan, guailleachain, giortan, bobhtagan, calpain, casan-croma, casan-dìreach, caibeannan, pleadhagan, sgaraichean, slisean, fearsnan, laghaidean: cha robh inneal nach robh ri làimh.

'S fad uairean a thìde, na shruth fallais, bha Iain Fhionnlaigh a' bualadh 's a' bragadaich, a' badadh 's a' breabadaich, a' bailceadh 's a' baidealachadh, a' beumadh 's a' bogadh, mar shìthiche ann an sgeulachd, mar ghaisgeach na sgèithe deirge. Lasairean às an òrd, sradagan às an innean, ceò às an iarann, cumadh air a chruthachadh – roth ghleansach an siud, aiseal airgeadach an seo; bannan-cìche a' deàrrsadh san togsaid, na dealgannan a' dol an àird, gus mu dheireadh thall – mu aon uair deug sa mhadainn – an tuirt e:

"Sin e. Suidh innte."

'S chàirich ise esan innte, na leth-laighe. A cheann air cluasaig, a chasan air maide-siubhail a bha ceangailte ri motair à beairt-fhighe, a làmh dheas ri cuibheall-stiùiridh, a làmh chlì ri failm siùil.

"Gluaisidh sin thu," thuirt Iain Fhionnlaigh a' Ghobha, "air muir is tìr, am fèath no gailleann. 'S cha ruig sibh a leas pàigheadh: tha mi taingeil gun tug Dia an comas dhomh."

"Bheir sinn dotair ort o seo a-mach – chan eil an còrr againn co-dhiù ach taing ar cridhe 's ar teanga," thuirt i fhèin, 's iad a' falbh a-mach dhan àrd-Iuchar.

'S cha robh neach no beathach eadar Griomasaigh 's Bòrnais an là ud nach do stad na bha iad a' dèanamh nuair a nochd Cairistìona agus Lachlainn mac Iain Mhòir 'ac Dhòmhnaill Alasdair air fàire, mar mhìorbhail à tìr chèin. A rèir 's mar a bha an dùthaich, uaireannan chluinneadh tu iad mus faiceadh tu iad: am motair a' puthadaich 's a' casadaich ri bruthach, no – 's an t-einnsean dheth agus gaoth a tuath san t-seòl – a' tighinn aig astar leis na leathadan. Itealan is eathar, cairt is baidhsagal, crann-treabhaidh is beairt aig an aon àm: cha robh neach an Uibhist no 'm Beinne Bhadhla a bha cinnteach an e mìorbhail no biast a chaidh seachad sa ghaoith.

Dol air Bòrd na Rìbhinn

Esan na leth-laighe, le gàire mòr 's e seinn, 's ise na seasamh air an sparraig air a chùlaibh ga stiùireadh. Fo chumhachd parafain Iain Fhionnlaigh agus anail-gaoithe Dhè.

"Chuir iad a mach i," sheinn iad, "is thug iad a toiseach do mhuir,
'S a deireadh do thìr.
Thog iad na siùil bhreaca bhaidealacha bhàrr-rùisgte
An aodann nan crann fada fulangach fiùdhaidh.
Bha soirbheas beag laghach aca mar a thaghadh iad fhèin,
Bheireadh fraoch à beinn, duilleach à coille, seileach às a fhreumh-
aichean,
Chuireadh tughadh nan taighean an claisean nan iomairean
An latha nach dèanadh am mac no an t-athair e.
Cha bu bheag 's cha bu mhòr leothasan sin fhèin,
Ach ga chaitheamh 's ga ghabhail mar a thigeadh e;
An fhairge a' fulpanaich 's a' falpanaich;
An lear dearg 's an lear uaine a' lachanaich
'S a' bualadh thall 's a-bhos mu a bòrdaibh.
An fhaochag chrom chiar a bha shìos an grunnd an aigein,
Bheireadh i snag air a beul-mòr agus cnag air a h-ùrlar.
Ghearradh i cuinnlein caol coirce le fheabhas 's a dh'fhalbhadh i."

'S leis a sin chaidh iad seachad air Àird nan Srùban 's Eilean na h-Àireadh 's suthanaich na h-Oitire Mòire 's air Gramasdal 's Loch Olabhat 's Cnoc na Fèille 's Loch a' Bhursta 's Loch na Faoilinn 's Loch Olabhat eile 's Druim an Iasgair 's Lìonacleit 's Creag Ghoraidh (fiù 's gun stad) 's tarsainn na h-Oitire Bige chun a' Chàrnain 's seachad air an Àird Mhòir 's air Àird na Mònadh 's Loch nam Breac Mòra 's Loch Dubh an Iònaire 's Loch an Iònaire fhèin 's a Ghèirinis, seachad air Loch an Dùin Mhòir 's Loch Druim Mòr 's an Druim Mòr fhèin 's às a sin sìos rathad a' mhachaire seachad air

Loch nam Balgan 's Loch Ghrodhaigearraidh, an Lon Mòr – mar a b' àbhaist – làn chathan, 's seachad air Loch Stadhlaigearraidh is Sgeir Dhreumasdail, Caisteal Bheagram, Loch an Eilein, Hobha Mòr, Bun na Feathlaich, Hobha Beag, Loch Ròdhag, Snaoiseabhal, Peighinn nan Aoirean, Loch Fada, Loch Altabrug, Loch a' Mhoil, Eilean Mhoirein air fàire taobh thall Cròic na Faoilinn, 's suas, le astar siùil, chun a' Chnoca Bhric 's Rubha Àird Mhìcheil, far an do thionndaidh iad air am motair – a chuala Sìneag 's Eòin 's Seumas 's Dòmhnall Uilleam 's Iain 's Anna 's Ealasaid còig mìle air falbh – 's iad a' falbh mar a' ghaoith seachad air taigh Iain Mhòir 's taigh Dhòmhnaill Eàirdsidh an Tàilleir 's taigh Sheonaidh a' Mhuilleir – na bantraichean aig cinn nan taighean – gu Loch Olaigh an Iar, caisteal Ormacleit agus, fa-dheòidh, an dachaigh.

Rinn a' chlann gàire ceart gu leòr nuair a chunnaic iad an sealladh – oir chan e truaghain, no càraid aig cogadh, a thill ach companaich is caraidean: fear is bean. Cha robh sin air a bhith o mhìos nam pòg, rud nach fhaca no nach do dh'fhairich an t-ochdnar a bha nis a' ruith dhan ionnsaigh.

"Dè th' ann?"

"Cà 'n d'fhuair sibh e?"

"Cò rinn e?"

"Ciamar a tha e 'g obrachadh?"

"'Eil einnsean ann?"

"An tèid e mach air a' mhuir?"

"Am faod sinne dhol ann?"

Na ceistean a' tighinn nan tuil, 's gun freagairt ann ach gàire. 'S leis an ùpraid, cha do mhothaich iad – ann an dà-rìribh – gu robh Eòin dìreach air tighinn dhachaigh. Bha an toileachas cho mòr gu robh am mìorbhaileach nàdarra.

"Tha Eòin air tighinn dhachaigh," thuirt Iain an ceann

ùineachan. Choimhead athair 's a mhàthair air an uair sin, mar air srainnsear.

"Eòin," thuirt ise an uair sin, "Eòin nam beannachd." 'S sheas i air ais.

"A m' eudail – nach tu th' air fàs!" 'S chòmhdaich i à làmh le a dà làimh. "Tha thu coimhead cho . . . cho caol, ge-ta! 'Eil iad idir gad bhiathadh san àite bheannaichte sin? Tiugainn . . . trobhad . . . faigh rudeigin ceart le ithe. 'S can hallo led athair còir fhad 's a tha mise a' dèanamh a' bhìdh," 's chaidh i a-staigh a mharbhadh circe.

'S gun chomas-labhairt aig athair, rinn an dithis aca an sin an còmhradh a b' fheàrr a bh' aca riamh: am bodach a' cur corrag air rud 's esan ag ràdh 'acfhainn' no 'minignidh' no 'peanan' no 'smeachan', 's am bodach a' gàireachdainn 's ag aontachadh, no a' crathadh a chinn, 's gu robh e cearr.

"Lòban," thuirt Eòin.

"L . . . l . . . l . . . l . . . l . . . l . . . l . . . l . . . l . . . l . . .," thuirt athair.

"Sùiste."

"S . . . s . . . s . . . s . . . s . . . s . . . s . . . s . . . s . . ."

"Maghar."

"M . . . m . . . m . . . m . . . m . . . m . . . m . . ."

'S an dòigh eile cuideachd, 's athair a' suathadh gnothach 's aig agairt: "C . . . c . . . c . . . c . . . c . . . c . . . c . . . c . . . c . . . ," 's esan a' freagairt: "Crann."

"P . . . p . . . p . . . p . . . p . . . p . . . p . . . p . . ."

"Plàda."

"D . . . d . . . d . . . d . . . d . . . d . . . d . . . d . . ."

"Dadh-dheiridh."

Gach lide mar usgann, gach facal mar sheud, gus an robh am biadh – brot circe le tuineap 's buntàta – air a chur a-mach air cuibhrig air an fheur air beulaibh an taighe ("Tha iad siud air a dhol às an ciall," thuirt na nàbaidhean), far an do ghabh iad uile cuirm-chnuic fad uairean mòra an fheasgair, a' chlann a' cluich nan smàigean, am bodach a cuir *r* le *s* is *t* le *l* is *b* le *a* gus an robh an comas aige 'tha' is 'thì' is 'thu' is 'ho' is 'ha' a labhairt gun ghàig, a' chailleach a' tighinn le currain 's carraigean 's ìm 's gruithim 's càise 's bliochd 's bainne 's aran-coirce 's eòrna 's seagal 's easan 's eanaraich fad an fheasgair, gus an tug iad fairis ag ithe 's ag òl 's a' còmhradh.

"C...c...c...c...cu...cu...cu...cu...cua...cua...cua...cuai...cuai...cuai...cuairt!" thuirt Dàd, sa chiaradh, 's ghiùlain iad e a-null chun an inneil iorailtich, 's air dòigheigin fhuair iad uile òirleach seasaimh oirre, 's siud iad sìos tron bhaile nan cròthad chun a' mhachaire, am motair a' casadaich, an seòl a' sitheadh 's iad uile a' seinn, le Eòin air an ceann, an *De Profundis* –

"Às an doimhneachd dh'èigh mi riut, a Thighearna;

a Thighearna, èist rim ghuth"

– 's gun ghuth air Alasdair no Aonghas Iain no Monsignor dubh an dòlais ann an àm mòr an toileachais sin.

10

’S gann gu robh Màiri air a' mhotair-baidhsagal na chuimhnich i air an là ud, a bha air a dhol gu dubh-aigeann a h-inntinn.

Bha i air bhàinidh, ceart gu leòr – 's cò nach bitheadh le na h-annasan 's na mìorbhailean a thachair. 'S cha robh i ach sia!

'S mar a thàinig Eòin an toiseach – dearmail, iomagaineach, cinnteach is pròiseil, caochlaideach na ghnè 's na ghnàth.

Gu nàdarra, cha robh sìon a chuimhne aicese air, 's i air a' chìch nuair a dh'fhalbh e o chionn sia bliadhna, ach bha mìle ìomhaigh na claigeann, 's cha do fhreagair gin dhiubh an t-òganach a thàinig, na fhallas, chun an taighe aca air a' mhadainn bhrèagha Iuchair ud.

Bha fàileadh na fala às, 's cha robh sìon a dh'fhios aice ciamar a bha fhios aic' air a sin, 's cha tuirt i dad mu dheidhinn. 'S dòcha, smaoinich i nis, gum fac' i an fhuil a' cruadhachadh fon lèinidh aige. (Saoil, smaoinich i a bharrachd, an ann mu dheidhinn sin a bha na h-òrain mhòra fala ann an dualchas nan Gàidheal – a Mhic Iain 'ic Sheumais, tha do sgeul air m' aire, air far al ail eo, air far al ail eo; mo nighean donn à Còrnaig, 's do chìochan mìne geala, 's iad ri sileadh faladh còmhladh; Ò, Ailein Duinn, chan e bàs a' chruidh sa Chèitean, ach cho fliuch 's a tha do lèine – Ò, 's nach e sin a thachair dhan t-Slànaighear fhèin. Esan a dh'itheas m' fheòil-sa, agus a dh'òlas m' fhuil-sa, tha a' bheatha shìorraidh aige.)

'S nach robh i fhèin leis an aon ghòraiche a-nis, 's i a' falbh dhan Spàinn a dhòrtadh a fala airson – stad i a leigeil gige bainnse seachad (boireannach meadhan-aoiseach le a falt na chuallagan fosgailte fo stìom sròil, blàth-fhleasg bhuidhe is uaine mu a h-amhaich, 's i a' coimhead gu h-iomagaineach air stìopal St George's) – airson saorsa, nach ann?

Ghabh i grèim geanail air an làmh-stiùir, a' tionndadh gu deas gu rathad ìseal a' chladaich. Beachy Head is Hastings an taobh seo (nach fhac' i iad air map na h-Ìompaireachd an Sgoil Chill Donnain!), a bheireadh i à Brighton air ais a Lunnainn gu a caraid, Jennifer.

Bha an là ud – agus an oidhche – àraid, ceart gu leòr. An gioma-goc-àrd, 's am pìridh aig Sìneag a' ruidhleadh 's a roiligeadh aig astar am measg truiseagan nan cearc, 's MacCruslaig 's na mucan, 's an iomairt-fhaochag (bhuannaich Eòin no Seumas – fear dhe na balaich co-dhiù), 's ise mar a bha i an-diugh fhèin, ach an uair sin air muin na làradh le grèim teann air a' mhuingean shèideach ghlas.

'S, ò, cha mhòr nach robh i air dìochuimhneachadh buileach glan air "Boch-fhuinn a bhù! Boch-fhuinn a bhù!," 's na lachan sultach gòrach air am mealladh leis an èigh, 's an ath rud 's iad sa phoit! Blasta. Blasta.

'S mar a thill Mam 's Dàd!

'S thug gòraiche na cuimhne oirre am motair-baidhsagal astrachadh a-rithist, 's i a-nis a-mach air an dùthaich fhosgailte, liosan ùbhlan air a làimh chlì, Caolas Shasainn na mharcach-sìne air a làimh dheis.

Clogad leathair oirre (nach fhaic thu an-diugh ach ann an taigh-tasgaidh) a' dìon na gàireachdainn a bha i a' dèanamh sa ghaoith.

Cò shaoileadh gum biodh Mam 's Dàd air a bhith cho radacail? ('S bliadhnachan mòra mus cual' i fhèin an t-adhbhar air a shon – an dotair drùiseach. Am basdard esan.) Cha b' iongnadh gu robh i falbh sa mhadainn a Bharcelona a chur às dha sheòrsa!

'S e a b' iongantaiche buileach gun do sheas 's gun do mhair an t-ùrachadh a thàinig air a h-athair 's a màthair – cha robh e idir idir a' crochadh air Eòin beannaichte (a dh'fhàg an ceann cola-deug), ged a bha an dithis aca buailteach an t-urram a thoirt dha.

"Eòin beannaichte," chanadh a h-athair an dràsta 's a-rithist. "Nach e thug dhomh mo chomas-labhairt air ais! Bha mi balbh – 's dearbhaidh sibh uile sin – gus an tàinig e dhachaigh." A' dìochuimhneachadh gu robh an comas air dùsgadh a' mhionaid a thog ise e air a druim 's i ag agairt, "Seallaidh mise dhaibh, na bugairean!" 'S e sin, nan innseadh e an fhìrinn, a dhùisg e o na mairbh.

'S a màthair cuideachd – stòlda, beachdail, radacail, làidir 's gu robh i, bha ise cuideachd aig amannan ro bhuailteach am moladh mòr a dhèanamh air Eòin. *Gàidheil!* shaoil Màiri. *Iriosalachd an diabhail. Tràillean is gillean-coise. Cannon-fodder,* 's saoraich i an cluids air a' mhotair-baidhsagal, a' claoineadh nan oisean corrach os cionn Beachy Head.

Nuair a bha i dusan, thàinig Sister Theresa a thadhal orra, is trillsean-draoidheil na màileid. Latha dorcha deireadh foghair a bh' ann. Cha robh duine beò air dad a dhèanamh ach corra fhàd mònadh a thoirt a-staigh agus iad fhèin a gharadh.

Bha an ciaradh trom, dùganach ann nuair a thàinig Sister

Theresa, gu clis, gun fhiost'. Ban-Èireannach a bh' innte – taobh Chorcaigh – a bhiodh a' tighinn uair sa bhliadhna dhan sgìre air misean 's a' toirt triùir no cheathrar nigheanan òga air falbh còmh' leatha mar thoradh a saothrach.

Boireannach àrd seang àlainn, làn spòrs is dibhearsain. Cha robh duine an Uibhist no am Barraigh – no am Mùideart no Loch Abar, no na sgìrean Caitligeach eile – nach robh eòlach air Sr Theresa. Ciùin na cainnt, bha i air Òrdugh Blessed Anne-Marie Javouhey a bhiathadh le mìle Gàidheal òg – às Alba agus Èirinn – fad fichead bliadhna a-nis.

'S cha robh bliadhna nach robh annas na cois: thàinig i leis a' chiad phrosbaig 's a' chiad mhagnait 's a' chiad chamara a dh'Uibhist – mìorbhailean à tìrean cèin nach robh fiù 's fhathast aig na ceàird, a bhiodh a' tighinn gach bliadhna iad fhèin le iomadh grìogag an cois nan each.

"Puh," chanadh na h-Uibhistich le na ceàird bhochda, 's iad a' taisbeanadh mìorbhail ùr, cleas doileig a dhèanadh bruidhinn, "Chunnaic sinn sin cheana. Bha a leithid an seo an-uiridh aig Sister Theresa!"

'S dh'fhalbh deichnear a' bhliadhn' ud, ri linn na doileig.

Ach a' bhliadhn' ud, às deoghaidh na dìnnearach, las Dàd na coinnlean, mar a b' àbhaist – 's chluich iadsan, mar a bu dual, Crogada-fraigh. Rinn Dad coineanach 's cù 's ailbhean (bha e air fear fhaicinn ann an *National Geographic* a thug Eòghainn an Canèidianach dhachaigh – 's, a Dhia bheannaichte, nam faiceadh tu na cìochan a bh' air na boireannaich dhubha à Sumatra!) agus, mar a b' àbhaist, cha do dh'athnich duine na h-ainmhidhean.

"Cù," thuirt iad uile mun choineanach, 's "Coineanach" mun chù, 's "Each" mun ailbhean, 's rinn iad uile gàire, mar a rinn iad gach bliadhna.

'S an cleas sin seachad – seòrsa de liturgy a bh' ann do Sister Theresa – dh'fhuirich iad uile gu dùrachdach leis a' mhìorbhail a bh' aice falaichte sa mhàileid am bliadhna.

'S rinn i geama 's dìomhaireachd dheth, mar a b' abhaist, a' toirt ùine mhòr a' fosgladh na màileid, 's a' saoradh pàipear dathach air muin pàipeir dathaich gus – mu dheireadh thall – an do thaisbein i mìorbhail na bliadhn' ud: bogsa ceithir-cheàrnach dubh nach biodh na annas an cùl na sitig!

Ach bha deagh fhios aca uile nach robh an sin ach an sealladh on taobh a-muigh! Cha leigeadh Sister Theresa sìos iad! 'S cha do leig. Ann am priobadh na sùla, mar nach robh i air sìon a phutadh no a ghluasad, dh'fhosgail am bogsa suas – bogsa am broinn bogsa am broinn bogsa! 'S gach bogsa làn mhìorbhailean beaga: glainneachan 's sgàthain 's solais 's fuaim 's deilbh.

Shuidh iad uile ann an dubh-shàmhchas fhad 's a cheangail am boireannach beannaichte bogsa le bogsa, sgriubha le sgriubha, sgàthan le sgàthan, dealbh le dealbh. "Bòrd," thuirt i 'n uair sin gu socair, is sgioblaich a' chailleach gach soitheach is poit air falbh gus àite a dhèanamh dhan inneal ùr.

"Cuiribh na coinnlean às," thuirt Sister Theresa, is ruith a' chlann air feadh an taighe a' sèideadh 's a' sèideadh, gus nach robh ann ach ceò.

Shuidh iad uile an uair sin anns an dorchadas gus an do thòisich am fuaim brèagha a' seòladh a-mach às an inneal: ceòl piàna, dìreach mar a bh' aig Charlie Chaplin fhèin sna filmichean a-nis, a rèir *Oban Times* an earraich.

'S às deoghaidh ùine las dealbh suas air a' bhalla: nèamh choillteach dhuilleagach dhathach. "Afraga," thuirt Sister Theresa. "Dùthaich bhrèagha, ach caillte, nach cual' an soisgeul riamh."

'S thàinig slaidhd eile an àird: abhainn gheal chopach, lan

chanoes. "An Abhainn Nìle," thuirt i. "An abhainn as motha air an t-saoghal – trì mìle mìle o cheann gu ceann. Nas farsainge aig a beul na an t-astar eadar an Lùdag 's Loch nam Madadh."

Treubh de dhaoine dubha nan seasamh nan sreathan. Saighead mhòr aig gach fear. 'S gu sgiobalta, dealbh eile dhen dearbh shluagh, 's na saigheadan uile cruinnichte nan sgealban air am beulaibh. "Savages a bh' annta aig aon àm," thuirt Sister Theresa, "ach chaidh am baisteadh uile an t-àm seo an-uiridh le Àrd-easbaig O'Rourke, à Baile Atha Cliath. Càirdeach dhomh fhìn, an duine beannaichte. Na creutairean bochda."

Is boireannaich, le cumain air an cinn, air an cuartachadh le Sisters Anne-Marie Javouhey, 's clann bheag bhìodach 's an stamagan a' crochadh riutha, mun casan, 's seann daoine dall gan leantainn tron choille, 's cailleachan le daolagan fon craiceann air an glùinean còmhla leotha, 's lobharan a' sìneadh a-mach dhòrn seargte thuca.

Bha Sister Theresa fhèin, gu dearbh, a' caoineadh am fianais nan dealbh, a chrìochnaich, ge-ta, le sia dealbhan aotrom mu bhalach òg, 'Sambo', a bha nis a' faighinn cothrom sgoile, taing dhan eaglais. Anns a' chiad dhealbh bha Sambo ri fhaicinn a' fàgail na dachaigh – bothan sgrathan. San dara dealbh bha e a' leum o chraoibh gu craoibh, tìgear mòr fodha. San treas dealbh, na shuidhe air an làr air beulaibh bòrd dubh air an robh 'The cat sat on the mat' sgrìobhte. Sa cheathramh dealbh, e a' gabhail comain o làmhan fosgailte sagairt air choreigin agus, san dealbh mu dheireadh, na sheasamh is a làmhan a-mach le 'Help me' sgrìobhte os cionn a chinn.

'S na ceistean!

"Dè cho teth 's a tha i an Afraga?"

"'Eil e fad' air falbh?"

"Trì seachdainean ann am bàta!"

"Dè bhios iad ag ithe?"

"Muncaidhean!"

"Dè 'n seòrsa cànain a th' aca?"

"'Eil eich aca? Cearcan? Crodh?"

"Mucan! Uh!"

Is Sister Theresa cho brèagha 's cho deithineach na freagairtean.

"O, teth, teth. Samhradh biothbhuan!"

"Hud, tha iad uabhasach math air cluich – ball-coise cuideachd!"

"Fhad 's nach cronaich thusa na leòmhannan, cha chronaich iadsan thusa."

"Hud" – seo le gàire – "tha iad ag ràdh gum biodh feadhainn aca ag ithe dhaoine. Cannibals a chanar riuthasan, no pygmies. Ach tha sin fada staigh air an dùthaich. Cha deach fiù 's na h-Ìosaidich an sin fhathast!" 'S gàire bitearra eile nach do thuig ach i fhèin.

Ach chan e gin dhe na dealbhan sin, no sgath dhen a' chòmhradh, a thug air Màiri falbh còmh' le Sister Theresa a' chiad rud sa mhadainn. Cha robh i cho gòrach 's nach fhac' i am propaganda.

'S e Sister Theresa fhèin.

Chan e gu robh fios aice air a sin, no gu robh comas aice aideachadh ann an dòigh sam bith, ach dh'aidich i nis e, 's i a' sparradh a' mhotair-baidhsagail air adhart, gus an Cnoc Àrd, beagan an iar air Hastings, a dhìreadh. 'S chan e aideachadh nas motha, shaoil i, ach ainmeachadh – chan ann le aithreachas, ach le pròis is toileachas. Oir cha b' e gràdh feòlmhor a bh' ann ach gràdh spioradail a-mhàin, soilleir, slàn, fìorghlan, mar sruthan uisge à nèamh.

'S gu dearbh, cha robh smuain chorporra fa-near do Theresa O'Rourke. Ge brith dè eile a chanadh tu mu deidhinn, bha i dìleas dha rùintean, glan às leth an Tighearna, pòsta ri Crìosda a-mhàin.

Ge brith dè bha a deisciobail, cha robh ise riamh drùiseil a thaobh na colainn, le fear no tè.

Ach bha Màiri an gràdh leatha – cha robh teagamh sam bith aice air a sin a-nis. I cho soilleir na gnùis, cho geal na gàire, cho caidreachail na dòigh. Mar aingeal, ceart gu leòr, ach aingeal le sàilean, 's meòirean, 's ìnean innealta àlainn. Breacadh-seunain cuideachd – trì ann an cumadh triantain fon an t-sùil thoisgeil 's seachd a' deàrrsadh mar an ceata-cam eadar caol an dùirn 's an uilinn.

Dh'fhàg i le glè bheag, mar a chomhairlich Sister Theresa dhi: a bharrachd air na bh' oirre, dìreach aon chaitheamh eile, is aon rud a chuireadh an dachaigh na cuimhne. Thagh i slige – coparran Moire – a bha a màthair air a dhèanamh na grìogaig-gruaige dhi nuair a bha i glè bheag.

Ràinig i fhèin is Sister Theresa Liverpool air madainn Didòmhnaich (tuba de sgothaidh eadar Loch Sgiobort 's Glaschu, 's tuba eile às a sin a Liverpool – Ò, mar a chùm Sister Theresa grèim teann oirre 's i a' cur a-mach dhan Chuan Chanach!), 's bha an aifreann, ann an St Francis Xavier's, dìreach mìorbhaileach.

Coinnlean! Chan fhaca tu a leithid riamh! Nan triantain 's nan seachdan 's nan dusanan air feadh an àite: air an altair, air na ballachan, air an làr. Air do chùlaibh 's air do bheulaibh 's os do chionn 's air gach taobh. Bha i beò ann an coille òr-bhuidhe, 's nuair a dhùineadh i aon sùil, bha mìle coinneal san t-sùil eile. Nuair a dhùineadh i na dhà, bha iad fhathast a' danns air na h-arbhalgan. Bha an saoghal laiste.

'S air an fheasgar, chluich iad criogaid!

Sister Theresa leis a' bhat 's i a' sràcadh six an siud 's four an seo. Iadsan – na noviciates, mar a bh' aca orra – a' tilgeil a' bhuill, 's ise agus Sister Philomena agus Sister Anne-Marie agus Sister Sarah

Na h-Eòin a' Ceilearadh

agus ochd cailleachan-dubha eile – ged a bha iad uile còmhdaicht' an geal! – ga bhualadh cruaidh, àrd suas dha na nèamhan, gus an rachadh e tur a-mach à sealladh 's gun cluinneadh iad glag nam bòrd aig Sister Joanne, an tè bu shine san àite, 's i air an sgòr ùr a sgrìobhadh le cailc: 54 gun neach a-mach 's gun dìreach ach deich cuairtean air an cluich. 'Overs' a chanadh iad riutha.

'S ghabh iad uile bath, tè às deoghaidh tè, nan aonar, ann an amar mòr fionnar. (Ceart gu leòr, bha e blàth gu leòr airson na ciad tè – Sister Joanne – ach mus faigheadh an nighean mu dheireadh – an tè a b' òige – ann, bha e cho fuar, gun guth a ràdh mu shalchar, leis an deigh. Ach cha do chuir sin Màiri sìos no suas.)

Cha do chuir no mòran sam bith eile fad nan sia bliadhna a bha i sa mhanachainn – Convent of the Community of Saint John a bh' air. Às deoghaidh dà bhliadhna, bha thu ag adhartachadh o 'Novitiate' gu 'Junior Professed', 's ma bha thu dhen bheachd do bheatha shlàn a chur seachad nad bhean-riaghailt, bha thu an uair sin a' dol air adhart gu 'Perpetual Professed'.

An àite sin, thagh Màiri, nuair a bha i ochd-deug, a dhol a Lunnainn cuide le Sister Theresa, a bha a' gluasad gu obair ùr a dhèanamh am measg dèircean a' bhaile. "An àite bhith glaist' a-staigh gu sìorraidh," thuirt Sister Theresa leatha, "bidh sinn glaist' a-muigh!" Gàire brèagha tatanach, 's a sùilean fhathast cho soilleir leis an latha a thàinig i le trillsean draoidheil nan dealbh.

"Tha ùrnaigh is cràbhadh math gu leòr," thuirt i, "ach nas fheàrr buileach a bhith air na sràidean, am measg nam bochd. *Oir bha mi acrach, agus cha tug sibh dhomh biadh; bha mi tartmhor, agus cha tug sibh dhomh deoch; am choigreach, agus cha tug sibh aoidheachd dhomh; lomnochd, agus cha d' èidich sibh mi; euslan agus ann am prìosan, agus cha tàinig sibh am ionnsaigh.* Nach e, Sister Mary?" (mar a bh' aic' oirre).

Fiù 's gun trillsean, bha i a' dèanamh dhealbhan cumhachdail. Nach ann mar sin a bha a daoine fhein? Na Gàidheil. Muinntir Uibhist. A h-athair 's a màthair. A bràithrean 's a peathraichean. Aonghas Iain bochd, 's Peigi, a' cutadh.

I fhèin, 's gu dearbh Theresa bhochd O'Rourke a bha air a beulaibh, ag ìobairt a beatha, 's carson? Do Dhia a bha coma, no 's dòcha nach robh idir ann?

Saoil nach e aisling is bruadar a bha sa h-uile sìon? Sgeulachd fhaoin a rinneadh suas am measg bhodaich an Ear Mheadhanaich? Abrahàm (esan aig an robh dà bhean, fhad 's nach robh companach sam bith ceadaichte dhìse, no a leithid) na shuidhe air beulaibh teanta o chionn linntean mòra a' dèanamh suas adhbharan 's leisgeulan airson mianntan a chridhe?

No Maois no Iàcob no Daibhidh! Rìgh! Dè an t-eòlas a bh' aigesan air a leithid-se, no leithid Theresa O'Rourke? E fhèin 's Batsèba! Bu choltaiche e le ceann-cinnidh. Nach do rinn Mac 'ic Ailein a leithid uair agus uair eile, 's MacMhuirich aige airson a mholadh, mar a bha Iain Lom aig Mac Mhic Raghnaill airson salm saoghalta no dhà a dhèanamh dha!

O, dh'fhalbhadh i a Lunnainn le Sister Theresa a dh'ìobairt a beatha am measg nam bochd ceart gu leòr, ach chan ann a chionn 's gu robh i creidsinn, ach a chionn 's nach robh. 'S nuair a ràinig i Lunnainn, bha a h-uile rud mar a bha fhios aice a bhitheadh e: uaislean a' riastadh nan ìslean, fir a' mealladh nam mnathan, inbhich a' dèanamh buannachd à clann.

Ghabh i cuairt suas Whitehall, 's chunnaic i iad airson a' chiad turas riamh: fir shodalach nam bowler-hats, len cuid sgàilein.

"There go the buggers that put us on the dole,
Put us on the dole, put us on the dole.

Na h-Eòin a' Ceilearadh

There go the gentry with their bowlers and their poles,
But we'll keep marching on.
Glory, glory . . ."

Ach mus d' fhuair na stailcearan a' "Hallelujah" a-mach bha ceud poileasman air eich le slacain ghuineideach air am muin, gam bualadh 's gan ruaigeadh 's gam pronnadh gu bàs.

"'S chunna mi na fir mhòra," thuirt an t-seann chailleach – nach tubhairt? "Chunna mi na fir mhòra làidir, diùlnaich na dùthcha – mèinnearan 's seòladairean 's suffragettes – ceatharnaich an t-saoghail, gan ceangal air cidhe Loch Baghasdail agus gan tilgeil anns an luing mar a dhèant' air prasgan each no cruidh anns an eathar, na bàillidhean agus na maoir agus na constabail agus na poileasmain nan tional às an deoghaidh nan tòir os an cionn. Aig Dia nan Dùl agus aigesan a-mhàin a tha fios air obair ghràineil dhaoine an là ud."

'S nach robh i fhèin air a' chìch an là ud, 's i 'g èisteachd leis a' Bhantraich Bharraich? 'S nach fhaca a' Bhantrach a leithid? 'S gach bantrach eile, eadar Hiort 's na h-Ìnnsean?

'S a' togail suas a cleòca fada geal, leum Sister Mary air na poilis, dìreach mar a bha i, a' sadadh nan dòrn 's gam bualadh le a h-uile neart air àird an droma. 'S bha an sealladh cho buileach annasach – nun a' sabaid ris a' phoileas – 's gun tàinig sàmhchas eagalach air an dùmhladas sluaigh.

Stad na poilis, reòthte far an robh iad, na slacain àrd, mar gu robh iad glacte le draoidheachd. Cha do ghluais aon each. Sheas na seinneadaran nan tost. Laigh an fheadhainn a bha leònte far an robh iad. Cha do charaich na mairbh.

Mhair sin, shaoil feadhainn, fad bliadhna – ged nach robh ann dìreach ach deich diogan.

An ceann sin, bhrist poileasman mòr (mac mèinneir à Leeds) an cearcall coisrigte: ghluais esan agus thug e slaic do Sister Mary eadar na slinneanan. Chuir sin uabhas buileach air an t-sluagh, a bha eòlach gu leòr air brùidealachd ach nach fhaca riamh ionnsramaidean na stàite a' dèanamh ionnsaigh air ionnnsramaid Dhè. 'S bha iad greis mus do thuig iad gur e sin a bh' air tachairt.

Ach chan e mèinnear no neach-ciùird a ghluais ga dìon ach Sylvia Pankhurst fhèin, a bha an ceann buidhne bhon an WSPU.

"Sister!" dh'èigh i, làn-mhothachail air ciall cheart an fhacail. "Sister! Lower your head and cover it!" 'S rinn Màiri sin, a' geàrd a cinn le a h-uilinnean, ged a bha na batanan a-nis a' tighinn mu a guailnean nan dusanan.

'S an uair sin ghluais na fir cuideachd a-mach às a' chlò anns an robh iad, 's rinn iad ionnsaigh air a' phoileas 's air na h-eich, gam putadh air ais dà cheud slat suas seachad Horseguards Parade rathad Trafalgar Square. Ach sheas am poileas 's na h-eich gu daingeann an sin, crùidhean nan searrach àrd anns na speuran mar ùird an impis bualadh.

"This way. This way, Sister," bha am boireannach ag èigheach na cluais, ga draghadh air ais tro na mairbh a bha nan laighe air an t-sràid am measg nan guidheachan 's a' chaoinidh. "This way, this way, this way," 's an ceann ùine bha i fhèin 's am boireannach air falach ann an clobhsa glè fhaisg air Soho.

Cha robh eich no poileas, poileataics no stailc an seo. "Except that it's even more dangerous for us," thuirt am boireannach rithe. "As in politics, women have only one function here. Come on." 'S chùm iad orra seachad air na maoir-strìopach 's na pubs gus mu dheireadh an do ràinig iad sgìre leòmach ann am foirichean a' bhaile – Bloomsbury – far an robh am boireannach a' fuireach còmh' leis an Eadailteach Silvo Corio.

'S dh'fhuirich Màiri còmhla leotha sin, ann an seòmar san attic, fad dà bhliadhna, ga h-oideachadh fhèin ann am feallsanachd an t-saoghail mhòir 's litreachas an latha. Plato, Aristotle, Virgil, Tacitus, Ptolemy, Dante, Erasmus, Copernicus, Luther, Calvin, Bacon, Shakespeare, Galileo, Kepler, Hobbes, Descartes, Locke, Newton, Voltaire, Rousseau, Adam Smith, Kant, Hegel, Schopenhauer, Faraday, de Tocqueville, J.S. Mill, Darwin, Dickens, Kierkegaard, Marx, Dostoevsky, Ibsen, Tolstoy agus Freud: cha robh gin dhiubh nach do leugh i à leabhraichean mòra tomadach a bhiodh Sylvia a' toirt air ais thuice dà latha san t-seachdain on leabharlann. (Ò, cha robh guth air *Carmina* no air Leabhar Deathan Lios Mòir no air bàrdachd Mhic Mhaighstir Alasdair, ceart gu leòr, am Bloomsbury.)

Ach uair san t-seachdain bhiodh Virginia Woolf a' tadhal 's a gabhail tì còmh' leis an teaghlach: boireannach caol àrd, glè fhad' às agus mòr na dòigh fhèin, a' searmonachadh mu na seòid ùra – Joyce, Lawrence, Pound agus Eliot. Chuir i a' bhuinneach air Màiri, a shaoil gu robh i bog, monaiseach, an àite cruaidh, poilitigeach. Mar gun tigeadh saorsa às a bhith cruinneachadh còmhla a' còmhradh mu dheidhinn Jung an àite a bhith sabaid air na sràidean! An òinseach ise.

Agus 's ann an sin cuideachd a choinnich i, mu dheireadh thall, le cuideigin a bha air an aon ràmh leatha fhèin: ban-Astràilianach, Jennifer Quigley, a bha ag obair na dotair ann a Hackney. 'S e tùsanach a bha na màthair, is taobh aig a h-athair – taobh a mhàthar – ri Earra-Ghàidheal. Chaidh a h-athair-se fhuadach à Àird nam Murchan ri linn Shellar.

Fhuair iad flat an sin far an robh iad cuide – nam flatmates – trì bliadhna, fhad 's a bha uabhasan is mìorbhailean eile a' gabhail àite air feadh an t-saoghail mhòir (sna bliadhnachan sin, chaidh telebhisean a chruthachadh, penicillin a chur an grèim, an seit-

An Oidhche Mus Do Sheòl Sinn

einnsean a chur an sàs, Hitler àrdachadh gu Seansailear, T.B.W. Ramsay a thaghadh mar Bhall-Pàrlamaid sna h-Eileanan an Iar, ghabh Mao-Tse-Tung a' chiad chuairt mhòr fhada, thàinig an Depression, ràinig Margaret Fay Shaw taobh a deas Loch Baghasdail, chlò-bhuail Seonaidh Clarc a' chiad chairt-sanais, agus mhurt Stalin còig millean deug).

Cha robh guth tuilleadh air Sister Theresa, ged a chunnaic Màiri i dà thuras aig astar – an lùib procession mhòr a bha a' dol sìos Birdcage Walk aon fheasgar Disathairne airson Iubilidh Rìgh Seòras, agus air a glùinean còmh' le mìle nun eile ann an St James's Park an latha a chaidh an Eadailt a-staigh a dh'Etiopia. Dh'fheuch Màiri bruidhinn leatha, ach a' chiad turas bha coille de phoileasmain eatarra, 's an dara turas chaidh i tur à sealladh am measg nam mnathan-cràbhaidh eile nuair a dh'èirich iad nan dròbh 's an ùrnaigh mhòr seachad, dìreach nuair a bha Màiri faisg, eadar na Redemptorists is i fhèin.

Bha i air am motair-baidhsagal a thionndadh gu tuath a-nis, a' dèanamh air Sussex, Coille Ashdown agus Surrey air an rathad air ais a Lunnainn. Bailtean beaga bùirdeasach a' dol à sealladh aig astar às a deoghaidh: Willingdon, Hailsham, Golden Cross, Uckfield, Chelwood Gate. Rèidhlean farsaing Lingfield a-nis air an làimh dheis, dà fhichead each gleansach dubh a' fàlaireachd air bearradh na fàire.

Bha an gnothach cho Sasannach, shaoil i. Carson a bha i an seo idir, an tòn Shasainn? Cha robh i sìon na b' fheàrr na a bràthair, Sir Alasdair, a bha i dìreach air fhàgail am Brighton. 'S dòcha, gu dearbh, gu robh esan na b' onaraiche, oir cha robh e a' leigeil air gu robh cogais aige. Bha e air an tiotal 's an t-airgead 's an dram a ghabhail gun dragh. (Ged a bha cuimhn' aic' air mar a bha a shùilean ga bhrath.)

Na h-Eòin a' Ceilearadh

Bha i ag ionndrain Uibhist, 's dòcha airson a' chiad turas riamh anns an aona bliadhn' deug on a dh'fhàg i cuide le Sister Theresa. 'S dòcha gur e na h-eich a bha ga chur na cuimhne, ach bha na deòir co-dhiù a-nis a' sruthadh 's i cuimhneachadh bòidhchead a' mhachaire, sàmhchas an fheasgair air Rubh' Àird Mhaoile, 's gach duine – Eòin 's Anna 's Ealasaid 's Peigi 's Raonaid 's Aonghas Iain 's Alasdair 's Iain 's Dòmhnall Uilleam 's Seumas is Sìneag, 's a h-athair 's a màthair – nach fhaiceadh i gu bràth tuilleadh.

Sin adhbhar nan deur: gu robh an dòchas sin a-nis glan seachad, nach robh neoichiontas air fhàgail. Cha tigeadh Sister Theresa a-rithist air fàire, le trillsean draoidheil. No Dàd air inneal iongantach. No Mam le sgon no trod. Dh'fhalbh na lathaichean neònach sin buileach glan. Agus b' e sin a bha a' toirt a' bhàis oirre.

Ò, bha fhios aic' air a sin, cho cinnteach 's a bha i mun rathad mhòr tarmac a bha falbh aig astar fo chuibhlichean a motair-baidhsagail. Bhàsaicheadh i, le cinnt, air raointean cèine na Spàinne, an ainm ... an ainm ... och, bha "saorsa" cho furasta a ràdh – 's cho cealgach ceàrr.

An ainm eagail is imrich, pròis is cruadail: na buairidhean fidealach a thug Aonghas Iain gu a bhàs-san aig an Aisne bho chionn dà bhliadhna fichead. Chan e na bha roimhpe ach na bh' air a cùl – 's nach robh i a' tuigsinn, no deònach a thuigsinn – a bheireadh am bàs dhi. Dè b' fhiach e co-dhiù? Dè b' fhiach rud sam bith. Ìompaireachd an t-saoghail seo.

"A Mhàiri, a ghràidh," thuirt Jennifer leatha, nuair a ràinig i Lunnainn, anmoch air an oidhche. "I'm sorry – they just told me today. I can't go with you tomorrow to Spain. Feumaidh mi obrachadh sa ward fad mìos eile – faodaidh mi falbh an uair sin. I'll join you on the front line then. Bidh bàtaichean a' dol gu San Sebastian co-dhiù."

Cha mhòr nach d' rinn Màiri lachan imisgeach, ach cha do rinn – bha na thuirt an tèile cho dubh-dualach. Cho fireann! – *Thalla thusa 's bàsaich, 's thig mise às deoghaidh làimh.*

Fuar-chràbhadh. 'S dòcha gu robh Sister Joanne air a bhith ceart o thùs – gun earbsa a chur ann an neach sam bith: on tè a laigheas ann ad uchd glèidh dorsan do bheòil, a rèir Mhìcah. 'S dòcha, gu dearbh, gu robh esan 's na fàidhean mòra – fireann 's gu robh iad – ceart sa chiad àite: Isaiah, Ieremiah, Esèciel 's an còrr. *Is truagh dhaibhsan... a tha ag earbsa à eich, agus a' cur an dòchais ann an carbadan. Bithibh air ur faicill, gach aon ro a choimhearsnach, agus na earbaibh à brathair air bith: oir le foill meallaidh gach bràthair, agus gluaisidh gach companach gu cealgach... mar as beò mise, deir an Tighearna Dia, gu deimhinn, o chionn gun do thruaill thu m' ionad naomh led uile nithean fuathach, agus led uile ghràinealachdan, uime sin lùghdaichidh mise thu mar an ceudna; agus cha choigil mo shùil, cha mhò a bhios truas air bith agam.*

An robh ceangal sam bith eadar na h-uabhasan mòra sin agus a beatha fhèin? An e uirsgeulan a bh' ann buileach glan – dha-rìribh sgeulachdan faoin bodaich an taoibh Sear?

Bha Jennifer a' dèanamh cofaidh dhi, 's i a' bruidhinn 's a' bruidhinn. "I've no choice, Màiri. The patients are dying... I have to stay here... it's only for a month... cha bhi mi fada gus an tèid mi fhìn a-null... I know you'll be strong and brave for the women's movement... and not just for the movement here, but for our Spanish sisters... for democracy and freedom... na h-aon rudan a tha ciallachadh dad dhuinn... liberty always wins... in the end... you know that... 's thèid sinn air chuairt nuair a bhios e deiseil... suas dhan Lake District... no chun na Gàidhealtachd... cha bhi an ceannach an asgaidh... the sun sparkling on the Sound of Barra – you always promised me that..."

Na h-Eòin a' Ceilearadh

'S cleas gach saighdeir eile a fhuair mìle gealladh –

"Tell me not, sweet, I am unkind
That from the nunnery
Of thy chaste breast and quiet mind,
To war and arms I fly."

– cha deach aon dhiubh a choileanadh, 's dòcha fiù 's sa ghealladh, oir cha robh i ach trì uairean an uaireadair air fearann na Spàinne nuair a buail urchair thurcharach i eadar na h-asnaichean.

Thuit i mar a thuit Aonghas Iain, ged nach ann sa pholl ach san dearg-theas.

Bha na h-eòin a' ceilearadh, 's fàileadh nan orainsearan ga tachdadh.

Curaidhean a' Bhriogàid Eadar-nàiseanta a' ruith seachad oirre leis a' bhruaich, 's itealain nan Nàsach a' dranndan 's a' casadaich fad' os a cionn.

'S dh'fhàs a h-uile sìon socair, balbh.

Dealan-dè os a cionn, ged 's dòcha gur e rudeigin eile a bh' ann. Iteagan an dealain-dè a laighe air a sùilean, 's a' suathadh a h-amhaich 's a bilean.

An teas cho mòr, 's a h-anam cho sgìth.

Dhùin i a sùilean, 's bha i air ais ann an tìm, ann an creathaill, duradagan eadar i 's an solas. Mam a' seinn an àiteigin: 'Tàladh Dhòmhnaill Ghuirm'.

'S laigh i an sin, faisg air an Egea de los Caballeros, fad sìorraidheachd mhòir.

AN SPÀINN

11

Nuair a ràinig Eòin an Spàinn air Latha Lùnast ann an 1920, cha robh guth fhathast air Franco no air Fascism.

Bha na seann chrìochan fhathast air clàr-cridhe nan cailleachan: Aragon, Navarre, Castille, Cataluna, La Mancha, Andalucia, Granada. Chan e aon dùthaich ach seachd rìoghachdan eadar-dhealaichte – no a bharrachd (Galicia, Asturias, Zaragoza, Murcia, Extremadura, Valencia, Sierra Morena) – a bh' ann dhaibhsan.

Is fhad 's a bha Gerald Brennan ann an Granada agus Laurie Lee air fàire ann an Andalucia, bha Eòin Lachlainn Mhòir 'ic Iain Mhòir 'ac Dhòmhnaill Alasdair ann an Castille, am measg nan uaislean.

Chan e na h-àrd-uaislean, ceart gu leòr – Alfonso 's na h-uachdarain 's na seanailearan 's na fir-lagha – ach gocamain na cuthaige: na sagairt is sealbhadairean nam fìon-liosan is pròbhaistean nam bailtean beaga. Daoine beaga reamhar a bha a' dèanamh math gu leòr à cadal-suain na dùthcha. An dearbh fheadhainn aig an robh a' chuid bu mhotha ri chall nuair a thàinig gluasad cinnteach nam Poblach an ceann greis.

Leugh e mu dheidhinn sin 's e air ais an Alba aig an àm.

Ach aig an ìre seo – coltach le phiuthair – b' e fàileadh nan orainsearan fàileadh na Spàinne dhàsan.

Dh'fhairich e an toiseach iad aig muir, anns an t-seòladh a-steach gu Santander. Dà latha 's dà oidhche san t-siubhal à Lunnainn tron Bhay of Biscay, a' cumail dìreach tarsainn gu crann-iùil nan Cantabrians. Madainn bhreàgha Lunastail a bh' ann, teth, bruthainneach, 's a' mhuir cho gorm 's cho saor, 's an cogadh a-nis seachad. Na U-boats air a dhol taobh na h-Armada, a' meirgeadh am bonn a' chuain. Maura (a-rithist) an ceann riaghaltas criomagach eile.

Dhen cheud balach a thòisich còmh' leis am Blairs, cha robh air fhàgail ach còignear – e fhèin is Seumas MacFhionghain, Terry Finnegan, Mìcheal Kelly agus Eòsaph Devine. Bha an còrr air tilleadh dhachaigh, dhan Arm, dhan Nèibhidh, dhan uaigh, dhan sgoil.

"The Lord prunes," chanadh am Monsignor aig deireadh gach bliadhna, "but the good Lord also raises up." Is mar a thubhairt e, gach Lùnastal thigeadh ceud balach eile à Uibhist 's Èirisgeigh 's Barraigh 's Mùideart 's Dùn Dèagh 's Glaschu a ghabhail leapannan nam balach a bha air fàilligeadh.

B' e Seumas MacFhionghain – balach à Barraigh – an aon fhear a bha a' tighinn taobh na Spàinne còmh' le Eòin, ged a bha esan an dràsta air bàta eile a' dèanamh air Corunna, 's e air taghadh a dhol cuairt-choisrigte gu Santiago de Compostela ann an Galicia. Balach dòigheil a bh' ann an Seumas, aotrom na spiorad, aighearach na aigne. Le pròis a dh'fheuch e a mhùchadh, bha deagh fhios aig Eòin air a chomasan ceud-fàthach fhèin an coimeas ri aotromas Sheumais, a dhèanadh dìreach deagh shagart paraiste an àiteigin.

A bharrachd air fàileadh nan orainsearan, 's e na dathan a bu mhotha a chuir iongnadh air Eòin: cho fìorghlan, soilleir, cinnteach

"¿Adónde el camino irá?"

's a bha iad an coimeas ri dathan boga, mìne, braonach na h-Albann. An geal cho geal, 's an dubh cho dubh, mar gu robh saoghal 's chan e dìreach oiteag gaoithe eatarra.

'S nuair a thàinig e air tìr ann an Santander, bha a h-uile rud cho àraid 's cho coimheach, mar gum b' e saoghal a chruthaich na siopsaichean a bh' ann: asailean 's tairbh, azaleas 's gardenias, castanatan 's drumaichean, Iùdhaich 's daoine dubha, cleòcaichean fada dubha 's fàileadh cniadach na h-ola.

Ach cho coltach le Uibhist cuideachd – a' bhochdainn!

Na cailleachan le pocannan air an dromannan. Na fir a' cagnadh an tombac. Cairtearan is greusaichean ag obair air na sràidean. Clann òg len corragan stobte nam beòil nan seasamh sàmhach aig oir nan rathaidean. Iasg – sgadan 's rionnach saillte crochte air na craobhan aig cinn nan taighean cloiche.

'S each is cairt – mar a bh' aig Alasdair Dhòmhnaill Mhìcheil 's aig Seumais Iain Theàrlaich 's aig Dùghall Dhonnchaidh Aonghais – ga ghiùlain air an rathad mhòr ghreabhalach eadar Santander agus Valladolid. Ceud mìle loisgte dèabhta eadar an cuan 's an Duero. 'S i cho salach an coimeas ri Abhainn Ròdhaig no ris an Don!

'S na h-oighreachdan mòra le na *castillos* fhada gheala a' comharrachadh an rathaid: an oighreachd aig Lt-Gen César Jose de Canterac, an oighreachd aig Col. Gabriel Bousemart, an oighreachd aig Don Fabian de la Vega, am fìon-lios aig Cosmo Leon de la Selva, an caisteal aig a' Phrionnsa Luis de Beaumont, a' *villa* aig Juan Antonio Romualdo Sarmiento, mac Marquis Trujillos, an oighreachd aig Lorenzo Tabares, mac Marquis Casatabares: dh'aithris draibhear na cartach, Juan Mendez, na h-oighreachdan mar gum biodh e ag aithris Leadan nan Naomh, gun fhaireachdainn saoghalta, ach dìreach, soilleir, ciùin.

Cha robh comas cainnt eatarra ach ann an doimhneachd nan sùilean 's ann an gluasadan nan làmhan. Fada seachad fiù 's air c... c... c... c... c... aig athair, a bha cho luath air a chruth-atharrachadh gu *crann*.

"*Esta es propiedad de Luis de La Fuente,*" chanadh Juan Mendez an dràsta 's a-rithist, a' tomhadh a mheòir gu deas, no gu tuath, far am faiceadh Eòin *castillo* fada geal sèimh, na chadal sa ghrèin.

"*Esta es propiedad de Joseph Altamirano.*"

"*Esta es propiedad de Francisco Martin de la Selva.*"

"*Esta es propiedad de Antonio de Rada.*"

"*Esta es propiedad de Paulo Francisco Suárez.*"

"*Esta es propiedad de Antonio Pérez.*"

Mar gum biodh tu air an rathad eadar Inbhir Nis 's am Parbh: Oighreachd Mhic Shimidh. Oighreachd Mhic Coinnich. Oighreachd Fhear na Comraich. Oighreachd Diùc Westminster. An Spàinn, mar a bha Alba, air a roinn eatarra.

Thabhainn Juan Mendez soireachan-fìona dha, ach dhiùlt e. Chunnaic e a leòr dheth cheana, aig Tomain an Eich-Ursainn. "*'S na hi lo lo li ho rinn ho.*"

Ach dh'òl Juan Mendez gun teagamh, mar gu robh e air a dhroch dheòthadh. An soireachan àrd, 's am fìon dearg a' dòrtadh na eas sìos amhaich. Nach garbh, shaoil Eòin, mar a bha fir na Roinn-Eòrpa fo chuing na dibhe, an cinn fo bhruaillean 's iad nan tràillean aig uachdarain 's luchd-maoineachais. Bha fhios aigesan co-dhiù nach b' e creideamh ach fìon cadalan nan daoine. No uisge-beatha, no leann – alcol co-dhiù. Na milleanan am braighdeanas eadar na Steppes is Staoinebrig.

Ò, gus am faigheadh e cumhachd stad a chur air an daorsa mhòir seo! 'S ann a bhiodh an latha! Latha dòrtadh nan searragan. Latha ìobairt an Tighearna! A-mach air a' mhuir le gach pigeadh-creadha

"¿Adónde el camino irá?"

an Uibhist, an leann air a dhòrtadh le sruth Aillt Mheòiligir 's an t-uisge-beatha air a thaomadh am bonn Loch Sheileisdeil. Cha bhiodh guth air Seonaidh an latha sin.

Oir bha e air Tolstoy ùr-leughadh air a' bhòidse a-nall, 's mar a bha bodaich na Ruis air an ainniseachadh leis an aon ghalar, 's an t-iompachadh mòr a bhiodh ann dhan a' chruinne-chè 's dhan a' chinne-daonnda nuair a thilgeadh iad a' chuing seo (*Och, shaoil e cuideachd, nach e Nòah – an creidmheach mòr sin – a bu choireach sa chiad àite!*) far an guailnean.

Ò, gus peasants na Roinn-Eòrpa fhaicinn saor! Seonaidh Eàirdsidh an Dalabrog fhaicinn gualainn ri gualainn ri Vasily Fèdorich. A' treabhadh. Leugh e earrann:

Как ни было легко косить мокрую и слабую траву, но трудно было спускаться и подниматъся по крутым косогорам оврага. Но старика зто не стесняло. Махая все так же косой, он маленьким, твердым шажком своих обутых в большие лапти ног влезал медленно на кручь и, хоть и трясся всем телом и отвисшими ниже рубахи портками, не пропускал на пути ни одной травинки, ни одного гриба и так же шутил с мужиками и Левиным. Левин шел за ним и часто думал, что он непременно упадет, поднимаясь с косою на такой крутой бугор, куда и без косы трудно влезть; но он влезал и делал что надо. Он чувствовал, что какая-то внешняя сила двигала им.

("Bha e furasta am feur fliuch bog a ghearradh, ach air an làimh eile bha e uabhasach doirbh a dhol suas is sìos na slèibhtean. Cha do chuir sin, ge-ta, dragh air a' bhodach. A' sguabadh na speala mar a b' àbhaist, 's a' gabhail cheumannan beaga na bhrògan daraich, beag air bheag dhìrich e na cnuic; 's ged a bha a chorp air chrith, cha deach e seachad air aon bhalgan-buachrach no air aon ròineag feòir, 's e a' sìor ghàireachdainn còmh' leis an tuath eile, agus còmhla le Levin. Lean Levin e, agus e tric a' smaointinn gun tuiteadh e gu cinnteach a' dìreadh cnoc leis an speal na làimh – cnoc cas a bhiodh doirbh gu leòr a dhìreadh gun speal idir. Ach co-dhiù rinn e an gnothach air a dhìreadh 's gach rud a bha le dhèanamh a dhèanamh, 's e faireachdainn mar gu robh cumhachd àraid bhon taobh a-muigh ga mhisneachadh 's ga neartachadh.")

Nach robh iad uile cho coltach le chèile – na Hiortaich 's na Haitianaich, na Ruiseanaich 's na Gàidheil, na Catalòinianaich 's na Ceiltich. Air an cruthachadh ann an dealbh Dhè. Tha fhios nach e dìreach Gàidheal a bh' ann an Dia? No dìreach Caitligeach? No Uibhisteach. No Pròstanach, no Iùdhach.

Bha Juan Mendez a-nis a' seinn, air a lasadh suas leis an fhìon:

"*Yo voy soñando caminos
de la tarde. ¡Las colinas
doradas* –

an t-each breac a' pronnadh an rathaid fodhpa –

*... los verdes pinos,
las polvorientas encinas! ...*

¿Adónde el camino irá?"

"Càit a bheil an rathad a' dol?"

"*¿Adónde el camino irá?
¿Adónde el camino irá?
¿Adónde el camino irá?*" sheinn Juan Mendez, a-nis aig àird a chlaiginn, sa chiaradh.

Stad iad an oidhche sin ann an taigh-òsta beag ann an Reinosa aig bun nan Cantabrians. Mar taigh-òsta sam bith an Alba, bha e

"¿Adónde el camino irá?"

làn dhròbhairean is cheàrd. Na dròbhairean air an t-slighe air ais dha na Pyrenees às deoghaidh a bhith reic tharbh shìos ann an Zamora, 's na ceàird air an rathad chun na h-ath fhèill, Fiesta Là Breith na h-Òighe Moire ann am Bilbao.

Cùlaist-òil, a rèir choltais, aig na fir 's na mnathan an urra. Na fir ri carachd-ghàirdean, 's na mnathan – len cuid fhoilteanan, chuaileanan, chluigeanan, ghlùineanan, shamhlachan-gealaich 's làmhfhaileanan – mar gum biodh iad air coiseachd a-mach à Ieremiah.

Mar Chrìosda fhèin, chaidh esan a chur a-mach dhan bhàthaich do bhrìgh nach robh àite aca anns an taigh-òsta, 's chaidil e an sin eadar tairbh nam Pyrenees is coilich-shabaid nan ceàrd. Uill, chan e gun do chaidil e, ach laigh e, ag èisteachd le faram-oidhche na Spàinne airson a' chiad turas riamh: chan e dìreach na giotàran 's am flamenco a thòisich mu mheadhan-oidhche ach fuaimean na talmhainn fhèin a' teannachadh o theas an latha gu fuachd 's grìs an dorchadais: corra-bhàn an àiteigin, fionnain-feòir, greollain, turtar, seabhag, clamhan, sgraicheag, gealain, calmain a' ciùchradh. Shaoil e gun cual' e am fearann fhèin a' sgàineadh, cho mòr 's a bha an diofar eadar oidhche 's latha.

Ìsbeanan mòra dearga agus maragan mòra dubha airson a bhraiceist sa mhadainn – 's na ceàird 's na dròbhairean ga chuideachadh a' dol sìos le searragan mòra fìona.

'S thug iad ceithir latha a' siubhal mus do ràinig iad – mu dheireadh thall – an taigh-samhraidh aig Boecillo, far an robh aig gach òganach à tìr chèin beannachadh fhaighinn o Àrd-easbaig Gardanzia – duine àrd caol ciamhair – mus rachadh iad air adhart chun na Colegio Real airson sia bliadhna.

"Esta es MacDonald – Juan MacDonald de Escocia," thuirt an rector, ga thoirt a dh'ionnsaigh an Àrd-easbaig. "Uno de los chicos de las Highlands – del norte – de la Isla South Uist."

An Oidhche Mus Do Sheòl Sinn

"À," ars' an t-Àrd-easbaig aognaichte, ann an Gàidhlig, "Gàidhealtachd na h-Albann! Na balaich as fheàrr a bhios a' tighinn thugainn! 'S tha mi air tachairt ri leithid dhiubh thar nam bliadhnachan – na h-uiread 's gun do dh'ionnsaich mi a' Ghàidhlig bhuapa!

"Los mejores de los estudiantes. El mejor. Los mejores," thuirt e, mar gum biodh le Dia fhèin. 'S an uair sin, fo anail, leis an rector, "A parte de nuestro gente, claro," 's rinn an dithis aca gàire dìomhair.

Chrom Eòin a cheann, a' feitheamh gu furachar ri beannachadh an duine naoimh, ach airson ùine mhòir cha tàinig sìon ach sàmhchas. Tost an Tighearna, shaoil Eòin. Socrachadh an anama na làthaireachd. Sìtheachadh an spioraid ann an irioslachd.

Ach chan e sin a bh' ann, oir anns a' ghul-tàmh chual' e gliong glainne, sgailc corca, dòrtadh agus strùpladh. Mar a dhòirt Dòmhnall Mhìcheil botal uisge sìos cùl amhaich uaireigin ann an geama dallan-dà.

Ach mòr 's gu robh am buaireadh, cha do dh'fhosgail e a shùilean. (Nach domhainn an t-ionnsachadh òg.) Bha a leithid air a chrosadh, cho tàmailteach le coimhead air do mhathair no d' athair rùisgte. Fo làimh sagairt no easbaig, ma bha na sùilean dùinte, bha iad a' fuireach dùinte, fiù 's ged a ghluaiste an talamh, agus ged a dh'atharraichte na beanntan gu meadhan na fairge.

'S dìreach dh'èist e – leis an òl greiseag, 's le fuaim cuideigin (an rector) a' dol a-mach.

On a bha an t-Àrd-easbaig air an coimhcheangal coisrigte a bhristeadh cho follaiseach, bha Eòin – shaoil eanchainn co-dhiù – air a shaoradh on dleastanas a bhith dall. Ach cha b' urrainn dha. Bha slabhraidhean a thogail cho teann 's nach b' urrainn dha am fuasgladh. 'S sheas e an sin fhathast, a shùilean dùinte.

"Chan eil e an seo nas mò," thuirt an t-Àrd-easbaig. "An rud a tha thu lorg, tha mi ciallachadh."

"¿Adónde el camino irá?"

Strùpladh beag eile air an fhìon.

"O, chan eil, oir ciamar a bhitheadh? Ciamar a b' urrainn dhuinn Iehòbhah a chur ann am bogsa? An Dia a rinn an saoghal, agus a h-uile nì a tha ann, do bhrìgh gur e fhèin Tighearna nèimh agus na talmhainn, chan eil e a' gabhail còmhnaidh ann an teampaill làmh-dhèanta. Ciamar a b' urrainn dha? Cha b' urrainn Uibhist – no fiù 's farsaingeachd mhòr na Spàinne – grèim a chumail air! Ach chan ann air a sin a tha mi a' bruidhinn ach ortsa, agus na rudan a tha thu a' lorg. Fosgail do shùilean, a bhalaich." Agus rinn Eòin sin.

Bha Gardanzia – a bha air a chòmhdachadh ann an cleòca mòr purpaidh 's ann an ad àrd chorcair – na shuidhe air cathair shnaighte an oisean an t-seòmair. Cathair nan cumhachdach gun teagamh, oir bha i na b' àirde na cathair sam bith eile san t-seòmar. Ach mòr 's gu robh an sèithear, cho lag 's a bha an duine a bha na bhroinn, shaoil Eòin. Cha robh fo na dathan 's fon t-samhlachas ach luirmeachd. Dh'fhaighneachd Eòin dha fhèin an e dìreach faoineas a bha anns a h-uile càil: dealbh-chluich gun bhrìgh aon uair 's gun toireadh tu do chreidsinn air falbh? Gun chreideamh, cha b' e easbaig no àrd-easbaig a bh' air a bheulaibh ach bodach gun bhrìgh, a bha air daoine a mhealladh fad a bheatha. Rùisgte, bheireadh e ort caoineadh.

'S nach robh an dearbh rud fìor mun a h-uile rud a chunnaic e 's anns an do chreid e riamh? Dè a b' fhiach càil dheth? A dhualchas 's a chànan 's a chreideamh 's a theaghlach 's a choimhearsnachd 's a chàirdean – cha robh sìon seasmhach mun deidhinn. Cha robh annta ach dìreach oiteagan gaoithe a thigeadh 's a dh'fhalbhadh ann an eachdraidh. Cò aige bhiodh cuimhne air càil dheth ro dheireadh na linne? 'S Blairs, 's an t-sagartachd, 's an Spàinn, 's na bliadhnachan mòra a bha roimhe – dè cuideachd a bha an sin ach dìomhanas falamh? Ciamar a chreid e riamh a' bhreug gu robh rud sam bith a' dol a dhèanamh diofar? Gun sàbhaileadh e duine sam bith? Gun stiùireadh e duine sam bith? Gun cuidicheadh e duine sam bith? Gun dèanadh e diofar sam bith nuair nach robh aige – nuair a thigeadh e gu h-aon 's gu dhà – ach feòil is cnamhan. Na bochdan ag ùrnaigh fhad 's a bha na h-uaislean a' tilgeil nam bonn òir.

À, nam biodh i aige a-nis, shaoil e, an t-siopsach bheag àlainn – Lilidh an t-ainm a bh' oirre – mar a ghabhadh e grèim oirre, teann na uchd, 's mar a phògadh e i, 's fada, fada a bharrachd! A ghàirdean timcheall a cinn, 's a theanga na snaoim mu teanga-se, 's mar a bhiodh a cìochan beaga cruaidhe teann mu chom, 's mar a chuireadh e a làmh air a sliasaid chuimir mhìn, 's mar a dhraghadh e i thuige, 's mar a thàthadh iad ri cheile ann an gàirdeachas na h-òige, saor, suilbhir, ait.

Carson, a Dhia, nach do rinn e sin? Na àite, mar a chaidh e air a ghlùinean air beulaibh a' Mhonsignor! Ga shàthadh fhèin le fèin-fhulangas is cràdh, is bòidhchead ghlan an t-saoghail air a cur an dìmeas. Lilidh, 's i cheart cho fionnar glan le Ròs o Shàron fhèin. *Is ròs o Shàron mise, lilidh nan gleann. Mar lilidh am measg droighnich, is amhail mo ghràdh-sa am measg nan nighean. Mar chrann-ubhal am measg croinn na coille, is amhail mo rùn-sa am measg nan òganach.* Lilidh. Lilidh a' bhreacadh-seunain 's nan coconuts. Am 'Brabazonian Special', chuimhnich e, le cianalas. Air a tilgeil air falbh ri linn eagal nan cumhachdach.

"Tha fhios a'm carson a tha thu an seo," bha an duine prab-shùileach san t-sèithear mhòr ag ràdh. "Ged nach eil na tha thu a' lorg ri fhaotainn an seo – gheibh thu e am measg luchd-aithreachais."

Sheas e, 's chaidh e null chun na h-uinneig, a' coimhead a-mach. "Naomhachd na Spàinne! Ha!" Is thionndaidh e, mar gu robh na ceudan anns an èisteachd. "Naomhachd na Spàinne!" thuirt e

"*¿Adónde el camino irá?*"

a-rithist. "Ha! Santiago de Compostela! Garrabandal! Guadalupe! Del Glorioso Apostol de Las Indias, San Francisco Xavier, de la companio de Jesus! Fatima 's Lourdes cuideachd, oir chan eil an Spàinn cho beag 's nach toir i steach pàirtean de Phortugail 's dhen Fhraing còmhla rithe! Ha! Chan eil!"

"Ach," thuirt e le Eòin, a' cuimhneachadh gu robh e ann, "tha fhios a'm nach ann airson sin a thàinig thusa – tha mi 'g aithneachadh sin ort co-dhiù. Ged a bheir e buaidh ort a dh'aindeoin sin. Cha tàinig duine riamh dhan Spàinn airson ùine nach do dh'fhàg an Spàinn mar Spàinnteach.

"Mantillas. Biadh – puchero, garbanzos, verdura, tocino, jamón, salchichas, pollo, carne, orejedas, guindas – sin na rudan a dh'fheumas tu fhaicinn 's a bhlasadh. An fhìor Spàinn, mar a chanas na sgrìobhadairean – corridas, fiestas, flamencos. Mar gu robh a leithid ann! Eh! Cante jonde, cantes de ida y vuelta, Fiesta de San Juan del Monte, an Danza de los Palos, an Espinosa de los Monteros – uirsgeulan na Spàinne, mar a tha ur n-uirsgeulan fhèin agaibhse: fèilidhean 's pìoban 's trealaich mar sin. Tha na h-aon fhìrinnean againne an seo."

Thill e ann an seòrsa de leth-aisling dhan t-sèithear, far an do shuidh e ùine eile, a shùilean dùinte 's a lamhan paisgte.

"Eòin," thuirt e an uair sin. "Juan MacDonald de Escocia – cuimhnich seo, ge brith dè eile a chuimhnicheas tu: a dh'aindeoin gach aisling 's gach uirsgeil, tha Crìosd maille riut. Ann an Uibhist cho math ris an Spàinn. Gràs leat."

'S dhùin e a shùilean a-rithist, a' smèideadh Eòin air falbh le seòrsa de leth-bheannachadh.

Anns an dol a-mach, thionndaidh Eòin, feuch an robh facal eile ri ràdh neo ri chluinntinn, ach bha an t-Àrd-easbaig na shuidhe air ais, socair, stòlda, a shùilean dùinte mar ann an ùrnaigh mhòr dhìomhair. Nan tigeadh coigreach a-staigh, shaoileadh e gu robh an t-sàmhchas naomh, an fhois coisrigte, an seòmar 's an duine a bha san t-sèithear fad' às, lom, dìthreabhach, beannaichte. 'S bha, ann an dòigh, ged nach robh Eòin buileach cinnteach an robh e fhèin air an fhìrinn – no a' bhreug – mhòr sin a mhùchadh no a neartachadh.

Bha Juan Mendez a' feitheamh leis taobh a-muigh na loidse. "Dìreach seachd mìle eile chun na Colaiste," thuirt e. "Bidh sinn ann fhathast ro àm Vespers." 'S bha an ciaradh Sultain mar bu chòir: blàth, tiamhaidh, buan. Air gach taobh dhen rathad bha na fir a' ràcadh am measg nam fìonan, 's na mnathan 's a' chlann gan leantainn le basgaidean a' cur thairis le fìon-dhearcan mòra dubha reamhar.

Cho brèagha 's a bha na measan 's cho eagalach 's a bha toradh na daoraich!

Saoil nach e poileataics a bha a dhìth air na daoine truagha sin airson an saoradh, 's nach e creideamh? Nach robh e air an leadan a chluinntinn cheana:

"*Esta es propiedad de Luis de La Fuente.*"

"*Esta es propiedad de Joseph Altamirano.*"

"*Esta es propiedad de Francisco Martin de la Selva . . .*"

Mar na Gàidheil, bha feum aca air saorsa, 's bha fhios gur e an t-saorsa a bha sin saorsa o uachdarain 's o bhochdainn, a bharrachd air saorsa o pheacadh.

Oir nach e leithid Gardanzia 's Gordon a bha air am facal sin a dhèanamh suas sa chiad àite? Facal a chleitheadh na bha iad fhèin a' dèanamh ceàrr. Facal ceannsachaidh is smachdachaidh airson sluagh a chumail an òrdugh. Ma bha ùidh aige ann an saorsa, smaoinich Eòin, saoil nach e slighe phoileataics an t-slighe a b' èifeachdaiche?

"*¿Adónde el camino irá?*"

No bàrdachd, shaoil e cuideachd, 's grian mhòr na Spàinne a-nis a' dol fodha fada gu deas os cionn Afraga. Nach e a dhèanadh na h-òrain 's na dàin dha na bochdan air feadh an t-saoghail mhòir! Thòisich e le sheinn:

> "Is there for honest poverty
> That hangs his head an' aa that?
> The coward slave, we pass him by,
> We daur be puir for aa that.
> For aa that, and aa that,
> Our toils obscure, and aa that;
> The rank is but the guinea stamp –
> The man's the gowd for aa that."

> "Mo mhallachd aig na caoraich mhòr –
> Càit bheil clann nan daoine còir
> Dhealaich rium nuair bha mi òg,
> Mun robh Dùthaich 'ic Aoidh na fàsach?"

> "Que veut cette horde d'esclaves
> De traîtres, de rois conjurés?
> Pour qui ces ignobles entraves
> Ces fers dès longtemps préparés?
> Français, pour nous, ah! quel outrage
> Quels transports il doit exciter?
> C'est nous qu'on ose méditer
> De rendre à l'antique esclavage!"

À! Nach e sin saorsa: na dàin a chur air am bilean, a bhith na MhacCodram às ùr. 'S dòcha, nuair a thigeadh e gu h-aon 's gu dhà, gum biodh bàrdachd no poileataics na b' uaisle dha anam na an t-sagartachd. 'S mìle uair na b' fheàrr dha na daoine bha fulang.

Ach an uair sin chuimhnich e air Crìosda fhèin: nach robh an aon chogadh 's an aon spàirn aigesan cuideachd? An dà fhichead latha 's an dà fhichead oidhche san fhàsach. An diabhal ga bhuaireadh le cumhachd saoghalta. *Mas tu Mac Dhè, thoir àithne do na clachan seo a bhith nan aran.* 'S Esan ag ràdh: *chan ann den t-saoghal seo a tha mo rìoghachd-sa. Chan ann le aran a-mhàin a bheathaichear duine. Chan ann am mòr-phailteas nan nithean a tha e a' sealbhachadh a tha beatha an duine.*

'S ann an greathain an latha, 's na feasgarain Laidinn àrd san àile, sheas Eòin – mu dheireadh thall – air beulaibh Colaiste nan Albannach ann a Valladolid. Bha fàileadh cùbhraidh a' tighinn às na craobhan orainsearan a bha a' fàs anns an lios air cùl stàball nan each. Chual' e urchair air fàire: bhiodh cuideigin a-mach a shealg lachan air an Duero, a bha a' ruith deas air a' bhaile.

Air glainne os cionn an dorais bha sgrìobhte *'Real Colegio de Escoses'*, agus an dà bhliadhna a b' iomraitiche ann am beatha na colaisde: *'Madrid 1627'* agus *'Valladolid 1771'*. Fiù 's an seo am measg nan orainsearan, shaoil e, bha eachdraidh – eachdraidh nan cumhachdach – ga thachdadh.

12

A dh'aindeoin 's na thuirt Gardanzia, chan e a-mhàin gun d' fhuair Eòin Dia, ach fhuair e an fhìor Spàinn cuideachd anns na sia bliadhna a bha e an sin. Dia nan orainsearan 's nan ùbhlan. Dia nan siùrsachan 's nan dèircean. Dia nan drungairean 's nan torridos. Dia aig an robh Spàinntis, 's chan e a-mhàin Laideann. Aig an robh laigse, 's chan e dìreach neart; gràdh, 's chan e dìreach fearg.

'S an Spàinn fhèin cuideachd: air a dèanamh ann an ìomhaigh an Dè sin (air neo an ann an rathad eile a bha e?): uasal agus suarach, uaibhreach agus iriosal, stòlda agus sradagach, aig an aon àm. Anns an dearbh thaigh far am faigheadh tu aoigheachd a' bhràigh-ghill, chitheadh tu na mnathan nan tràillean aig na fir. Ann an comann nam fear bha naomhachd agus drabastachd làimh ri làimh. An comann nam ban, iriosalachd agus eud.

Bha a' Cholaiste ann an suidheachadh àraid feadh nam bliadhnachan sin, mar choigreach air aoigheachd ann an dachaigh a bha a' bristeadh às a chèile. Oir nach robh mìle Spàinn ann: Spàinn nan Iberianach 's nan Ceilteach. Spàinn nam Phoenicianach 's nan Greugach, nan Cartaiginianach 's nan Ròmanach, nam Visigoths 's nan Arabach, nan Rìghrean 's na h-Eaglais, na h-Ìompaireachd 's an Airm. Spàinn Chastile 's Spàinn Aragon. Spàinn nan Cantabrianach 's nan Astuirianach 's nan Luisitanianach, a bharrachd air na Basgaich 's na Catalòinianaich.

B' e a' bhreug bu mhotha nach robh ann ach an aon Spàinn: aontaichte, seasmhach, Caitligeach, rìoghail. Breug Fherdinand 's Iseabail a bha seo, a thug dhaibh rìoghachd a bha a' sìneadh o Naples gu Brasil. Òr is airgead, lùchairtean is eaglaisean, tràillean 's searbhantan: mar gach ìompaireachd eile, cha robh sìon eadar talamh 's nèamh nach do cheannaich an uirsgeul.

'S bha an eaglais aig teis-meadhan na h-aisling sin.

Oir b' e an eaglais – an Eaglais Naomh Chaitligeach – a bha a' toirt ùghdarras diadhaidh dha na rìghrean 's dha na h-uaislean. Bha iad a' riaghladh, chan ann dhaib' fhèin, ach às leth Dhè. Bha Ferdinand 's Iseabail – 's às an deoghaidh, Philip 's Teàrlach 's Ferdinand eile 's Iseabail eile 's Teàrlach eile 's Alphonse – dìreach a' giùlain na slait 's na luirg mar uallach 's mar dhleastanas. A rèir na h-uirsgeil seo, cha robh na Habsburgs 's na Bourbons a' dèanamh càil ach an dleastanas trom, dligheach. ('S nuair a thàinig Primo de Rivera, 's an uair sin Franco, cha robh iadsan cuideachd ach a' giùlain eallach neo-fhèineil a' chrannchuir dhiadhaidh.)

'S ann am measg nan uaislean 's nam bloigh-uaislean seo a fhuair Eòin Lachlainn Mhòir 'ic Iain Mhòir 'ac Dhòmhnaill Alasdair e fhèin sna bliadhnachan mòra sin. Cha robh dà dhoigh air, oir bha an Spàinn (dìreach mar a bha an còrr dhen t-saoghal) air a gearradh gu soilleir eadar na h-uaislean 's na h-ìslean. Bha e ceart gu leòr seirbheis a dhèanamh dha na h-ìslean (nach do rinn Crìosd fhèin sin), ach b' e gnothach eile a bh' ann ceangal dàimheil sam bith a dhèanamh leotha taobh a-muigh sin. A bharrachd air na taighean-siùrsachd, cha robh tàthadh sam bith eadar beairteas is bochdainn.

'S (gu mì-fhortanach) lean Eòin Lachlainn Mhòir 'ic Iain Mhòir 'ac Dhòmhnaill Alasdair an riaghailt shòisealta seo, a' cosg a chridhe am measg nam bochd 's a chuid ùine am measg nam beairteach. Ò, bha e ceart gu leòr ùine – mionaidean, uairean, lathaichean, seachdainean, bliadhnachan (gu dearbh, do bheatha gu lèir) – a chur seachad a' biathadh nan acrach, a' toirt deoch dhan tartmhor, aoigheachd dhan choigreach, èideadh dhan lomnochd – ach 's e gnothach eile a bh' ann do bheatha a chaitheamh nam measg. Thigeadh moladh an cois na h-obrach, suarachas an cois na beatha.

'S leis a sin chuir Eòin seachad a bhliadhnachan a' tulgadh eadar dà shaoghal: air an oidhche a' frithealadh dha na dèircean a bha lem faighinn nan ceudan shìos aig Pueblo de Silvana 's air na feasgraichean fada Shathairne is Dhòmhnaich anns na seòmraichean saidhbhir aig *consettas* dhìomhain a' bhaile, a bha, ge-ta, a cumail airgid ri oileanaich Albannach mar chuimhneachan air a' chuideachadh a thug Diùc na h-Alba dhan seanairean san t-seachdamh linn deug. (Ach cuideachd, feumar a ràdh, mar phàigheadh airson aifreannan sònraichte a bhiodh sagairt na Colaiste a' tairgsinn anns an t-seann eaglais, Capilla de la Concepciòn, airson an anamannan faisg air fichead uair san latha.)

'S e fìor àradh gràis a bh' anns a' chùis gu leir: àradh carthannais a' ruighinn o nèamh gu talamh, Dia fhèin aig a' mhullach, ceart gu leòr, ach iadsan (na *consettas* 's na seanailearan) glè fhaisg air a shàilean. 'S gann gun dèanadh E an gnothach às an aonais, gu dearbh – uill, ciamar a dhèanadh? Oir, às an aonais-san, cò bhiodh ann airson gràs is carthannas is trocair is gràdh – gun ghuth a ràdh air breitheanas – Dhè a roinn a-mach? Chan e a-mhàin am Pàp 's an Eaglais Naomh a bha ag ràdh seo, ged a b' e sin a bu chudromaiche. Nach robh am Bìoball fhèin a' dearbhadh seo cuideachd, ag aideachadh nach robh cumhachd ann ach o Dhia. Bha e an sin cho soilleir ri soilleir: *Agus na cumhachdan a tha ann, is ann le Dia a dh'òrdaicheadh iad. Air an adhbhar sin, ge b' e air bith a chuireas an aghaidh a' chumhachd, tha e cur an aghaidh òrdugh Dhè . . . Oir chan eil uachdarain nan adhbhar eagail do dheagh obraichean, ach do dhroch obraichean. Oir is e an t-uachdaran seirbheiseach Dhè a-chum maith dhut.*

B' e tè dhe na h-uachdarain sin a' Chonsetta Dona Maria de La Vega, 's chaidh Eòin a ghairm an sin air an t-Sathairne mu dheireadh dhen t-Sultain – Latha Fèill Mìcheil an t-Àrd-aingeal: *La Fiesta de los Arc Angeles*. Latha mòr a bha sin san Spàinn a-muigh air an dùthaich, mar a bh' ann an Uibhist, gu h-àraid sna ceudan de bhailtean air an ainmeachadh às deoghaidh an naoimh. Nach iomadh muc a chaidh a mharbhadh, 's nach iomadh searrag fìon a chaidh òl, ann am Pueblo San Miguel!

Bha a' Chonsetta mar chnàimheag a bhiodh a' tarraing anail an dràsta 's a-rithist. Bha i air trasg bhiothbhuan airson a h-anam, dìreach ag ithe dà shliseig orainseir gach madainn seachdain agus aon shliseag melon gach madainn deireadh-seachdain. Ri linn sin, bha a cuideam air tuiteam gu còig clachan, ach a h-anam air at gu sìorraidheachd chinnteach. Mar bu taine a dh'fhàs i, 's ann bu naoimhe a bha i a' faireachdainn. 'S e mìorbhail aithnichte a bh' ann ann an Castille gu robh i beò mar sin a-nis fad deich bliadhna.

Bha dusan aifreann air an tabhann dhi gach latha. Gardanzia aig còig agus sia agus seachd uairean sa mhadainn. Sagart San Albano – Don Antonio Joaquin Rubin de Celis – aig deich agus aon uair deug. Rector na Colaiste fhèin aig trì uairean, ceithir uairean agus còig uairean. Manach às an Abaid aig San Sebastian aig ochd agus naoi agus deich uairean, agus seann chanon a bha a' fuireach anns an taigh-ghàrraidh aice aig aon uair deug a dh'oidhche. Aig an deireadh-seachdain, bhiodh oileanaich naomha agus uaislean creidmheach a' bhaile a' faighinn cuireadh tighinn chun na seirbheis còmh' leatha, agus 's e am fiathachadh sin a dh'fhàg Eòin Lachlainn Mhòir na shuidhe air a ghlùinean còmh' leatha air an latha Sultain ud.

O, bha i faiceallach gu leòr gun teagamh – chan e bean Photiphar a bh' innte idir – ach a dh'aindeoin sin bha faireachdainn feiseil mu na coinneamhan: 's dòcha nach robh dòigh eile ann, aon uair 's gu robh fir is mnathan san aon t-seòmar, ge brith dè cho coisrigte 's a bha an ceann-adhbhar. Chan e gu robh Calum Cille – agus na h-Ìosaidich – ceart: far am bi bò, bidh bean, agus far am bi bean, bidh buaireadh?

Ach chaidh a h-uile duine, fireann is boireann, às àicheadh gun robh càil dhe sin ann, 's tha mi cìnnteach gu robh na conairean-Moire 's na croisean 's na coinnlean 's na cuibhrigean geala 's na cailisean 's an *ciborium* nan dearbhaidhean gu robh iad ceart. Bha iad nan crios daingeann co-dhiù eadar feòil is anam. Nuair a bha na ficheadan air an glùinean, cha robh càil ri fhaireachdainn, ceart gu leòr, ach fàileadh na tùise.

'S bha a' Chonsetta fhèin gu tur eu-shaoghalta – le bhith na cuideachd, bha thu dha-rìribh an cuideachd nam marbh. No an cuideachd nan aingeal, mar a chanadh cuid. A h-aodann air a chòmhdachadh le creadh o bhruaichean na Duero, a làmhan falaicht' fo mhiotagan fada geala, sgàil dhubh a' dòrtadh o mhullach a cinn gu a sàilean. B' ann ainneamh, fo sholas critheanach nan coinnlean, a chitheadh tu i fhèin: dìreach faileas aodainn an dràsta 's a-rithist, a lipean beaga tana a' sìor ghluasad ann an ùrnaigh bhiothbhuan.

Ach marbh 's gu robh i, bha an t-airgead a' toirt cumhachd mòr dhi – cha robh uair dhen latha, no dhen oidhche, nach robh ministear riaghaltais, no bancair, no fear-lagha, no àrd-phoileas, no oifigear-airm, aig an doras aice a' lorg taic bhuaipe airson 'fhàbharan beaga' a-chum math is dìon na dùthcha. 'S ann an ainm na Spàinne bheireadh i dhaibh na bha iad ag iarraidh, airson cur às do reubaltaich is mèirlich, poblaich is pàganaich, sòisealaich is comannaich, nàimhdean an nàisein.

'S ann mar sin a chaidh Garcia Suarez, ceannard an CNT (Confederacion National del Trabajo) ann a Valladolid, a dhìteadh gu bàs; 's ann mar sin a chaidh Cipriano Caballero, ceannard a' PhCE (Partido Comunista de Espana) a mhurt air oidhche gheamhraidh, agus 's ann ri linn taic bhon Chonsetta a chaidh Anna Maria Garcia Escudero, a bha ag agairt gu poblach gu robh clann eile aig an Òigh Moire, a chur gu bàs air cùl Eaglais San Miguel air oidhche na Nollaig, 1919.

Chan eil fhios carson, ach cha robh Eòin Lachlainn Mhòir ach cola-deug san Spàinn nuair a chaidh a thaghadh le cead sònraichte na neach-faoisid dhan a' Chonsetta. Ò, na lotan beaga faoin a bha ga cràdh! Miann airson pìos arain, no airson orainsear slàn, no airson laighe san leabaidh na b' fhaide na ceithir uairean sa mhadainn. Bruadaran a bh' aice gus gheat leòmach a cheannach 's a dhol a sheòladh a-mach à Biarritz. Aislingean mu threubh each a cheannach às Aràbia 's an toirt dhan Spàinn airson rèiseadh. Mar a chaidh i gu comain gun aodach glan oirre. Mar a thuit i na cadal leth-sligheach tro ùrnaighean nan còig lotan. Mar a dhìochuimhnich i comharra na croise a dhèanamh 's i a' dol seachad air eaglais uaireigin ann an Seville. Mar a bha i cho saoghalta, a' miannachadh fìon 's aran-coirce 's fìon-dhearcan 's spìosraichean 's salann 's piobar 's cnòthan 's glasraich 's feòil uan, ged a bha fichead bliadhna on a bhlais i air mìr sam bith.

Cha b' e peacaidhean a bha i ag aideachadh ach a daonndachd. Oir b' e an fhìrinn dhi gur e peacadh a bh' ann a bhith beò idir. B' e sin adhbhar a traisg: a rùn a bhith marbh. Cha b' e a beairteas no a cumhachd no a suidheachadh – oighreachd 250,000 acair aice – a bha ceàrr no peacach, ach na h-iarrtasan beaga aice fhèin, airson uisge is aran is cadal. Cha robh aideachadh sam bith gu robh na peasants air a cuid oighreachd a' bàsachadh le bochdainn is galairean gabhaltach; cha robh aideachadh sam bith gum biathadh a cuid oighreachd (a ghoid a seanair o Iùdhach o chionn leth-cheud bliadhna) na mìltean, nam biodh i air a bristeadh suas; cha robh aideachadh sam bith gu robh i a' cur taic ri na Carlists a bha a' marbhadh leithid Anna Maria Garcia Escudero gach dàrnacha h-oidhche. Cha b' e peacadh – ciamar a b' e? – a bh' ann am poileataics.

Anns an t-suidheachadh sin, dh'aithnich Eòin glè thràth nach robh cumhachd aig duine sam bith. Cha robh cumhachd aigesan a' Chonsetta a cheartachadh: cha robh aige ach cumhachd mathanais. Cha robh cumhachd aicese atharrachadh: cha robh aice ach cumhachd aideachadh. Cha robh cumhachd aig an luchd-obrach air sgàth 's nach robh foghlam, no airgead, no armachd, no amasan aca. Cha robh cumhachd aig oileanaich na Colaiste, oir 's gun ann à Alba a bha iad, air aoigheachd ann an tìr chèin. Cha robh cumhachd aig na fir-lagha air sgàth 's gu robh iad dìreach a' dèanamh na chaidh iarraidh orra. Cha robh cumhachd aig na saighdearan a chionn 's gu robh iadsan cuideachd fo òrdughan. Bha an cumhachd – ma bha cumhachd idir ann – do-ghreimichte, an àiteigin eile.

An robh e aig Antonio Maura, a bha aig a' cheart àm ud na

Phrìomhaire am Madrid? Cha robh, oir bha esan an urra ri na ceudan eile – Cambo air a làimh dheis, Alba air a làimh chlì, Prieto sa mheadhan.

An robh e aig an Rìgh, Alfonso XIII? Cha robh, oir bha esan an urra ri Maura, a bha an urra ri et cetera.

An robh e aig ceannard an airm, an Seanailear Damaso Berenguer? Cha robh na bu mhò, 's esan an sàs, às leth Cambo 's Prieto 's Maura 's Alfonso et cetera et cetera, ann an sabaid gun fheum an aghaidh nan Arabach ann am Morocco.

'S na b' fhaide air falbh, cà robh an cumhachd? Aig a' Phàp san Ròimh? Aig Lenin ann am Moscow? Aig Rutherford ann am Manchester? Aig Henry Ford ann an Chicago? Aig Lady Gordon Cathcart an Uibhist? Nach biodh ceud et cetera ceangailte riuthasan cuideachd – am Pàp an urra ri na Càirdinealan, Lenin an urra ri na Bolsheviks, Rutherford an urra ri luchd-rannsachaidh, Ford an urra ri luchd-ceannaich. 'S Cathcart? Rithe fhèin? Ri Sir Reginald? Ris a' mhaor? Ri na bancairean? Ri Dia?

Rinn Eòin gàire. Dìreach mar a rinn Gardanzia o chionn beagan sheachdainean. An gàire a bha a' faicinn nan ceanglaichean, 's nach robh a' tuigsinn càil. An gàire a bha a' tuigsinn, ach nach robh a' làn-chreidsinn. Gàire na h-eanchainn, 's chan e a' chridhe.

Bha cearcaill ann, ceart gu leòr: cearcall am broinn cearcaill, cearcall air muin cearcaill. Cearcaill nam manach 's nan Ceilteach, a' snìomh 's a' snàmh a-steach na chèile gun toiseach gun chrìch, gun reusan no adhbhar, gun stiùir no iùl. Dìreach bòidhchead air a shon fhèin, gun a bhith a' dol rathad cinnteach sam bith. Cho Gàidhealach! Cho Spàinnteach!

Oir bha Eòin Lachlainn Mhòir air tuigsinn gu math sgiobalta gu robh Iberia agus a' Ghàidhealtachd san aon staing: fìor fheudal fhathast san fhicheadamh linn. Na cearcaill – na siostaman creideimh is poilitigeach – dìreach gan dearbhadh 's gan daingneachadh fhèin gu sìorraidh: àradh cinnteach a' dearbhadh gu robh gach duine, beairteach no bochd, fallain no mì-fhallain, fireann no boireann, foghlamaichte no aineolach, anns an àite bu chòir dha bhith. Bha Dia dha-rìribh anns na neàmhan agus an diabhal dha-rìribh ann an ifrinn agus gach mac màthar duine na àite taghte eatarra. B' e sin an cùmhnant, 's cha robh dòigh eile ann.

'S fad sia bliadhna na Spàinne, ghabh Eòin Lachlainn Mhòir ris an t-siostam sin. Oir gu dè eile a b' urrainn dha a dhèanamh? Nan dèanadh e gearain, bhiodh e air a shadadh a-mach. Nan seasadh e nan aghaidh, rachadh a chur dhachaigh. Mura biodh e tur ceart-chreideach, chan fhaigheadh e òirleach na b' fhaide air adhart. Ma dh'fheumas mi ràdh, chan e a' chiad shagart na bu mhò a bhite air fhaighinn ceangailte ri cloich aig grunnd na Duero.

'S nan tilleadh e dhachaigh – a chogais glan, 's a bheachdan gun truailleadh – dè am feum a dhèanadh sin co-dhiù? Dè na bhiodh roimhe? Bloigh cruite am Bòrnais? Pòsadh – cuideigin mar Catrìona Nìll Bhàin – 's ochdnar no naoinear chloinne crochte riutha? Dè am math a dhèanadh sin, dha choimhearsnachd 's dha dhùthaich, gun luaidh air anam?

'S nach e muinntir Uibhist a bhruidhinneadh!

"An cual' thu? Mac Lachlainn Mhòir – tha e air a' Cholaiste fhàgail."

"Air tilleadh dhachaigh."

"Abair bhoicèisean!"

"An dèidh na dh'fhuiling a mhàthair airson a chur thron Cholaiste."

"Hud, bha sin riamh sna daoine – treiseag an siud 's treiseag an seo!"

"Cò leis a bhiodh dùil agad, le drungair de dh'athair?"

"'S tha e suirghe, tha thu 'g ràdh?"

"Nighean Nìll Bhàin? An òinseach sin? Tha fhios againn uile dè tha fa-near dhise!"

"Seall air, thall an sin air cùl eich – esan a leugh Plato o cheann gu ceann, mas fhìor. Bhiodh e air a bhith a cheart cho math fuireach sa pholl-mhònadh còmh' leis a' chòrr againn!"

B' e an aon roghainn eile teicheadh buileach glan: falbh, gun fhiosta, a dh'Ameireagaidh no a dh'Astràilia. Aon rud cinnteach, nach biodh nàbaidhean 's luchd-eòlais ga mhion-rannsachadh an sin. Bhiodh e buileach saor, gun eachdraidh, gun sloinneadh, gun ainm, gun chliù teaghlaich ceangailte ris. Gun eòlas aig duine dè a rinn e, no na bhite an dùil bhuaithe. Esan, mac Lachlainn Mhòir 'ic Iain Mhòir 'ac Dhòmhnaill Alasdair, a bha a' dol a bhith na shagart! An sin, cha bhiodh e gu diofar an dèanadh e siud no seo. Am biodh soutane air, no am mùineadh e a bhriogais. Cha bhiodh aige ri bhith na shagart no na chruitear, na bhalach a leig an teaghlach sìos, no na dhuine pòsta aig Catrìona Nìll Bhàin. Dhèanadh e na thogradh e – nach faodadh e fiù 's ainm ùr a thoirt air fhèin? Ainm Spàinnteach! Dè mu dheidhinn Don Juan! Don Juan Lucia Juan Don Alfonso – Mgr Eòin Lachlainn Eòin Dhomhnaill Alasdair! Gheibheadh e obair air na rèidhlein mhòra sa ghrèin – nach robh na mìltean a' fàgail na Spàinn gach bliadhna airson liosan-orainsear Chalifornia. Nach e bhiodh ruadh!

Saorsa, shaoil e. Aidh, saorsa. Ach dè an seòrsa saorsa bha sin – gad fhalach fhèin fo ainm coimheach ann an California! Fada bho thìr d' eòlais. Fada bho do chàirdean 's do luchd-dàimh. Fada bho do dhaoine fhèin, do choimhearsnachd fhèin, do chànan 's do dhualchas fhèin. Cha bhiodh e sìon na b' fheàrr na mèirleach, shaoil e. Gach latha a' coimhead tarsainn a ghualainn an eagal gun aithnicheadh duin' e. Air eagal 's gun èigheadh cuideigin, am measg

Fàileadh na Mònadh

nan liosan-orainsear: "Hoigh. Nach tusa Eòin Lachlainn Mhòir? An t-Uibhisteach – am fear a dh'fhàg an t-sagartachd! Ha! Hahaha! Hahahahah. Hahahahah! Hahahahahahahahahahah!" No ann am bàr air choreigin, an Chicago no ann am Melbourne: "Hoigh, 'ille – nach eil mi gad aithneachadh? Nach tusa – dè chanadh iad riut a-rithist? O, aidh, tha cuimhn' a'm a-nis: Eòin Lachlainn Mhòir – am fear a thrèig a chuideachd 's a dhreuchd! An curaidh mòr a dh'fhalbh dhan t-sagartachd 's nach do thill a dh'Uibhist gu bràth tuilleadh!? 'S ann an seo a tha thu, an ann? Ann am pub shiùrsaichean còmh' leis a' chòrr againn! Ha Ha! Hahahahaha! Hahahahahahahahahahahahaha! A bhalgair thusa! Siuthad! Gabh dram eile – cha bhi fhios aig duine co-dhiù. A Dhia, cionnas a thuit na cumhachdaich! – nach e sin a thuirt am Bìoball mu dheidhinn?"

No nas miosa, gun tuiteadh e buileach glan, 's gum faigheadh e e fhèin an uchd siùrsaich air choreigin a-muigh sa Wild West (Montana, shaoil e), 's gun aithnichidh i e dìreach nuair a bheireadh e a bhriogais dheth, 's a pheacadh àrd is follaiseach:

"¿Hoi, tu eres . . . ?"

"Hey, aren't you . . . ?"

"Hoigh, nach tusa . . . ?"

'S mar sheòrsa de chasg-pheanas chuir e suas leis a' Chonsetta 's gach ana-ceartas a bha crochte leatha rè nam bliadhnachan. B' fheàrr, shaoil e, a bhith fulang an dràsta na a-rithist. B' fheàrr an diabhal air an robh e eòlach na 'm fear air nach robh. B' fheàrr leis cuing an eagail na cuing na saorsa, a bha na b' fhosgailte, 's na bu chunnartaiche, 's mìle uair na bu mhì-chinntiche.

'S air sgàth sin cha do dh'fhosgail e a bheul 's cha do thog e a ghuth. Sàmhach, bha e sàbhailte, 's ged a chunnaic e mìle 'peacadh', cha b' e a dhleastanas-san na peacaidhean sin a thomhadh a-mach.

'S nach robh adhbhar sgriobtarail aige airson a bhith balbh? *Na tugaibh breith, a-chum nach toirear breith oirbh . . . oir carson a tha thu a' faicinn an smùirnein a tha an sùil do bhràthar, agus nach eil thu a' toirt fa-near na sail a tha ann ad shùil fhèin?*

Ri linn sin, cha b' e a dhleastanas-san peacaidhean dhaoine eile fhaicinn, no aideachadh, no a chomharrachadh. Ma bha peacadh aig neach, 's e an aon pheacadh a bha sin am peacadh a bha e ag aideachadh, 's chan e am mìle nach robh e ag aideachadh. 'S le sin, thug e fuasgladh dhan a' Chonsetta airson nam mearachdan beag a dh'aidich i. Ma bha i a' murt Chomannach 's phàganach, cha do dh'aidich i e, 's mura do dh'aidich i e, cha b' e peacadh a bh' ann.

Ach cha robh an sin ach aon phàirt dhen sgeul.

"Mediaba el mes de julio. Era un hermoso día.
Yo, solo, por las quiebras del pedregal subía,
buscando los recodos de sombra, lentamente.
A trechos me paraba para enjugar mi frente
y dar algún respiro al pecho jadeante;
o bien, ahincando el paso, el cuerpo hacia adelante
y hacia la mano diestra vencido y apoyado
en un bastón, a guisa de pastoril cayado,
trepaba por los cerros que habitan las rapaces
aves de altura, hollando las hierbas montaraces
de fuerte olor – romero, tomillo, salvia, espliego –
Sobre los agrios campos caía un sol de fuego."

Gach oidhche Dhiardaoin, bha e air a' chaochladh. Gach oidhche Dhiardaoin, bha Eòin am measg nan dèircean – an sluagh a bha a' salachadh dùthaich na Consetta. Lobharan 's strìopaich 's criplich 's ciorramaich – an seòrsa dhaoine a bha, aig an dearbh àm, nam meadhan slànachaidh agus nan adhbhar gràis dha na h-uaislean. Chan e a-mhàin gu robh na bochdan ann, ach bha feum diadhaidh orra, oir às an aonais cha bhiodh slighe carthannais aig clèir no Consetta.

'S cha tug e tiotan a bharrachd do dh'Eòin Lachlainn Mhòir 'ic Iain Mhòir 'ac Dhòmhnaill Alasdair aithneachadh nach robh frag diofair eadar siùrsaichean a' Phueblo agus àrd-easbaigean na h-Eaglais Naoimh Chaitligich. Nach robh eadar-dhealachadh sam bith eadar ceann is ceann, cridhe is cridhe, bod is bod. Bha na h-aon bhuairidhean 's na h-aon àmghairean, na h-aon iarrtasan 's na h-aon dòchasan, na h-aon eagalan 's na h-aon rùintean, gan còmhdachadh uile. Cha robh comas, no laigse, a' Phàp sìon nas motha na comas, no laigse, athar fhèin. Cha robh beairteas no bochdainn, slàinte no mì-fhallaineachd, na adhbhar no na leisgeul taobh seach taobh. Gach oidhche Dhiardaoin, am measg nam bochd, dh'fhoghlaim e gu robh iadsan a cheart cho cealgach 's cho breugach leis a' Chonsetta fhèin. Nuair a thigeadh e gu h-aon 's gu dhà, bha na sòisealaich a cheart cho peacach le na fascists, an làimh chlì a cheart cho deiseil murt is marbhadh leis an làimh dheis. 'S coltach leis a' Chonsetta, bha na dèircean a' sìoladh na meanbhchuileig agus a sluigeadh a' chàmhail.

Thigeadh iadsan cuideachd thuige a dh'aideachadh nam bloighean beaga nach robh gu mòran diofair, fhad 's a dh'fhalaicheadh iad na cùisean mòra. Coltach leis a' Chonsetta, 's le Alfonso, 's Pàdraig Sellar, 's a' Bhaintighearna Cathcart, bha siùrsaichean 's misgearan 's maoir-strìopach a' Phueblo de Silvana loma-làn leisgeulan. Cha robh na rinn iad ceàrr ach cho beag 's cho neoichiontach, 's na h-adhbharan air a shon cho mòr 's cho do-sheachanta.

Bha Dia Eòin a' dìteadh Shellar agus nan siùrsaichean. Agus an dearbh Dhia gan slànachadh air an fhacal.

An Oidhche Mus Do Sheòl Sinn

B' e an cumhachd a bh' aig mac Lachlainn Mhòir am facal sin a labhairt, no a chumail. Mar spitheig, dh'fhaodadh e mathanas is cumhachd Dhè a thasgadh no a shaoradh.

Thill e a dh'Alba ann an '26 air ùr-shònrachadh. A' seòladh a-staigh a Loch Baghasdail, air oidhche fhuar earraich, chunnaic e, airson a' chiad turas riamh, càr aig a' chidhe: Ford dubh, is na fir a' dùmhlachadh mun cuairt mar gum biodh iad a' moladh each.

Bha a mhàthair a-nis ann a Hàllainn (nuair a dh'eug i, aig deireadh na Samhna roimhe, bha e air chuairt san Ròimh, 's cha d' fhuair e fios gus an do thill e, 's an tiodhlacadh seachad), 's athair aig an taigh còmh' leis an dithis a bh' air fhàgail.

Aig a' chidhe, dhiùlt e lioft sa chàr agus dhiùlt e gige. Nan àite, choisich e staigh anns a' chiaradh, Loch a' Bharp 's Loch na Lice air an làimh a tuath, Loch nan Clach Mòra 's Loch nam Faoileann air an taobh deas. Tàrmachain 's geòidh, mar a bha. Curracagan is lianaragain is pollairean a' ceilearadh, mar a chuimhne. Uiseag Mhoire 's dreothainn àrd, fad' às, mar a bhiodh dùil.

Cha robh leac ri lorg, ach bha fichead uaigh air an ùr-chladhach. Bhiodh a mhàthair, le cinnt, ann an aon dhiubh, 's chaidh Eòin – Maighstir Eòin – air a ghlùinean aig ceann gach uaigh. Thàinig am *Pater Noster* thuige, ach dhiùlt e i, mar a dhiùlt e na h-ùrnaighean Spàinntis is Beurla a thàinig na cois. Bhruidhinn e le na mairbh – a bha e a' creidsinn a bha beò cheana còmh' le Crìosd – nan cànan fhein.

'S nuair a sheas e bha a' ghealach a' sileadh air a' Chuan Siar, 's na rionnagan a' deàlradh nam mion-mhìltean. Muathal nam bò thall aig Àird Ruairidh a-rithist, 's fàileadh na mònadh ga thachdadh.

Choisich e gu tuath, sìos rathad a' mhachaire.

13

Às deoghaidh na h-uarach le Eachann Aonghais Eachainn, shaoil Sìneag gu robh na freumhan sgàinte, ged nach b' urrainn dha bhith.

Cuin is càit an do thòisich e uile co-dhiù? An latha a rugadh i fhèin? No a h-athair 's a màthair? A seanair? A seanmhair? A sinn-sinn-sinn-sinn-sinn-sinn-sinn-seanair? Àdhamh?

An latha a thill i le na dìtheanan? A' chiad uair riamh a chunnaic i Eachann? An là ud fhèin, nuair a dh'àireamh i na flùraichean? Nuair a chaidh i chun a' chladaich? Nuair a thug i dhith a h-aodach? Nuair a chunnaic esan i, na sheasamh air an togsaid? Nuair a chunnaic ise esan, na sheasamh air an togsaid, ial na grèine ga shoillseachadh? A ghruag bhàn a' sèideadh sa ghaoith. E a' gàireachdainn, 's a lamhan a-mach mar sgiathan faoileig.

'S mar a rinn iad gàire le cheile. Gàire! Abair e!

"An toir thu mise leat?" dh'fhaighneachd i, an là ud, gu sìmplidh. "A dh'Aimeireagaidh. A Thìr a' Gheallaidh?"

Siud e, tha fhios. Tha fhios gur e. A' mhòmaid a dh'aontaich i, an diog a gheall i.

An Oidhche Mus Do Sheòl Sinn

"Gheall mo leannan dhòmhsa stìom,
Gheall, agus bràiste 's cìr;
'S gheall mise coinneamh ris
Am bun a' phris mun èireadh grian.

Gheall mo leannan dhòmhsa sgàthan
Anns am faicinn m' àille fèin;
Gheall, agus brèid is fàinne,
Agus clàrsach bhinn nan teud.

Gheall e siud dhomh 's buaile bhà,
Agus fàlaire nan steud,
Agus birlinn bheannach bhàn
Reigheadh slàn thar chuan nam beud."

'S mar a ghabh e dìreach a dà làimh thuige fhèin, ga toirt faisg, 's mar a phòg iad, gus nach robh anail – no eile – air fhàgail, 's an tàinig anfhannachd.

'S, ò, bha fhios aice na bha tachairt, ceart gu leòr – gach mìr 's gach mòr dheth, òg 's gu robh i, mì-ghoireasach 's gu robh a h-aois. A dh'aindeoin 's na shaoil an saoghal, cha robh i aineolach, no neoichiontach, ach fiosraicht' is cogaiseach. Rinn i ann an 1918 an dearbh rud a bhiodh i air a dhèanamh ann an 1818, no 2018.

Chan e dìomhaireachd a bh' ann an càil dheth dhi. B' e an gràdh uile, agus biodh i sia-deug, no sia-deug thar fhichead, no eile, b' e an gràdh a cheangaileadh i le fear, a thug dhi fhèin gin, 's a bheireadh gin dha sliochd. Dè a bh' anns an tàthadh fhèin ach dìreach ròp, no drochaid, a' ceangal ginealach ri ginealach, linn ri linn, aois ri aois. Cha robh càil aige le dhèanamh le pòsadh, no modhan baile no coimhearsnachd, no riaghailtean rìoghachd no eaglais, no dùilean dhaoine. Ma bha an gràdh ann, bha an còrr a' ruith le sin, gu nàdarra.

"Bruadal na h-oidhch' am shùil"

Agus seall air! 'S e cho bòidheach! 'S cho òg 's cho fallain. 'S cho làn dòchais, is deagh-ghean is deagh-rùn. An saoghal mòr roimhe, 's a ghruag cho bàn a' sèideadh sa ghaoith an seo, air machaire Bhòrnais. Hud, nach faodadh e bhith 'n àiteigin eile – san Eilean Sgitheanach, no an Leòdhas, no an Loch Abar, no an Glaschu, no ann an Ameireagaidh! Gille gasta mar a bha esan, aig cuideigin eile.

À, a ghràidh, a mhic Aonghais Eachainn. 'S tu fhèin cho òg cuideachd, 's cho àlainn, 's cho fallain, dìreach fichead, 's d' eathar – *An Fhaoileag* – cho brèagha, uaine is purpaidh is geal. 'S thuirt i sin leis, 's a bharrachd, fada, fada bharrachd, a' cumail ri modh is cead na cruinne-cè.

"Eachainn, a ghràidh. Na bi cho an-fhoiseil. Nach eil fad saoghail agad – againn. Fad na biothbhuantachd."

'S esan, na fhearalas ('s deagh fhios aige cuideachd gu robh e a' seòladh gu New York an ceann deich latha) cho mì-fhoighidneach 's cho coma co-dhiù, 's cho fìrinneach 's cho breugach aig an dearbh àm, ga suathadh air a gàirdean – "A Shìneag, a m' eudail, mo leannan" – 's e air las, 's i cho seang 's cho tuigseach, cho bòidheach 's cho ciallach, gun smal, gun ghaoid, dìreach ri thaobh.

Oir dè bha ceàrr air sùgradh na colainn, anns an t-suidheachadh àraid seo? Cha robh càil.

'S bha e ga pògadh, com ri com, bodhaig ri bodhaig, 's a làmh a' teannachadh le a calpannan, 's a glùin, 's a sliasaid, 's iad ann an snaoim a' ghràidh, 's ise, le a meuran na ghruaig, a' cur cùl le eagal is cionta 's buaidh. Dhubh i às an cuan 's am muran, na bh' ann 's na bhitheadh, airson na tiota coileanta.

'S nuair a bha e seachad, laigh iad air ais, an cinn faisg sa ghainmhich, a' faighneachd dhaib' fhèin dè a dh'atharraich.

An saoghal 's neoni.

E nis, mas fhìor, na dhuine, ged nach robh e a' faireachdainn ach lag is tinn is suarach.

Ise a' faireachdainn laiste, is ùr is falamh. Ged nach tuirt iad sìon dhe sin le chèile.

"A ghràidh," thuirt esan, 's cha tuirt ise guth ach fiamh-ghàire.

"A ghràidh," thuirt e rithist, an ceann ùine, a' ruith na colgaig tarsainn a bathais. "'Eil thu ceart gu leòr?"

"Tha," thuirt i. "Tha. Tha mi dìreach . . ." 'S o nach robh fhios aice air na briathran no òrdugh nam briathran, thionndaidh i thuige a-rithist 's phòg i e gu socair air a bhathais. "Tha mi uabhasach math," 's ghreimich iad air a cheile le làmhan, clì ri deas, 's laigh iad air an druim-dìreach ri taobh a chèile, ag amharc air na sgòthan. Àrd is bàn is bog is breacach.

"Seall," ars esan, "air an tè ud – cumadh leòmhainn," 's lean an dithis aca an leòmhann a' dol gu deas, an t-earball a' tighinn dheth os cionn Chill Donnain, aon chas a' falbh eadar sin is Trolaisgeir, 's an ceann mòr uaibhreach a' tuiteam am broinn a chèile le oiteig ghaoithe eadar Loch Àrd an Sgairbh is Geàrraidh Bhailteas.

'S lean iad uan is gobhar is coineanach is caisteal san aon dòigh, àrd is seasmhach aon mhionaid, air an cruth-atharrachadh gu neoni sa bhad.

An do rinn sinn ceart? bha i airson fhaighneachd, ach gun dùil gun tuigeadh e i. Na àite dh'fhaighneachd i dhàsan an robh esan ceart gu leòr.

"Tha," thuirt e. "Tha mi dìreach sgoinneil," 's esan cuideachd airson an fhìrinn fhaighinn bhuaipese, ach gun misneachd aige faighneachd, no dòchas ri freagairt.

Nach annasach gu robh an gnìomh fada na b' fhasa na an fhaireachdainn.

'S b' ann aig an àm sin a thionndaidh an còmhradh gu

"Bruadal na h-oidhch' am shùil"

Ameireagaidh. Oir chunnaic i e na shùilean, ged nach do dh'aidich i ro-làimh.

"Cuin a tha thu falbh?" chuir i gu sìmplidh, 's a cheart cho sìmplidh thuirt esan, "Seachdain Dimàirt."

"Carson?"

"Hud! Tha fhios nach eil agam le sin a fhreagairt? Carson a tha thu smaoineachadh?"

'S mura faighneachdadh i a-nis, chan fhaighneachdadh i gu sìorraidh.

"'S dè mu mo dheidhinn-sa?"

B' fheàrr falbh, ach cha robh sìon a dh'fhios aige nas motha an robh onair sam bith an cois sin.

'S labhair e a' bhreug, chan ann idir a chionn 's gu robh sin na b' fhasa, ach a chionn 's gu robh e ga creidsinn. "Thig mi air ais air do shon. Nuair a choisneas mi beagan. Tillidh mi le tiocaid air do shon, 's thèid an dithist againn (*an triùir?* shaoil e) air ais an uair sin tarsainn na h-Atlantic còmhla."

Oir am measg mìle bruadar bha sin cuideachd: gun dèanadh e an rud a bha fìrinneach is onarach is ceart. Gum falbhadh e gun teagamh, an ceann a chosnaidh, ach gun tilleadh e, a rèir a gheallaidh, 's gun toireadh e Sìneag air ais còmh' leis a dh'Ameireagaidh, no a Chanada, gu log-cabin aig oir na coille, laiste le fiodh sa gheamhradh, i fhèin 's am mac – Seumas a bheireadh e air – tèarainte, sàbhailte, blàth, 's e fhèin ag iomain nan cabar sìos Abhainn Naomh Lawrence, oir nach iomadh uair a chunnaic e deilbh mar sin anns an *National Geographic* a chuir Ruairidh Mòr MacAonghais dhachaigh as t-samhradh sa chaidh.

'S an deoghaidh greis an sin, ghluaiseadh iad an iar, chun nam prèiridhean far an robh arbhar cho àrd le Beinn a' Choraraidh is eòrna cho tiugh 's cho pailt 's nach fhaiceadh tu a chrìoch ged a bhiodh tu air each bàn na Hiortach. Alberta a theireadh iad leis an dùthaich ùir seo, a bhiodh na h-àite-tàimh is tuineachaidh dhàsan, a rèir aon aisling co-dhiù.

"Cha till thu," thuirt i an uair sin, 's a h-uile rud cho soilleir dhi. "Falbhaidh tu is fuirichidh tu, 's ged a bhiodh tu 'g iarraidh, cha bhi comas agad tilleadh. Eachainn, nach eil thu faicinn idir gur e dìreach mealladh a th' anns a' ghnothach gu lèir – dòigh ar faighinn clìor is an t-àite seo, le geallaidhean breugach. Aon uair 's gun ruig thu thall, cha bhi cothrom tilleadh."

Cha tuirt e guth.

"Nach robh Ruairidh Mòr a' dol a thilleadh? 'S Iain Sheumais is Dùghall Alasdair is Murchadh Iain Bhig?"

Cha robh freagairt aige dha sin na bu mhò.

"'S an aon fhear a thill – Donnchadh Ruadh – am fac' thu e? A' bàsachadh leis a' chaitheamh, 's chan eil iongnadh. An cual' thu e idir, Eachainn? An do dh'èist thu idir leis, Eachainn?"

Sheas i suas, àrd os a chionn.

"Bha thu ann còmhla rium an oidhch' ud, ag èisteachd leis – mar a ràinig e fhèin 's na ceudan eile New Brunswick 's gun sìon idir romhpa ach fuachd is reothadh, madaidhean-allaidh is Innseanaich Ruadha. Chual' thu e, nach cual', Eachainn? Mar a bh' aige le cadal fad sia mìosan ann an teanta canabhais am meadhan na coille colach le ceàrd, 's mar a chaidh a ghluasad an uair sin a dh'obair na thràill ann am muileann-sàbhaidh. An e sin a tha romhad, Eachainn? An ann airson sin a tha thu a' falbh? An ann airson sin a tha thu gam fhàgail? 'S do leanabh!"

Leum e an àird, laiste le ciont is fearg. "Sguir dheth! Sguir dheth, sguir dheth, sguir dheth," dh'èigh e. "An e dìreach mis' as coireach? Nach do laigh thusa cuideachd? Nach robh thusa a cheart cho iarrtach? Nach robh fhios agad gu robh mi 'n dùil falbh,

"Bruadal na h-oidhch' am shùil"

's a dh'aindeoin sin nach tàinig thu a-nuas an seo feasgar an-diugh gad rùsgadh fhèin fa mo chomhair? Cò leis a bha dùil agad? Gun dùininn mo shùilean, 's gun tillinn dhachaigh? 'S cò leis a tha dùil agad a-nis – gun cuir mise gach plàn is dòchas a th' agam air chùl air sgàth mionaid no dhà sa ghainmhich còmhla leatsa? Eh? Eh? 'Eil thu smaointinn sin?"

Bha i balbh leis cho goirt 's a bha a bhriathran. 'S rinn i caoineadh, tuil fhosgailte air a bheulaibh, 's chan ann buileach air a son fhèin.

'S nàraich na deòir e, air cho fèineil 's cho beag-lèirsinneach 's gu robh e, a' taghadh gach breug a bha tarraingeach, gach gnothach a bha ga riarachadh fhèin, fiù 's nuair a bha iad ceàrr. Oir bha i ceart, gun teagamh sam bith, ach cha leigeadh a phròis leis sin aideachadh. 'S nan aidicheadh e, dh'fheumadh e fuireach.

'S leis a sin, ghluais e thuice a-rithist, airson aon mhealladh eile. "A Shìneag," thuirt e gu socair. "Tha mi duilich. Cha robh mi ciallachadh na thubhairt mi – cha robh an siud ach briathran gun bhrìgh, air an cantail ann am feirg. Tha mi duilich."

'S on a bha na briathran a bha e air a labhairt mar-tha cho mòr 's cho goirt 's do-shlànachaidh, 's on a bha i cho sgìth, cha deach i às àicheadh. An turas seo, leig i leis a' bhreug seasamh, 's thuirt i fhèin, gun fhios an ann am fìrinn no am breug, "Tha sin ceart gu leòr. Tha sin ceart gu leòr."

"Tiugainn," thuirt i ris, a' gabhail a làimhe, 's choisich iad deiseil air Cill Mhìcheil 's a-null seachad air na taigheacha-talmhainn, esan a' dol deiseil 's ise a' dol tuathal. Bha an dealachadh a-nis cinnteach, agus soilleir. Cha chàiricheadh deòir no briathran e, an dràsta co-dhiù.

'S nuair a thionndaidh e gu tuath, a' leum ballachan-cloiche Loch Olaigh, chan e na bha roimhe ach na bha air a chùlaibh a bha air a dhlùth-aire. Sìneag, 's na bha ceangailte le sin ceart gu leòr, ach cuideachd farsaingeachdan eile nach b' urrainn dha buileach a chur am briathran: rudan mu dhùthaich, 's coimhearsnachd, 's mar sin. Bhiodh an t-uabhas ri ionndrain.

Ach mus do ràinig e Loch Bhacasaraidh bha sin uile an dìochuimhn', 's a chridhe air ais an Alberta nan cruachan òir. Anns an *National Geographic* ('s cha b' urrainn dealbh a bhith breugach), bha na h-adagan a' sìneadh a-mach nam mìltean, cho dìreach le saighdearan brèagha nan Camshronach – tha fhios, shaoil e, gur e dìreach an leisge a bu choireach nach deach gu math do Dhonnchadh Ruadh 's a leithid. Bhiodh esan, bha fhios aige, diofraichte, oir bha e cho òg 's cho fallain, 's cha chuireadh obair latha no oidhche – no gu dearbh an dà chuid – suas no sìos e.

'S anns na deich latha a bh' air fhàgail, dh'uidheamaich e e fhèin air a shon sin – airson soirbheachadh, na eanchainn co-dhiù, 's cha b' ann airson tuisleadh. Chuir e a chùl gu dìreach le na bh' ann, 's aghaidh gu cinnteach le na bha ri teachd.

'S an latha a dh'fhàg e (gun Sìneag fhaicinn on a dhealaich iad aig snaoim an ùdrathaid a bha a' gearradh Bhòrnais is Ormacleit na dhà leth), cha tug e soraidh slàn do dhuine beò, 's cha tug e leis ach na bha air a dhruim. Dhèanadh e an gnothach lom, às aonais carthannas duine sam bith. Nach robh de mhisneachd aige fhèin a dhèanadh an gnothach, an seo no air taobh thall an t-saoghail.

'S anns an t-seòladh à Loch Baghasdail gu Loch Aoineart gu Loch Sgiobort gu Loch Eufort gu Loch nam Madadh gu Loch an Tairbeirt a Steòrnabhagh, 's às a sin seachad air Rubha an t-Siùmpain 's Rubha Tholastaidh 's Sròn an t-Seileir, gus mu dheireadh an do dh'fhàg iad Rubha Robhanais mìle mìle air an cùlaibh – anns an t-seòladh sin, dhearbh Eachann Aonghais Eachainn gu robh e co-dhiù na bu shealbhaiche, mura robh na b' fhallaine, na na ceudan eile a bhàsaich air an t-slighe.

"Bruadal na h-oidhch' am shùil"

Dhen t-seachd ceud a dh'fhàg na h-eileanan air a' *Mharloch*, cha do ràinig St John's Newfoundland beò ach na bu lugha na ceithir cheud, 's dh'eug ceud eile dhiubh sin ri linn an fhiabhrais bhuidhe an taobh a-staigh seachdain.

Chaidh na bha beò a chumail ann an seada mòr fiodh fad còig seachdainean eile gus an do cho-dhùin an dotair – Ruiseanach, Sergei Yavanov – gu robh na Gàidheil a-nis buileach saor on ghalair, 's chaidh an sgaoileadh an uair sin, nam ficheadan, air feadh Chanada: cuid deas gu Alba Nuadh, cuid tuath gu Quebec, ach a' mhòr-chuid an iar, dòrlach air am fàgail an Ontario, dòrlach am Manitoba, dòrlach an Saskatchewan, dòrlach ann an Alberta 's an còrr air taobh thall nan Rockies, ann am British Columbia.

Sin far an do chrìochnaich Eachann Aonghais Eachainn, an toiseach na nàbhaidh air an rathad-iarainn a bha an CPR a' ruith eadar Edmonton agus Bhancùbhar, an uair sin treis a' seòladh, marsantachd sheicheannan ròin eadar na h-Aleutianaich is Eilean Bhancùbhar, mus do ghluais e fhèin tuath, treis na mhèinnear anns a' Yukon agus an uair sin na b' fhaide tuath buileach gu Alasga, far an do ghabh e ri rud a rinn iomadh Gàidheal roimhe agus às a dheoghaidh: an ceann a chosnaidh aig a' Hudson's Bay Company.

An sin, ann an '21, rinn e rud a rinn Gàidheal no dhà eile cuideachd – phòs e ban-Innseanach, Georgianna Snow Okosikowiyan, a rug deich mic dha ann an uimhir a bhliadhnachan, agus còig nigheanan san dara deichead. Mus robh a shìolachadh seachad, bha e mar Abrahàm fhèin, air a chuartachadh le oghaichean, iar-oghaichean, ion-oghaichean agus dubh-oghaichean.

Nam biodh tu air tighinn air, can, anmoch sna Tricheadan (no uair sam bith às a dheoghaidh), bhiodh tu am beachd gu robh thu an làthair bodach Mennonite às an Ruis – feusag fhada dhonn air, a ghruag air a ceangal aig a chùlaibh le ciutha, agus casag fhada ioma-dhathach ga chòmhdachadh o amhaich gu shàilean. Yupik aige san dachaigh, Frangais ri na trappers, Ruisis ri na maraichean agus Beurla ris an luchd-ceannaich.

An toiseach, cha do smaoinich e mu Shìneag idir. Eadar cidhe Loch Baghasdail agus Rubha Robhanais chuir e fada fodha i ann an cùl inntinn, 's an t-Eilean Sgitheanach cho brèagha air aon taobh agus Na Hearadh a cheart cho eireachdail air an taobh eile. Ròghadal dearg ann an dol fodha grèine agus na sailm cho drùidhteach air cidhe Steòrnabhaigh, 's na neapraigean dha-rìribh a' crathadh sa ghaoith, mar bhleideagan sneachda a' dol à sealladh.

Ach trì oidhcheannan a-muigh, 's ànradh gaoithe a' tighinn à tuath, 's na pàistean a' caoineadh, 's na sailm air a dhol sàmhach, chuimhnich e air Sìneag, le aithreachas agus nàire. Aithreachas nach do dh'fhuirich e, agus nàire nach tilleadh e. Cho brèagha agus cho stuama 's a bha i. Cho dìleas agus dùrachdach. Agus dè ged a bhitheadh i trom – cha robh nàire sam bith an cois sin. Cha b' e a' chiad turas a thachair e. Dh'fhaodadh iad a bhith air pòsadh, 's an ceann ùine – an ceann latha, no mìos, no bliadhna, no ginealach – cha bhiodh hò-rò aig daoine mu dheidhinn. Ghluaiseadh an saoghal air adhart, gu mìle rud eile.

Ach cha tilleadh e a chaoidh. Bha fhios aige air a sin a-nis, ged nach robh fhios aige buileach carson. Dìreach gun tachradh aon rud agus rud eile, 's mus coimheadadh e às a dheoghaidh, bhiodh e do-sheachanta. Oir ciamar a thilleadh e? An ceann sia mìosan, no bliadhna, air starsach an dorais ag ràdh, "Halò, m' eudail, mise th' ann – air tilleadh"? Ciamar a b' urrainn dha tilleadh ma bha e a' falbh?

'S ged a sgrìobhadh e thuice, le a faradh, cha tigeadh ise na bu mhotha, oir carson a thigeadh? Nach robh feum oirre far an robh i? Sin a h-àite. Sin a dùthaich agus a dùthchas. Chan fhàgadh ise – cha

"Bruadal na h-oidhch' am shùil"

bu chòir dhise Uibhist fhàgail. Bhuineadh i dhan eilean, mar nach buineadh esan a-nis, 's e cho meallta agus cho cearbach.

'S mar a b' fhaide a bha a' bhòidse, 's ann a b' fhaide bhuaipe a dh'fhalbh e, gus nach robh cuimhn' aige fiù 's cò leis a bha i coltach. Ò, bha fhios aige air a cumadh ceart gu leòr, agus cho soilleir 's a bha a sùilean, agus cho donn 's a bha a gruag, ach bha ìomhaigh a h-aodainn fhèin neo-chinnteach. Gach uair a chuimhnicheadh e air a gnùis, dh'fhalbhadh i, mar cheò san làimh. Mar am bogha-frois, a' toirt ceum air ais gach ceum a bheireadh esan air adhart.

'S an ceann ùine dh'fhalbh sin cuideachd, gus nach robh cuimhn' aige an e na sùilean a bha donn no a' ghruag soilleir, ach gu robh rudeigin. 'S bha an saoghal ùr anns an robh e cho geal agus uaine: na coilltean mòra fo bhlàth an earraich a' sìneadh suas dha na fàsachan mòra geala air an do dh'fhàs e cho eòlach. A-staigh sa choille, cha robh saoghal eile ann ach saoghal nan lorgan 's nan spògan 's nam fuaimean 's nan dathan. Anns a' mheadhan-oidhche, bùireanaich nam mathan fad' às, neo burralaich nan coyotes neo sgiamh nam madaidhean-allaidh. Anns a' chamhanaich, gach eun sa choille a' seinn gu binn air doire nan geug. Ann an àrd-theas an latha, srann-fhead nan nathraichen nimheil nan cadal sna còsagan teann, 's nuair a thuiteadh e na chadal shaoil leis gun cluinneadh e a' Bhantrach Bharrach a' seinn an àiteigin fad' às:

"Tha donnal nan con am chluais
Agus bruadal na h-oidhch' am shùil;
Chì mi Fearchar an còmhlan duais,
Chì mi Conachar gun truas na mhùr,
Chì mi Conachar gun truas na mhùr."

Aon uair, 's e a' malairt ola na muice-mara, chaidh a ghlacadh fad sia mìosan le deigh mhòr a' gheamhraidh ann an Teller, an

Alasga. Cha robh latha ann, ach sia seachdainean fichead de dh'oidhcheannan reultach rionnagach. An Reul-Iùil a' deàrrsadh a cheart cho soilleir aig aon uair deug sa mhadainn 's a bha i aig aon uair deug a dh'oidhche: critheanach, leusach, reòthte. Na Fir-Chlis a' briobadaich gun sgur.

Aon latha (aon oidhche) a-null seachad air a' Bhliadhn' Uir, 's e ga chrùbadh fhèin nas doimhne dha na plaideachan mòra molach mu thimcheall, chual' e an drannd a bha seo, fad' às. Fuaim coimheach, cumhachdail, mar rud ana-ghnàthaichte, ach a bhuineadh dhan t-saoghal seo. Bha am fuaim shuas àrd, anns na speuran chun an taobh sear, far nach robh dad ach ceò is deigh is reothadh: a-mach às an dùthaich far an robh spioradan nam marbh (a rèir nan Inuiteach) a' tàmh.

Ghluais Eachann a-mach às a leabaidh mar a ghluais gach neach eile sa bhaile, a' feitheamh le fosgladh nan nèamh, àrd, torranach os an cionn. 'S an uair sin dheàlraich a' mhìorbhail a-nuas às na speuran, mar muc-mhara gun spiorad, gun anam: Roald Amundsen a' seòladh a-nuas às an adhar ann an soitheach cruinn.

Ghluais an sluagh mar aon a dh'ionnsaigh na mìorbhail, gun fhios gur e an fhìor-mhìorbhail gun tàinig an soitheach gu talamh trocair gun bristeadh na teine agus Amundsen is an Seanailear Umberto Nobile air an glùinean na broinn a' caoineadh dhan t-sìorraidheachd.

Choisich Eachann 's na h-Innseanaich mu chuairt a' chanabhais a bha nis a' tolladh 's a' reubadh sa ghaoith, ga fhaireachdainn 's ga shuathadh feuch dè cho coltach leis a' mhuic 's a bha e. Ach an àite a bhith molach cruaidh, bha an canabhas bog, fliuch.

'S an uair sin chual' iad èigh àrd os an cionn, 's Amundsen, a bha cho eòlach air na cinnidhean, a' sìneadh a-mach a dhà làimh mar chomharra sìth agus èiginn: dìreach, rèidh, ìseal. (Bha togail-

"Bruadal na h-oidhch' am shùil"

làimhe a' comharrachadh aineolais agus naimhdeis.) 'S thog na h-Innseanaich a-nuas e, air an guailnean, 's Nobile bochd – a bha air a dhà chois a bhristeadh – an ceann ùine, le slabhraidhean tana greallaich na muice, air cròileapan nam marbh, às an do dh'èirich e an ceann shia mìosan slàn fallain ri linn ola leigheasach nam mnathan.

Ach fhad 's a bha Nobile san leabaidh, rinn Amundsen agus Eachann Aonghais Eachainn air tuath, aig amas air a' Phòl fhein. Ochd madadh deug romhpa agus ceithir thar fhichead eile air an cùlaibh 's iad a' siubhal aig astar cuide ri fear Tulurialik. Thar na sìorraidheachd, thar a sneachda, lorgan an spòg a' breacadh gile shuaimhneach an t-sneachda; calg air bhoile, teanga fala, gadhair chaola 's madaidhean-allaidh. Latha às deoghaidh latha, gun sgur, gun fhaochadh, eadar beanntan àrda deighe agus lochan lìomharra reòthte. Crathaidhean bhleideagan aon mhionaid agus gealach shlàn a' soillseachadh nam fàsach an ath mhionaid, agus na fuaimean farsaing biothbhuan: na mathain bhàna fo dhàir, thuirt Tulurialik, le gàire an aghaidh na gaoithe.

'S an ceann dà latha agus trì oidhcheannan siubhail ràinig iad, cha mhòr gun fhiost', mullach an t-saoghail: na brataichean aig Peary agus Nansen fhathast an sin, reòthte san deigh. Cha do dh'fhuirich iad ach dà mhionaid aig a' Phòl, oir thuirt Tulurialik gu robh caochladh air an t-side 's nach fhaigheadh iad às beò mura falbhadh iad sa bhad.

Sheas Amundsen le camara, ach cha robh ùine aige an dealbh a tharraing de dh'Eachann Aonghais Eachainn a' greimeachadh air bratach Pheary, 's ri linn sin chan eil dearbhadh sam bith ann an eachdraidh, ach ann an eachdraidh mhaireannach na beul-aithris, gun do sheas an t-Uibhisteach seo air mullach an t-saoghail còmhla le Raghnall Mòr. O nach robh an dealbh ann – thuige seo – cha robh e a' cunntais.

Aon turas riamh a chleachd e a' Ghàidhlig a-rithist on latha a dh'fhàg e Loch Baghasdail, agus sin latha a bhàis, sa Ghiblean 1966, 's e a' tadhal air Bhancùbhar airson ceumnachadh ogha, Linda Snow MacDonald Wiebe, às an oilthigh.

Bha a' chuirm seachad, 's e a' gabhail cuairt leis fhèin sìos chun nan docaichean, nuair a chual' e an guth, àrd os a chionn, a' seinn:

"Latha dhomh 's mi sràidearachd
Gu h-àrd am bràigh Dhùn Èideann,
'S ann thachair orm an saighdear,
Is dh'fhaighnich e mo sgeul dhomh,

'S na hi lo lo li ho rinn ho."

Bha tiotan anns an deach e as àicheadh gun cual' e e. Macmeanmna, 's dòcha, no cuimhne, no dìreach – am faodadh e bhith? – dòchas. Mìle bliadhna on a chual' e an t-òran mu dheireadh, 's thàinig an guth a-nuas a-rithist, às na speuran:

"'S ann thachair orm an saighdear,
Is dh'fhaighnich e mo sgeul dhomh,
'S gun tuirt e leam nan liostaiginn,
'S gun do sheas mi greis 's gun d' dh'èist mi,

'S na hi lo lo li ho rinn ho."

Dh'fheuch e le cuimhneachadh cò bhiodh ris an òran, 's thàinig e thuige a-mach à coille mhòr na cuimhne – Lachlainn Mòr 'ic Iain Mhòir 'ac Dhòmhnaill Alasdair! 'S a-mach às a' choille mhòir cuideachd thàinig na madaidhean-allaidh 's na sionnaich 's na h-eòin, nan sreathan 's nan sruthan: Sìneag, 's a mac (ma thachair), athair fhèin 's a mhàthair, Donnchadh Ruadh a thill, *An Fhaoileag*,

"Bruadal na h-oidhch' am shùil"

bùth a' Mhuilich, Aonghas Iain nan trainnseachan, a' Bhantrach Bharrach, Lachaidh Mòr am Post, Eòin is Dòmhnall Uilleam is Iain is Seumas – ainmeannan is àiteachan, aodainn is eachdraidh a bha e air a thiodhlaiceadh o chionn leth-cheud bliadhna.

Sìneag, 's e ga faicinn a-nis a-rithist fodha, òg is seang is dòchasach, 's mar a dh'fhaighneachd i: "An toir thu mise leat? A dh'Ameireagaidh. A Thìr a' Gheallaidh?" 'S mar a rinn 's mar a dh'inns e a' bhreug mhòr an uair sin, gun dùil sam bith a coileanadh.

'S mar a shaor i e, a' leigeil leis creidsinn gu robh i ga chreidsinn.

Saoil, smaoinich e mu dheireadh thall, an robh i beò fhathast? 'S a mhac? An robh a leithid riamh ann? Saoil an do phòs i riamh?

Shuas air spiris air crann bàta bha an duine a' seinn:

"'S gun tuirt e leam nan liostaiginn,
'S gun do sheas mi greis 's gun d' dh'èist mi:
Gheall e 'n t-òr 's an t-airgead,
An còta dearg 's am fèileadh.

'S na hi lo lo li ho rinn ho."

Maraiche, a' peantadh spiris àraidh.

An àite èigheach suas, thog Eachann a ghuth cuideachd, àrd: "'S gun tuirt e leam nan liostaiginn . . ."

Stad an duine a dh'obair. Fear òg caol bàn. Choimhead e sìos air Eachann, co-dhiù ceud troigh fodha. Bodach feusagach Innseanach aig an robh Gàidhlig!

Rinn am fear òg smèid, a' tighinn a-nuas an t-àradh. "How!" thuirt e. "Càit is ciamar a dh'ionnsaich thu do Ghàidhlig?"

"An Uibhist," thuirt Eachann, gu sìmplidh.

Rinn am fear òg gàire, a' coimhead air o mhullach a chinn gu a shàilean. Abair sealladh, thuirt e leis fhèin.

"'S dè a' cheàrnaidh de dh'Uibhist às a bheil thu?" dh'fhaighneachd Eachann, ag aithneachadh a bhlas.

"Loch a' Chàrnain," thuirt am fear òg.

"'S dè chanas iad riut an sin?"

"Speedo," thuirt am fear òg. "Mac Mhurchaidh 'ac Mhurchaidh Sheumais. 'S cò thusa?"

"Eachann. Eachann Aonghais Eachainn."

Thug mac Mhurchaidh 'ac Mhurchaidh Sheumais ceum air ais. A ghruag bhàn a' sèideadh air a bhathais. Sùilean cruinn donn. Cho colach le mhàthair. Cho colach leathase. Le Sìneig. Ach cha b' urrainn gur ann leis-san a bha e. Cha b' urrainn. Bha e fada ro òg. Leth-cheud bliadhna air a dhol seachad on a laigh esan le Sìneig air a' mhachaire.

"Eachann Aonghais Eachainn," thuirt am fear òg, 's a-rithist, "Eachann Aonghais Eachainn! À Bòrnais? A dh'fhàg Uibhist ann an '18? Nach do thill riamh? Air nach cuala duine iomradh riamh? A bha iad ag ràdh a bha marbh air na prèiridhs?"

Rinn e gàire eile. "Eachann Aonghais Eachainn! Uill, an creideadh tu e! Mu dheireadh thall!"

Bha nàire is miann an cridhe a' bhodaich. Nàire faighneachd is miann faighinn a-mach. Ach shàbhail am balach e. "Nuair a bhàsaich i, bhruidhinn i mu do dheidhinn. Airson a' chiad turas riamh. Dh'innis i dhomh ann an dìomhaireachd gun deach m' ainmeachadh ort – Eachann a th' ormsa cuideachd, Eachann Mhurchaidh 'ac Mhurchaidh Sheumais."

'S sheas an dithis aca an sin, sàmhach.

"Dè . . . ?"

Ach chuir an gille stad air. "Leukemia. Ach cha do mhair e fada. Cha do dh'fhuiling i cus," 's choimhead e gu soilleir air Eachann. "Anns an t-seagh sin, co-dhiù."

"Bruadal na h-oidhch' am shùil"

Choisich an dithis aca sìos an cidhe, seachad air sreath bhàtaichean à Iapan.

An dithis aca gun chinnt dè chanadh iad – dè bha ceart no ceàrr, iomchaidh no mì-chiatach, ciallach no aineolach.

An dithis aca ag uidheamachadh bhriathran, a' deisealachadh airson blàr. Am fear òg eadar nàire is fearg, air a shon fhèin 's airson a mhàthar; am bodach eadar tàmailt is toileachas airson na bh' ann 's na bha. 'S am faighneachdadh esan no an canadh am fear eile? No an canadh esan 's am faighneachdadh am fear eile?

'S dè bha ri ràdh?

Oir às deoghaidh fhàgail air a' mhachaire, thill Sìneag dhachaigh, mar a chuala sinn mar-tha, far an d' fhuair i a h-athair a' dochann a màthar, a-rithist. Cha tug i cus smuain dhan ghnìomh nuair a thog i an spaid 's a thug i dha i air cnàimh an droma, ach chuir e stad air a' ghnothach, 's dh'atharraich e eachdraidh gu sìorraidh.

An latha a thàinig Eòin dhachaigh, dà bhliadhna às deoghaidh sin, 's a sheall i an geama ùr – pìridh – dha, 's a dh'innseadh i dha gu robh Aonghas Iain marbh, 's gu robh Raonaid pòsta san Òban, 's Peigi a' cutadh ann an Lowestoft, 's a chaidh iad a shealg nan gèadh 's a thill Mam 's Dàd dhachaigh leis an inneal mhìorbhaileach – an latha sin cha tuirt i guth mun leanabh a bha air a bhith aice. Cha tubhairt no guth an làrna-mhàireach, no an làrna-mhàireach a-rithist, no an làrna-mhàireach a-rithist. No an t-seachdain sin, no a' bhliadhna sin, no an ath bhliadhna, no a' bhliadhna às a deoghaidh, no a' bhliadhna às a deoghaidh sin. 'S cha tuirt i guth an latha a bhàsaich a màthair, ann an '25, no a' bhliadhna às deoghaidh sin, no às deoghaidh sin, no às deoghaidh sin.

Cha tubhairt no an latha a phòs i, ann an 1940, 's i an uair sin 39. No an oidhche sin, 's i na laighe ri taobh Mhurchaidh 'ac Mhurchaidh Sheumais, bodach à Loch a' Chàrnain a bha air tilleadh dhachaigh às deoghaidh a bheatha a chur seachad a' cìobaireachd air oighreachd mhòr an Earra-Ghàidheal. 'S às an oidhche-phòsaidh thàinig aon bhalach, Eachann Mhurchaidh 'ac Mhurchaidh Sheumais, a bha nis na shuidhe air bollard aig cidhe Bhancùbhar cuide le Eachann Aonghais Eachainn, an t-Innseanach.

Oir, a dleastanas dèante, cha do laigh Sìneag Lachlainn Mhòir riamh tuilleadh le Murchadh 'ac Mhurchaidh Sheumais, an cìobair Gallda, mar a bh' aca air a-nis. 'S e bha math mu dheidhinn gu robh e cho còir leis an òr 's cho stòlda leis a' chreig. On oidhche a phòs iad gus na h-oidhcheannan a bhàsaich iad – esan ann am '52 's ise ann an '61 – cha do chuir iad riamh dragh air a chèile. Esan ag altram nan caorach, 's ise a mac, Eachann.

Fhuair iad wireless ann an 1960, 's chuir iad an geamhradh seachad ag èisteachd le Alvar Liddell, Jimmy Shand agus – nuair a bhiodh cairteal na h-uarach de Ghàidhlig air – le Aonghas MacLeòid a' seinn 'An Eala Bhàn'. Tràth ann an '61, dìreach trì mìosan mus do bhàsaich i, chual' iad dà rud àraid air an aon fheasgar air an rèidio: Elvis Presley, agus John F Kennedy a' dèanamh òraid às na Stàitean Aonaichte.

'S chuir Eachann, a bha an uair sin fichead, seachad an còrr dhen oidhche a' seinn 'Blue Suede Shoes' fhad 's a laigh ise san leabaidh a' meòrachadh mu na faclan mòra brèagha a bha Kennedy air a labhairt: *liberty* agus *democracy* agus *freedom* agus *Cuba*. Ach gu h-àraid bha i a' meòrachadh mu na Stàitean fhèin, agus airson na ciad uair ann an leth-cheud bliadhna leig i leatha fhèin smaoineachadh gu follaiseach mun fhear a dh'fhalbh, 's cho òg 's cho brèagha 's cho bòidheach 's a bha e, 's mar a gheall e a' bhreug gun tilleadh e, 's nach do thill.

'S na laighe an sin sa bhungalow ùr ann an Loch a' Chàrnain, cheadaich i dhi fhèin smaoineachadh mun fhear a dh'fhalbh. 'S dòcha, shaoil i, gu robh esan a' faicinn Kennedy fhad 's a bha e a'

"Bruadal na h-oidhch' am shùil"

bruidhinn! Saoil dè thachair dha? Saoil dè rinn e? Saoil an do phòs e? Saoil an do smaoinich e riamh mu deidhinn? Saoil am faiceadh i gu bràth a-nis e? 'S rinn i gàire, leis a' ghòraiche, 's i fhèin a-nis trì fichead. 'S bhiodh esan? – àraid smaoineachadh air, shaoil i – bhiodh esan trì fichead 's a ceithir. E fhèin na bhodach! Hah!

'S nuair a dhùisg i sa mhadainn, cha robh i a' faireachdainn cho math. Fann, mar nach èireadh i tuilleadh, 's cha do dh'èirich.

Thàinig an dotair ceart gu leòr – Leòdhasach, fear MacLeòid – 's dh'fhàg e crogan asprans, ach chan fhacas riamh tuilleadh e. 'S laigh i an sin fad trì mìosan gus an do bhàsaich i.

Thug esan – am fear òg, Eachann – a' wireless a-staigh dhan t-seòmar-chadail aice, agus b' e a' bhiast choimheach sin a companach ann an gleann deireannach a' bhàis. Na laighe an sin le leukemia, chual' i Fred MacAmhlaidh air a' BhBC, Bill Haley is Presley is Lonnie Donegan air Luxemburg, 's eadar na pìosan ciùil, òraidean mòra mu Khruschev, Ulbricht agus Castro.

Aon latha aig toiseach a' Ghiblein, chual' i gu robh na Ruiseanaich a' dol a chur duine suas dha na speuran ann an rocaid: bha iad cheana air cù a chur suas, a thill gu sàbhailte. Chan e gu robh an naidheachd seo sìon na b' àraide na naidheachd sam bith eile a bha i air a chluinntinn: gu dearbh, cha robh i a leth cho àraid le a bràthair fhèin a' bàsachadh ann an clais san Fhraing o chionn leth-cheud bliadhna, no mar a dh'fhalbh a piuthar, Màiri, a Lunnainn, no a leannan, Eachann, a Chanada. Nach robh iad mar gun do dh'fhalbh iadsan cuideachd a-mach suas dha na speuran air rocaid, ach le aon diofar – nach do thill.

'S Yuri Gagarin a bha seo – an tilleadh esan? Cò bha esan a' fàgail às a dheoghaidh, air talamh-àitich na Ruis? 'S cà robh e dol co-dhiù, 's carson? Cà 'n deach Aonghas Iain ann am '14? Cà 'n deach Màiri ann an '25? No Eachann ann an '18, no an duine aice fhèin,

Murchadh còir, ann am '52? Dhan talamh, mar a rachadh i fhèin, a dh'aithghearr – 's am b' e sin e?

'S an tilleadh duine idir, idir? Cha do thill Aonghas Iain riamh, ceart gu leòr, no a bràthair eile, Sir Alasdair, mar a bh' aige air fhèin aig deireadh an latha. No Màiri no Anna 's Ealasaid, 's mar gum b' e an-dè a bh' ann an latha a shuidh iad air a' mhòintich 's ise a' seinn, "Guth an fhithich, guth an eòin,/ Guth an fhithich, guth an eòin" a-rithist 's a-rithist, gus an robh an rann aca uile slàn gu lèir. "Gu-bhi-gì, gu-bhi-gò,/ Gu-bhi-gì, gu-bhi-gò." 'S mar a bha i a' caoidh nach robh "Little Bo-peep has lost his sheep/ And doesn't know where to find it" aice. 'S mar a bhruidhinn iad mu Sheonaidh Spìocach (a Dhia, cho fad' 's a bha esan san uaigh a-nis!), 's Lachaidh Mòr am Post, 's Mgr Eàirdsidh, a bhàsaich ron chogadh mu dheireadh, air a thoirt air falbh, a rèir muinntir Earra-Ghàidheal, ann an carbad teine dha na nèamhan.

'S a' Bhantrach Bharrach cuideachd, 's cò aca a thill – cha do thill aon.

'S dh'fhalbh esan – am fear a bha làraichte na cridhe – mar a dh'fhalbhadh Yuri Gagarin, a-mach seachad, suas dha na speuran. Bye, bye is soraidh slàn – Ò Dhia, Ò Thighearna, a Rìgh nan Dùl, cho brèagha 's a bha e – cho mòr 's a bha an gaol a bh' aice air, cho mòr 's a bha an gaol a bha aice air fhathast, beò no marbh.

Is sheinn i gu socair tùchanach rithe fhein:

"*Thug mo leannan an gealladh buan*
Nach mill am bàs, no tìm no breug,
An gaol a mhaireas gu Là Luan
Stèidhichte air gràdh Mhic Dhè.

Mìle beannachd, mìle buaidh
Dha mo luaidh a dh'fhalbh an-dè:

"*Bruadal na h-oidhch' am shùil*"

Thug e dhòmhs' an gealladh buan
Gum b' e Bhuachaill-san Mac Dhè."

Bha fhios gun tilleadh e, gun tilleadh esan co-dhiù. Oir nach do gheall e sin. Nach do gheall. À, gheall!

'S dhùin i à sùilean, 's chunnaic i e a-rithist mar a chunnaic i e an turas mu dheireadh a chunnaic i e, 's e a' leum tarsainn ballachan-cloiche Loch Olaigh, a' dèanamh air tuath, a ghruag bhàn a' sèideadh sa ghaoith, 's e cho òg 's cho fallain.

'S cha tug i an aire gur e a mac fhèin, Eachann, a thàinig a-staigh dhan t-seòmar anns a' bhreislich san robh i, eadar fallas is bruadar, anshocair is cuimhne. 'S e a bh' ann, ceart gu leòr, air tighinn air ais air a son mar a gheall e, air tilleadh, mu dheireadh thall, leis an tiocaid à Ameireagaidh. Thàinig e, mu dheireadh thall – a leannan, Eachann Aonghais Eachainn – airson a toirt còmh' leis gu New York. Nach e sin a thubhairt e? Gun coinnicheadh e leatha air a' wharf an New York?

"Eachainn," thuirt i ris, "Eachainn, Eachainn, Eachainn, a ghràidh – tha thu air tilleadh, tha thu air tilleadh! Bha fhios a'm gun tilleadh tu, gun dèanadh tu mar a gheall thu, a ghràidh."

'S thuig a mac sa bhad gu robh i air falbh bhuaithe, 's ged a bha i a' labhairt ainm, nach ann air a bha i a' bruidhinn ach air tìm a dh'fhalbh, an deàlradh na h-òige. 'S rinn e airson gluasad air falbh, ach chùm i grèim daingeann air, a' còmhdachadh a ghàirdein le a làmhan.

"Bha leanabh againn, Eachainn," thuirt i, "'s chosg mi mo shaoghal a' caoidh nach robh fhios agad. 'S dh'fhuirich mi cho fada leat, a ghràidh – nam biodh fhios agad cho fad-fhulaingeach 's a bha an ùine, 's mi dùint' unnam fhìn, balbh mu na thachair, gun dòchas sam bith gun tigeadh tu."

'S dh'fheuch a mac air a ràdh nach e Eachann a bh' ann ach

Eachann eile, ach cha robh i a' faicinn càil ach am balach bàn, a gheall, 's a dh'fhalbh, 's a-nis a thill.

"'S tha mi duilich, a ghràidh," thuirt i, "ach cha do dh'fhuirich mi. Bha an ùine cho fada. 'S am fear eile cho còir – Murchadh, tha mi ciallachadh – Murchadh Mhurchaidh Sheumais, an cìobair Gallda – 's e gun lochd, gun chron, gun dragh – 's phòs sinn . . ." 'S an seo ghreimich i gu teann air gàirdean Eachainn: "'S nuair a thàinig an leanabh, 's e gille bh' ann, 's thug mi Eachann air mar . . ."

Ach cha d' fhuair i na b' fhaide – no ma fhuair, cha chual' a mac i – oir spìon e e fhèin às a grèim, air uabhasachadh – chan ann buileach leis an naidheachd, ach le bhith a' faicinn cridhe a mhàthar lom rùisgte, na seann aois, air a bheulaibh.

Chan fhuilingeadh e an còrr dheth: an cràdh buan a bha i air fhulang, 's a' bhreug – oir bha fhios gur e sin a bh' ann – a bha sa phòsadh eadar i fhèin 's athair. 'S mas e breug a bha sin, bha fhios, cuideachd, gur e breug a bh' ann fhèin: air a ghintinn chan ann an an gràdh ach fo dhleastanas, air àrach an ainm duin' eile.

'S dh'fhàg e an sin i, a' bruidhinn le Eachann nach robh ann, 's a' wireless anns an oisean a sìor dhèanamh cunntas: "Deich . . . Naoi . . . Ochd . . . Seachd . . . Sia . . . Còig . . . Ceithir . . . Trì . . . Dhà . . . Aon!" . . . 's siud an rocaid, le Yuri Gagarin, a' falbh aig astar iongantach àrd suas dha na reultan, seachad air an Ruis is Sìona is Ameireagaidh is am Pòl a Tuath is Uibhist, geal, dearg, mìorbhaileach, slàn a-mach à sealladh.

'S air cidhe Bhancùbhar, sheas an dithis aca, a' coimhead suas dha na speuran, far an robh plèana-seit air choreigin ag astrachadh dhan iar.

Bha na deòir nan sùilean, ceart gu leòr, air cho suarach 's a bha iad air a bhith le boireannach nach do rinn sìon ceàrr, mura do ghràdhaich i ro dhomhainn, ro fhada agus ro mhòr.

14

Rugadh Mgr Eàirdsidh ann an Bràigh Loch Abair sa bhliadhna 1872, bliadhna Achd an Fhoghlaim, air an dearbh latha a thug Louis Pasteur an ceum mòr a dh'ionnsaigh penicillin.

Chaidh a bhreith aig sia uairean sa mhadainn air Latha Buidhe Bealltainn ann an tobhtaidh bheag tughaidh – 'sgiothal' a chanadh iad leis san dùthaich sin – a bhiodh na sealgairean-fèidh a' cleachdadh letheach-slighe eadar Cranachan agus Both Fhionntain, ann an Gleann Ruaidh. Bha a mhàthair – Sàra (no Mòr) Nic a' Phearsain – air an t-slighe air ais bho thadhal air piuthar a màthar nuair a thàinig a h-aiseid oirre gun fhiost, seachd seachdainean ron àm.

Bhuineadh an tobhta o thùs do dh'fhear Ailean MacDhòmhnaill, a chaidh a shadadh a-null a Chanada le Loch Iall o chionn dà fhichead bliadhna. E fhèin 's a sheachdnar nighean, a dh'eug leis an fhiabhras ann am meadhan na h-Atlantic. Ach air an oidhche seo, bha e mar nach do rugadh leanabh riamh sa ghleann.

Laigh Mòr sìos, am measg sheann sligean is luaidhe nam peilearan, le trealaich shaoghalta nan uaislean mun cuairt: pigidhean beaga staoin às an do dh'òl iad am branndaidh 's an t-uisge-beatha, oisean duilleig on *London Gazette*, bunan shiogàran.

Bha i deich bliadhna fichead a dh'aois, le ceathrar chloinne cheana, 's le sin cha b' e annas sam bith dhi na bha tachairt: na stuaghan mòra a bha 'g èirigh suas 's an uair sin a' teannachadh 's a' bristeadh mar stoirm an earraich. Iad a' tighinn nas luaithe agus nas gairbhe, chun na h-ìre gu robh a cnàmhan a' sgàineadh 's a h-asnaichean air am pronnadh: an cràdh as motha san t-saoghal, an taobh seo dhen bhàs.

Ach nuair a thàinig an leanabh, thàinig e luath agus grinn agus sgiobalta: i fhèin a' putadh agus a' draghadh gus an robh an ceann 's na guailnean a-mach agus, le sin, gach gnothach sàbhailte.

Cho math 's a bha e, às deoghaidh ceathrar nighean, balach a bhith aice: cho toilichte 's a bhiodh e fhèin, Seumas Ruadh, nuair a thilleadh e dhachaigh às an Davis Strait, fàileadh na muice-mara ceangailte ris, às deoghaidh na seilge mòire.

"Och," bha e air a ràdh, "cha dèan mi ach aon chuairt eile. Nuair a thig mi dhachaigh an turas seo, thèid mi dìreach chun an sgadain. Null a Bharraigh, no taobh Obar-Dheathain, ma dh'fheumas mi."

Ach cha d' fhuair e an cothrom, oir seachd mìosan a-staigh dhan bhòidse – nuair a bha Eàirdsidh cola-deug a dh'aois – chaidh an soitheach aca air seachran tuath air Newfoundland, 's cha chualas guth tuilleadh oirre. Aig a sin, cha robh eòlas riamh aig Eàirdsidh – Maighstir Eàirdsidh – air athair. "Air athair saoghalta co-dhiù," mar a chanadh e fhèin.

Oir bha a mhàthair, Sàra, na boireannach diadhaidh a dh'ionnsaich dha o òige a fhreumhan a stèidheachadh anns an t-sìorraidheachd, 's chan ann san t-saoghal chaochlaideach a bh' ann.

Maighstir Eàirdsidh

"Nach do dh'fhalbh iad uile – na ginealachan a bh' ann – mar a dh'fhalbhas sinn fhìn. Chan eil againn ach aon dachaigh, agus fuirich ann."

'S cha robh e doirbh do dh'Eàirdsidh sin a chreidsinn, oir a' fàs suas ann am Bràigh Loch Abair, cha robh mòran fianais gu robh dachaigh stèidhichte sam bith eile ann: Gleann Ruaidh làn thobhtaichean nan daoine a dh'fhalbh, chan ann a nèamh ach a Chanada 's a dh'Astràilia.

'S e balach àrd taitneach brèagha a bh' ann, a' fàs suas: cinnteach às fhèin gun a bhith cumhang, diadhaidh gun a bhith sòlaimichte. Bha e gu sònraichte dèidheil air a bhith ag iasgach, air na aibhnichean torrach a bha ruith sìos à Stob Choire an Laoigh agus Stob Choire Chlabhraigh agus Stob Choire Easain agus cuideachd – air na feasgraichean fada samhraidh – fada muigh air a' mhointich air Loch Trèig 's Loch Oisein 's Loch Arcaig, far an robh na bric cho reamhar le gealaich na Samhna.

A-muigh an sin, bha na naoimh fhèin a' fuireach, aonranach nam bothain: Ealasaid Mhàiri Alasdair deas air Loch Arcaig, Seonaidh Alasdair a' Ghobha deas air Loch Oisein, Eàirdsidh Iain Ghrannd an iar-thuath air Loch Trèig. Cìobairean 's bantrach cìobair a bh' anntasan, nach robh a' faicinn duine beò a-nis o aon cheann bliadhna gu eile. Beò nan cuimhne 's nan sgeulachdan, nach robh na mìorbhailean ùr – a' Bheurla 's an teileagraf – a' milleadh.

Mar Eàirdsidh, bha iadsan cuideachd a' creidsinn ann an Dia, ged a bha uaireannan nach aithnicheadh iad Dia a chèile: eadar aois agus astar, bha deich bliadhna fichead is barrachd on a fhuair iadsan faisg air eaglais, 's le sin cha robh an Dia air an smachdachadh cho mòr: bha E ag aithneachadh sgeulachd a bharrachd air fìrinn, laigsidhean a bharrachd air neart.

Chan e nach robh Dia Eàirdsidh mothachail air na dearbh rudan:

gach Dòmhnach, bha Eàirdsidh a' faighinn a Chille Choiril, far an robh mathanas is gràs is tròcair air an tabhann airson laigsidhean is peacannan is ana-miannan.

'S e dìreach gu robh beàrn cho soilleir – no cho dorcha – air a chur eadar an dà rud san eaglais, mar gu robh agad ri taghadh eadar sgeulachd no fìrinn, òran no salm, an saoghal no Dia. Cha b' urrainn an dà chuid a bhith agad, mar a bha aig na seann daoine ud: nuair a sheinneadh Ealasaid Mhàiri Alasdair 'Duan na Ceàrdaich', cha robh roghainn – rinn i e ann an saorsa agus le glòir aig an aon àm.

'S bha Eàirdsidh ag ionndrain na coileantachd sin san eaglais: far am bu chòir an dà chuid a bhith, bha e a' faireachdainn, cha robh ach aonan, ma bha sin fhèin, oir mus robh e a dhà-dheug thuig e, air dòigheigin, nach b' urrainn glòir a bhith agad gun saorsa is nach robh saorsa sam bith ann nach robh làn de ghlòir.

Chuir e an còrr dhe bheatha seachad a' carachd leis an dà aingeal sin, ged a b' iomadh uair cuideachd a thàinig ainglean – is diabhail – eile mun timcheall.

An latha a chunnaic sinn e an toiseach – àrd, dubh, air spiris a' ghige – an latha a chunnaic Eòin e 's e am falach san luachair – bha a charachd aig a fìor àirde. An rud a bha a' coimhead cumhachdail do dh'Eòin, b' e laigse a bh' ann: aig an dearbh mhionaid a shaoil Eoin *Cumhachd – agus tha mise 'g iarraidh a bhith mar siud*, bha Maighstir Eàirdsidh, àrd air a' ghige 's a' dèanamh air an tòrradh, a' caoineadh, ag aideachadh nach robh àite sam bith aig pròis agus neart ann an rìoghachd Dhè.

Chan e nach robh e air an teagasg sin a chluinntinn iomadh uair, ach b' e rud eile a bh' ann a chreidsinn is a ghabhail thuige fhèin. Nach robh an t-sagartachd mu dheidhinn cumhachd ach laigse: mu dheidhinn gràis is tròcair is mathanais a cheart cho mòr – nas motha – na bha e mu bhreitheanas is mu na cinn-uidhe mhòra sin, nèamh agus ifrinn. Chuimhnich e mar a bhiodh Eàirdsidh Iain Ghrannd daonnan a' seinn aideachadh na h-aoise, na ghuth bristeach aig ceann na tobhtadh, gun nàire sam bith gu robh e nis sean is lag:

"Cha mhi fhìn a sgaoil an comann
A bha eadar mi 's Creag Uanach
Ach an aois gar toirt o chèile:
Gur goirid a' chèilidh fhuaras.

A aois, chan eil thu dhuinn meachair,
Ge nach fheudar leinn do sheachnadh;
Cromaidh tu an duine dìreach
A dh'fhàs gu mìleanta gasta."

'S nuair a stad Maighstir Eàirdsidh àrd, air a' mhadainn ud, aig Beinn a' Charra – cuimhnichibh, an dusrach ag èirigh dha na speuran, srian na làimh dheis is cuip na làimh chlì, 's na h-eich a' sitrich air am fiaradh 's muinntir an tòrraidh a' feitheamh leis shìos aig Àird Mhìcheil – stad e, ann an dòigh, airson e fhèin a thiodhlaiceadh.

Choimhead e timcheall, mar tha fhios againn mar-tha: chitheadh e na fir nan seasamh nan sreathan air taobh a-muigh na h-eaglais. Bhiodh na mnathan cheana air an glùinean a-staigh a' gabhail na conair Moire. Rinn e fhèin comharra na croise, 's e coimhead gu deas, suas seachad air Caolas Bharraigh, gorm ann an grèin an Ògmhios.

Bha na daoine seo, bha fhios aige fhad 's a bha e a' coimhead, airidh air gràdh: nach ann airson sin a bhàsaich Crìosd? Nach ann mun sin, 's chan ann mu chumhachd, a bha a shagartachd? Nach

An Oidhche Mus Do Sheòl Sinn

tuirt an Tighearna fhèin an àiteigin gu robh a chumhachd air a dhèanamh foirfe ann an anfhainneachd?

Bha e aig àirde a shagartachd, agus an saoghal gu lèir fa chomhair. Cha b' e rud furasta a bh' ann sin a leigeil suas, no seachad. A bhith lag an àite làidir, sùblaichte an àite teann, fosgailte an àite dùinte. Rud cunnartach iomagaineach. Oir aon uair 's gu falbhadh na cinnteachdan, dè bhiodh air fhàgail? Cha bhitheadh dad ach gràdh.

Chuimhnich e air athair 's air a mhàthair cuideachd a' mhadainn ud. An t-athair nach fhac' e riamh: Seumas Ruadh, reòthte eadar Newfoundland is Greenland. A chorp co-dhiù, oir b' fhada o bha anam saor, gu h-àrd. 'S rinn e caoineadh air a shon a' mhadainn ud: an caoineadh nach do rinn e riamh, an caoineadh nach do cheadaich e dha fhèin riamh. Caoineadh nach fhaca Seumas Ruadh Sàra Nic a' Phearsain gu bràth tuilleadh. Nach fhac' e a chlann-nighean, Iseabail is Mòrag is Oighrig is Eilidh, a' fàs suas. Nach robh e riamh còmhla leis-san nuair a chaidh e a dh'iasgach, air na madainnean brèagha earraich, a-null taobh Loch Arcaig. Nach robh e ann airson soraidh slàn fhàgail aige an latha a dh'fhalbh e gu Douai 's dhan Ròimh.

Bha àm ann a bha dùil aige fuireach ann an teas sàcramaideach na h-Eadailt, ach cha do dh'fhuirich, 's b' e seo a-nis a chuibhreann dhen t-saoghal, agus bha e taingeil gu leòr air a shon: am measg bochdainn nan Gàidheal, bha fhios aige, bha obair mhòr ri dèanamh, spioradail agus eile.

Mus do sgailc e a chuip air an dà each-dheiridh, bha an Renaissance air gabhail àite.

Mar a tha fhios againn cuideachd, cha robh sìon a dh'fhios aig Eòin òg air dad dhe seo, 's e gu h-ìseal air a' mhadainn ud, am measg na luachrach. Bha Eòin dìreach air esan fhaicinn air an àirde, fad' às, mar aisling à nèamh.

Maighstir Eàirdsidh

Cha robh Maighstir Eàirdsidh – dìreach mar nach robh Eòin fhèin – riamh, às deoghaidh sin, mar a bha e roimhe sin. Nuair a ràinig e Àird Mhìcheil, rinn e rud nach do rinn e riamh reimhid am measg an t-sluaigh: dhealaich e an gige bho na h-eich, 's gan cuipeadh air sliasaid na tòine, leig e na ceithir eich mu sgaoil: an t-each geal a' dèanamh air tuath, an t-each ruadh air a' chladach mun iar, an t-each dubh air a' bheinn, 's an t-each glas gu deas. Chan fhacas riamh tuilleadh iad fodha, ged a bhiodh cuid ag ràdh gum biodh iad gan cluinntinn uaireannan a' sitrich fad' às ann an ciaradh an fheasgair no ann an camhanaich na maidneadh.

'S an àite tighinn a-staigh aig beulaibh na h-eaglais, tro dhoras an t-sagairt, thàinig e a-staigh tron doras-cùil, am measg an t-sluaigh. 'S an àite coiseachd dìreach chun na h-altarach, a chùl le na daoine, chrath e gach làmh a bha an làthair aig an tiodhlaiceadh, fireann is boireann, is – airson na ciad uair na bheatha – labhair e searmon bho a chridhe 's chan ann dìreach bho a theanga. Gràs 's chan e lagh.

"A dhaoine còire," thuirt e, "tha sinn aig tiodhlaiceadh an-diugh, ceart gu leòr – tiodhlaiceadh Iain Dhùghaill Sheumais, fear dhe ar daoine fhìn a tha air colann na creadha seo a thilgeil bhuaithe airson colann na glòire. Cha b' e naomh no aingeal a bh' ann an Iain Dhùghaill Sheumais – tha fhios agaibh uile air a sin – ach an-diugh tha naomhachd air a toirt dha, mar ghibht, oir b' e sin obair Chrìosd: an naomhachd a chosinn E fhèin a thoirt dhuinne, grod le peacadh, saor an asgaidh.

"Ach dh'fhaodainn a ràdh nach ann dìreach aig aon tòrradh a tha sinn an seo an-diugh ach aig iomadach fear: cò againn nach eil feumail air colann na creadha a chur dhan uaigh an-diugh? Cò againn nach eil feumail air na seann rudan a thiodhlaiceadh an-diugh? Cò againn nach feum am bàs agus slabhraidhean a' bhàis

– uaill agus pròis agus mòr-chùis – a chur dhan chiste, còmhla ri ar caraid 's ar nàbaidh, an-diugh?

"Cha bhuin rìoghachd Dhè, tha mi airson a ràdh rium fhìn agus ribhse an-diugh, dha na cumhachdaich, ach dha na laga. Cò as motha ann an rìoghachd nèimh: nach e sin a' cheist a chuir na deisciobail air Iosa? 'An leanabh beag seo,' ars esan, 'aig nach eil òr no airgead, foghlam no cumhachd. Gu fìrinneach, tha mi ag ràdh ribh, mura h-iompaichear sibh agus mura bi sibh mar leanabain, nach tèid sibh a-steach do rìoghachd nèimh.'

"No a-rithist, mar a thuirt Moire, màthair Dhè: 'Tha mo spiorad a' dèanamh gàirdeachais ann an Dia mo Shlànaighear, do bhrìgh gun d' amhairc e air staid ìosail a bhanoglaich – thug e a-nuas na daoine cumhachdach agus dh'àrdaich e iadsan a bha ìosal.'

"Chunnaic sibh uile gun do sgaoil mi na h-eich: tha mi nis, nur làthair uile, a' sgaoileadh fada a bharrachd air a sin."

'S chaidh e air a ghlùinean air am beulaibh air beulaibh na h-altarach, 's rinn e an ùrnaigh mhòr – ùrnaigh an aideachaidh, a thug na deòir 's an t-aithreachas gu iomadh sùil:

> "*Chan e mise, a Thighearna, ach Thusa.*
> *Chan e mise, a Thighearna, ach Thusa.*
> *Chan e mise, a Thighearna, ach Thusa.*"

'S às deoghaidh na seirbheis, dh'fhàg e an gige far an robh e, air taobh a-muigh na h-eaglais, 's cha do chleachd e gu bràth tuilleadh e fad nam bliadhnachan làn gràis a bh' aige air fhàgail an Uibhist.

Bha e an sin a' seargadh 's a' meirgeadh grunn bhliadhnachan mar shamhla air rud a chaidh fhàgail 's nach seasadh: leòm is moit is àrdan. Dh'fhalbh na cromagan 's am bogsa 's na ceapaichean, an t-ùrlar 's an toiseach 's am bòrd-taoibh, an t-sàil-bhroillich 's an t-sàil-dheiridh 's an crann-meadhain, na luirgean, na spògan 's na gàirdeanan. Mu dheireadh, dh'fhalbh na rothan 's na sglaiginn 's na sailthean, gus nach robh sìon air fhàgail ach bachall iarainn na rotha, an crann-aisil 's an tarraing-cuibhle, nan criomagan meirgeach fo theas an t-samhraidh 's fo fhuachd a' gheamhraidh.

Choisich Maighstir Eàirdsidh an là ud aig ceann an t-sluaigh chun a' chlaidh, a' gabhail a chothruim fhèin sa ghiùlain – a' chiste air a ghualainn 's a' ghainmheach fo chasan mar a bha i fo chasan gach neach.

'S ann ri linn na saorsa ùire sin a bha an comas aig Maighstir Eàirdsidh na h-ùrnaighean a rinn e ann an caibideil a dhà a dhèanamh: na gnothachainean naomh nach eil againn a-nis ach ann an *Carmina*. Dh'inns e gun euradh gach aon sgeula a bh' aige.

Agus 's e annas – och, mìorbhail – cuideachd gun tàinig na h-eich còmhla, socair, sèimh, aon uair eile an oidhch' ud a dh'fhalbh Eòin air chuairt taobh Loch a' Chlachain eadar Rubha an Taighmhàil agus Loch nan Clach Mòra. A-staigh le taobh Loch Ceann a' Bhàigh, a' trotanaich, tuath seachad air Bogach Olaigh 's an trotanaich a' gluasad gu fàilearachd 's a' cromadh dhan iar seachad Loch an Achain 's Loch Bhacarsaigh a-staigh a Staoinibrig, far am faca Eòin na crùisgeanan cheana a' lasadh suas na bochdainn 's na caitheimh a bha air a bhith a' dòrtadh dhusanan às gach baile a dh'Àird Mhìcheil o chionn sheachdainean.

B' e an call mòr, tha mi creidsinn, nach do thuig Eòin – aig an àm sin co-dhiù – dè a bha tachairt. Bha a' chiad ìomhaigh, a' chiad chaibideil, cho cumhachdail 's nach b' urrainn dha a thuigsinn gu robh rud na bu chumhachdaile air tachairt: gu robh an duine a bha ga thoirt timcheall air an each tur eadar-dhealaichte bhon duine – bhon t-sagart – a chunnaic e – a shaoil e a chunnaic e – air na h-eich na bu tràithe.

Cha do thuig Eòin sin nuair a chaidh iad seachad air taigh

An Oidhche Mus Do Sheòl Sinn

Uilleam Sheumais no air taigh na Bantraich Bhadhlaich no air taigh Dhòmhnaill an Tàilleir. 'S ged a bha an oidhche àlainn, 's beag a chunnaic e dhe sin cuideachd, no dhe na buidheagan 's na seamragan 's na cuiseagan 's na copagan a bha a' còmhdachadh a' mhachaire a bha a' siubhal aig astar fodha.

Bha a' ghealach crochte, mar lanntair, fada gu deas os cionn Cuan na h-Èireann, 's mìle reul a' deàrrsadh air Sgrìob Chlann Uis. An crodh a' caibhleachadh air Sligeanach Dheas Chill Donnain. Na geòidh nan cadal sa chuilc. Fàileadh cùbhraidh an ruadhain 's chrios Chù Chulainn 's lus an ròis fhathast air a' mhachaire. Muathal nam bò mu Thaigh Bhòrnais. Durrghan chon mu thuath. Liosan eòrna fo a chomhair. Smoislich shocair na mara san eadar-astar.

Ach a dh'aindeoin sin – gach mìle rud milis a bha mu thimcheall – cha do mhothaich Eòin gu robh an samhla a bha e a' dol a leantainn air atharrachadh air a bheulaibh, ann am priobadh na sùla. Gun fhios dha, bha e a cheana a' leantainn faileas, a' leantainn eachdraidh a bha seachad.

'S nuair a dh'fhalbh Eòin taobh Loch Sgiobort – gun tilleadh airson sia bliadhna – chan eil iongnadh gun d' fhuair e am Maighstir Eàirdsidh a bha air a bheulaibh nuair a thill e cho eadar-dhealaichte: an duine bog sgìth saoghalta a bha a' smocadh pìob chreadha 's a' gabhail dram sa chofaidh!

Oir às deoghaidh an gige 's na h-eich a leigeil mu sgaoil, chaidh Maighstir Eàirdsidh an sàs ann an cogadh a bha fada na bu duilghe na an cogadh a bhith na shagart air leth bhon t-sluagh: an cogadh a bhith na shagart am measg an t-sluaigh. Far an robh a laigsidhean 's a dhaonndachd follaiseach is aithnichte, 's chan ann air an cleith 's air an cur air falach. Bha a bheatha a-nis, thuirt e leis fhèin, na h-ìobairt thaisbeanta, mar a bha beatha Chrìosd fhèin.

'S dòcha gur e an spàirn bu mhotha a bh' aige an spàirn le uaill no pròis. An robh e dìreach airson aire a thoirt thuige fhèin, feuch am faiceadh – feuch an canadh – daoine, "À! Seall Maighstir Eàirdsidh beannaichte! An duine còir sin! An duine naomh sin! Le na h-aon bhuairidhean leinn fhìn, ach a' faighinn thairis orra!"?

Nach biodh e na b' fheàrr mar a bha e – sgaraichte bho na daoine cumanta, eadar-dhealaichte bhuapa, air a choisrigeadh gu aon taobh? Ach nach b' urrainn dha a bhith an dà chuid: coisrigte agus nam measg, leotha agus eadar-dhealaichte?

Tha fhios, shaoil e, gur e sin a bha an t-Abstol a' ciallachadh nuair a thuirt e gu robh againn le bhith anns an t-saoghal, ach nach ann ceangailte ris? Nach ann mar sin a bha Crìosd fhèin, naomh am measg nan siùrsaichean, coisrigte am measg nam mèirleach, aoibhneach am measg nan aoibhneach, brònach am measg luchd a' bhròin?

'S le sin, an là ud eile a thàinig Eòin dhachaigh, 's e cho cruaidh 's cho cinnteach às fhèin 's e a' faireachdainn measgachadh de thruas agus de dh'fhuath do Mhaighstir Eàirdsidh, a' smocadh 's ag òl air a bheulaibh: an e crìonadh spioradail a bha e a' faicinn no ionracas fosgailte?

Dè a bha e ag iarraidh fhaicinn – neart? 'S nuair nach fhac' e e, dè a bha e a' faireachdainn – fearg? Ò, bha fhios aig Maighstir Eàirdsidh air a sin ceart gu leòr: gum b' e adhbhar feirg a bh' anns a chinne-daonnda – ann fhèin – a bhiodh ann an Eòin – Maighstir Eòin cuideachd – aon latha – oir gu dè eile a bha ann am mac an duine ach fear a dh'fhàilligeadh, a thuiteadh, anns nach b' urrainn dhut earbsa sheasmhach sam bith a chur?

Ach a dh'aindeoin sin – shaoil e cuideachd – a dh'aindeoin sin, bha e làn dòchais. Loma-làn dheth, mar chupan a' cur thairis. 'S chan ann dìreach a thaobh diadhachd, ged a bha e eòlach gu leòr air na rudan mòra, agus a creidsinn le a làn-chridhe annta: aithreachas is mathanas peacaidh, ùrachadh is aiseirigh nam marbh, coileantachd Chrìosd, gràdh Chrìosd, tròcair Chrìosd – ach cuideachd a chionn 's gu robh e a' faicinn gu robh na rudan mòra sin gu tur ceangailte le – no an crochadh air – na rudan beaga.

Mar a b' fhosgailte a bhiodh esan, 's ann bu chomasaiche a bhiodh Crìosd air a lìonadh le gràdh. 'S dòcha, shaoil e, gur e a dhleastanas a bhith saor, an dòchas gun tigeadh glòir. Thuig e ann an doimhneachd, airson a' chiad turas riamh, nach robh ann ach an aon ghlòir – a' ghlòir a thigeadh à gradh a-mhàin.

Agus 's ann mar sin a chuir e seachad an còrr dhe bheatha: ag èisteachd 's ag ùrnaigh, a' coiseachd 's a' treabhadh, a' seinn 's a' leigheas, gach là is oidhche am measg an t-sluaigh.

'S e lathaichean mòra – lathaichean cràidhteach – a bh' ann: bliadhnachan a' Chogaidh Mhòir. Cha robh taigh ann an Uibhist – cha robh taigh san Roinn-Eòrpa – nach deach a sgrios. Na pàrantan a' caoidh nam mac, agus b' e obair Mhaighstir Eàirdsidh an dòchas a chumail suas.

'S dh'fheuch e le sin a dhèanamh, chan ann le bhith bruidhinn mu Dhia ach le bhith beò mar Chrìosd, a' coiseachd am measg nan daoine a bha a' fulang. A' deanamh obair nam fear a bha air falbh: a' gearradh na mònadh, a' treabhadh a' mhachaire, a' cur an t-sìl, a' coimhead às deoghaidh nam beathaichean.

Thàinig fiabhras mòr ann an '21 a thug air falbh e, am measg nan ceudan: cha robh duine eile deònach a dhol a-staigh dha na dachaighean a thoirt comhartachd dhan fheadhainn a bha a' bàsachadh, no a ghlanadh taighean nam marbh.

Ach thàinig esan, socair, soilleir, gu gach taigh: a-staigh am meadhan an fhiabhrais, a' cur làmh air gruaidhean preasach nan seann bhoireannach a bha a' dòrtadh le fallas. A' togail suas nan naoidhean beaga critheanach na ghàirdean. Ag altram nam bodach ann an uchd a' bhàis, a' cur bhoinneachan uisge air am bilean.

Maighstir Eàirdsidh

Bha fhios aige glè mhath cuideachd nach robh ach na h-uimhir a dh'ùine ann gus am fairicheadh e fhèin a' chiad chrith, an ceum neo-chaochlaideach a-chum na h-uaighe. Ach thug e comhartachd dha gur fhada on a ghabh e an ceum mòr sin co-dhiù: 's dòcha, gu dearbh, an latha a thilg e na h-eich air falbh.

Nuair a thàinig a' chiad chrith eagalach ud, ge-ta, chuir i fhathast uabhas is iongnadh air: b' e seo e. Bha seo seachad air diadhachd is briathran is fiù 's comhartachd inntinn: esan a bha air na h-uimhir a chomhartachadh, cha b' urrainn dha e fhèin a chomhartachadh.

Shil e na deòir, nan ceudan – tha fhios nam mìltean – fad là is oidhche. Na rudan mòra a bha e a' dol a dhèanamh aon uair! Am breac brèagha lainnearach – am Breac Mòr a thug iad air – a ghlac e uair, fo sholas na gealaich, ann an Loch Arcaig. An t-òran brèagha a bhiodh Ealasaid Mhàiri Alasdair a' seinn sa chiaradh:

"'S ann a bhruadair mi raoir
An eal' air a chuan 's i snàmh,
'S a h-aghaidh gu tìr:
Bha mo leannan 's mi fhìn mu sgaoil."

A mhàthair, 's gach uair a dh'inns i mar a rugadh e, ann am bothan nam fiadh a-muigh air a' mhonadh. Air Latha Buidhe Bealltainn am measg nan seann sligean is luaidhe nam peilearan.

Cho làidir, 's cho treun – cho teann 's cho cumhang – 's a bha e nuair a bha e na b' òige. A' smaoineachadh gu robh na daoine ag iarraidh duine làidir nam measg nuair a b' e duine lag, no co-dhiù duine nàdarra, air an robh feum.

Mar a bha e nis, 's dòcha, air chrith 's a' rànaich leis fhèin, gun bhean gun chlann, gun athair gun mhàthair. Gun duine a bheireadh taic dhàsan – ach a Dhia.

'S dè mura robh an sin cuideachd ach bruadar, aisling fhaoin a bha sgoilearan – no daoine laga mar a bha e fhèin – air a dhèanamh suas airson dòchas air choreigin a thoirt do mhac an duine tro na linntean. An duine a bha – mu dheireadh thall – cho aonranach, leis fhèin aig iomall a' bhàis.

Ach ged a thàinig an smuain sin, cha do ghèill e dhi, mar nach do ghèill e do dh'iomadh smuain eile. Oir nan gèilleadh tu dhan sin, cha robh dad idir air fhàgail. Mura robh esan buileach daingeann na chreideamh, bha na daoine bochda a bha a' bàsachadh mu thimcheall: agus mura robh iadsan, bha Crìosd. Sin an aon chinnt a bh' aige – gun do chreid Crìosd – 's air sgàth sin bha e fhèin a' creidsinn. Sin an aon dòchas a bh' aige.

Gu mìorbhaileach, cha do dh'fhairich e sìon eile às deoghaidh na chiad chrith-bàis: chùm e a' dol, a' toirt na h-ola dheireannaich dha na seann daoine, ag altram nam pàistean, a' tiodhlaiceadh nam marbh.

"Duine beannaichte," thuirt a h-uile duine. "Oir seall, chan eil am fiabhras seo a' buntainn ris."

Ach bha fhios aig Maighstir Eàirdsidh gu robh: ma bha beannachadh sam bith timcheall air, b' e am beannachadh sin gu robh de chreideamh is de mhisneachd is de dhòchas aige rud a dhèanamh nach do rinn duine eile: na mairbh a ghràdhachadh.

Nuair a thàinig a' chrith mhòr, ge-ta – bha e air a faicinn cho tric, 's e air na daoine a bha a' dol troimhpe altram na uchd – cha robh eagal sam bith air. Thachair e sa mhadainn, nuair a dh'fheuch e air èirigh 's nach b' urrainn dha: bha e mar gu robh plaide iarainn mu thimcheall, 's na gnothaichean a bha mu thimcheall – an t-ùrlar 's am balla 's an uinneag bheag – a' siabadh air falbh.

"Nach annasach," shaoil e, "gur e rudan an t-saoghail a tha a' falbh 's nach e mise." 'S a' sgaoileadh a-mach a làmhan, shiubhail e fhèin, mar iteig calmain, àrd suas dha na speuran, geal agus aotrom. 'S tha iad ag ràdh fhathast gum faca muinntir Uibhist gu

Maighstir Eàirdsidh

lèir anam ag èirigh a Fhlathanas, a' deàlradh mar òr 's a' plathadh, mar an dealan-dè, a-staigh tro dhoras a bha ann an cumadh croise, fada gu h-àrd os cionn na Beinne Mòire.

15

Chaidh an t-uabhas òran a dhèanamh mun latha a thill Lachlainn Mòr mac Iain Mhòir 'ac Dhòmhnaill Alasdair agus a bhean, Cairistìona, à Griomasaigh sa bheairt-eathair.

Rinn Dòmhnall Ruadh Phàislig agus Seonaidh mac Dhòmhnaill 'ic Iain Bhàin agus Donnchadh mac Dhòmhnaill 'ic Dhonnchaidh dàin mun latha mhòr, ach 's e na rannan a chuir Fionnlagh Beag na Hearadh na chèile a dh'fhuirich an cuimhne an t-sluaigh:

"An cuala sibh mun latha àraid
Dh'fhalbh Lachaidh is a chàraid
Suas gu tuath a dh'iarraidh càraids,
'S na hì hò lò, is e bha àlainn.

'S an cuala sibh mun latha àraid.

'S ann thill iad nuas le inneal neònach,
Pàirt de bheairt is pàirt de gheòlaidh,
Lachaidh Mòr a' seinn mar smeòraich,
'S Cairistìona chòir ga threòireadh.

Am Fearann air a Threabhadh Slàn

'S an cuala sibh mun latha àraid.

Le gliong an siud, 's rat-a-tat-tat,
Chluinneadh tu iad air an 'scatter',
Sìos tro Hobh' is suas tro Bhòrnais –
Nach uabhasach am fuaim bha còmh' riuth'.

'S an cuala sibh mun latha àraid.

Nuair thill iad dhachaigh 'r ais a Bhòrnais,
Bha iad mar nach robh riamh roimhe,
Càirdeil, ciùin, is esan sòbarr' –
Nach math an tionndadh thàinig orra.

'S an cuala sibh mun latha àraid.

'S thòisich esan bha balbh is sàmhach
A chur bhriathran mar a b' àbhaist:
Hidrum-ho 's na hì-ho-lò-hò,
Cha robh crìoch air a chuid càinidh.

'S an cuala sibh mun latha àraid.

Tha Lachaidh Mòr a-nis 's Cairstìona
Dòigheil, stòlda mar a dh'iarradh,
On fhuair e 'n t-inneal àlainn iarainn,
Tha atharrachadh air tighinn air an diabhal.

'S an cuala sibh mun latha àraid.

'S bha co-dhiù coig rannan fichead eile sa bheul-aithris, a tha a-nis air chall, a bha a dèanamh iomradh air an atharrachadh a thàinig air Lachaidh Mòr mac Iain Mhòir 'ac Dhòmhnaill Alasdair on latha a thill e dhachaigh còmh' le bhean san inneal àraid a rinn Iain Fhionnlaigh a' Ghobha dha an Griomasaigh.

An Oidhche Mus Do Sheòl Sinn

Stad e a dh'òl, 's bha sin gu leòr leis fhèin.

Oir bha an t-òl a bha seo air tòiseachadh fada mus robh fios aige fhèin: bha na freumhan daingeann ann an eachdraidh – cho fad' air ais co-dhiù le Eòin Lachlainn Mhòir, curaidh mòr Bhorodino, a thill a dh'Uibhist an 1816, dìreach à Waterloo, le togsaid mhòr bhodca fo achlais.

Nuair a rugadh Eòin seo ann an 1790, bha Mac 'ic Ailein a' dèanamh fortan às a' cheilp, 's togsaidean mòra fìon aigesan an Cille Bhrìghde ri linn sin. Claret à Boulogne, Madeira à Madeira agus Burgundy às an Dordogne, a bhalaich ort.

B' e leanabh caran neo-àbhaisteach a bh' ann an Eòin Bhorodino ceart gu leòr, oir ged a bha comas bruidhinn aige on mhionaid a chaidh aiseid, cha do labhair e fuaim gus an robh e seachd bliadhna dh'aois. Chunnaic, agus chuala agus thuig e, gach nì a bha ri fhaicinn no ri chluinntinn no ri thuigsinn mus tuirt e am facal sin – *"Èist!"* – air Didòmhnaich Càisg, 1797.

Bha e fhèin 's a mhàthair – Oighrig Ruadh Dhòmhnaill Mhòir an Dùin – aig Fidich an Ìochdair a' cruinneachadh na duilleig-bhàthte nuair a chual' e am fuaim: ceòl binn nan sìdhichean. "Èist," thuirt e, sa bhad, 's dh'èist Oighrig Ruadh.

Cha chual' i dad.

"Èist!" thuirt esan a-rithist, a' leantainn rathad an fhuaim. Lean ise e, tuath air Loch an t-Sàile, 's esan na ruith. An ceann ùine stad e, a' cur cluais leis an iarmailt. Thionndaidh e gu deas, taobh Àird Choinnich. Stad e an sin, air beulaibh creig. Sgoltadh biorach na meadhan. Chuir e aodann teann leis a' chreig.

Anns an dorchadas, dh'fhosgail doras, 's dheàlraich solas na bu ghile na sneachda an aonaich. Dùmhladas sluaigh an sin air an cuartachadh le lusan an làir agus àis na mara – fìon is feadagan, ìm is càise is gruithim, bliochd is bainne, beòir barr on fhraoch, aran

Am Fearann air a Threabhadh Slàn

coirce, eòrna agus seagail, brochan agus mil, feòil agus sitheann, easan agus eanaraich. Dearca dris, dearca fraoich, dearca dubha, dearca dearga. Nighean a' càrdadh, màthair a' snìomh, iasgair le a shnàthaid, a' càradh a lìon. Aite gun fhuailisg, gun ghuailisg, gun dhuailisg, gun dhoilisg. Fosgag a' seinn. Laoidhean, achan, ceòl, òran, mùirn, mànran, àbhachd, air faidead na h-oidhche, air gairbhead nan sian, air sailchead na slighe, air doirche na h-oidhche. Gugarlaich mhòra agus stiallanaich àrda a' gabhail na dh'iarradh. Grian na goillse agus gealach na soillse a' pògadh a chèil'. Mìseagan a' dèanamh beic dha. Greighean searraich, fearaibh sgothach, macaibh murrach an lùib a chèile. Usgannan is conail.

Chaidh e staigh.

Bha seòmar danns, is seòmar ciùil, is seòmar bàrdachd, is seòmar boghadaireachd, is seòmar còcaireachd, is seòmar ithe is òil, is mìle seòmar eile, anns an dùn. Cailleachan a' dèanamh *Marbhadh na Beiste Duibhe* is *Togarraidh an Dòbhrain Duinn*. Bodaich a' siosadh nam feannag, nigheanan a' cnapadh fheisteagan, balaich a' cur 's a' cliathadh 's a' buain aig ionar gach aibhne.

Fear beag glas san oisean a' seinn gun sgur:

"Casachan, slinn is spàl,
Iteachan, snàth is gual,
Crann-aodaich, crann-snàth,
Fuidheagan 's snàth nan dual."

'S fear eile a' dol, ann an oisean eile:

"Gu meal thu e,
Gun caith thu e,
Na strìcean,
Na stròicean,
Na struaicean,

Na striollagan.
Gu meal thu e,
Gun caith thu e,
Na strìcean,
Na stròicean,
Na struaicean,
Na striollagan."

"A' froiseadh arbhair," thuirt tè.
"A' fàsgnadh sìl," arsa tè eile.
"Mac an Fhir Mhòir esan."
"Is dòcha nach robh àrach aig an duine bhochd air."
"Nàir' agus masladh."
"Tàir agus rudhadh gruaidh."
"A ceithir chrùidhean foidhpe."
"Sheas i air a lurga lom dìreach."
"'S tharraing i an crann anns an sgrìob."
"Bochdag."
"Gun chnead."
"Altaibh chùl chinn."
"Fèithibh chùl bhonn."
"Air creig dhìlinn nach trèig."
"Gan losgadh le pathadh."
"Airson ceal a chur air a' ghrìd."
"'S am broilleach a thraoghadh."
"Air cneasachd nan tonn."
"Ann an còmhlachadh nan tràth."
"Le bilibh a beòil."
"Agus le còrdaibh a cridhe."
"Seil' air crois a deòrna fèin."
"'S an t-seile air an t-sùil ghulmain."

"'S dh'fhàg an caimean an t-sùil."

"Cho clis ri clisgeadh na dealanaich."

'S chaidh iad a-mach à sealladh, 's thàinig ceòl, mar a bu dual: fìdeag no feadan – cha robh e cinnteach – ach port drùidhteach, tiamhaidh co-dhiù – ceòl-mòr is tàladh, ruidhle is crunluadh, tuireadh is caismeachd, canntaireachd is srath-spè, còmhla, aig diofar ìrean, aig an aon àm.

"Dh'fhalbh càin a' ghobha," thuirt fear òg an uair sin.

"'S tuilleadh a' mhuilleir," arsa fear eile.

"'S cùileagan an fhigheadair," 's e seinn:

"Ach 's iomadh gnothach cruaidh
A th' air an tuathanach fhèin;
Nuair thig an Fhèill Màrtainn,
Bidh a làn na dhèidh:
Figheadair is tàillear
'G iarraidh nàil dhuibh fèin,
Saor is gobha 's ceàrd
A' togail càin a rèis."

"Eòin!"

Thàinig an guth a-rithist, fosgarrach, fad' às.

"Eòin! Eòin! Thugainn. Thugainn, no bidh sinn glact' an seo fad an fheasgair. Thoir do shròn a-mach às a' chloich sin mus tig an dorchadas! Thugainn!"

'S cha tuirt esan guth, ach gun do thionndaidh e, umhail dhan t-saoghal seo, balbh mu na bha e a' faireachdainn.

'S dè bha sin? Bha nach robh an saoghal airidh air. Gu robh esan àraid, briathrach, comasach, tuigseach, eanchaill, furachail, tùrail, glic, le shùilean air saoghal farsaing gun ghrunnd, gun ìochdar, gun aigeann. Cha chumadh Uibhist, a bha cho beag 's cho fadharsach, grèim air lèirsinn cho mòr. Bha beachd aige gun atharraicheadh a chomasan, chan e mhàin Bòrnais, ach an saoghal mòr.

'S cha tuirt e guth a-rithist gus an robh e a h-aon-deug: an latha a choinnich e leis an t-Sàirdseant Fhrisealach aig Fèill nan Each.

Chual' e iad air feadh na h-oidhche, ceart gu leòr: cò nach cluinneadh, 's am Frisealach fhèin a' stararaich a dh'aona ghnothach air an druma bheag eadar meadhan-oidhche is trì uairean sa mhadainn, 's a-rithist o chòig uairean. Bha deagh fhios aige, o bhith siubhal fhèillean eadar Carlisle is Steòrnabhagh, gun lasadh am fuaim cridhe gach balaich san sgìre. Mus biodh a' ghrian an àird, bhiodh iad nan sreathan a' cur an ainmeannan airson a dhol sìos dha na h-Innsean no a dh'Afraga. Ged nach biodh fhios acasan air a sin. Dè eile a bha romhpa co-dhiù ach a' cheilp 's a' bhochdainn?

Bha Eòin aig toiseach na sreath nuair a nochd a' ghrian air cùl na Beinne Mòire, 's pìobaire an 79th – Gilliosach às Stafainn – a' lasadh nan ruidhlichean. Teanta chanabhais air a còmhdachadh le tartan na rèiseamaid – dearg is dubh – aig an Fhrisealach. Leabhar air a bheulaibh: dhèanadh X an gnothach mura b' urrainn dhut sgrìobhadh. Air a' chuairt seo cheana, deich thar fhichead X ann an Inbhir Moireasdan, fichead sa Chaol, còig-deug an Geàrrloch, dà fhichead an Loch nam Madadh. Bha geall aige leis a' Ghilliosach gum faigheadh e dà fhichead eile an-diugh.

"Sir!" thuirt Eòin, an dèis ainm a sgrìobhadh, gu cinnteach soilleir: Jonathan Angus MacDonald. Aois: sia deug – a' breugachadh còig ris an àireamh. Is stob e na fhuair e airson na brèige – na còig ginidhean – am poca-tòine na briogais.

'S eadar an latha sin, an còigeamh latha deug dhen Iuchar 1801, agus an latha a bhàsaich e aig aois ceud bliadhna 's a deich, nuair a bha Eòin an sagart latha dh'aois, ràinig Eòin Bhorodino, mar a tha aca air a-nis ann am beul-aithris Uibhist a Deas, ceithir ranna ruadha an domhain mhòir, mura do ràinig na còig.

Na churaidh air tìr-mòr, bha e, ge-ta, air a mheas mar ghloic aig taigh na àm fhèin: 'Eòin Bhodca', no 'an Drungair Beag', a bh' aca air aon uair 's gum fàgadh e iad às deoghaidh sgeulachdan mòra mìorbhaileach innse mu àiteachan annasach air nach cual' iad riamh – Varna, Cobham, Ferozepore, Nowshera, Peshawar, Rawalpindi.

'S gann gu robh an inc tioram air a phàipear na thug an Sàirdseant Frisealach sgailc bhodca dha a chùm fo ghrèim e tron naoidheamh linn deug – le aon bhlas, 's e alcoholic a bh' ann, agus rinn am blas sin cinnteach gun do lean e an Rìgh 's a gheallaidhean dìomhain trò fhàsachan mòra na h-Ìompaireachd gus an d' fhuair e an ribinn bhuidhe 's am peinnsean o làimh Bhictòria fhèin an latha a bha e ceithir fichead 's a deich.

Dh'fhaodadh tu ràdh nach robh Eòin Bhorodino sòbarra aon latha ann an ceud bliadhna, ann an cogadh no sìth. On latha a dh'fhàg e Uibhist aig fìor thoiseach na naoidheamh linn deug gus an deach a dhust a sgaoileadh air cùl Cameron Barracks, cha robh madainn nach e làn a bhroinn de bhodca a ghabh e airson a bhraiceist. Chunnaic e Eylan is Friedland is Wagram is Niemen is Quatre Bras is Waterloo mar a chunnaic e an Crimea dà fhichead bliadhna às deoghaidh sin – tro ghleans na dibhe. Mharbh e ceud reubaltach Innseanach ann an Rawalpindi ann an 1865 fo bhuaidh na dibhe, mar a mharbh e dòrlach de dh'Innseanaich Ruadha tuath air Quebec eadar '34 is '36.

Bha a linn mar aisling às nach do dhùisg e riamh, toinnte, gun bhun no bàrr.

Uair bha e dhachaigh, ann an 1880 ('s e ceithir fichead 's a deich an uair sin), 's e coiseachd a Chreag Ghoraidh, nuair a chunnaic e balach òg a' creagadh deas air Loch nam Breac Mòra. Balach bàn mu aois fhèin an latha a chunnaic e na sìthichean air Fidich an Ìochdair. An latha a chual' e an ceòl, 's a choimhead e a-staigh dhan dorchadas 's a thuig e nach robh càil ann a chuireadh eagal air. An latha a thuig e gu robh na sìthichean, coltach leis a h-uile rud eile, a-staigh, na cheann 's na chridhe 's na eachdraidh 's na mhac-meanmna, 's nach ann a-muigh, ann an dà-rìribh.

"Hoigh, 'ille," dh'èigh e leis a' bhalach bhàn, a thàinig na ruith thuige. "Dè chanas iad riut?"

"Lachaidh," thuirt am balach. "Lachlainn Mòr mac Iain Mhòir 'ac Dhòmhnaill Alasdair."

Rinn an seann bhodach gàire. "Hud! Mac mo bhràthar! Isean deireadh linn, 's tha fhios gur e sin e aig do mhàthair bhochd! 'S eil fhios agad cò mise, bhalaich?"

Cò aige nach robh, shaoil Lachaidh. Eòin Bhodca, no an Drungair Beag, ach chan e sin a thuirt e leis a' bhodach.

"Tha, tha mi smaointinn: Eòin Bhorodino, nach e?"

Rinn am bodach gàire eile. "'S dè an aois a tha thu, laochain?"

"Seachd," thuirt am balach.

"'S 'eil fhios agad de th' ann am Borodino?"

"Chan eil," ars am balach.

"Trobhad," ars am bodach, agus lean Lachaidh e a-null cliathach a' chnuic.

Bha ceò air a' Bheinn Mhòir. "Sin mar a bha i aig Borodino," thuirt an seann bhodach. "Latha ceòthaidh tùrsach. 'S 'eil thu faicinn an rainich ud?" Thuirt Lachaidh gu robh.

"Sin far an robh na Frangaich nan seasamh: deich mìle fichead dhiubh, 's Napoleon fhèin air an ceann! Chual' thu mu Napoleon, tha fhios?" Thuirt Lachaidh gun cuala.

"'S 'eil thu faicinn nan creagan ud air taobh thall an loch?" Thuirt Lachaidh gu robh.

"Sin far an robh sinne nar seasamh, a' feitheamh leis." 'S 'eil thu faicinn na h-aibhne?"

"Tha."

"Sin, ma-tha, far an tàinig sinn a-nuas orra, eadar na creagan 's an abhainn. Nar mìltean – Ruiseanaich 's Èireannaich 's Turcaich 's Albannaich, claidheamhan an àird, eich fodhainn, na gunnachan mòra a' spreadhadh. Chan fhac' thu riamh a leithid, 'ille, 's chan fhaic a chaoidh tuilleadh. Chaidh trì fichead mìle a mharbhadh air a' bhlàr an latha ud, a bhalaich – dà fhichead mìle Ruiseanach 's fichead mìle às a' *Ghrande Armée*. Theich sinne, 's an ceann seachdain bha Napoleon ann am Moscow, ga losgadh chun na talmhainn."

Bha an sgeulachd – a bha làn bhreugan (oir cha robh Eòin Bhorodino riamh aig Borodino: bha e dìreach ag aithris sgeulachdan a chual' e ann an clòsaidean an siud 's an seo air feadh an t-saoghail) – na mìorbhail do Lachaidh.

"'S an do mharbh thu fhèin duine?" dh'fhaighneachd e dhan bhodach, a rinn gàire. Lachan mòr gàire, a sgàineadh na cnuic. "Tha thusa fada ro òg airson sin fhaighinn a-mach! Nan innsinn dhut, cha tuigeadh tu, 's ged a thuigeadh tu, dè am feum a dhèanadh e?"

'S leis a sin thug e pigeadh bhodca a-mach às a sheacaid. "Slàinte," thuirt e le Lachaidh. "Seo – siuthad, gabh balgam. Siuthad – cha dèan e cron sam bith."

'S on a bha am balach beag air a thogail gus rudan a chanadh inbhich leis a dhèanamh sa bhad, chuir e am pigeadh gu bhilean, agus leis an aon bhlas sin, aig aois a seachd, bha esan mar a bha bràthair-athar. Mhaireadh buaidh na boinneig a chaidh a thoirt seachad ann an 1801 suas gu latha mòr na beairt-eathair, ann an 1919. Abair daorach! Abair Ìompaireachd!

Cha b' urrainn dha fhèin mìneachadh an e moit no nàire,

uaisleachd no suarachas a thug air stad a dh'òl, ann an da-rìribh. Bha dìreach fhios aige, an latha a thog ise e air a gualainnean eadar Loch nam Madadh is Griomasaigh, nach gabhadh e boinne tuilleadh, gu robh na slabhraidhean mu sgaoil.

Le stuamachd, thill a chainnt cuideachd, beag air bheag. *C* a' dol gu *cas*, *d* gu *dìsread*, *e* gu *eararadh*. An ceann beagan mhìosan, 's ann a sheall an drungair balbh a bh' ann ùidh anabarrach ann am briathran 's ann an abairtean 's ann an dualchainntean, gu ìre 's gun do thòisich e air a dhol mu chuairt Uibhist le bileagan pàipeir is peansail a' sgrìobhadh beul-aithris is sgeulachdan is òrain is seanfhaclan a bha a' dol à bith. Cha robh facal, eadar *a* airson *abalta* agus *u* airson *utaras*, nach robh aige air a theangaidh.

B' ann ann an 1922 a thàinig a' chiad chomharra gu robh Cairistìona Lachlainn idir bàsmhor. Bha i fhèin is Lachlainn a' treabhadh, mar a bu dual, aig Àird a' Mhachaire nuair a dh'fhairich i an grèim ìseal na com. Cha tuirt i guth mu dheidhinn, ach dh'aithnich ise – agus esan – gu robh na lathaichean mòra air falbh. Chrìochnaich iad an sgrìob co-dhiù agus ghabh iad fois, mar a bu dual, aig ceann tobhta Iain Bhàin.

'S an sin, rinn iad rud nach do rinn iad on latha a phòs iad o chionn deich bliadhna fichead: phòg iad gu follaiseach, air beulaibh an t-saoghail mhòir.

Latha brèagha Cèitein a bh' ann, Latha Buidhe Bealltainn. Gige an dotair a' dol gu tuath. Dealan-dè ag itealachdadh air druim na làradh. Raghnall Eòsaiph agus Seonaidh Dhòmhnaill Dhonnchaidh a' treabhadh taobh thall na h-aibhne. Nighean òg air choreigin – an e Seasag Mhurchaidh a bh' ann? – a' sobhadh a' chruidh gu tuath.

Bha na bliadhnachan mu dheireadh air an saoradh bho uallach labhairt. Cha robh e gu mòran diofair dè a chanadh iad, no cò a chanadh e. Cò a thòisicheadh no cò a chrìochnaicheadh. Bha iad, fa-dheòidh, aonaichte.

"Annasach," thuirt esan. "Mar a dh'fheumas an gràdh a bhith air fhalach. Anns na cùiltean 's na clòsaidean."

Is smaoinich i mar a ghabh e thuice, 's mar a rugadh pàiste às deoghaidh pàiste – Peigi agus Raonaid agus Sìneag agus Aonghas Iain agus Alasdair agus Eòin agus Seumas agus Dòmhnall Uilleam agus Iain agus Anna agus Ealasaid agus Màiri. Cha b' iongnadh gu robh grèim na cridhe.

"Bha sinn cho òg," thuirt i. "Cho òg is amaideach. Cho òg is neoichiontach."

Shuain e a mheòirean na meòirean-se. "Tha mi duilich."

"Carson?" dh'fhaighneachd i, a' coimhead sìos airsan a' coimhead suas dha na speuran.

"Airson," thòisich e, ach cha robh na briathran aige a labhradh. A dh'aindeoin gach dualchainnt is abairt, gach dàn is sgeulachd a bha na cheann. Cha robh gin dhiubh a' freagairt na bha e a' faireachdainn, 's cha robh na bha e a' faireachdainn a' faighinn fuasgladh. Cha robh riamh.

Theannaich i a meòirean mu thimcheall a mheòirean-san. "Chan eil e air a bhith sìon diofraichte dhòmhsa. Ciamar a bhitheadh? Cha b' urrainn dha a bhith diofraichte do bhoireannach sam bith. Cha robh riamh."

Bha esan fhathast a' coimhead suas dha na nèamhan, mar gum biodh saorsa an sin. Ach chan e sin ach na deòir a thug saorsa dha, 's iad nan sruthan silteach air a ghruaidhean. "Cha robh for agam do rud sam bith," thuirt e. "Ach dìreach mi fhìn. Mi fhìn, mi fhìn, mi fhìn, mar nach robh màireach a' tighinn. Cha do smaoinich mi riamh, a ghràidh, an robh ciall sam bith san rud a bha mi dèanamh – nam biodh teaghlach againn, dè bha romhpa. No bha romhadsa. Cha do smaoinich mi mu dheidhinn riamh."

"Cha do stad mi smaoineachadh mu dheidhinn," ars ise. "Riamh on a laigh thu leam. Cho ceàrr 's a bha e sa h-uile dòigh."

Dh'aithnich i glè mhath gu robh e air a throm-ghoirteachadh le a briathran.

"Fuirich," thuirt i. "Fuirich, fuirich. Chan eil mi gad chiallachadh-sa idir. Chan eil mi ciallachadh gur e thusa a bha ceàrr, no ar pòsadh, no ar laighe còmhla, no gin dhe na rudan àraid sin, ach dìreach an gnothach gu lèir – mar a bha rudan, 's mar a tha iad. Nach robh saorsa no cothrom saorsa sam bith againn, ach dìreach gabhail le na bha an dàn dhuinn. A' chaora-chàraidh. A' chearc-fhearainn. An t-each-ursainn. Oidhche an tighearna leis a' mhaighdinn."

Bha na neòil leis an canadh na seann daoine na ceairidhean àrd anns na speuran. Dè bha dol shuas an sin? An robh dad?

Thionndaidh e thuice. Cho brèagha 's a bha i, ged a bha i nis fada seachad air an leth-cheud, 's giùlain an dusan pàiste follaiseach na bodhaig. 'S na bliadhnachan a chuir e seachad air an daoraich, dall dha fulangas, aineolach air a bòidhchead. Ciamar a bha i beò?

"Eil fhios agad," thuirt i, "dè a chùm a' dol mi?"

Dh'fhuirich e leis an fhreagairt mhòr. Dia, 's dòcha, no dòchas a bhàis.

"Thusa," thuirt i gu simplidh. "Thusa."

Rinn e gàire nàrach, a' dol air uilinn. "Mise? Mise? A bha nam dhrungair fad mo bheatha, gad bhualadh 's gad dhochann. Nach do rinn latha obrach. Nach tug tuarasdal, no mòine, no eile, dhachaigh. A bha gun fheum fad mo bheatha, a' rèabhaireachd air feadh na sgìre. Dè an dòchas a bh' ann dhut mura robh an dòchas gum bàsaichinn ann an dìg an rathaid?"

Bha na deòir air preasan a gruaidhean. "O, chan e, chan e sin idir a bha nam chridhe – ged a smaoinich mi air turas neo dhà, ceart gu leòr. 'S e chùm a' dol mi an dòchas a bh' agam gach oidhche a laighinn sìos gun dùisgeadh tu sòbarra sa mhadainn, 's gum biodh tu gu sìorraidh mar a tha thu an-diugh. Onarach. Fosgailte.

Fìrinneach." An gàire na sùilean. "Agus deònach seann chailleach mar mise a phògadh air beulaibh muinntir Uibhist!"

Os an cionn, bha fosgag is clachairean a' danns.

"'Eil cuimhn' agad," dh'fhaighneachd e, "air Oidhche nam Bannag – a' chiad tè? Nuair a shuidh sinn còmhla aig mainnireach Loch Fhiarais."

"Ris a' ghlòmaich ghealaich."

"Stìom sròil mud mhuineal."

"'S choisich sinn chun na tràigh shìolag."

"'S a' Bhantrach Bharrach – bhiodh i òg an uair sin – na suidhe an sin aig cachaileith na cuidhe."

"Le cù grìseann."

"'S i fhèin a' cuanal."

An dithis aca socair, ag aideachadh gu robh e seachad. Gum buineadh na faclan fhèin ri ginealach a dh'fhalbh. Nach tilleadh na lathaichean sin gu bràth tuilleadh, gu robh iad air falbh mar oiteag ghaoithe, 's gu robh fiù 's am briathrachas a bha iad a' cleachdadh a' seargadh air am bilean. An ceann leth-cheud no trì fichead bliadhna, cha tuigeadh duine an cànan, cha bhiodh guth aig duine beò gu robh iad fhèin riamh ann. Esan a' smaoineachadh air na dh'fhalbh, ise air na bha ri teachd.

"Saoil – " thuirt an dithis aca, aig an aon àm, 's iad a' stad, 's a' gàireachdainn.

"Siuthad – thusa 'n toiseach," ars ise.

"Och, chan e, chan e," ars esan. "Siuthad – thu fhèin."

Crith chas a' tighinn oirre, le cuinge clèibhe. B' fheàrr, tha fhios, bruidhinn air na bha ri teachd seach air na dh'fhalbh, ach cha b' e sin a rinn i.

"Bha gràdh mòr agam ort a dh'aindeoin sin, a Lachaidh," thuirt i ris, gu sìmplidh, soilleir. "Oir mura b' e sin, cha bhithinn air sìon idir dheth a dhèanamh. Bhithinn air bàsachadh mus do rugadh a' chiad tè. Cha bhithinn air leigeil le rud sam bith tachairt. Cha b' urrainn dhomh. Cha bhiodh a-màireach air a bhith ann mura b' e gu robh tomhas gràidh ann."

Cho foighidneach, tairiseach, iomlan 's a bha i, 's cho cealgach, leanabail, aimhleasach 's a bha esan. Cho uasal 's a bha i, 's cho suarach 's a bha esan.

"Nuair a ghiùlain mi dusan pàiste," thuirt i, "cha b' e dleastanas a dh'adhbhraich sin ach gràdh. Cha robh mi aineolach, no air mo mhealladh. Cha robh mi fo do chuing-sa no fo bhràighdeanas na coimhearsnachd. Na rinn mi, rinn mi gu saor-thoileach, le làn-thuigse, mar thoradh air a' ghràdh."

"'S cò às a thàinig an gràdh?" dh'fhaighneachd e dhi gu neoichiontach, 's rinn i glag gàire. A dhùisgeadh na mairbh 's a sgàineadh na creagan.

"Cò às a tha thu smaointinn, a Lachaidh, ach as an t-sìorraidh-eachd? Mura biodh e às a sin, cha bhiodh e idir ann. Cha b' urrainn dha a bhith an crochadh air cho dealasach 's a bha thusa 's cho brèagha 's a bha mise! Cha robh an sin ach faileas a thàinig, 's a dh'fhalbh." Rinn a sùilean an gàire. "'S a thill a-rithist!"

Anns na h-àrdaibh, na ceairidhean a' sgaoileadh. Diogan an fheasgair a' cromadh.

"Cha b' fhuilear dhuinn . . ."

"Tha fhios a'm," thuirt i. "Am fear nach cuir sa Mhàrt . . ."

'S ghluais iad gu slaodach suas, a' dèanamh a-rithist air an iomair treabhaidh. An dà each bhàn a' feitheamh riutha, na guailleachain 's na sìneachain a' dìosganachadh gu socair.

'S chaidh ise gu deas is esan gu tuath, mar sgàthain air a chèile, sgrìob ri sgrìob, ceum ri ceum, anail ri anail, gus an do choinnich iad a-rithist ann am fionnarachd an latha aig fìor bhun nan iomairean, am fearann air a threabhadh slàn, glan airson bliadhn' eile.

Am Fearann air a Threabhadh Slàn

Cha robh a dhìth a-nis ach an cliathadh 's an cur 's an t-innearadh 's an glanadh, 's bhiodh fogharadh eile ann. Dè an diofar cò a bhuaineadh e, no cò a dh'itheadh e nuair a thigeadh an t-àm?

Bha iadsan, truagh 's gu robh e, air na b' urrainn dhaibh a dhèanamh.

'S chaidh iad dhachaigh còmhla, soireannta, sàmhach.

16

Nuair a dhùisg Màiri, bha dùil aice gu robh i ann an nèamh. 'S dòcha gu robh i air a bhith na dùsgadh ùine mhòr, anns an t-saoghal ùr shocair gheal-ghorm, ach – gus an do sheinn eun – cha robh fhios aice gu robh.

B' e uiseag a bh' ann, mìle os a cionn.

Dìreach aon uiseag bheag bhìodach – an uiseag Spàinnteach nach tomhais ach dà òirleach gu a h-aon – ach bha sin gu leòr airson a dùsgadh o na mairbh.

A' feadaireachd a bha i, gun fhiost. Gib-gib-gib-gib a' dol suas, 's an uair sin sàmhchas. Gib-gib-gib-gib-gib a' tighinn a-nuas, 's an uair sin sàmhchas beagan na b' fhaide. Gib-gib-gib-gib. Sàmhchas. Gib-gib-gib-gib-gib. An tuilleadh sàmhchais. Ceithir puingean, tost, is còig.

"'Ille ruaidh bhig!
'Ille ruaidh bhig!
Trobhad dhachaigh!

Mac Chagancha agus Don Alfonso

Trobhad dhachaigh!
Trobhad dhachaigh,
A luaidh, gud dhìnneir!"

A h-uile sìon a' tighinn air ais thuice: glòir nan eun, guth na h-eala, fòghnadh feamainn, saodadh a' chruidh, sian chaorach, sian seilbh, ortha nan sine. Sine Mhoire, Sine Bhrìghde, Sine Mhìcheil, Sine Dhè.

An là ud air a' mhòintich. Eòin. Alasdair. Aonghas Iain. Sister Theresa 's an trillsean, na beathaichean Afraganach air a' bhalla, bochdagan nan Innsean, 's am bàta-smùid dhan Òban, 's an trèan às a sin a Liverpool.

Criogaid. 54 not out.

An uiseag a' seirm às a' ghormachd. Ach gur e smeòrach a bhiodh anns a' Ghàidhealtachd.

"Dè gheobh mi?
Dè gheobh mi?

Boiteag 's bloigh bàirnich!
Boiteag 's bloigh bàirnich!"

'S nach robh Lunnainn ann cuideachd? Jennifer? MacCruslaig 's na mucan? Bloomsbury? Virginia Woolf?

Poileas, is cogadh, is Briogàid Eadar-nàiseanta is Nàsaich.

Gib-gib-gib-gib.

Sàmhchas.

Gib-gib-gib-gib-gib.

Shuidh i suas, a' tuigsinn cà 'n robh i.

Cha robh fàire le thomhas, bha bun-sgòtha gun fhaicinn – an dùthaich mu chuairt oirre gun iomarach, gun cheann, gun bhàrr, gun bhonn. Dìreach geal is geal is geal is geal air gach taobh.

Teine-sionnachain, no teine a' mhadaidh-ruaidh a rèir chuid, air chrith eadar i fhèin 's an saoghal a-muigh.

Chunnaic i aon uair e nuair a bha i beag, oidhche fhionnar fhoghair air machaire Bhòrnais. Taosg eich laiste le stiallan soillseach nan deann-ruith eadar a' Chròic a Tuath agus a' Chròic a Deas. Thuirt a h-athair gur e Niall Sgrob 's an sluagh a bh' ann a' falbh le cuideigin.

Bha dìreach ceithir uairean fichead air a dhol seachad on a thuit i sa bhlàr aig Egea de los Caballeros. Bha saighdear Spàinnteach air a giùlan trì mìle air a dhruim mus deach e fhèin ann an laigse às nach do dhùisg. Bha e nis na laighe ri taobh. Balach òg, mu aois seachd-deug. Cha robh lot no fuil ri fhaicinn air, am bàs air brùthadh bhon taobh a-staigh.

Cha b' urrainn dhi fhèin gluasad ach air èiginn, an cràdh a bu mhiosa na cliathaich, far an robh an fhuil air tiormachadh. Bha an teas dòite. A' ghrian air chrith anns na h-àrdaibh. Dh'fhaodadh e bhith deich uairean, no meadhan-latha, no trì uairean feasgar. Cha robh dòigh air innse.

A beul cho tioram, 's a teanga air at. Canastair beag crochte ris an fhear a bha marbh. Dhrùidh i na boinnean a bh' air fhàgail. Ainm air a sgròbadh le taraig air bonn a' chanastair: *Lt Andrè Azana*.

Ghluais i, an aghaidh na grèine: an turas mu dheireadh a bha i beò, sin an taobh a bha na Poblaich. Sin an taobh a bha iad co-dhiù nuair a thàinig na Messerschmittan a-mach à tuath, a' frasadh nam peilearan.

Cuagach, chuimhnich i air a h-athair, 's mar nach robh comas gluasaid aigesan feadh bliadhnachan a h-òige. E na laighe an sin, a latha 's a dh'oidhche, air an dearg-dhaoraich gus an latha àraid ud a thàinig Eòin dhachaigh, 's an uair sin e fhèin 's a mhàthair san inneal mhòr. 'S e sòbarra, siùbhlach, stòlda, stuama riamh on latha sin. Atharrachadh nan gràs, thuirt iad, cinnteach gur e gràs a dh'adhbhraich an gnìomh.

'S dè dh'adhbhraich seo – ise leth-mharbh 's am balach òg, Andrè Azana, gun deò air a druim? Dè am prionnsabal a dh'adhbhraich sin? Ceartas, shaoil i, ged nach robh ciall sam bith san fhacal dhi aig an dearbh dhiog, 's e cho faoin, 's cho dìomhain, 's cho farsaing fosgailte.

Oir nach biodh Nàiseantach air choreigin an àiteigin eile a' gairm air an dearbh fhacal mar fhianais dha fhèin? Nach biodh stiùiriche a' Mhesserschmitt cinnteach cuideachd gu robh e a' dèanamh an rud cheart, a' dìon na rìoghachd o Chomannaich 's o phàganaich chunnartach? Nach biodh am fear a mharbh Andrè Azana – 's bha i a cheart cho cinnteach nach biodh esan ach mu sheachd-deug cuideachd – cinnteach gu robh e fhèin air taobh na fìrinn? Bhiodh Dia ga dhìon-san cuideachd.

Cleas a màthar, a ghiùlain Lachaidh Mòr faisg air fichead mìle eadar Loch nam Madadh is Griomasaigh o chionn ochd bliadhna deug, ghiùlain Màiri corp Andrè Azana an là ud, agus airson an dearbh adhbhair: gu robh i a' tuigsinn, chan ann na ceann ach na cridhe, an diofair eadar math is olc, eadar fòirneart is neoichiontas. Fiù 's marbh, bha Azana, mar a bha a h-athair, is i fhèin 's a màthair, le bhith air a shàbhaladh o leithid Doctor Lees, air a shaoradh o luchd nan Messerschmittan. Bha e cho sìmplidh sin.

'S mar a ghiùlain a màthair a h-athair tro fhuachd Uibhist, ghiùlain ise Azana tro theas na Spàinne, gus an do ràinig i baile beag, Tauste, am meadhan na h-oidhche.

'S an sin, dìreach mar a bha Iain Fhionnlaigh a' Ghobha, bha fir a' bhaile nan laighe nan clò cadail nam fo-aodach, gun dragh a' choin mu na bha a' tachairt san t-saoghal a-muigh. Bha iad nan laighe nan ceudan an sin ag aisling mu eich is iasgach, cìochan

An Oidhche Mus Do Sheòl Sinn

is adhbrainn, flamenco is ball-coise, 's na mnathan mòra rin taobh, eadar srann is braidhm. Cha b' e nàiseantaich no poblaich, fascists no comannaich, conservatives no libearailich a bha seo, ach feadhainn a bha coma-coingeis, a chionn 's nach robh iad a' faicinn gu robh taobh seach taobh – sagart no saighdear – a' dol a dhèanamh diofar dhaibhsan.

Aige sin, chan fhaca 's cha chuala duine Màiri 's an corp a' tighinn dhan bhaile gus an do dhùisg na coilich iad mu shia uairean. An uair sin chunnaic iad i ceart gu leòr, 's i fhèin 's an corp nan laighe aig bun craoibh-bhròin a bha ann an teis-meadhan ceàrnag bheag a' bhaile: a' chraobh a chaidh a chur an latha a thill an tarbhadair ainmeil Jose Ruiz Giminez ('El Cagancho') air ais dhachaigh à Pamplona an dèis fèithean garg na làimhe clìthe a chall le bhith dèanamh *afarolado* snasail faisg air deireadh na sabaid-tharbh.

Mar a thachair, 's e mac Chagancha – Antonio – a' chiad fhear a dhùisg sa bhaile a' mhadainn ud, 's e dìreach air sreap a-mach à bruadar mòr somalta – bha e fhèin 's Sancho Panza air a bhith 'g ithe fheadagan milis reamhar – 's e a-nis ann an sunnd anabarrach.

An toiseach, cha tug e an aire gu robh sìon a-mach às an àbhaist air tachairt air feadh na h-oidhche: ciamar a bhitheadh? Bha na coilich a' gairm, mar a b' àbhaist, sgàilean nan uinneagan dùinte, mar a b' àbhaist, agus clagan Abaid San Marco a-muigh air an leth-bheinn taobh a deas a' bhaile a' gliongadaich, mar a rinn iad bho 1189. 'S e an dath a chunnaic e an toiseach 's chan e na daoine: rudeigin geal am measg duilleagan òir na craoibhe. Cleòca a thilg drungair air choreigin, shaoil e – cha robh oidhche nach robh am bùidsear, Fernando nan Isbeanan Spìosrach, air an daoraich. 'S cha robh an seann sagart, Don Haracio, mòran na b' fheàrr – fhuaireadh esan mìle turas na shuain chadail ann an tuba uisge nan each aig ceann an taigh-loidsidh ainmeil La Giralda. 'S cha b' ann airson paella no cazuela a bha e ainmeil.

Ach bha an rud geal a bha seo a' gluasad, ged nach robh oiteag ghaoithe anns an tràth-chamhanaich. 'S dòcha gur ann air sgàth solas dearg na maidneadh, a bha a' sruthadh às an ear, no faireachdainn dhìomhair air choreigin a chaidh a dhùsgadh ann an doimhneachdan dubh a bhruadair, ach 's ann a chuimhnich e air dealbh le Velàsquez a chunnaic e uair na phàiste, an aon turas riamh a dh'fhàg e Tauste, 's a chuir e seachdain seachad am Madrid còmh' le bràthair a sheanar. Madonna a bh' ann, a' giùlan cuinneag uisge. Cha robh càil a chuimhn' aige air dath no brìgh na deilbh, ach gu robh rudeigin sracte, dòirte, briste mun dealbh: sgàineadh anns a' chuinneig, no reubadh air oir cleòca na h-Òighe – rudeigin mar sin co-dhiù.

'S dh'aithnich e, air sgàth sin, gu robh an rud geal a bha a' siabadh aig bun na craoibhe beò. Fhad 's a bha luideag air choreigin a' gluasad, thuirt Velásquez, cha robh an saoghal marbh.

'S ruith e sìos an staidhre, 's a-mach dhan t-sràid, sgeadaichte mar a bha e: fallainn fhada dhearg air a h-eadar-fhighe le dealan-dè, suaicheantas ainmeil El Cagancha, mar chuimhn' air a' *mhariposa* a b' fheàrr a chunnaic iad riamh ann an Aragon.

Bha Màiri aig uchd a' bhàis, ceart gu leòr, 's an saighdear òg air a dhol rag-chruaidh tro dhriùchd na h-oidhche. Dh'fhàg mac Chagancha esan far an robh e, ach ghiùlain – chan e, ruith e – le Màiri sìos gu ceann cumhang na sràide far an robh seada air a chur air dòigh aig Don Alfonso, a bha uair na dhotair ann an Cuba mus deach sin a chall ann an '98. On uair sin, bha e air a chiùird àraid a chur an gnìomh eadar na h-eileanan Greugach agus Morocco, agus a-nis, na sheann aois, air tilleadh dhachaigh gu baile a bhreith.

Ach 's e reuladaireachd agus tomhas-tìm obair a chridhe, agus ri linn sin bha an suirdsearaidh aige loma-làn uaireadairean, grèine is innleachdail, dhe gach gnè is seòrsa, às gach dùthaich is dualchas, air an comharrachadh le gach cainnt is samhla sa chruinne-chè.

'S ri linn sin, nuair a labhair Màiri ann an Gàidhlig, chan e iongnadh no annas sam bith a bh' ann do Don Alfonso, a bha air ùine a chur seachad cuideachd anns a' Chuimrigh, an Èirinn 's an Alba a' rannsachadh mar a bha na Cruithnich 's na Ceiltich 's na Lochlannaich a' tomhas tìm. Bha an Ogham a bharrachd air a' Ghàidhlig aige; Norn a bharrachd air Manannais. Bha trì mìosan cuide le ceàrdan Chataibh air deagh ghrèim a thoirt dha air cànan nan Gàidheal.

Doighean is cungaidhean leighis dhe gach seòrsa is gnè cuideachd: farrasgagan às an Fhraing, ìocshlaint à Lebanon, fraslìn às an Eipheit, bloinigean às an Òlaind. Irisean *Charmina* aige air bòrd, 's eòlasan nan cailleachan Eigeach 's ubaidhean nam bodach Gallach ri làimh. Na bh' aig na draoidhean, 's aig Clann 'icBheatha 's Clann 'ic Chonachair 's aig Platearius à Salerno, 's aig Avicenna 's Constantinus 's Ebe Mesue 's Rhazes 's Hippocrates 's Gilbertus 's mìle lighiche eile sgaoilte air làmh-sgrìobhaidhean air feadh an t-seada. Cha robh galair eadar an luibhre agus a' bhreac-Fhrangach air nach amaiseadh Don Alfonso an dòigh leibideach air choreigin.

Chuir e Màiri na laighe fad shia mìosan air bobhstair seamraig Muire a bha e fhèin air a thional à creagan àrda nam Pyrenees. Cha robh cead aice gluasad ach a rèir na grèine, 's ri linn sinn thug e cosnadh do dh'Antonio an leabaidh aice a ghluasad còig òirlich dheug – 's e sin ceum na grèine – gach uair a thìde. Chan eil fhios aig duine beò an e an t-seamrag Muire no deòthan na grèine no dìreach an t-sìth 's an fhois no còmhradh uaireil mhic Chagancha a thug leigheas dhi, ach an ceann nan sia mìosan bha i mar nach robh cniod riamh oirre, 's i air a leann-tàthadh.

Do Mhàiri fhèin bha na sia mìosan mar earrach ùr na saoghal. Gach madainn, bha Don Alfonso a' fosgladh nan dùinteanan-

Mac Chagancha agus Don Alfonso

fiodha aig sia uairean sa mhadainn, 's dhòirteadh gathan corcair na grèine a-steach mar chuimhne dhìomhair air choreigin air bainne 's mil. Mar gun tigeadh a màthair, nuair a bha i beag, no Sister Theresa, nuair a bha i mòr. 'S an uair sin, gach madainn, chàireadh Don Alfonso dìtheanan air an ùr-spìonadh air feadh an taighe: ròsan is lus nam buadh is curracan-cuthaige is falcairean, gus am biodh an t-àite mar Èden, eadar sealladh is cuinnlean. 'S bha bobhlaichean beaga creadha aige sgaoilte air feadh an taighe a bhiodh e ag ùr-lìonadh gach latha le na luibhean a b' fhàilisiche sa chruinne-chè: piunnt, is crios Chù Chulainn, is clach-bhriseach reultach. 'S bha cuigeannan eile ann, air am bogadh ann an olachan dhe gach seòrsa, a bhiodh e fhèin a' lasadh uair air an uair, fhad 's a bhiodh Antonio a' gluasad na leapa: ola-miortail, crann-ola, lus nan cam-bhil, lus na tùise, lus an t-saoidh, cluais chaoin is gleòrann.

'S anns an t-saoghal chùbhraidh sin thigeadh Antonio Cagancha, uair air an uair. Ghluaiseadh e an leabaidh, 's bhruidhinneadh iad, mar gum b' ann an dòmhlachd coille: air fàileidhean is leigheasan, air creideamh 's air poileataics, air leabhraichean 's air reuladaireachd.

"Buannaichidh Franco," thuirt e aon latha, 's thuig i gu robh i coma.

"*España, una, grande, libre.* An Spàinn, aonaichte, mòr, saor. Nach e sin an suaicheantas ùr aige?" ars ise, 's chrom e a cheann.

"Bidh i sin co-dhiù."

"An till thu a dh'Alba?" dh'fhaighneachd e latha eile. Ceist a bha cho neònach 's gu robh i mar gum faighneachdadh e, "'Eil thu creidsinn ann an Dia?"

Dè a b' urrainn dhi a ràdh? Tha? Chan eil? 'S dòcha? Tillidh? Cha till? Chan eil fhios a'm? Cò air a tha thu a' bruidhinn?

'S cha tuirt i guth, beò ann am bruadar-leighis. Cho tinn 's a bha i air a bhith. Cho goirt, 's cho faisg air a' bhàs. Cho fad' air falbh

– ann an tìm – 's a bha Egea de los Caballeros. 'S Lt Azana. Am beagan mhìosan cheana nam bliadhnachan mòra. 'S Lunnainn, 's Jennifer, 's Uibhist na b' fhaide buileach air ais. Linntean nan linntean co-dhiù. Saoghal eile, ma bha e riamh ann. Mar sgeulachd Rìgh Òg Easaidh Ruadh 's i beag, 's mar a dh'èist i rithe, 's mar a chreid i mar an fhìrinn gun deach na fuamhairean a chur às.

Bha an dithis aca – Antonio Cagancha agus Don Alfonso – airson a pòsadh. Cagancha airson a bòidhcheid, Alfonso airson a toinisg. 'S e sin a thubhairt iad co-dhiù.

Dh'fhosgladh Alfonso na dùinteanan 's chuireadh e dusan ròs aig ceann na leapa.

> "Chì mi thugam, chì mi bhuam," chanadh e,
> "Dà mhìle dheug thar a' chuain,
> Fear a' choitilein uaine,
> Is snàthainn dearg a' fuaghal a lèine."

'S leigeadh i oirre fad an latha sin nach robh fhios aice gu robh e a' bruidhinn air a' bhogha-fhrois, gus an innseadh e nuair a dhùineadh e na còmhlan aig deich uairean feasgar, 's thilleadh e le ròsan eile an làrna-mhàireach aig sia uairean sa mhadainn 's e a' bruidhinn air deigh:

> "Thèid mi null air drochaid ghlainne
> 'S thig mi nall air drochaid ghlainne,
> 'S ma bhristeas an drochaid ghlainne,
> Chan eil an Ìle no 'n Èirinn
> Na chàireas an drochaid ghlainne."

'S cha robh Antonio sìon na b' fheàrr, 's esan air a bheò-ghlacadh ann an saoghal nan tarbh. "*El sol es el mejor torero,*" chanadh e, gach uair a ghluaiseadh e i dhan ghrèin, 's bheireadh e fiathachadh dhi tighinn còmhla leis chun na *corrida de toros* mhòir a bhiodh a' gabhail àite ann am Pamplona aig toiseach an earraich, nuair a bhiodh i na b' fheàrr, bha e 'n dùil. 'S dhòirteadh e a-mach sgeulachdan fada mu na curaidhean mòra, Juan Belmonte agus Enrique Torres agus Felix Rodrigues, agus mar a chaidh aca uile, nan dòighean eadar-dhealaichte, air ealantachd is cruadal, misneachd is eagal, nèamh is ifrinn fhoillseachadh toinnte nan dreuchdan.

"Chan e spòrs ach dràma a th' ann an tarbhaireachd," chanadh e. "Bròn-chluich cho sean le na creagan. Bàs agus mealladh a' bhàis – a' tàladh agus a' diùltadh a' bhàis aig an aon àm."

Agus airson a' chiad turas on latha a chaidh a leòn air na h-àrdaibh, chuimhnich i gu fìrinneach carson a bha i anns an Spàinn: airson cogadh na saorsa. "'S an e spòrs no dràma tha dol a-muigh an siud?" dh'fhaighneachd i, ach cha do thuig Antonio 's cha tuirt e dad. "Bàs, bha thu 'g ràdh. 'S mealladh a' bhàis. Mìnich dhomh e."

'S dh'èist i, mas fhìor, le mac Chagancha fhad 's a labhair e gu siùbhlach fileanta air *afición* is *descabellar* is *parones*, 's a h-inntinn fhèin fad' air falbh air a' bhlàr far nach robh dràma sam bith, no mealladh sam bith, no buaidh sam bith, no curaidhean mòra sam bith mar Juan Belmonte agus Enrique Torres agus Felix Rodriguez.

Fir. Mar a bh' air a' bhlàr. Lt Azana. Cù Chulainn. Fionn. Diarmaid. Brian Boru. Seanailear Abercrombaidh. Haig. A bràithrean fhèin – Aonghas Iain, Alasdair. Sir Alasdair MacDonald, DSO, DSM, DCM, MID. 'S i fhèin.

'S an dithis Spàinnteach a bha seo, ga h-altram air ais gu slàinte, Don Alfonso agus Antonio Cagancha. Cò iad, 's dè iad, 's dè a bha iad a' seasamh air a shon? Iad fhèin? Am baile beag cadalach seo? Aragon? An Spàinn?

A' ghòraiche a bh' ann uile, shaoil i, a' coimhead air Antonio, 's e cho reamhar, 's e a-nis am meadhan an ùrlair a' dèanamh *recorte* le tubhailte dearg, mar a rinn athair air Didòmhnaich Càisg ann an Seville ann an '24, 's an dotair seang, Don Alfonso, aig an aon àm a' cruinneachadh dìtheanan na maidneadh 's a' lasadh suas cuigeannan-ola an fheasgair, 's fàileadh brèagha meacan an tàth a bha gan còmhdachadh uile.

"Stadaibh, stadaibh, stadaibh," dh'èigh i, aon oidhche, a' faireachdainn gu robh i ann an taigh-cuthaich, is stad an dithis cho clis le clisgeadh na dealanaich, mar gum biodh Dia fhèin air labhairt. Thuig i cho eagalach 's a bha iad, mar ghillean beaga, 's ghabh i truas riutha, Antonio na sheasamh an sin am meadhan an ùrlair leis an tubhailt, Alfonso le mìn-dhuilleagan sùgh an daraich. 'S dòcha gur e dìreach an sealladh sin fhèin a thug oirre a ràdh, "Pòsaidh mi an dithis agaibh!" Ach 's e sin a labhair i, 's iad nan seasamh an sin le àrd-iongnadh.

Le bhith cleachdadh an fhacail cha robh i a' ciallachadh banais ann am Bòrnais no ann an Eaglais de Soterràna de Nieva aig ceann na sràide, no idir a bhith steach 's a-mach à leapannan an dithis, no gu dearbh a-steach à leabaidh duin' idir dhiubh (cha robh sin ann an cùmhnant a h-inntinn). Bha i dìreach a' ciallachadh gu robh i deònach an còrr dhe beatha a chur seachad far an robh i, na companach 's na caraid dhaibh, piutharail, maighdeanail, màthaireil. 'S bha i a' dol ga dhèanamh dìreach gu sìmplidh a chionn 's gu robh i ag iarraidh a dhèanamh, ged a bha deagh fhios aice nach robh an sin ach cuairt-bhriathran. Dè an t-adhbhar dha-rìribh? Airson sìth is fois, 's dòcha. No airson stad a chur orrasan o bhith a' suirghe mar pheucagan a dh'oidhche 's a latha. 'S dòcha airson iongnadh is uabhas a chur oirre fhein. No air a dualchas is a coimhearsnachd, ged nach cluinneadh iad gu sìorraidh. 'S dòcha nach robh adhbhar ann. Toileachas a thoirt dha na fir, shaoil i, le gàire? Aisling caillich mar a dùrachd. Nach ann airson sin a phòs a màthair a h-athair? Dh'fhaodadh tu gràdh a thoirt air, 's dòcha, oir nach b' e gràdh cuideachd d' anam fhèin a leagail airson do chàirdean? Nach e sin a thuirt Crìosd? 'S dè an diofar ann an sin a dhèanamh air a' bhlàr no anns an leabaidh-phòsaidh?

'S thàinig e thuice cho soilleir 's a ghabhadh nach e am pòsadh no am bàs fhèin a bha a' dèanamh an diofair, ach an t-adhbhar a bha air cùl fear seach fear. 'S cha robh ann ach aon cheist mu dheidhinn: an robh e fèineil no neo-fhèineil? Cha robh ceist eile ann. B' e sin a bha ga fhàgail glan is fìrinneach no salach is breugach. B' e sin a bha dèanamh nam Poblach ceart 's nan Nàiseantach ceàrr. B' e sin a bha ga dèanamh-se ceart agus a bràthair – Sir Alasdair – ceàrr. Agus b' e sin a bha ga fàgail-se cho ciontach is aithreachail dìreach aig an dearbh dhiog sin.

Oir aon uair 's gun tàinig na briathan a mach – "Pòsaidh mi an dithis agaibh" – bha fhios aice cuideachd gu robh i air modhan cànain a bhristeadh, 's nach robh sin gun pheanas, oir bha a' chànan air a dlùth-fhilleadh le gnàthasan, dòighean agus creideamhan. Ge b' oil leatha, bheireadh na fir Spàinnteach tuigse tur eadar-dhealaichte às a briathran neoichiontach.

Agus thug.

Anns a' mhionaid uarach – a dh'aindeoin am briathran brèagha mu a bòidhchead 's a toinisg – smaoinich an dithis aca air am bod. Smaoinich iad oirre lom rùisgte san leabaidh, 's na dhèanadh iad, 's cho àlainn 's cho iarrtach 's cho lasganta 's cho sàsaichte 's a bhitheadh e. Antonio, esan leis fhèin, 's ise dha air a shon fhèin. 'S am fear eile cuideachd, Don Alfonso, esan leis fhèin, 's ise dha dìreach air a shon fhèin. 'S ann am priobadh na sùla, mar eadar Càin agus Àbel, dhùisg eud is fuath is farmad – is murt ann an doimhneachd gach cridhe – eadar dotair nan dìtheanan agus mac an tarbhadair. Cha do cheadaich iad an smuain gum b' urrainn dhaibh a bhith beò nan triùir, nan companaich: aon uair 's gun do shaor ise am facal 'pòsadh', a bha a' mìneachadh dhaibhsan leabaidh is feis is teaghlach is clann is àl is ainm, shaor sin gach diabhal dùil is miann a bu doimhne nan gnè 's nan dualchas.

Nach robh mìle tè aig Solamh – dha fhèin – 's cha robh an cuid fearalais a' dol a leigeil leothasan aon tè a roinn eatarra.

"Le pòsadh," thuirt i riutha gu sìmplidh, soilleir, uair agus uair, "tha mi a' ciallachadh pòsadh eanchaill, pòsadh caidreachail." Ach a dh'aindeoin gach soilleireachaidh 's gach mìneachaidh, gach samhla 's gach àicheidh, dhiùlt gach fear sìol a mhiann fhèin a leigeil fa sgaoil, a' faicinn anns gach fosgladh sùl a dhèanadh i, anns gach gluasad bodhaig a dh'fhuilingeadh i, gach iarrtas corporra a dh'aidicheadh i – airson deoch uisge no bainne no pìos càise no bobhla fhìon-dhearcan – gach cuideachadh a dh'iarradh i, no gach còmhradh a dh'fhosgladh i, comharradh gu robh i ga iarraidh-san, ga lorg-san, ga mhiannachadh, anns an inntinn, anns an spiorad agus – gu h-àraid – anns an fheòil.

'S bhiodh air a bhith aice ri teicheadh gu dìomhair on chulaidh-uabhais anns an robh i, mura b' e gun tàinig pàirt eile de dhualchas na Spàinne gu a cobhair: a' chòmhrag-dithis. Bhon a dhùisg an t-eud is farpais a' ghaoil (mar a chanadh iad fhèin leis) eatarra, cha robh fuasgladh onarach sam bith eile air a' chùis ach gun rachadh Don Alfonso agus mac Chagancha aon mhadainn dhan a' choille a dhèanamh còmhraig a bha dual – cha robh e gu diofar an ann le claidheamhan no le gunnachan-làimhe.

'S bha sin air tachairt cuideachd, air a' chiad latha dhen Dùbh-lachd, air madainn fhuar reòiteachail, mura b' e gun tug Màiri – 's i nis air chomas gluasad mu chuairt i fhèin – an aire dha na

Mac Chagancha agus Don Alfonso

claidheamhan a' deàrrsadh air cùl ciste nan cuachan aig Cagancha. Chan e claidheamhan mar as aithne dhuinne a bharrachd, no a bha a' snaigheadh nan Caimbeulach aig Inbhir Lòchaidh, ach na biorain chaola fhada ris an can iad *banderilla*, a bhiodh na *picadors* a' cleachdadh air muinealan nan tarbh.

Thog i na *banderillas* fhad 's a bha iadsan a-muigh gan àrd-èideadh fhèin, 's nuair a thill iad a-staigh mar gum biodh dithis ghloicean as Linn MhicCruslaig, rinn i an rud a bu chumhachdaile a b' urrainn dhi a dhèanamh orra: rinn i fanaid orra. "Seall oirbh," thuirt i leotha. "Na curaidhean mòra! Don Quixote is Sancho Panza, a' dol a shabaid airson cridhe na maighdinn! Amadain! *Perder el sitio! Bravucón! Maestros!* Spaglainnich! Mar gum b' e tarbh – no bò – a bh' annam! Mar gu robh ur curaidheachd, no ur gòraiche, a' dol a dhèanamh diofar sam bith dhòmhsa! Seall oirbh, gaisgich mhòr na Spàinne! A' marbhadh airson ur mianntan feòlmhor fhad 's a tha ur dùthaich 's ur mnathan 's ur dòchas air an truailleadh a-muigh an sin le Franco 's a chuid shaighdearan! A Dhia nan gràs, tha sibh nas miosa na na Gàidheil fhèin, a bha trang a' murt 's a' marbhadh dha na cinn-feadhna fhad 's a bha na diabhail gheòcach fhèin trang gam fuadach gu taobh thall an t-saoghail! Dùisgibh, a ghallaichean, gu na tha tachairt mun cuairt oirbh, 's faicibh nach eil mionaid anns an leabaidh leamsa, ged a gheibheadh sibh e – 's chan fhaigh – gu bhith gu feum no math sam bith."

'S bha an òraid a cheart cho feumail dhi fhèin 's a bha e dhan dà ghloic a bh' air a beulaibh. Oir dhùisg i i mar gum biodh à bruadar a bha air na crìochan eadar fìrinn is cealgaireachd a dhubhadh, no co-dhiù a dhuatharachadh. 'S thàinig an tiotan taisbeanach ud a thig, 's dòcha, aon uair ann am beatha neach, nuair a chì iad, mar nach fhac' iad riamh roimhe, an sgaradh biothbhuan a tha eadar ceart is ceàrr, math is olc, gnìomh is leisge, cruadal is eagal.

An Oidhche Mus Do Sheòl Sinn

Nan seasamh ann an sin air a' mhadainn gheamhrachail ud, chunnaic an triùir aca iad fhèin nan làn-amaideas – fèineil, iarrtach, feòlmhor, mar fhaoileagan mun sgadan, no mar fhithich mun bhlàr.

'S rinn iad gàire – bha sin na thobar glan annta fhathast. Gàire aithreacheil sgairteil a thug an cothrom dhaibh aideachadh – gun cunnart bhriathran – cho fada ceàrr 's a bha iad air a bhith. Gàire a shaor iad on phòsadh nach robh riamh ann, on gheasachd a dh'fhàg ise coma mu Franco, on chiont a bha Antonio a' fulang mu athair agus on phròis fhoghlamaichte a bha a' ceangal Don Alfonso leis an t-seada, le na dìtheanan, le na h-olachan agus le leigheas corporra.

'S thog iad orra, an triùir aca, air ais dhan Chogadh – ise gu taobh nam Poblach, iadsan gu taobh nan Nàiseantach. Choisich iad còmhla deas gu Alagon, far an do sgaoil iad aig ionar nan aibhnichean, an Ebro agus an Jalan – iadsan a' dol dhan iar, ise dhan ear.

Phòg iad an uair sin, ceart gu leòr, 's bha iad deagh ghreis an glacan a chèile mus do dhealaich iad, gach fear is tè, fo chleachdan caoireach na grèine, gu beatha no bàs.

17

Aig an dearbh àm, bha Sir Alasdair cuideachd ga shaoradh fhèin o chleachdaidhean mòra nam bliadhnachan. Aon uair 's gun do dh'fhàg Màiri an oidhche ud – *Free and Easy* a' dol fhathast ann an ciùineachd an fheasgair – sgaoil e an cèilidh ann an aithghearrachd.

"Mach à seo, a bhalgairean," thuirt e leotha, gu sgiobalta, air dha 'Cead Deireannach nam Beann' a sheinn, 's ann an cruinneachadh luath nan drathaisean 's ann an teannachadh clis nam briogaisean 's nam putanan bha na Màidsearan air an nàrachadh agus air an goirteachadh.

"Bugger's gone off his loader," thuirt iad, a' sìneadh an airgid dha na giobagan bàna a bha nan cois.

"Cannot really expect anything else from a Highlander, when it comes to it. Socially, of course. All right in war, grant them that."

"Commoner, of course. When it comes to it." 'S dh'fhalbh iad, iad fhèin 's na gocamain adach a bha gan draibheadh, 's na mnathan sultach 's na siùrsaichean faoine, a-mach dhan dorchadas gu na lampaichean gas ann an Surrey, Essex agus Middlesex.

An Oidhche Mus Do Sheòl Sinn

Agus airson na ciad uair ann an dusan bliadhna, chaidh Alasdair a dh'fhaicinn na mnatha, na seòmar pinc fhèin.

Bha i na laighe, mar a bhitheadh i gach oidhche, air chaise-longue flùranach ag iomairt chairtean. Na struthan nan cearcall iomlan agus am pàm speurach na shuidhe nan teis-meadhan.

Stad i an geama nuair a thàinig e staigh gun ghnogadh, 's choimhead i air, 's cha robh fhios aice an ann le iongnadh no le eagal. 'S cha robh no aigesan, 's gun fhios aige nis carson a thàinig e, no dè a chanadh e. Oir cò am boireannach reamhar a bha seo air a bheulaibh ach Bunty – a bhean – dhan tug e na bòidean mòra o chionn seachd bliadhna deug, 's i cho brèagha 's cho seang 's crùn de chinn-ghorm agus crom-chinn ga còmhdachadh? Elizabeth a bh' oirre an uair sin, nuair nach robh nàire aige dhi, 's mus robh nàire air a h-ionnsachadh dhi.

Rugadh i ann an 1900, ann an dol fodha na grèine, anns an Transvaal, an latha a ghabh Lord Roberts thairis Bloemfontein. Bha a h-athair – Dùghlas Hunter – trang a' dèanamh fortan às an daoimean. Chan ann ga chladhach le piocaid is spaid ach na fhear-lagha aig a' Khimberley Diamond Company, a bha air còraichean còig cheud mèinne fhaotainn o na Sùluthan saor an asgaidh, tro sgil Hunter, ann an Natal agus anns an Transvaal agus anns an Orange Free State. Bha a chuibhreann-san dhen fhortan ceangailte suas ann an seantans bheag sa chùmhnant, a thug dha fhèin 5% de thoradh gach mèinn: leth-mhillean anns gach toll, mura b' e gun tàinig Cogadh nam Boers a mhilleadh a chuid phlanaichean.

B' ann anns an teicheadh às an Transvaal a rugadh Ealasaid, ann an teanta chanabhais aig oir Fàsach na Kalahari, beagan tuath air Mafeking. Le dòrtadh na fala, cha do mhair a màthair beò ach leth-uair a thìde às deoghaidh a h-aiseid, 's ri linn sin chan fhac' i riamh i, 's i air a tiodhlaiceadh far an do bhàsaich i, ann an gainmhich thioraim na Kalahari.

Dh'fhuirich iad ann an Afraga, faisg air Durban, gus an robh Ealasaid còig bliadhna dh'aois, nuair a chaidh a cur dhachaigh, na h-aonar, airson foghlam ceart.

Cha do dhìochuimhnich i riamh – 's ciamar a b' urrainn dhi? – seòladh fad ceithir seachdainean à Cape Town air bàt' ainmeil a' White Star Line, an *R.M.S. Oceanic*, cuide le piuthar a màthar, Elizabeth Whitley, gu Southampton. Cho mòr 's cho geal 's a bha am bàta, 's cho àrd 's cho gorm 's a bha a' mhuir! Teintean air costa Afraga san dol seachad: na tùsanaich ri gearain gun fheum ann am French West Africa.

'S nuair a ràinig iad Southampton, thug a h-antaidh i air trèan gu sgoil nigheanan ann a Hampshire, deas air Winchester, St Ingrid's, far an robh i – aonaranach is ciamhair is cridh'-bhristeach – gus an do thachair i le Alasdair, Sir Alasdair mar a bhitheadh, an oidhch' ud aig Bàl mòr an Demob ann an Dòbhair.

Bha i ochd-deug an uair sin, 's i dìreach air an sgoil fhàgail san Ògmhios roimhe, 's air na sia mìosan eadar sin agus am bàl a chur seachad ag ionnsachadh marcachd air tuath mòr a bhuineadh dha h-antaidh air na Downs eadar Winchester agus Salisbury. 'S bha i glè mhath air cuideachd, a' faireachdainn, airson a' chiad turas riamh na beatha, saoirsneachail, comasach, cumhachdail. Ag èirigh aig còig uairean sa mhadainn, cha robh sìon coltach le bhith falbh sa cheò le na searraich òga, Max agus Prince, sìos tro phàirc na calltainn, tarsainn na h-aibhne, suas tro choille mhòr nan daragan, agus air ais, gach anail sgìth, luasganach, cosgarra.

'S b' ann air feasgar madainn mar sin a bha Bàl an Demob a' gabhail àite. Thill i fhèin is Max is Prince bho a cuairt mu sheachd uairean, mar bu dual, 's leig i iadsan mu sgaoil, mar a b' àbhaist, ann am pàirc nan ùbhlan eadar an tuath agus an abhainn fhad 's a ghabh i fhèin a braiceast. Latha fuar brèagha geamhrachail a bh' ann – 18 Dùbhlachd 1918 – 's Nollaig na Sìthe air tighinn mu dheireadh thall. 'S às deoghaidh braiceist, ghabh i gige a-steach do bhaile nam bùithtean, ga deisealachadh fhèin airson na h-oidhche.

Bha Winchester, mar gach baile eile air feadh na Roinn-Eòrpa, air las le solais is àbhachdas airson a' chiad turas o 1913. Bleideagan boga sneachda a' tuiteam, mar a thuit iad air Eòin 's air Lilidh ann an Obar-Dheathain ann am '14. Clagan fuaimneach ceangailte ri muineil nan each, mar ann a Vienna. Goisearan òg a' coirealadh ann am prìomh cheàrnaig a' bhaile: 'Good King Wenceslas' agus 'The Holly and the Ivy' agus 'Good Christian Men, Re-Joice'. Saighdear dall (fear à Passchendaele) le bogsa-dèirce ceangailte ri amhaich na sheasamh taobh a-muigh Woolworths.

Chaidh Ealasaid a-steach dhan stòr far an robh an dreas ùr aice a' feitheamh leatha: pinc, le dìtheanan beaga buidhe. Bha i mar bhana-phrionnsa innte, agus a' faireachdainn mar bhanrigh. Mhol fear na bùtha cinn-ghorm agus crom-chinn, agus bha fear dhe gach seòrsa fighte na gruaig, mar bhlàthan machaire, nuair a choinnich i an oidhch' ud ri Alasdair aig a' bhàl san Officers' Mess.

Cha b' e gur e gràdh a bh' ann air a' chiad shealladh, oir bha leth dhen oidhche air a dhol seachad mus tug iad an aire dha chèile – ise a' dannsa le braisiche de Mhàidsear a bh' air an daoraich, agus esan dìreach air tighinn a-staigh o bhith toirt siogaireat dhan Chòirneal Clarke, a bha air an dà ghàirdean a chall ri linn spreadhadh anns na Dardanelles.

Nuair a thill iad, bha an step-reel cus dhan a' Mhàidsear bhochd, a chaill a ghrèim anns an tionndadh dheireannach, 's a chaidh a chasan os a chionn air an ùrlar, na bh' aige ('s cha bu mhòr e!) follaiseach dhan t-saoghal mhòr fon fhèileadh, 's an nighean bhochd a bha ceangailte ris – Ealasaid – air a tilgeil tarsainn an ùrlair. Gu fortanach, ghlac Alasdair i mus deach i ro fhada, agus air dhaibh am Màidsear sgoganach a chartadh a-mach às an talla, dhanns iad còmhla an còrr dhen oidhche.

'S bha i bòidheach, 's i a bha. A gruag chuallach dhonn a' dòrtadh thairis air a guailnean, 's gàire tiamhaidh faoisgneach a bha a' comharrachadh gu robh i a' tuigsinn làn-ghòraiche an fheasgair agus nam modhan mòra a bha ceangailte leis. 'S e sin ri ràdh, bha i air a deagh thogail. Dhèanadh i deagh bhean, no deagh choimhleapach, a rèir a gairm. Bha i brèagha, 's cha leigeadh i duine sìos. Cha leigeadh.

"Elizabeth," thuirt i ris, a' freagairt na ceist. "My granpa was from Scotland. Had a small estate in Perthshire, but fell on hard times and came south to train as a lawyer. Established a small firm which is still in the family." 'S cha tuirt i sìon dheth le leòm no sgleogaireachd, ach dìreach mar sgeul ri aithris.

Nise, bha Alasdair air mìle rud fhaicinn 's ceud mìle rud fhaireachdainn on a dh'fhàg e Uibhist airson a' Chogaidh Mhòir, 's air a' mhòr-chuid dhiubh sin a bhàthadh ann an aigeann na cuimhne, ach cha robh cainnt, no blas cainnte, am measg nan rudan sin. Anns na trainnseachan agus air a' bhlàr, am measg nan tràillean agus am measg nan uaislean, eadar Passchendaele agus Armistice Day, bha e air aon rud ionnsachadh co-dhiù: nach b' urrainn cainnt – ge brith dè cho leòmach no cho falaichte 's a bha i – an fhìrinn a chleith. A dh'aindeoin Eton, b' e breugaire a bh' ann a Haig, agus a dh'aindeoin gun do theich e às an sgoil aig aois deich, cha do labhair an Còirneal Clarke riamh ach an dearg-fhìrinn.

'S bha gleus na fìrinn air cànan na h-ighne seo, Ealasaid. Chan e nach robh i comasach air breug innse, no air a bhith meallta, no cealgach, no carach, ach dìreach nach b' urrainn dhi bhith mar sin gu nàdarra, no fiù 's mar an dara nàdar. Bha a' bhreug coimheach dhi, agus 's dòcha gur e sin – 's nach e na dìtheanan buidhe, no na calpannan seanga, no an gàire tiamhaidh – a tharraing Alasdair thuice. Ach bha e air a thàladh thuice gun teagamh.

Agus dhìse, bha esan mar na ceudan eile a bh' anns an talla an oidhche ud, na fhèileadh mòr 's an lèine streafonach Jabot 's an ribinn daraich, ach a-rithist gun do bhrath a chainnt e, 's gun do dh'aithnich i sa bhad nach e oifigear uasal gun fheum a tòn Shasainn a bh' ann ach fear – a dh'aindeoin an èididh – nach b' urrainn an fhìrinn a chleith. 'S cha b' e gu robh blas mòr Gàidhealach air a chainnt – 'teuchters' a chanadh iad riuthasan – oir bha ceithir bliadhna am measg oifigearan nan Camshronach air comas a thoirt dha caochladh a chur air a theanga mar a thogradh e. Ach cha do mheall sin i, oir thuig ise cuideachd nach robh am blas no a' bhreug a' tighinn ris gun strì.

'S às deoghaidh a' Qhuadrille, chaidh iad a-mach, gu oidhche dhèarrsach reul-ghrioglach. An Sealgair Mòr a' priobadh àrd os an cionn agus corran gealaich fad' an iar, taobh Land's End.

"MacFarlane's Lantern," thuirt e, a' coimhead suas ris a' ghealaich.

"Buad Mhic Phàrlain," thuirt i. "Tha e ceart gu leòr – tuigidh mi Gàidhlig, taobh mo sheanmhar. B' ann às an Eilean Sgitheanach a bha i."

Ach chùm e air sa Bheurla, oir b' fhada on a chuir e bhuaithe a' Ghàidhlig. An oidhch' ud aig an Aisne, 's Aonghas Iain a' brùthadh na fala, na peilearan a' dol *tut-tut-tut-tut,* 's a' Ghàidhlig 's Catrìona Nic-a-Phì 's Oda na Fèill Mìcheil a' dol sìos sa pholl, gun ghlòir, gun èirigh.

"MacFarlane's Lantern," chùm e air, oir ged a bhàsaich a' Ghàidhlig fhèin dha aig an Aisne, bu toigh leis fhathast a bhith bruidhinn mu rudan Gàidhealach – muir is tìr, grian is gealach, òrain is cur-seachadan. Mar a b' àirde a dhìrich e sna ranks – o private

Geasalanachd na Gealaich

gu lance-corporal gu corpailear gu sàirdseant gu staff-sàirdseant gu lieutenant gu caiptean – 's ann a bu mhotha a dhìochuimhnich e a' Ghàidhlig fhèin agus a bu mhotha a dh'inns e sgeulachdan mu shìthichean, fhuamhairean, chinn-cinnidhean, Osgar, Fionn agus Oisean. Anns na staff-rooms co-dhiù, bha e air a mheas mar Ghàidheal mòr, gun Ghàidhlig.

"A metaphor for the moon," ars esan, "at the time of the cattle-raids."

"Buad Locha Buidhe," ars ise,

"Ceann-uidhe nam mèirleach."

"Lòchran mòr an àigh," ars esan, na faclan a' tighinn a-mach gun fhiost'.

"The great lamp of grace," ars ise, mar gum b' e geama a bh' ann a-nis. Agus 's dòcha gur e.

"'S an cual' thu mu gheasalanachd na gealaich?" dh'fhaighneachd e, 's leig i oirre nach cual' i mar nach marbhadh na seann daoine muc no caora, gobhar no bò làmhaig anns an earra-dhubh, oir aig an àm sin bha feòil beathaich gun bhlas, gun bhrìgh, gun sult, gun saill. "Bha a' ghealach ùr sèimheil gu bearradh urla agus gu gearradh mònadh," thuirt e. "Gu buain arbhair, gu lomadh chaorach, agus gu iomadh rud eile dhe leithid sin."

"Ri faicinn na gealaich ùir," ars ise, "tha neach a' cur a làimh dheis mu chois chlì agus a' dèanamh crois Chrìosd air a bhois le smugaid a bheòil."

"Agus ag ràdh," ars esan, "An ainm naomh an Athar..."

"An ainm naomh a' Mhic..." ars ise.

"An ainm naomh an Spioraid, Teòra naomh na h-iochd," thuirt iad còmhla, agus phòg iad, trom, drùidhteach, iarrtach, feòlmhor.

'S ann an sin, air taobh a-staigh leth-uair coinneachadh ri chèile, thug iad gealladh-pòsaidh, 's gun fhios carson, ach gu robh a' ghealach cho brèagha 's na briathran iomchaidh anns a' chòmhradh, agus milis dhan a' chogais.

"Of course," thuirt i, air an fhaighneachd, 's rinn iad dealbh (mar a rinn an saoghal uile) air na bha romhpa ann an òige na linne.

Bha sin ann an 1918, 's bha i air a bheulaibh a-nise, ann an '36, cho eadar-dhealaichte, mar neach air nach robh eòlas sam bith aige.

'S choimhead i air, o mheasg nan cairtean, mar a choimheadadh cuideigin ann an sgeulachd air each-uisge: air rudeigin àraid, coimheach, brèagha, ach – aig an dearbh àm – rudeigin daonda, aithnichte, lag.

Dè a bha an duine bha seo – an coigreach a bha seo – a' dèanamh na seòmar-cadail? Cò e, 's cò dha a bhuineadh e, 's dè a bha e 'g iarraidh? 'S chuimhnich i air Nighean Rìgh nan Speur 's mar a chruth-atharraich am fleasgach brèagha a bha i a' dol a' phòsadh gu bhith na each-uisge – ach dè a bha sin ach uirsgeul o linn an aineolais, gòraiche nan seana mhaighdeannan.

'S choimhead i air an duine a bha air a beulaibh – Alasdair a bh' air, nach e? Sir Alasdair MacDonald, DSO, DSM, DCM, MID, 1914 Star, BWM agus VM? Am balach brèagha òg – 's bha e neoichiontach cuideachd, a dh'aindeoin gach buinn a chaidh a chrochadh air – leis an do choinnich i an oidhche ud, 's an Sealgair Mòr a' priobadh anns na speuran, agus corran na gealaich fad an iar, taobh Èirinn.

'S chuimhnich i air a' Mhàidsear spreòdach stuidearra, 's mar a thuit e, 's rinn i gàire, 's mar a thog an gille òg suas i, 's mar a rinn iad a' chiad dannsa còmhla – 's e polka a bh' ann. 'S blas a chainnt, cho Gàidhealach, agus cho comfhartail 's cho sàbhailte – 's cho ealanta – 's a bha i a' faireachdainn còmh' leis, 's mar a chaidh iad a-mach an ceann ùine, 's an còmhradh mòr a bh' aca mun a' ghealaich – lòchran an àigh, ars esan, àilleagan iùil nan speur, ars ise, rùnag nam bò, ars esan, dalta na grèin', ars ise – 's mar a gheall iad an t-òr 's an t-airgead, an cridhe 's gach rùn, na bh' ann 's na bhitheadh, ann an glòir àlainn na buille-sùla.

'S bha e nis air a beulaibh, an srainnsear àraid seo, dha nach robh i faireachdainn fuath no gràdh, ach dìreach coimiseachd. Alasdair. Alasdair Lachlainn Mhòir 'ic Iain Mhòir 'ac Dhòmhnaill Alasdair, mas math a cuimhne, oir 's e sin a thuirt e leatha uaireigin, air an aon chuairt riamh a ghabh iad a dh'Alba, a Dhùn Eideann ann an '27 a dh'fhaicinn an Rìgh Seòras a' fosgladh Carragh-Cuimhne Nàiseanta na h-Alba anns a' chaisteal mhòr.

Dè bha e 'g iarraidh oirre, no aiste? Tha fhios nach robh gnothach feòlta fa-near dha, 's ise a-nis cho seunta 's cho fad' às, mar mhaighdeann-mhara air na sgeirean, no mar nighinn ann an sgeulachd na Fèinne. Deirdre, 's dòcha, no Èimhear, dha nach b' urrainn dhut tighinn faisg. Bha i air i fhèin a ghluasad a dh'àite far nach robh feum aice dìreach ach a bhith beò.

'S bha Alasdair air an dearbh rud a dhèanamh, air e fhèin a ghluasad fada seachad air iarrtasan feòlmhor. Cha robh miann sam bith aige dhen chaillich reamhair a bh' air a bheulaibh, a b' àbhaist a bhith na bean dha. Chan e a sliasaidean no a cìochan a thug dhan t-seòmar e ach measgachadh uabhasach de chiont, aithreachas, nàire agus co-leasachadh. Bha e a' faireachdainn mar fhear a dh'fheumadh na ghoid e a thilleadh, 's gun sìon a dh'fhios aige ciamar, oir b' fhada on a chaidh a chreach, a chaitheamh 's a chosg. Ciamar a b' urrainn dha na mairbh a dhùsgadh, no spiorad a thoirt à cloich? Oir b' fhada on a reic e tròcair airson cumhachd, anam airson nam bonn òir.

'S cha robh sìon air fhàgail aige ach na briathran, 's bha e cinnteach nach robh luach sam bith anntasan co-dhiù. Oir dè a bhiodh briathran sam bith a' ciallachadh a-nis? Dè b' fhiach iad? Nan canadh e gu robh gràdh aige oirre, cha bhiodh ann ach a' bhreug co-dhiù, 's nan canadh e gu robh e duilich, dhèanadh i gàire, no cha tuigeadh i e.

"Duilich?" chanadh i. "Carson?"

'S ciamar a fhreagradh e? Dè bha e duilich mu dheidhinn, 's carson? Air a shon fhèin? Gun robh e air neoichiontas na cruinne-cè a sgàineadh?

'S cha tuirt e sìon dhe sin – cha do labhair e gin dhe na briathran mòra, oir bha fhios aige gu robh iad gun chiall 's gun bhrìgh – aithreachas is ciont is nàire is gràdh is bristeadh-dùil is bristeadh-cridhe. A cheart cho math dha bramadaich seach gin dhe na faclan mòra sin a chleachdadh, 's choimhead e air na cairtean a bha sgaoilte air a beulaibh – na struthan nan cearcall iomlan agus am pàm speurach na shuidhe nan teis-meadhan – 's thàinig seann ruinn thuige ceangailte le iomairt eile a bhiodh a pheathraichean – an e Sìneag 's Anna, no Ealasaid 's Màiri?: hud, cha robh cuimhn' aige – a' cluich ann an saoghal eile:

"Sgabadh aon	Sgabadh a dhà
Dubhas a h-aon	Dubhas a dhà
Trithis a h-aon	Trithis a dhà
Cairteal a h-aon	Cairteal a dhà"

dh'aithris e, ann an oidhirp drochaid còmhraidh fhosgladh, 's dhùisg an seann rann rudeigin iarrtach na ceann no na cuimhne, ceart gu leòr: iarrtas fann, lag, dòchasach – ach cha b' urrainn dhi buileach greimeachadh air, oir bha e cho fìor fhann, 's cho fìor lag, 's cho fad' às, mar bhruadar a thachair na cadal, aisling mhath a bh' aice uaireigin.

Oir bha an gnothach caillte, an dithis aca glacte ann an saoghalan eadar-dhealaichte nach càireadh cuimhne, no aithreachas, no dòchas. Bha e seachad. Bha e seachad a chionns 's gu robh an dithis ach coma ro fhada, òirleach air an òirlich, seachdain air an t-seachdain, bliadhn' às deoghaidh bliadhna. Thionndaidh an fhras gu fuachd, 's chruadhaich tìm fhèin am fuachd gu deigh, gus nach b' urrainn lasan teinnteach sam bith a leaghadh an taobh seo dhen t-sìorraidheachd.

Cha robh anns a chòrr ach "arrangements". Dh'fhalbhadh esan, 's dh'fhuiricheadh ise, 's cha tilleadh na Màidsearan, no an cuid ghiobarlagan, gu bràth tuilleadh: bha na lathaichean faoin faileasach sin seachad. Chaidh am fichead mìle not a bha anns a' bhanca a chur na h-ainm-se a-mhàin, còmhla ri còraichean an taighe, agus an taigh-samhraidh ann an Norfolk, agus an stòras a bha ceangailte suas ann an ICI, ann am Babcock & Wilcox agus ann am Beaverbrook. Dh'fhàg esan gun sgillinn ruadh, mar bhreitheanas-aithrich a thug toileachas dha, ged nach do shaor sin e o chiont sam bith. Ged a dh'fhàg e lom, cha tug sin a neoichiontas dha air ais.

"Faodaidh tu na th' ann an Raineach fhaighinn dhut fhèin," thuirt i ris, an latha a bha e a' fàgail. "Chan eil mòran ann – dìreach bothan le mullach sgrathach – ach cumaidh e tioram thu agus bheir e dhut an rud nach urrainn mise a thoirt dhut: ceangal eadar an rud a bha 's an rud a tha."

Is le na briathran mòra, sìmplidh sin, thill i gu a cuid chairtean, a' cunntas gu socair leatha fhein: "Sia-bal, seachda-bal, ochda-bal . . ." na cairtean ann an cnapan singilte, an geam *Solitaire*.

18

~~~>●<~~~

On oidhche a choisich e tuath air rathad a' mhachaire, aig deireadh a' Ghiblein 1926, cha do dh'fhàg Mgr Eòin Uibhist tuilleadh gus an latha a chaidh a' bhean-phòsta Thatcher a chrùnadh, sa Chèitean 1979. Anns an leth-cheud bliadhna agus a trì bha sin, chaochail Uibhist, agus rugadh àite eile nach b' aithne dha.

Bha an oidhche fhèin cho brèagha le gin a bha riamh an Uibhist: oidhche nam Fear-Clis, no Oidhche nan Rionnagan Mòra mar a chaidh i sìos ann am beul-aithris an àite, usgannan nan nèamh a' dèanamh cèilidh mòr, a' dannsa agus a' mireadh ri chèile, mar nach robh astar ann ach astar nam mìorbhailean, mar nach b' urrainn saoghal a bhith ann ach an saoghal a bh' ann an oidhch' ud.

Bha e dhachaigh, is thuig is chreid is ghabh e sin thuige fhèin, 's na bha e a' ciallachadh. Gum buineadh e dhan àite, ceart gu leòr, ach – nas motha no na b' fheàrr na sin – gum buineadh an t-àite dhàsan. Gum buineadh na mairbh 's na bhuineadh dhaibhsan dha mar a bhuineadh a bhrògan dha, 's gu robh na bha an dàn dha an aon rud 's a bha an dàn do mhuinntir Uibhist gu lèir. Bha e, tha mi cinnteach, pòsta leotha is leis an àite.

'S mar fhear-bainnse, bha a chridhe ag at an oidhch' ud le dòchas is toileachas. Na bha roimhe! Na pàistean a dh'fhàsadh suas fo threòrachadh! Na seann daoine a gheibheadh bàs a' chinn-adhairt le beannachadh na h-ola dheireannaich bhuaithe! Na maighdeannan 's na fiùrain òga a bheireadh gealladh-pòsaidh fa chomhair! Na bha roimhe fhèin is Uibhist! An linn gu lèir! Dùsgadh is ath-dhùsgadh! Breith is bàs. Clann is seanairean. Na bha 's na bhitheadh. Bhuineadh an t-àite gu lèir dha – beò is marbh, beul-aithris is ùrnaighean, òrain is eachdraidh, rùintean is dòchasan. Nach b' àraid sealbh a bhith aige air an oighreachd bhiothbhuain seo!

'S nuair a ràinig e an dachaigh, bha braiceast a' mheadhain-oidhche air a' bhòrd: slinnean muilt le buntàta earraich, is athair na sheasamh an sin le aparan mu chom agus tubhailte mu ghàirdean. "Nì an t-athair saoghalta am frithealadh dhan athair spioradail," thuirt e, a' lìonadh ceithir siugannan mòra bainne dha fhèin 's do dh'Eòin 's do dh'Anna 's do dh'Ealasaid, an dithis a bha air fhàgail fhathast aig an taigh, 's iad ceithir deug a-nis, 's dìreach air an sgoil fhàgail.

"'S dè tha romhaib' fhèin?" dh'fhaighneachd Eòin dha pheath-raichean, a bha diùid ris an t-srainnsear, 's choimhead iad air a chèile, gun fhios, gun eòlas. 'S cha tuirt iad guth.

"'S an còrr?" dh'fhaighneachd Eòin, 's sheas athair an sin, mar Iàcob, ag aithris eachdraidh na bha air falbh – a bhean an Cnoc Hàllainn, Peigi ann an Lowestoft, Raonaid anns an Òban, Aonghas Iain aig an Aisne, Alasdair an àiteigin an tòn Shasainn, Sìneag san Eilean Sgitheanach, Seumas ann an Astràilia, Dòmhnall Uilleam bàthte aig muir, Iain air tuathanas faisg air Obar-Pheallaidh agus Màiri ann am manachainn taobh a-muigh Liverpool. Dìreach na twins, Anna is Ealasaid, air fhàgail.

"'S tha sib' fhèin gu math?" dh'fhaighneachd Eòin.

"Tha, tha, tha," fhreagair athair. "Cha robh riamh na b' fheàrr. Sòbarra, stòlda, stuama. Na bliadhnachan garbh ud seachad, taing dha do mhàthair nach maireann."

'S dh'èirich a chiont a-rithist nach robh e ann nuair a dh'eug am boireannach sònraichte sin. 'S esan, an latha sin, a' dol fo làimh Chàirdeanail Marinus san Ròimh: mìle sagart ùr air an glùinean, mìle Hosanna ag èirigh, mìle beannachd a' dol, fhad 's a bha Cairistìona Lachlainn Mhòir – a mhàthair – a' toirt suas na deò anns a' chlòsaid bhig.

"Tha mi . . ." thòisich e, ach chuir athair stad air.

"Na can e – chan eil feum air no ann: dhutsa no do dhuin' eile. Bha thu a' dèanamh do dhleastanais, na dh'fheumadh tu."

Thug e sùil air a mhac, a bha cho foghlamaichte 's cho aineolach, cho urramach 's cho òg. "Bha i moiteil asad, 'ille – sin an aon rud a tha cunntais. Air latha a bàis, bha i ag ùrnaigh air do shon, gum biodh tu mar a bhiodh tu 'g iarraidh 's nach ann mar a bhiodh daoin' eile gad iarraidh."

'S chuimhnich e air rud nach tàinig na inntinn o chionn bhliadhnachan mòra: Monsignor nam brògan dubha, àrd os a chionn. An e sin a bha i a' ciallachadh: gun a bhith air a dhealbh a rèir na gòraiche eagalaich sin?

"'S 'eil sib' fhèin," dh'fhaighneachd e dha athair, "a' smaointinn gu bheil diofar mòr eadar na dhà? – mar a tha sinn fhìn ag iarraidh a bhith, agus mar a tha an saoghal mòr gar cumadh?"

Rinn athair gàire mòr, tùchanach, foghainteach. "Nach eil fhios gu bheil – nach e sin bròn an t-saoghail: an t-sabaid eadar glòir is cac, eadar saorsa is daorsa? Nach ann airson sin a tha thu nad shagart? Airson a bhith air taobh na saorsa ann an saoghal glacte ann an geimhlichean a' pheacaidh? Airson saorsa a sgaoileadh fiù 's ann an ìochdraichean domhainn a' mhic-meanmna? Far a bheil na deamhainean 's an còrr a' tàmh. Nach ann?"

Choimhead e sìos air a mhac, a bha a' coimhead cho mì-chinnteach agus cho eagalach, a dh'aindeoin bliadhnachan mòra an fhoghlaim ann am Blairs agus anns an Spàinn.

Barailean mu 'shaorsa' a' taomadh tro eanchainn: Augustine agus Aquinas, Pascal agus Plato,' s gun sìon a chuimhn' aige dè a thuirt fear seach fear. Cò am fear dhiubh a thuirt gun do dh'èirich Dia a-mach às a' mhac-meanmna, 's cò am fear a thuirt gun do dh'èirich am mac-meanmna a-mach à Dia? 'S dòcha nach robh e gu diofar co-dhiù. 'S dòcha gur e an aon rud a bh' ann. An aon fhìrinn, mar a chreideadh tu i a rèir 's dè cho feumail 's a bha i. Dè am feum a bh' air Aquinas air machaire an Ìochdair, no air Plato am broinn poll-mònadh?

"Saorsa," ars athair. "Sin am facal mu dheireadh a bh' air bilean do mhàthar mu do dheidhinn. 'Ge brith dè nì e,' thuirt i, 'iarr air a bhith saoirsneachail ann. Can leis gun leigeil le duine, no lagh, seasamh eadar e fhèin is saorsa.'"

Bha nàire air faighneachd dha athair ciamar a bha an t-saorsa seo ri tomhas, ach fhreagair athair e co-dhiù. "Bha i a' ciallachadh," thuirt e, "nach bu chòir diù a' choin a bhith agad mu na tha daoine, no nàbaidheachd, no eaglais, no easbaig, no fiù Pàp a' smaointinn no ag ràdh, fhad 's a tha do chogais fhèin glan mu na tha thu a' dèanamh. Bha i a' ciallachadh, saoilidh mi, gu robh saorsa muinntir Uibhist nas prìseile na riaghailtean stàite no eaglais."

Chan e a-mhàin gu robh a' bheachd a bha e a' cluinntinn eagalach ceàrr, shaoil Eòin, ach bha i tur an aghaidh na chaidh a theagasg dha on a dh'fhàg e Uibhist – 's e sin, gu robh an Eaglais Naomh Chaitligeach – innte fhèin – a' coileanadh gach gràis is reachd spioradail a bha ri fhaotainn do neach sam bith aig àm sam bith an àite sam bith. Cha robh slànachadh, no saorsa, theagaisg iad dha, ri fhaotainn taobh a-muigh na h-eaglais, no taobh a-muigh clèir is Pàp. Nach deach an comas is an cumhachd sin a thoirt do Pheadar o thùs nuair a thuirt Crìosda fhèin leis: "Agus tha mise ag ràdh riut gur tusa Peadar, agus air a' charraig seo togaidh mise m' eaglais. Agus bheir mi dhut iuchraichean rìoghachd nèimh: agus ge b' e nì a cheanglas tusa air talamh, bidh e ceangailte air nèamh; agus ge b' e nì a dh'fhuasglas tusa air talamh, bidh e fuasgailte air nèamh." Agus nach robh an cumhachd sin air a shìneadh a-nuas tro na linntean, o Chrìosda gu Peadar 's o Pheadar gu Linus gu Clement gu Anacletus gu Clement I gu Evaristus I tro Alexander I agus Sixtus I agus Telesphorus agus Hyginus agus 285 Pàpan eile sìos gu Pius XI, a bha a-nis sa Bhatacan. 'S nach esan a bha a' toirt a' chumhachd dha na càirdeanailean, 's iadsan dha na h-àrd-easbaigean, 's iadsan dha na h-easbaigean, 's iadsan dhàsan 's dha na sagairt eile? Gun an sloinneadh sin, cha robh seasamh no cumhachd aige. Aon uair 's gun rachadh tu às àicheadh na sreath, cha robh sìon air fhàgail. Cha robh roghainn aige, mar sin, ach aghaidh a thoirt air athair.

'S sheas e airson sin a dhèanamh, mar gu robh sin fhèin a' cur ris an argamaid.

"Tha rud leis an canar ùghdarras ann cuideachd," thuirt e, "oir gun ùghdarras chan eil rian, agus gun rian chan eil smachd, agus gun smachd chan eil òrdugh, agus gun òrdugh chan eil ùmhlachd, agus gun ùmhlachd chan eil creideamh. Aon uair 's gun toir thu air falbh ùghdarras neo-mhearachdail na h-eaglais, chan fhada gus nach bi sìon idir agad ach mì-rian, cùl-shleamhnachadh agus troimh-a-chèile. Ma chuireas tu cùl leis an eaglais agus ùghdarras na h-eaglais, an ath rud bidh thu a' cur cùl le Crìosda agus ùghdarras Dhè. Cha bhi diofar sam bith an uair sin eadar Uibhist agus pàganaich Shamoa."

'S gann gu robh Mgr Eòin a' creidsinn gu robh e ag ràdh na bha e ag ràdh, sìon nas motha na bha athair a' creidsinn gu robh e ga chluinntinn. Bha an dithis aca mothachail gu robh iad a' bruidhinn air cumhachd 's nach ann air creideamh; air dòighean air sluagh a cheannsachadh 's nach e an saoradh.

Choimhead iad air a chèile, is Anna is Ealasaid fhathast aig a' bhòrd a' coimhead suas leotha. Ghèill athair.

"Mas e sin a tha thu a' creidsinn, 's e sin a tha thu a' creidsinn," thuirt e.

"Nis," thuirt e le na h-igheanan, "nach eil an t-àm aig an t-saoghal mhòr a dhol dhan leabaidh?"

Choimhead e air ais air Eòin. "Tha roghainn aig an t-sagart," thuirt athair. "Tha taigh-eaglais aige dha fhèin a-nis: faodaidh e a' chiad oidhche air ais an Uibhist a chur seachad an sin, no sa bhothan bhochd seo."

An dithis nighean òg a' coimhead air Eòin. "Fuirichidh mi," thuirt e. "Chan ann idir airson modh no ceartas. Ach a chionn 's gur e sin a tha mi ag iarraidh." Is shaoil e – no dh'iarr e – gun tug na briathran sin fhèin oiteag saorsa dhan dachaigh.

Chaidh na h-igheanan dhan leabaidh, is shuidh an dithis fhear – an t-athair agus am mac – a-rithist.

"An robh thu a' creidsinn no a' ciallachadh na thubhairt thu an siud?" dh'fhaighneachd an t-athair.

"Bha 's cha robh. Tha 's chan eil," thuirt Eòin.

Rinn athair gàire. "Nì thu droch shagart. Chan eil sin gu feum sam bith. Chan urrainn dhut a bhith eadar dà bheachd."

"Nach eil a h-uile duine? Ma tha iad onarach mu dheidhinn."

"Tha mi cinnteach. Ach chan e sin do shochair-sa: feumaidh tusa dhol as àicheadh theagamhan sam bith. Feumaidh tu a bhith cho làidir leis a' chreig airson muinntir Uibhist."

Na h-èibhleagan mònadh a' lasadh san stòbh. Anna is Ealasaid a' casadaich leis a' chrup shìos sa chlòsaid.

"Dhaibhsan," thuirt athair. "Agus dhòmhsa. Agus dha do mhàthair nach maireann. Agus dhut fhèin. 'S ann airson sin a dh'fheumas tu bhith làidir. Tha sinn air an t-uabhas fhulang. Na bi mar a bha mise, 's na leig le do laigseachan fhèin a bhith nan cnapan-starra mòra eadar thu fhèin agus saorsa nan daoine."

"À!" ars Eòin, "am facal mòr a-rithist! Saorsa! Saorsa nan daoine, gu dearbh! Mar gum b' urrainn dhòmhsa sin a thoirt dhaibh?"

"'S nach urrainn?" ars athair. "Nach urrainn? Bha dùil a'm gum b' e sin bun is bàrr na sagartachd – a bhith a' tabhann saorsa?"

"Mathanas," thuirt Eòin. "Agus dh'fhaodadh – a rèir 's mar a tha daoine – gun tigeadh saorsa às a sin, ceart gu leòr. Mathanas an toiseach, saorsa an uair sin – sin mar a tha e ag obrachadh, chan ann an dòigh eile."

"'S carson," dh'fhaighneachd athair dha, "a dh'fheumas iad mathanas? Dè am peacadh mòr a rinn do mhàthair nach maireann airson gum feumadh i mathanas mus faigheadh i saorsa? Dè dh'fheumas na h-igheanan bochda tha shìos an sin mathanas air a shon, mus faigh iadsan saorsa on chaitheamh a tha gam marbhadh?"

"Peacadh gin," thuirt Eòin, gu sìmplidh. "'S e ceist eile dè an ceangal – ma tha ceangal idir – a tha eadar sin agus cràdh pearsanta no bochdainn sluaigh. Chan eil mi ag ràdh gu bheil Anna is Ealasaid a' fulang mar pheanas, ach mar thoradh."

"Toradh dè? Èden? Àdhamh is Eubha 's an t-ubhal?"

Sheas e a-rithist. Casadaich ghoirt eile às a' chlòsaid.

"Saoil nach e Lady Cathcart as motha a tha ri coireachadh na Àdhamh? Nach ise, 's a leithid, a dh'fhuadaich sinn dha na boglaichean seo 's a rinn cinnteach nach robh againn ach an cruadal agus a' bhochdainn. Ma tha saorsa ri faighinn, 's ann bhuaipese, 's chan ann o Eubha."

"'S e an aon rud a th' ann," thuirt Eòin, an turas seo a' fuireach far an robh e, na shuidhe. "Faigh saorsa o Eubha agus gheibh thu saorsa o Chathcart. Saorsa spioradail an toiseach – saorsa phoilitigeach an uair sin, ma tha feum oirre. Ged as e mo bheachd fhìn, aon uair 's gum faigh thu saorsa spioradail, nach eil an còrr a' dèanamh diofar. Ma tha thu saor nad anam, chan eil e gu diofar a bheil thu ann an caisteal no ann am prìosan, ann am poll-mònadh no ann an oilthigh, fo uachdaran no às aonais. Chan urrainn dhuinn ar dòchas a chur ann an rud sam bith eile ach ann am mathanas is tròcair Dhè a-mhàin. Sin an aon rud a bheir toileachas do mhuinntir Uibhist."

Bha athair air a shàrachadh. Chan ann a chionn 's nach robh e ag aontachadh leis, oir bha, ach a chionn gu robh mìneachadh a mhic cho teann is cho cumhang is cho beag is cho suarach. Bha Lachlainn Mòr mac Iain Mhòir 'ac Dhòmhnaill Alasdair cuideachd a' creidsinn ann an Dia – 's e bha! – ach bha an Dia seo mòr agus farsaing agus fialaidh agus cruthachail, is a cheart uiread ùidh aige ann am poileataics 's a bh' aige ann an creideamh, a cheart uiread comais daoine a shaoradh o bhochdainn 's a bh' aige an saoradh o pheacadh. Bha Lachaidh Mòr dhen bheachd gum b' fheàrr le Dia Anna agus Ealasaid nam bochdainn na am Pàp fhèin na shaidhbhreas spioradail.

Ach cha tubhairt, 's cha chanadh, e sin le Mgr Eòin.

Bha an teine air sìoladh, 's a' ghealach – Gealach na Càisg – air gluasad dhan deas 's a-nis a' sileadh a-steach bun an dorais.

"Tha e trì uairean. Cha dèan seo treabhadh – no aifreann – sa mhadainn," thuirt am bodach. "'S fheàrr a bhith dèanamh oirre."

'S sheas an dithis, còmhla, am meadhan an ùrlair.

"Falbhaidh mi, ma-tha," thuirt Eòin. "On a tha e cho anmoch a-nis co-dhiù. B' fheàrr, tha mi cinnteach, a bhith dùsgadh nam dhachaigh ùir na nam sheann dachaigh." Cha robh na deòir fada bhuaithe.

"B' fheàrr," thuirt athair, ga chuideachadh. "B' fheàrr. Tha gnothach ùr romhad – obair mhòr, obair shònraichte. Obair naomh. B' fheàrr a bhith deiseil air a son cho math 's as urrainn dhut."

Sheas iad tiotan air an starsaich, a' coimhead thuca is bhuapa.

"'Eil e dèanamh diofar?" dh'fhaighneachd Mgr Eòin. "Saoil an e sin a' cheist mhòr – an do chruthaich Dia am mac-meanmna, no an do chruthaich mac-meanmna a' chinne-daonnda, tro eagal is eile, Dia?"

Ceò a cheana air a' Bheinn Mhòir a' dearbhadh gu robh a' chamhanaich air a h-uilinn. Cha robh lampa laiste cho fad 's a chitheadh iad, eadar Aisgeirbheinn agus Ruabhal. Ceithir mìle neach nan cadal, sean is òg, tinn is fallain. An Còirneal Gordon le srann ann an Loidse Ghrodhaigearraidh. Ceithir mìle aisling a' cadal, ceithir mìle cridhe a' bualadh.

"An diofar eadar beatha 's bàs," thuirt athair. "An diofar eadar fìrinn is breug, chanainn-sa. Oir ma chruthaich am mac-meanmna Dia, chan eil diofar sam bith eadar e fhèin agus Bodach na Nollaig, no Bòcan Chalbhaigh, no – nuair thig e gu h-aon 's gu dhà – an Diabhal fhèin. Ma chruthaich am mac-meanmna Dia, chan eil ann, mar sin, ach dìreach aon dòigh air coimhead air an t-saoghal."

"'S 'eil sibh a' creidsinn sin?" dh'fhaighneachd Mgr Eòin.

Cha tuirt athair guth. Caol na gealaich a' dol à sealladh air cùl sgòthadh.

"Oir ma tha," thuirt Mgr Eòin, "tha thu slàn caillte, oir tha thu a' dol tur an aghaidh Dhè. Tha thu gad àrdachadh fhèin, 's do mhac-meanmna, os cionn Dhè, ag ràdh gur e thusa a chruthaich Dia 's nach e an dòigh eile. 'S ma tha thu a' creidsinn sin, chan eil fìrinn ann an taobh a-muigh dhiot fhèin. 'S mura bheil fìrinn ann an taobh a-muigh dhiot fhèin, nach dèan sinn mar a thogras sinn! Itheamaid agus òlamaid, oir a-màireach gheibh sinn bàs! 'S tha thu a' cur fiaradh ann am mìorbhailean agus ainm agus obair Chrìosda – nach robh an sin cuideachd ach obraichean meallta a' mhic-meanmna, gnìomhan àraid a bha dìreach a' coileanadh iarrtasan dhaoine. 'S ma tha thu a' creidsinn sin, tha thu a' dol às àicheadh èifeachd Chrìosda, a' dol às àicheadh ifrinn, agus nèamh, 's a' creidsinn gur e dìreach uirsgeulan na h-eanchainn a tha anntasan cuideachd! A bheil rud sam bith dìreach sìmplidh, agus fìrinneach, agus onarach, agus dìreach mar a tha e dhut? A bheil mise? A bheil sib' fhèin? A bheil a' ghealach ud shuas?"

"'S ciamar a tha iad?" thuirt athair. "A bheil a' ghealach ud shuas dìreach mar a tha i? Nach eil i a rèir 's mar a tha thu a' coimhead oirre? B' àbhaist dha na bodaich a bhith 'g ùrnaigh rithe. B' àbhaist dhan chloinn a bhith a' faicinn bodach, agus speal, innte. Aon latha 's dòcha gun seas cuideigin oirre. Nach eil a' ghealach mar mi fhìn 's tu fhèin: a rèir mar a choimheadas tu oirnn? A rèir na tha thu creidsinn mur deidhinn. A rèir an eòlais a th' agad oirnn. Dìreach mar a tha Dia fhèin."

Choimhead Mgr Eòin suas air na speuran.

"Dìreach. Dìreach, dìreach, dìreach," thuirt e. "A rèir mar a tha thu a' faicinn. A rèir na tha thu a' creidsinn. Annad fhèin, no ann am fìrinn shlàn an taobh a-muigh dhiot. Dìreach."

"Mar sin leat," thuirt Lachlainn Mòr mac Iain Mhòir 'ac Dhòmhnaill Alasdair le a mhac, Eòin. Maighstir Eòin. Mgr Eòin Lachlainn Mhòir 'ic Iain Mhòir 'ac Dhòmhnaill Alasdair.

"Mar sin leat," thuirt e a-rithist, 's cha b' urrainn dhan t-sagart bruidhinn, 's e a' coiseachd air falbh tro shoilleireachadh na gealaich, a-mach seachad air Loch Thorornais, mar sheòladair a' falbh, mar shaighdear air fòrladh, mar eun air thalamh, mar speuradair ro àm.

Bha taigh an t-sagairt, nuair a ràinig e e aig còig uairean sa mhadainn, falamh, lom, reòthte. On a dh'eug Mgr Eàirdsidh o chionn bliadhna, bha miseanaraidh o na White Fathers – Fr Cannon – a dh'fhalbh o chionn mìos a dh'Angola, a' frithealadh a' pharraist. Cha deach coinneal no teine a lasadh on uair sin, ach dìreach greiseagan air feasgar Didòmhnaich nuair a bhiodh Mgr Iain às an ath pharraist a' tighinn a dhèanamh na seirbheis.

Às deoghaidh rùrach mhòr, fhuair Mgr Eòin na lasairean 's na coinnlearan, 's air dha an lasadh, shiubhail e air feadh an taighe, mar thaibhse air oidhche gheamhraidh. Cha robh an sgìre mun cuairt, a bha a-nis a' dùsgadh, fada a' toirt an aire dhan t-solas a' seòladh seachad uinneag a' chidsin, sìos tron trannsa, suas an staidhre, a-steach dhan eaglais bhig agus air ais dhan t-seòmar-suidhe. Cha robh neach nach robh taingeil an solas fhaicinn – "Tha Mgr Eòin air tighinn," thuirt iad le chèile san dorchadas, moiteil gu robh e ann, taingeil gu robh sagart làn-ùine air ais airson am beannachadh 's an tiodhlaiceadh, am baisteadh 's am pòsadh. Gun ghuth air litrichean is foirmichean a lìonadh dhaibh: on a bha am maighstir-sgoile cho tric air an daoraich, cò eile a dhèanadh e?

'S a bharrachd air a sin, 's e fear dhiubh fhèin a bh' ann: mac Lachlainn Mhòir 'ic Iain Mhòir, air an tàinig an t-atharrachadh mòr anns na bliadhnachan a chaidh seachad. An drungair balbh a bh' ann a-nis cho stòlda briathrach le duine san rìoghachd. Nach àraid gràs Dhè! 'S nach àraid buileach am boireannach còir a chur suas leis fad nam bliadhnachan mòra – Cairistìona Lachlainn nach maireann! Saoil an d' fhuair an sagart òg ùr foighidinn a mhàthar no sradag athar? Dh'innseadh tìm, thuirt iad le chèile gu faiceallach sa chamhanaich chèir.

'S bha esan a' coiseachd eadar iongnadh agus eagal air feadh an taigh mhòir – na h-uiread de ghnothaichean annasach rim faicinn 's rin làimhseachadh, ach e fhèin a' faireachdainn cho fìor aonranach, mar nach robh duine eile idir beò san t-saoghal. Nuair a stadadh e letheach-slighe suas an staidhre, bha an t-sàmhchair brùiteach. Nuair a sheasadh e sa chidsin, chluinneadh e anail fhèin a' tarraing na chom. Nuair a shuidh e air a leabaidh, bha an saoghal cho socair ris a' chladh. Nuair a chaidh e air a ghlùinean anns an eaglais, bha an cruinne-cè balbh.

Cha robh duine beò ach e fhèin: thuig e sin. B' e seo e. Cha robh an còrr ann ach seo.

Gu sìorraidh tuilleadh cha bhiodh bean, no clann, no teaghlach aige. Cha phògadh e bean a ghràidh, chan altraimeadh e leanabh a leasraidh, cha chuireadh e fàilte air ogha. Cha tigeadh sìon às a dheoghaidh. Bha a shìol gu sìorraidh an-abaich.

Rud mòr, uabhasach a bha sin, shaoil e. Rud eagalach. Dè a bha a' toirt cead dha stad a chur air ginidheachd nàdarra na cruinne-cè? Am b' e Dia? An robh e dha-rìribh ceadaichte dha stad a chur air ruith mhòr nan ginealach? Nuair a ghin Alasdair Dòmhnall agus nuair a ghin Dòmhnall Iain Mòr agus nuair a ghin Iain Mòr Lachlainn Mòr agus nuair a ghin Lachlainn Mòr esan, nach ann an dùil is an dòchas bliadhnachan a chur riutha fhèin? 'S an robh esan a-nis a' dol a chur stad air a sin? Deireadh na loidhne. Deireadh an sgeòil. Eòin Lachlainn Mhòir 'ic Iain Mhòir 'ac Dhòmhnaill Alasdair – Mgr Eòin. Deireadh na sreath: cha bhiodh an còrr ann, idir idir às a dheoghaidh.

'S chan ann mar thubaist no a chionn 's gu robh e mì-thorrach na ghnè, ach air sgàth gun do thagh e, le làn-chogais, sin a dhèanamh. Na ginealaich nach biodh air am breith a chionn 's gun do roghnaich esan a bhith na shagart! Nach robh e riatanach gu robh cuid ann a bha air an taghadh a-mach às an daonndachd gu bhith naomh? A dhèanadh spàirn an aghaidh na feòla airson an t-saoghail mhòir.

Ach gun iarraidh, thàinig ìomhaigh Lilidh air ais, 's i cho bòidheach, òg. Nach b' e sin, dha-rìribh, an roghainn a dhèanadh esan le thoil fhèin? A bhith na glacan cùbhraidh milis. Cha b' e a thoil fhèin, tha fhios, a bhith an seo air a ghlùinean na aonar a' feuchainn le ciall a dhèanamh dhe bheatha. 'S e an aon chiall a bh' ann a bhith a' creidsinn – rud nach robh e – gu robh a h-uile sìon ro-òrdaichte co-dhiù. Shàbhaileadh sin trioblaid mhòr dha.

Anns an t-sàmhchair, cha do mhothaich e do Sheasag Eàirdsidh Mhurchaidh a' tighinn a-staigh le bainne agus bonnaich-maidneadh. Chunnaic i e, òg agus naomh agus fallain, glacte ann an ùrnaigh mhòr air a ghlùinean, 's chreid i na bha nàdarra dhi – gu robh an duine beannaichte a cheana a' gleac leis an Diabhal 's a' strì ris an Dia uile-chumhachdach airson anamannan caillte a' bhaile.

Agus ann an dòigh, tha mi cinnteach gu robh, ged a b' ann airson anam agus a bheatha fhèin a bha an cogadh a-mhàin.

Chual' e a casad ciùin an ceann ùine. "O, tha mi duilich, cho duilich," thuirt e, 's e ag èirigh far a ghlùinean. "Cha chuala mi thu a' tighinn a-staigh."

"O, tha sin ceart gu leòr, Athair," thuirt i, 's i a' cromadh a cinn. "'S ann a tha mise duilich dragh a chur oirbhse, ach thug mi nall aran is bainne. Nì e braiceast air choreigin. 'S mas e ur toil e, tillidh mi a dhèanamh biadh meadhan-latha agus cuideachd dìnnear an fheasgair. Bha mi a' dèanamh sin dhan Athair Cannon fhad 's a bha e an seo." 'S chrom i a ceann a-rithist, uasal is iriosal.

Bha e airson a ràdh nach robh feum aige air duine, gum

b' urrainn dha fhèin a chuid fhèin a dhèanamh, ach cha b' urrainn dha a' bhreug a labhairt. "Glè mhath," thuirt e. "Bidh sin dìreach sgoinneil." Is dh'fhalbh i mar an dealan-dè, gun fhuaim, gun shoraidh.

"Seasag," thuirt i ris, nuair a thill i aig meadhan-latha, nuair a dh'fhaighneachd e a' cheist. "Seasag NicAonghais."

"Mgr Eòin," thuirt esan. "Mgr Eòin Dòmhnallach," mar nach robh fios aice, 's rug iad air làimh air a chèile.

Bha e mothachail cho neo-àbhaisteach 's a bha i: cha b' ann tric a thachradh e le neach na b' àirde na e fhèin, ach bha ise na sia troighean co-dhiù. Ach cha b' e sin, ach gu robh i idir ann, a chuir dragh air: an e Dia no Sàtan a bha ga dhearbhadh le bhith a' cur boireannach sònraichte a thaobh bhon fhìor thoiseach? An robh aige ri dhol tro Lilidh a-rithist, agus an turas seo cho follaiseach agus cho faisg air an dachaigh?

Anns a' bhad, las i an teine, 's rinn i brot, 's leis an dà ghnìomh bheag shìmplidh sin dh'atharraich i an taigh gu bhith na dhachaigh: dh'fhiosraich e comhartachd air nach robh e eòlach, agus iarrtasan air an robh. Bha am blàths is fàileadh nan lusan fada ro chunnartach, 's dhiùlt e suidhe ri taobh an teine, a' gabhail a bhrot leis fhèin ann am fuachd a' chidsin.

Cha do ghabh ise sìon.

"Tillidh mi, a dhèanamh na dìnnearach, aig còig uairean," thuirt i, ach mus do dh'fhalbh i rithist, mar dhealan-dè, chuir e stad oirre.

"Cha ruig thu leas," thuirt e. "Nì mi fhìn an gnothach. Cha ruig thu leas tighinn. Rinn thu gu leòr a cheana. Nì mi fhìn a' chùis a-nis."

Choimhead i steach dìreach na shùilean, a' tuigsinn na bha ceàrr, ag aithneachadh na brèige. 'S chrom i a ceann, an impis falbh.

Bha tiotan ann far am b' fheudar dha stad a chur air fhèin gluasad. Dìreach làmh air a gàirdean, mar chomhartachd dhi – sin uile a bha e ag iarraidh a dhèanamh, 's a ràdh, "Tha mi duilich – ach tuigidh tu gur ann mar sin a dh'fheumas e bhith." Ach reoth e far an robh e, eagalach nach robh sin ceadaichte na bu mhò. Cò aige bha fios dè an teachdaireachd a bheireadh i às a sin, dè na sanasan a ruitheadh air feadh a' pharraist?

'S cha tuirt e dad, 's dh'fhalbh i gu a bochdainn fhèin.

Nuair a dh'fhalbh i, chaidh esan a-steach dhan phreasa mhòr a bha an t-Athair Cannon air a bhith a' cleachdadh mar oifis. Na leabhraichean mòra an seo: clàran a' pharraist bhon a thòisich sgrìobhaidhean a bhith gan cumail ann an 1785. Baistidhean is dol fo làimh easbaig, is pòsaidhean is bàs: ainm às deoghaidh ainm, nan ceudan 's nam mìltean. MacInnes, MacIntyre, MacDonald, MacPherson, Steele, Gillies. Donald John, Mary Anne, Flora, Anne Marie, Angus. Nach àraid mar a dh'fheumadh beatha 's bàs a bhith gu lèir ann am Beurla.

12th May 1803: John James MacIntyre, son of Alexander Murdoch MacIntyre and Rachel Anne MacIntyre baptised, in accordance with the rites of the Holy Catholic Church.

18th August 1837: Alexander John MacInnes and Christina Mary Steele, the sacrament of marriage, in accordance with the rites of the Holy Catholic Church.

27th November 1905: Flora Ann MacPherson, buried, in accordance with the rites of the Holy Catholic Church.

Ginealach às deoghaidh ginealaich air an cuimhneachadh ann an cànan choimheach sa phreasa seo.

Disathairne a bh' ann, 's bhiodh na daoine an dùil fhaicinn

a-muigh air feadh na sgìre, airson fàilte a chur air, le smèid no facal.

Chaidh e suas an staidhre a choimhead a-mach air an uinneig àirde air na bha roimhe: chitheadh e na deich bailtean a bha an urra ris. B' e sealladh brèagha a bh' ann, ceart gu leòr. Latha eireachdail earraich, an sluagh a' sìneadh eadar obair machaire is monaidh. Chitheadh e an ceò ag èirigh às na h-àirighean shuas aig Loch Iarrais cho math 's a chluinneadh e guth nan iasgairean shìos mun chladach. Eich air feadh gach baile, an crodh a' dèanamh air a' bheinn, is fuaim ùird is locraichean is shàbh às gach ceàrnaidh: taighean geala nan teaghlaichean òga dol suas nan deugan. Nach e Pòl a bha iomchaidh is ceart, shaoil e, nuair a thuirt e gum b' e seo an t-àm taitneach, gum b' e seo a-nis latha na slàinte! Cha b' e na mairbh anns a' phreasa a bha cudromach ach na beòthan a bha a-muigh an siud!

Bha baidhsagal anns an t-seada, is leum e air, na lèine is na choilear, is ad an t-sagairt air a cheann. Ma bha daoine ag iarraidh ìomhaigh, gheibheadh iad sa bhad i! Gu robh e saorsainneil, fosgailte, blàth, nàdarra: gur e sagart a bh' ann a bhiodh am measg an t-sluaigh 's nach ann fad' às, fear dhiubh fhèin 's nach e coigreach.

'S chrath cuid an cinn, ag ràdh leotha fhèin no le na h-eich, "Cleas athar 's a mhàthar an latha a thàinig iad à Griomasaigh!"

"Tha a' ghòraiche sna daoine!"

"Cleachdaidhean na Spàinne!"

"Marbhaidh e e fhèin air an inneal ud!"

Ach cha do chuir e a' mhòr-chuid sìos no suas, a-null no nall: nach iomadh ìomhaigh a chunnaic iad cheana, eadar Mons agus an latha a dh'fhàg am *Marloch* cidhe Loch Baghasdail.

Ach canaidh mi seo: gun tug gach fear a ghlac sealladh air, ge b' ann faisg no fad' às, dheth a bhonaid ann an ùmhlachd, 's gun do sheas iad an sin, cip nan làimh, nan tàmh sàmhach gus an deach an sagart ùr à fianais thairis air bruthaichean Bhòrnais. 'S sheas na mnathan 's a' chlann cuideachd, an cinn crom, aig ceann gach taighe mar chomharra air urramachd.

'S cha robh e cinnteach an e nàire no pròis a bha e a' faireachdainn às na bha a' tachairt – nàire gu robh seann daoine a' faireachdainn gu robh aca ri ùmhlachd a dhèanamh dhàsan a bha cho òg, ach moit gu robh iad deònach. 'S fearg cuideachd nach robh an saoghal gu h-iomlan co-ionann 's nach b' urrainn dhaibh uile – sean is òg, fireann is boireann – seasamh gualainn ri gualainn, gun aon neach a' toirt urraim do neach eile, gun aon neach a bhith nas ìsle na neach eile, gun aon phàirt dhen choimhearsnachd a bhith a' frithealadh 's a' seirbheiseachadh pàirt eile.

Oir cò às a thàinig an neo-ionannachd a bha ga fhàgail-san – agus am maighstir-sgoile shìos an rathad – na b' urramaiche na duine eile san sgìre? Foghlam – mas fhìor – ceart gu leòr: oir cò eile aig an robh an cumhachd leabhraichean a leughadh, litrichean a sgrìobhadh, uaislean à tìr-mòr a thuigsinn? Cò eile aig an robh an cumhachd baisteadh a bhuileachadh, pòsadh a bheannachadh, am bàs a chur an cèill? Nach e na cumhachdan sin, agus na cumhachdan sin a-mhàin, a bha a' toirt urraim dha fhein 's dhan mhaighstir-sgoile?

Urram, bheachdaich e cuideachd, a bha stèidhichte air eagal 's chan ann air gràdh. Oir mura biodh na cumhachdan sòisealta aige fhèin 's aig a' mhaighstir-sgoile, nach e an fhìrinn nach toireadh an sluagh hò-rò air a shon an uair sin? 'S carson a bheireadh, oir cha bhiodh feum air. Tha fhios gur e an t-eagal gun cailleadh iad fàbhar nan cumhachdan sin – foghlam is nèamh – a bha cumail an t-sluaigh cho umhail. Saoil an tigeadh an latha a chanadh na daoine cumanta nach robh feum aca air fear seach fear? Oir aon uair 's gun smaoinicheadh iad sin, nach e an fhìrinn gun tilgeadh iad bhuapa iad mar rud gun fheum, mar uallach gun chiall, mar chuing gun stà?

An dràsta, ge-ta, cha robh sin air tachairt, ach 's dòcha air cùl inntinn reubaltach no dhà: 's bha fhios aig Mgr Eòin cuideachd, ged a bhiodh e air a choilear a thilgeil dheth agus làn-ionannachd a thairgsinn dhaibh uile – ag ràdh leotha uile gum b' urrainn dhaibh-san cuideachd baisteadh a dhèanamh, pòsaidhean a bheannachadh, ola-ungaidh a dhòrtadh – gun diùltadh iad gabhail ri sin, gun tilgeadh iad air ais na aghaidh e. Oir cha robh iad ga iarraidh. Bha iad ag iarraidh, nuair a thigeadh e gu h-aon 's gu dhà, a bhith mar a bha iad.

Oir bha e comhartail agus sàbhailte dhaibh cuideachd, agus saorsa agus ionannachd draghail agus cunnartach. Nan canadh e riutha gu robh iad uile nan sagartan (oir 's e sin a bha e a' creidsinn), cha thuigeadh iad e, no cha bhiodh iad ag iarraidh a thuigsinn. Nach robh òrdugh glè mhath air rudan mar a bha iad? Ràithe gu ràithe, earrach gu foghar, sìoladh gu treabhadh, mar gu robh nàdar gun mhùthadh. A' Bheinn Mhòr an sin o àm a' chruthachaidh, 's an Cuan Siar 's an Cuan Sgìth: nach ann mar sin a bha e riamh?

'S an cois nan seasmhachdan mòra sin, bha an còrr: gu robh uachdaran riamh ann, no co-dhiù ceann-cinnidh, uaislean is ìslean, foghlaimichte is neo-fhoghlaimichte, glic is aineolach, fireann is boireann, sean is òg? Nach robh na rudan sin ceart is nàdarra is do-sheachanta? Nach robh e riamh mar sin, 's nach biodh e chaoidh mar sin? Caisteal aig Mac 'ic Ailein agus tobhta aig Dùghall Dhòmhnaill Sheumais; taigh mòr aig a' mhaighstir-sgoile agus bothan aig Flòraidh Iain Fhionnlaigh; foghlam agus inbhe agus cumhachd agus uaisle aig an t-sagart, agus cuid dhe sin air a bhristeadh sìos, le gràs, nam measg-san.

An Oidhche Mus Do Sheòl Sinn

'S nach robh e ri thuigsinn math gu leòr, ma-tha, gu robh trì taighean mòra san sgìre: taigh an uachdarain, taigh an t-sagairt agus taigh a' mhaighstir-sgoile. Chan e cur às dhaibh a bha iad ag iarraidh ach faighinn thuca cho math 's a b' urrainn dhaibh. On a bha uachdranas do-ruigsinneach, nach e miann gach teaghlaich fear dhe na balaich a bhith na shagart, fear na mhaighstir-sgoile, fear na sgiobair aig muir, agus na h-igheanan a bhith stòlda, dìreach, dèanadach? Rud nach ceannaicheadh airgead nach robh aca, cheannaicheadh creideamh agus foghlam.

Bha e trì uairean feasgar nuair a thill e on chuairt mhòir leis a' bhaidhsagal, 's a cheana bha an sluagh a' cruinneachadh aig cùl na h-eaglais airson na ciad èisteachd. Na bodaich a thàinig slàn à Cogadh nam Boers còmhla le na cailleachan a bha òg aig a' chutadh; na maighdeannan nach fhaca riamh ach an t-Ìochdar agus na fir òga a chunnaic cheana an Somme agus Passchendaele; na balaich bheaga nach do rinn peacadh riamh agus na caileagan òga dha nach b' aithne eud no fuath no miann no lochd.

'S bha iad uile an sin a' feitheamh ri am peacaidhean aideachadh. Mar gu robh iad ann. Mar gun do rinn na daoine bochda truagha seo riamh gnìomh a bha airidh air an fhacal peacadh. Choimhead e orra le truas agus tròcair, ged nach robh e cinnteach an e sin a bha dhìth: shaoil e gum biodh còmhradh agus cèilidh còmhla na b' fheàrr na am mathanas a bha iad an dùil a bheireadh e dhaibh. Oir cha robh sìon ri mhathadh dhaibh.

Agus thuig e gum b' e an aon rud a b' urrainn dha a dhèanamh an togail suas, le dhol tro na caran, èisteachd leotha, mathanas a thoirt dhaibh agus am brosnachadh (mar a dh'fheuch athair fhèin ri esan a bhrosnachadh) a bhith saor, onarach, fìrinneach, ceart. Ma bha iad ag iarraidh mathanas, fiù 's nuair nach robh feum air, bheireadh esan sin dhaibh.

Agus dh'èist e riutha an sin anns an dorchadas fad dà uair a thìde, bodach às deoghaidh bodaich, cailleach às deoghaidh caillich, maighdeann às deoghaidh maighdinn, gille agus nighean òg às deoghaidh a chèile. Agus thug na h-aideachaidhean beaga dìomhair na deòir gu a ghruaidhean – gun do thog caileag bheag ribinn dearg à taigh a seanmhar; gun do mhionnaich bodach ri each; gun do leig gille òg le shùil laighe air bean duin' eile; gun do laigh màthair anns an leabaidh le leisge. Cha tàinig murtair no adhaltranach no saobh-chreidmheach faisg air, ach na neoichiontaich a thàinig, fhuair iad am mathanas, beag no mòr, a bha iad ag iarraidh co-dhiù.

'S cò esan, ged a bu shagart e, tomhas a dhèanamh air dè bha beag no mòr co-dhiù, shaoil e. 'S dòcha nach robh diofar ann. 'S dòcha gu robh ribinn a thogail à taigh do sheanmhar a cheart cho math – no cho dona – le bhith a' cur nam mìltean dha na trainnseachan, mar a rinn Haig. 'S dòcha nach robh, anns an t-sìorraidheachd mhòir, mòran diofair eadar miann beag na sùla ann am Bòrnais agus adhaltranas agus murt Dhaibhidh ann an Ierusalem. 'S dòcha gu robh iad a' ruith air adhart chun an aon rud – fèinealachd agus sgrios. Cha robh mìneachadh eile air a' chùis, oir far an robh ciont dh'fheumadh fuasgladh a bhith. Às aonais, chuireadh an rud beag às a cheart cho iomlan leis an rud mhòr. Ma bha cogais idir agad, mharbhadh an ribinn beag do shìth mar a mharbhadh an t-adhaltranas mòr do chridhe.

Ach, ag èisteachd le na truaghain bhochda agus an aideachaidhean beaga neoichiontach, dh'fhaighneachd Eòin dha fhèin cuideachd cò às a bha a' chogais a bha seo – agus an ciont a bha na cois – a' tighinn. Oir gu cinnteach, aon uair 's gu robh cogais agad, agus gun rachadh a' chogais sin a thruailleadh (rud nach b' urrainn duine beò, Pàp no Rìgh no eile, a sheachnadh), bha ciont na chois. Oir ma chuir thu romhad a bhith glan, onarach, treun, fìrinneach, agus nach robh

– fiù 's ann an aon chriomag bheag – nach robh sin fhèin a' fàgail ball dubh air a' chlò gheal. Airson a bhith saor, dh'fheumadh tu a bhith gun chogais idir – rud nach b' urrainn a bhith ma bha thu beò – no dh'fheumadh do chogais a bhith luasganach, ag atharrachadh a rèir 's mar a bha thu a' dèanamh no a' faireachdainn, no dh'fheumadh tu a bhith sìor shireadh glanadh o chogais a bha air a sìor thruailleadh. Cha robh dòigh no roghainn eile ann. Cha b' e an t-sagartachd a bha ga fhàgail aig an treas taghadh, ach a thogail, 's a dhualchas, 's a chridhe. Cha b' urrainn dha a bhith marbh no a bhith ag atharrachadh na bha e creidsinn a rèir 's dè cho freagarrach no cho mì-fhreagarrach, cho comhartail no cho mì-chomhartail 's a bha sin dha.

Ach nach esan, 's a leithid, luchd-eaglais – Pàpaichean, Àrd-easbaigean, Easbaigean, Ministearan, Sagartan, Clèir – nach b' e iadsan a bu choireach buileach glan, a' dòrtadh ciont is aithreachais is peacaidh is peanais is, nuair a thigeadh e gu h-aon 's gu dhà, nèamh is ifrinn air daoine aineolach neoichiontach? Mura biodh an leithid-san ann, nach biodh an cruinne-cè fada na bu nàdarraiche, 's na bu thoilichte, 's na bu shaoire, 's na bu ghràdhmhoire?

Saoil nach e creideamh fhèin a bha a' togail suas nam ballachan-daingeann, a' leagail nan drochaidean-càirdeis, a' sgaradh chinnidhean is threubhan o chèile le nàimhdeas nimheil ann an ainm Dhè? A' cleachdadh creud mar shaighead, gun ghràdh: rud nach b' urrainn a bhith – creideamh gun ghràdh. Nach e sin a dh'adhbharaich bàs nam mìltean san Tuirc agus san Spàinn agus an Èirinn agus ann an Afganastan agus an Alba agus ann am mìle ceàrnaidh eile dhen domhan mhòr? Nach biodh Bòrnais agus Nis, mar a bhiodh an Ròimh agus Sineubha, no Kabul agus New York, fada na b' fheàrr dheth às aonais sin? Ach am biodh iùl no stiùir idir idir ann an uair sin, 's an saoghal air fhàgail eadar na neo-chreidmich, aig nach robh cumhachd gràidh, agus na fundaimeantalaich, a bha air an gràdh sin a thrèigsinn? A bha a' creidsinn ann am breitheanas Dhè, ach nach robh a' leantainn an aon rud a b' fhiach a leantainn – gràdh Chrìosda?

'S mu shia uairean, dh'fhalbh an neach mu dheireadh, cailleach aig nach robh sìon ri aideachadh ach a thug glòir do Dhia airson a suidheachaidh – gu robh i a-nis ceud bliadhna dh'aois agus gum fac' i esan, Mgr Eòin beannaichte, ann an tìr nam beò mus robh i fhèin air a toirt dhachaigh.

"À, athair bheannaichte," ghairm i, "is iomadh rud a chunnaic mi ri mo latha agus ri mo linn. Is iomadh rud sin, a Mhoire Mhàthair an dubh-bhròin! Chunnaic mi na bailtean fearainn air an sguabadh, agus na gabhalaichean mòra gan dèanamh dhiubh, an tuath gan sgiùrsadh às an dùthaich gu sràidean Ghlaschu agus gu fàsaichean Chanada, a' chuid dhiubh nach do bhàsaich le acras agus plàigh agus banachdaich a' dol a-null air a' chuan. Chunnaic mi na mnathan a' cur na cloinne anns na cairtean a bha gan cur o Bheinne Bhadhla agus on Ìochdar gu Loch Baghasdail, agus am fir-phòsta ceangailte anns a' chrò agus a' gal rin taobh, gun chomas làmh-chòmhnaidh a thoirt dhaibh, ged a bha iad fhèin ag èigheach agus a' chlann bheag a' rànaich ion dol à cochall an cridhe. Chunna mi na fir mhòra làidir, diùlnaich na dùthcha, ceatharnaich an t-saoghail, gan ceangal air cidhe Loch Baghasdail agus gan tilgeil air an luing mar a dhèant' air prasgan each no chruidh anns an eathar, na bàillidhean agus na maoir agus na constabail agus na poileasmain gan tional às an deoghaidh nan tòir os an cionn. Aig Dia nan Dùl agus aigesan a-mhàin a tha fios air obair ghràineil dhaoine an là ud. Amen."

'S an robh mathanas ri thoirt seachad, 's cò dha, is carson?

'S nuair a dh'fhalbh iad uile, bha e a' caoidh nach do chùm e

Seasag Eàirdsidh Mhurchaidh na bean-taighe: bha an taigh a-rithist fuar agus lom agus coimheach. Ach las e an teine a-rithist, 's ghabh e an còrr dhen aran agus dhen bhainne a thug i nuas sa mhadainn. 'S gann gu robh e deiseil nuair a thàinig bualadh eagalach air an doras: iarrtach, stràiceil, fòirneartach.

Bha fear beag cruinn reamhar le sròn dhearg na dibhe na sheasamh an sin: am maighstir-sgoile, MacLean.

"Feasgar math dhuibh, Athair," thuirt e. "'S mise MacIllEathain – am maighstir-sgoile. Shaoil mi gum biodh e math dhuinn eòlas a chur air a chèile. Tha mi air a bhith fichead bliadhna an seo a-nis, 's chan fhèairrde mi e. 'S dòcha gum faod mi cuideachadh no comhairle a thoirt dhuibh, oir chan e àite furasta a tha seo: daoine garbha, neo-fhoghlaimichte, aineolach. Feumaidh ar leithid-ne cumail daingeann còmhla no feuchaidh iad ri làmh-an-uachdair fhaighinn oirnn. Ma tha ùghdarras agus ceannsachadh agus smachd agus adhartas gu bhith ann, feumaidh ar leithid-ne grèim teann a chumail orra, no cha bhi dòchas sam bith ann dhaibh."

'S ghabh e anail, sracanta, srùlanach, striutanach.

"Am faod mi tighinn a-staigh?" thuirt e an uair sin, a' gabhail seachad air Maighstir Eòin dhan chidsin.

Shuidh e an sin, anns an t-sèithear mhòr.

"Tha fhios gu bheil aoigheachd an taighe agaibh, Athair?"

"Chan eil," thuirt an sagart. "Chan eil drudhag san taigh."

"Mar a smaoinich mi," thuirt MacIllEathain, a' toirt leth-bhotal a-mach às a sheacaid. "Tha fhios nach cuir e dragh oirbh ma ghabhas mi ur slàinte? Ur slàinte dhan sgìre 's dhan obair ùir. Chan e fear dhen fheadhainn sin sibh a tha an aghaidh drama an dràsta 's a-rithist?"

Cha tuirt Maighstir Eòin guth.

Sùilean beaga cruinne tùrsach ann am MacIllEathain. Cràidhteach le dìth nan deur, tioram le bristeadh-dùil is bristeadhdòchais. Bha uair ann a bha e a' smaoineachadh gun atharraicheadh e an saoghal. Gum fosgladh am fiosrachadh aige sùilean nan dall. Gum fuasgladh foghlam slabhraidhean na bochdainn o na daoine. Gun toireadh Arithmetic agus Beurla agus Eachdraidh na Roinn-Eòrpa soilleireachadh garbh do shluagh a bha air an glacadh ann an aineolas agus ann an dorchadas bho thàinig na Ceiltich sa chiad àite. Ach cha robh iad ga iarraidh – bha iadsan fhathast toilichte a bhith a' buachailleachd a' chruidh, ag iasgach sgadain, a' snìomh 's a' càrdadh, 's a seinn nan seann rannghallan nach coisneadh cliù no airgead dhaibh.

"Rinn mi mo dhìcheall," thuirt e, "ach cha robh iad ag iarraidh èisteachd rium. Nuair a thàinig mi an seo an toiseach, cha b' urrainn dhaibh sgrìobhadh no leughadh. Sluagh glacte ann an dorchadas 's an aineolas nach b' urrainn 2 a chur ri 2. Chuir mi suas seantans an sin a' chiad latha – *The cat sat on the mat* – 's cha robh aon sgoilear san sgoil a b' urrainn a leughadh! Cheartaich mi sin, ge-ta, ann an dà latha. 'S bha e gu math sìmplidh a dhèanamh cuideachd. 'Eil fhios agaibh ciamar?"

Rinn Maighstir Eòin gluasad beag le cheann.

"Leis an t-srap, Athair. An Lochgelly mòr. Cha tug iad fada ga ionnsachadh an uair sin. *The cat sat on the mat. The cat sat on the mat. The cat sat on the mat. The cat sat on the mat*, thuirt iad uile, uair agus uair agus uair eile, gus an robh e ac' air an teangaidh gu slàn iomlan. Aon mhearachd agus bha an Lochgelly mòr a' tighinn a-nuas. Rinn sin cinnteach nach dìochuimhnicheadh duin' aca an leasan sin a chaoidh." 'S ghabh e anail mhòr sgiodarach sgràideach sgreagach eile.

"'S dè am feum a bh' ann a bhith teagasg sin dhaibh?" dh'fhaighneachd Maighstir Eòin gu socair.

"Feum? Dè fon speur – gabhaibh mo leisgeul – dè am feum

nach robh ann? 'S dòcha nach eil sibh a' tuigsinn, Athair, an dubh-aineolas anns an robh – tha mi duilich, anns a bheil – an sluagh seo. Mura h-ionnsaicheadh, agus mura tuigeadh iad, fìor bhunait na Beurla, ciamar a bha iad a' dol a shreap a-mach às an t-sloc uabhasach anns an robh iad? Cuimhnichibh, nuair a thàinig mise an seo cha robh ann ach an dubh-bhochdainn: beò air maorach is buntàta, iad fhèin 's na beathaichean a' cadal còmhla sna h-aon tobhtaichean. Mura faigheadh iad ionnsachadh is foghlam, chan fhaigheadh iad sìon idir."

Bha Maighstir Eòin cho sgìth sàraichte, mar gu robh e a' faicinn nam bliadhnachan a' sìneadh roimhe, 's aige le èisteachd cho foighidneach, tròcaireil, Crìosdail ri spùt mar seo. 'S ann a bha e ag iarraidh grèim fhaighinn air amhaich MhicIllEathain agus a thachdadh, gus an tigeadh ciall agus gliocas, ach leig e sin seachad. Cha robh e airson aineolas a' mhaighstir-sgoile a dhearbhadh.

"*The cat sat on the mat*," thuirt e an àite sin, ann an oidhirp a thachdadh le briathran. "*The cat sat on the mat. The cat sat on the mat*. Saoilidh mise gur e sin an t-aineolas agus a' ghòraiche agus an dubh-dhorchadas. Dè fo thalamh, no fo nèamh, a bha sin a' dol a theagasg do mhuinntir Uibhist? Dè na dorsan mòra a bha sin a' dol a dh'fhosgladh? Dè, ann an ainm Dhè, a bha sin – no a leithid – a' dol a dhèanamh do mhuinntir Uibhist?"

Dhùisg MacIllEathain mar gum biodh à bruadar, sàraichte gu robh duine urramach, foghlaimichte a' dol na aghaidh. Gu robh fear dhe sheòrsa fhèin a' cur sìos air sgoilearachd, is foghlam is ionnsachadh.

"Nach eil bàrdachd ann," thuirt e. "Nach cluinn sibh a' bhàrdachd – *the cat sat on the mat* – *a, a, b,* mar gum bitheadh, is uaim is rannaigheachd – nach cluinn sibh e? – *cat, sat, mat,* – chan e mhàin an *at, at, at* a' ruith ri chèile, ach an *t* cuideachd a' dèanamh an fhuaimneachaidh fhreagarraich – nach cluinn sibh e – *cat, sat, mat – t, t, t*. Nach eil anns an t-seantans bheag sin fìor bhunait na Beurla, agus bàrdachd Bheurla? Aon uair 's gun do dh'ionnsaich iad sin, bha an còrr a' leantainn bhuaithe 's a' ruith dha rèir: Shelley, Keats, Wordsworth, Kipling. Cha robh aon sgoilear a bha fo mo làimh-sa nach b' urrainn 'Ode on a Grecian Urn' aithris nuair a dh'fhàg iad Cill Donnain. 'S sheas e suas mar gum biodh e air àrd-ùrlar 's e ag aithris:

> *"Thou still unravished bride of quietness,*
> *Thou foster child of silence and slow time,*
> *Sylvan historian, who canst thus express*
> *A flowery tale more sweetly than our rhyme:*
> *What leaf-fringed legend haunts about thy shape*
> *Of deities or mortals, or of both,*
> *In Tempe or the dales of Arcady?*
> *What men or gods are these? What maidens loath?*
> *What mad pursuit? What struggle to escape?*
> *What pipes and timbrels? What wild ecstasy?...*"

Bha an duine glan às a rian, cho-dhùin Eòin. Seachad air èisteachd no comhairle, no fiù 's mathanas. Oir ciamar a b' urrainn dhut mathanas, no ùrachadh, a thoirt do dhuine a bha às a chiall? Saoil an ann mar sin a bha na cinn-chinnidh, is Haig, is an còrr nuair a dh'fhuadaich iad na mìltean is nuair a thilg iad na milleanan dha na trainnseachan? Glan às an rian, mar a bha MacIllEathain, agus thairis air gràsan follaiseach na h-eaglais. Cha robh air fhàgail dhaibh ach tròcair Dhè. 'S dòcha gur e sin an aon rud a bha air fhàgail do neach sam bith.

Ach. Ach, shaoil e. Ach gun do mhill an duine beag reamhar a bha seo air a bheulaibh beatha nan ceudan, no nam mìltean, le a ghòraiche 's le a bheachdan 's le a theagasg faoin: nach biodh na ceudan de bhalaich bhochda nam maraichean an dràsta fhèin gun fhiosrachadh mu chàil ach an 'Grecian Urn' 's nigheanan nan sgalagan ann an taighean-mòra Ghlaschu is Inbhir Nis 's gun comhartachd nan cinn ach *The cat sat on the mat*. 'S gann gu robh buaidh Haig fhèin cho diabhalta.

"Feumaidh tu falbh," thuirt e leis a' mhaighstir-sgoile, a chrithnaich le na faclan, mar gum b' e balach beag a bh' ann fhèin air beulaibh an Lochgelly. "Tha an t-uabhas agam le dhèanamh, oir tuigidh tu gur e seo a' chiad latha agam an seo, 's tha dà aifreann agam a-màireach a bharrachd air seirbheis feasgair." Is thionndaidh am bodach beag reamhar air falbh, mar chù a chaidh a dhochann, no mar leanabh a chaidh a shuarachadh.

Cha robh MacIllEathain – mar a thuigeas sibh – daonnan mar a bha e nuair a thachair sinn leis an seo.

Na bhalach beag, ann an ceann a deas Mhuile, bha e cho dòigheil leis an òr: balach beag cruinn, ceart gu leòr, air am biodh an fheadhainn eile a' fanaid, ach le deagh eanchainn 's cridhe mothachail: 's dòcha ro mhothachail, oir bho fhìor òige bha e uabhasach amharasach air dè a bha daoine a' saoilsinn, no ag ràdh, mu dheidhinn.

Bha athair air a bhith san Arm – na oifigear anns na h-Argylls – ach b' fheudar dha an t-Arm fhàgail tràth às deoghaidh a bhith air a dhroch leòn ann an Tel El Kebir am meadhan Afraga: bha e air lethchois, ach cha robh sin ga fhàgail gun a bhith spaideil na dhreuchd ùr mar sheòrsa de dh'fhear-gleidhidh aig Caisteal Thorosaigh deas air Creag an Iubhair.

B' e pìobaire a bha na athair cuideachd, 's b' ann le moit a bhiodh e a' cur air an fhèilidh gach madainn is feasgar airson seasamh taobh a-muigh a' chaisteil ri caismeachd na camhanaich is crunluadh a' chiaraidh.

Air Cùl na Beinne Mòire

An còrr dhen latha bhiodh e a' cur air na briogais thartain agus a' cuideachadh an luchd-turais a bha – mun àm seo – air tòiseachadh a' tighinn air chuairt air a' bhàta-smùid à Grianaig, taobh an Òbain.

Bha spèis mhòr aig a' bhodach, chan ann a-mhàin dha na h-Argylls, ach dhan a h-uile rud a bha ceangailte ri armachd, agus gu dearbh ri Ìompaireachd Bhreatainn: bha dhà no trì dhealbhan aige 's e na b' òige a' faighinn teisteanas bho Bhictòria fhèin, ach cha b' e na rudan sin a bha prìseil dha ach dathan na rèiseamaid, a chaidh a thoirt dha gu pearsanta le Kitchener às deoghaidh Blàr Phretoria.

'S e Gàidheal gu chùl a bh' ann cuideachd, ged nach robh e fhèin a' faicinn dòigh sam bith anns am biodh a' chànan beò anns an linn mhòr a bha roimhe. "Tha an saoghal air atharrachadh, 'ille," chanadh e le Ùisdean. "Rudan àraid timcheall oirnn a-nis: carbadan-iarainn, bàtaichean-smùid, fiù 's itealain-adhair. 'S e foghlam, fhios agad, a bheir air adhart thu sna lathaichean seo 's chan e na rudan a rinn feum dhòmhsa – dleastanas is an ùmhlachd as dligthe dha na daoine mòra. Foghlam, a bhalaich – sin a dh'fheumas tusa."

Agus 's ann ri linn sin a dh'fhàg Ùisdean an t-eilean na bu tràithe na bha e ag iarraidh: air dòigheigin, fhuair athair àite dha ann an sgoil nan rèiseamaidean, an QVS (Queen Victoria School) ann an Dùn Blathain ann an Siorrachd Pheairt nuair a bha e naoi bliadhna dh'aois.

Bha cuimhne aige riamh a bhith a' fàgail Mhuile, air madainn bhrèagha earraich, 's a mhàthair – Tiristeach a b' inntese – a' gul gu cruaidh thall air cùl athar, 's esan air a dhreasadh ann an làn-èideadh nan Argylls: chluinneadh Ùisdean am port a bha e a' cluich – *The Great Inveraray March* – na chluasan fada seachad air Taigh an Uillt.

An Oidhche Mus Do Sheòl Sinn

Nuair a ràinig e Sruighlea, bha mu leth-cheud gille eile an sin cuideachd deiseil airson nam fèilidhean a bha romhpa, 's cha b' fhada gus an robh iad orra uile 's iad air an cur (nan 'cadets') ann an diofar aonadan a rèir nan rèiseamaidean a chaidh a thaghadh dhaibh.

Bhon latha sin, cha robh am foghlam aig Ùisdean eu-coltach ri foghlam Eòin fhèin, ach gun d' fhuair e barrachd Beurla (seach Laideann) agus barrachd caismeachd (seach spaidsearachd). Cuimhnichibh gu robh seo eadar Cogadh nam Boers agus an Cogadh Mòr, nuair a bha *"Dulce et decorum est pro patria mori"* fhathast mòr agus uasal. Cha robh Owen no Remarque fhathast air an fhìrinn innse, 's cha robh Dòmhnall Ruadh fhathast air innse dhuinn cho duilich 's a bha e 's a chridhe an sàs aig bròn.

Chan e gu robh dad ceàrr air a' bhàrdachd mhòir Shasannaich (agus Albannach) a chaidh a theagasg dhaibh, ach dìreach gun deach a teagasg mar bhalla ìompaireachd – chaidh a teagasg do dh'Ùisdean 's dha na balaich eile gum buineadh an saoghal gu lèir do Bhreatainn, chan ann air sgàth 's gun do bhuannaich iad air muir is air tìr – rud a bhuannaich – Ò, cho eòlach 's a bha Ùisdean air a' mhapa phinc a dh'ionnsaich e cho math, a bhuineadh do Bhreatainn uile: Newfoundland, St Lucia, Bermudas, Gambia, Nova Scotia, St Christopher, Nevis, Barbados, Antigua, Montserrat, British Honduras, Gold Coast Colony, Jamaica, Bahamas, Cayman Islands, Rupert's Land and North-West Territory, Bombay, Gibraltar, New Brunswick, Virgin Islands, Prince Edward Island, Cape Breton Island, Dominica, Grenada, St Vincent, Tobago, Falkland Islands, Saskatchewan, Sierra Leone, Alberta, New South Wales, Seychelles, Cape of Good Hope, Ceylon, Demerara, Berbice, Essequibo, Trinidad, Malta, Tasmania, Mauritius, Manitoba, Singapore, British Columbia, Vancouver Island, Natal, Queensland,

Air Cùl na Beinne Mòire

Western Australia, Victoria, South Australia, Aden, New Zealand, Hong Kong, Ontario, Punjab, Quebec, Eastern Bengal and Assam, Lagos, Bhutan, Basutoland, Manitoba, Burma, Cyprus, British North Borneo, Egypt, Zululand, Brunei, Kenya Colony, Sarawak, Swaziland, Zanzibar Protectorate, Nyasaland Protectorate, Anglo-Egyptian Sudan, Orange River Colony, Transvaal, federated Malay States, British Somaliland, Nigeria, Bechuanaland Protectorate, Rhodesia, Uganda, Madras, Bengal, Straits Settlements – ach a chionn 's gu robh iad air buannachadh sa cheann, ann an tuigse agus ann am foghlam agus ann an eòlas.

"The Empire – the Victory – begins not out there," bhiodh ceannard na sgoile, Major Hornet, ag ràdh gach madainn aig Assembly ('s e a' sìneadh a làimh a-mach, a' comharrachadh taobh a-muigh na sgoile) "but in here ('s e a' cur a chorraig gu cheann), "where we learn *esprit de corps*, where we learn not only what we are and who we are but what we are intended to be. Victory, boys, begins with not only learning, not only knowing but believing what the old Scotch poet once wrote: 'Here's tae us – wha's like us? Damned few, and they're aa deid!'"

'S ri linn sin, dh'ionnsaich Ùisdean is an còrr gur ann sa cheann a bha an cogadh mòr, 's chaidh bàrdachd gu sònraichte a chleachdadh san sgoil na meadhan airson soisgeul na h-Ìompaireachd a sgaoileadh. Chan e mhàin na h-òrain 's na dàin ris am biodh dùil –

> "*Land of Hope and Glory,*
> *Mother of the Free,*
> *How can we extol Thee*
> *Who are born of Thee?*
> *Wider still and wider*
> *May thy bounds be set.*

An Oidhche Mus Do Sheòl Sinn

God, who made Thee mighty,
Make Thee mightier yet."

– ach cuideachd bàrdachd an luchd-ealain mhòir. "Take the great English poet William Wordsworth," chanadh Major Hornet (a bha a' teagasg eachdraidh agus Beurla do dh'Ùisdean cuideachd): "he didn't just write about daffodils, as everyone assumes. He too knew the difference between good and evil, power and weakness, white and black." Is sheasadh e an sin ag aithris nan sreathan fada brèagha:

"It is not to be thought of that the flood
Of British freedom, which to the open sea
Of the world's praise, from dark antiquity
Hath flowed 'with pomp of waters unwithstood,'
Roused though it be full often to a mood
Which spurns the check of salutary bands,
That this most famous stream in bogs and sands
Should perish, and to evil and to good
Be lost for ever . . ."

Gun ghuth a ràdh mun aon chlas Gàidhlig a bha iad a' faighinn gach seachdain, air a teagasg le fear MacFhionghain às an Eilean Sgitheanach a bha cho dèidheil air a' bhàrdachd 'Blàr na h-Òlaind' is nach robh e a' teagasg a' chòrr:

"Air mìos deireannach an fhoghair,
An dara là, is math mo chuimhne,
Ghluais na Breatannaich on fhaiche
Dh'ionnsaigh tachairt ris na nàimhdean.
Thug Eabarcrombaidh taobh na mara
Dhiubh le chanain, 's mi gan cluinntinn;

Bha fòirne aig Mùr gu daingeann
Cumail aingil ris na Frangaich."

Gu mì-fhortanach, (bha Ùisdean riamh a' faireachdainn) – agus chan eil teagamh nach e seo a chuir às dha mu dheireadh thall – bha e ro òg airson faighinn air falbh dha na trainnseachan, 's ri linn tubaist a bh' aige a' cluich rugbaidh ann an Cill Rìmhinn ann an 1918 (far an do bhrist e a ghlùin cho dona 's nach robh comas coiseachd ceart aige riamh às deoghaidh sin), chomhairlich Major Hornet dha a dhol a theagasg an àite a dhol a-staigh dhan Arm, mar a bha e ag iarraidh.

"After all, you know my views," thuirt Hornet ris, "that the real battlefield is in the mind, not in the sodden fields of France. You have a special role, MacLean – a special responsibility – to prepare the minds of these Highland boys you're so fond of for the task ahead. The task of civilising the years ahead!"

Ach cha d' fhuair Ùisdean bochd seachad air a' bhristeadh-cridhe: na bruadaran, na h-aislingean, a bh' aige a bhith mar Eabarcrombaidh, no Iain Mùr no am Marcus! 'S an àite sin, cha bhiodh ann a-nis gu sìorraidh bràth ach meaban de mhaighstir-sgoile – saighdear-sitig, mar a chanadh na bodaich le smugaid.

Thàinig an t-òl, mar a thàinig e riamh, mar chuibhrig mun mhulad. An toiseach ga bhlàthachadh, 's mu dheireadh ga mharbhadh.

Às deoghaidh trèanadh ann an teagasg ann an Glaschu, bha MacIllEathain an toiseach greis a' teagasg an Dùn Èideann, ach cha do mhair e fada an sin: chaidh a ghluasad a Pheairt, 's an uair sin a dh'Obar-Dheathain, 's an uair sin a dh'Inbhir Nis. Mar bu mhotha a ghreimich an deoch-làidir air, 's ann a b' fhaide gu tuath a ghluais luchd an fhoghlaim e. "Feuch Inbhir Pheofharain," thuirt iad leis. "An Caol." "Port Rìgh." Mu dheireadh chuir iad a dh'Uibhist e.

An Oidhche Mus Do Sheòl Sinn

O, bha lathaichean – uaireannan seachdainean – soilleireachaidh aige, ceart gu leòr. Nuair a chuimhnicheadh e, ann an da-rìribh, carson a bha e beò, is carson a bha e a' teagasg – Beurla, agus bàrdachd gu sònraichte. "O, chan ann airson an sgudail ud a thuirt Hornet rium o chionn bhliadhnachan," chanadh e leis fhèin, "ach airson farsaingeachd inntinn, agus fuasgladh agus saorsa, a thoirt dha na sgoilearan bochda a tha air mo bheulaibh."

'S anns na h-amannan sin, bhiodh e air ghoil, air a lasadh le rudan a leugh e, na sheasamh an sin anns a' Chaol agus ann am Port Rìgh, agus mu dheireadh ann an Uibhist a Deas, a' labhairt mar bu chòir dha labhairt, làn neairt agus saorsa. Air dòigheigin, fhuair e grèim air a' bhàrdachd aig Owen, agus thug e sin dhaibh ann an Cill Donnain, ged nach do thuig duine cò air a bha e mach 's e na sheasamh an sin ann an teas an t-samhraidh ag aithris:

> "Was it for this the clay grew tall?
> – O what made fatuous sunbeams toil
> To break earth's sleep at all?"

Ach sa mhòr-chuid, bha e ro lag – 's chan eil iongnadh ann – na phearsa, airson strì an aghaidh mar a bha e. Agus ghèill e, na laigse, do breug na h-Ìompaireachd agus dhan uisge-bheatha.

An oidhche seo – an oidhche a thàinig e gu doras Mhaighstir Eòin, am fear beag cruinn reamhar le sròin dhearg na dibhe – cha robh e ach dà fhichead bliadhna 's a sia a dh'aois, ach a' coimhead a leth uiread a-rithist.

Ann an iomadh dòigh, bha e a' tilgeil a' chroinn mu dheireadh, 's bha fhios aige air a sin: a dh'aindeoin na h-aghaidh a chuir e air, a dh'aindeoin Keats, a dh'aindeoin *The cat sat on the mat*. No 's dòcha air sgàth a h-uile dad a bha sin. Ann an àiteigin – ann an cùil dhorcha, no 's dòcha ann an cùil shoilleir, a chridhe – bha e an dòchas, ann an dòigheigin nach b' urrainn dha a chur am briathran, gun tigeadh fuasgladh air choreigin an cois an t-sagairt ùir òig seo. 'S bha e an dùil a dhol thuige gu h-iriosal stuama, ach dìreach gun do ghabh e drudhag airson neart a thoirt dha fhèin, a lean gu seachd no h-ochd, is an àite tighinn gu doras an t-sagairt na làn-fheum thàinig e na làn-phròis, leis an can cuid làn-eagal.

'S an àite urram a shealltainn dhan t-sagart, thòisich e air a' ghòraiche ud mun t-srap – mun Lochgelly mhòr 's mun 'Ghrecian Urn' – a-rithist. Ò, bha fhios aige gu robh e cèarr, agus a' dol air an t-slighe chèarr sa bhad, ach cha b' urrainn dha stad, oir bha an drama ga bhuaireadh agus an t-eagal ga stiùireadh.

Ò, nam biodh Maighstir Eòin dìreach air aontachadh leis, cho diofraichte 's a bhiodh rudan air a bhith. An càirdeas a dh'fhaodadh a bhith air fàs suas eatarra: dh'fhaodadh iad a dhol a-mach a dh'iasgach còmhla air feasgraichean fada samhraidh – nach b' ann aca a bhiodh na còmhraidhean – mu bhàrdachd is mu dhiadhachd 's eile – Augustine is Homer, Acquinas is Virgil, Donnchadh Bàn 's MacMhuirich – Ò, bha fhios aige mun deidhinn-san cuideachd, Ò, bha. Ach cha bhiodh e a-nis mar sin, cha bhitheadh.

'S mu dheireadh, dh'iarr an duine air falbh: "Feumaidh tu falbh," thuirt an sagart. "Tha an t-uabhas agam ri dhèanamh," is rinn e mar a chaidh iarraidh air, am bodach beag reamhar, mar chù a chaidh a dhochann, no mar leanabh a chaidh a shuarachadh, mar a rinn e on latha a dh'fhàg e Muile 's a' phìobaireachd na chluasan – *The Great Inveraray March* – fada seachad air Taigh an Uillt, 's a mhàthair a' gul air a' chidhe, 's e a' cluinntinn an fhuaim sin fhathast os cionn na caismeachd, mar a chual' e riamh e, mar a chual' e riamh e.

'S cha robh cinnt aig duine an do leum e a-staigh dhan loch air a rathad dhachaigh, no dìreach an e tubaist a bh' ann, ach chaidh a chorp fhaighinn madainn an làrna-mhàireach le na fir air an

An Oidhche Mus Do Sheòl Sinn

rathad dhan aifreann, na laighe air a bheul fodha sa chop aig ceann a deas Loch Chill Donnain.

Chuir Maighstir Eòin, ann an culaidh-aifrinn dhearg mar chomharra air an latha a bh' ann – Là nan Ostal Philip is Seumas – suas ùrnaigh mhòr air a shon, a' breithneachadh leis fhèin gu robh e na b' fhasa dèiligeadh ri Maighstir MacIllEathain marbh na beò: na laighe fon anart gheal aig cùl na h-eaglaise, cha fhreagradh MacIllEathain a-nis, cha tigeadh a bheachdan no fhaoineas no fhoghlam a-nis eadar anam agus tròcair choileanta Dhè. Dhèanadh Dia math dha a-nis 's gu robh e marbh, fada nas motha na nuair a bha e beò. Oir fhad 's a bha e beò, bha a bheachdan agus a pheacaidhean a' tighinn eadar e fhèin agus gràs Dhè. Cha tigeadh a-nis, agus gu cinnteach, smaoinich Maighstir Eòin, bhiodh Dia math agus coibhneil agus gràsmhor agus tròcaireach dha. Rud nach b' urrainn dhàsan a bhith nuair a bha e beò, a-raoir.

'S às deoghaidh na h-aifrinne sheas Maighstir Eòin treis mhòr air taobh a-muigh na h-eaglais, a' crathadh gach làimh a chaidh seachad: an fheòil a bhuineadh dhan fheadhainn a bha ag aideachadh dha am feasgar roimhe. Làmhan obrach, cruaidh, treun, gàgach – cleachdte le bhith ri crann no sgoth, bò is each, todhar is spealadh. 'S làmhan nam mnathan a cheart cho foghainteach – air an sgùradh glan leis a' chosnadh, meòirean a' chutaidh, dùirn na clòimhe.

'S nuair a dh'fhalbh iad uile – air eich 's air baidhsagalan, ach a' mhòr-chuid dhen cois, nan dithis 's nan triùir mìltean tarsainn na mòintich – thill e dhachaigh, le fios gu cinnteach nach 'sàbhaileadh' e aon duine san àite seo, oir cha b' e sin a bha a dhìth, ach a bhith ionann leotha, còmhla riutha, le dòchas gun sàbhaileadh iadsan esan. No gun sàbhaileadh iad a chèile, air dòigheigin.

Cha b' urrainn dha a dhèanamh: bha fhios aige air a sin sa bhad, ann an doimhneachd a chridhe. Cha b'urrainn dha a dhèanamh: a bhith na shagart, bha e a' ciallachadh.

'S fhada, ann an dòigh, o bha fhios aige air: on latha a chrùb e anns an luachair, bliadhnachan mòra air ais, a' coimhead suas air Maighstir Eàirdsidh àrd air Beinn a' Charra; on latha a dh'itealaich e àrd, taiseach ri taobh Lilidh; on latha a dh'èist e le Juan Mendez.

Chan e nach robh e air a ghairm, no air a thaghadh, ach nach robh e làidir gu leòr – no lag gu leòr – airson a' ghairm sin a fhreagairt. Co-dhiù a rèir 's mar a bha a' ghairm sin air a tuigsinn: mar rud air an robh crìochan aithnichte.

'S chan e dìreach na crìochan aithnichte, mar nach b' urrainn dha pòsadh: ann an dòigh, 's e sin an rud a b' fhasa dheth. Cha robh ann an sin ach uachdar a' ghnothaich, samhla na cùise, mar a bha fhios aig an eaglais fhèin: cha b' ann gun adhbhar a thuirt Pòl gum b' fheàrr pòsadh na losgadh. Cha b' ann ris a sin a bha Maighstir Eòin a' strì idir, ach ris a' ghairm fhèin, no cùmhnantan na gairme sin.

'S dòcha gu robh a' charachd aige na b' fhaisge air na thuirt Pòl le na Ròmanaich seach le na Corintianaich. Dè bh' ann an creideamh co-dhiù: nach b' e dìreach, mar a thuirt Pòl, 'fìreantachd tro chreideamh a-mhàin'.

Dh'fhosgail e an teacsa sin an oidhche ud, dìreach mar a bha fhios aige a dh'fhosgail Luther i o chionn linntean: am Pròstanach mòr sin, mar a thuirt athair uaireigin, le smugaid. Ach saoil an robh Luther ceart – 's ma bha, an robh sin a' ciallachadh dad?

An robh e a' ciallachadh, mar a bha am Bìoball ag ràdh cuideachd, gu robh a h-uile duine na shagart? 'S ma bha – 's bha fhios gu robh – càit an robh sin ga fhàgail-san? Direach na 'shagart' am measg 'shagartan'? 'S nach robh sin math gu leòr?

Chaidh e air a ghlùinean a ghleac ris a seo, fad oidhche is latha.

Mar Iàcob aig Peniel. Mar Augustine ann am Milan. Mar Chrìosda fhèin ann an Getsemene.

Ri prois is uaill. Ri laigse is rùn. Ri iarrtas is miann. Ri dùilean dhaoine 's a dhùilean fhèin. 'S ri dùilean Dhè. Gu seachd àraid ri na trì rudan sin. 'S e ag iarraidh a bhith na 'dhuine mòr'. Na dhuine ris an coimheadadh daoine suas, 's mun canadh iad: "O, 's e deagh dhuine a tha sin. Duine ceart."

'S cò nach robh a' miannachadh sin, thuirt Eòin leis fhèin. Maighstir Eòin. Gun dèanadh e an rud a bha dligheach agus ceart, susbainteach agus fìrinneach, gu math an t-sluaigh.

'S dè bha iadsan a' sùileachadh bhuaithesan? A bhith làidir, tha fhios, nuair a bha iadsan lag. A chupa a bhith a' cur thairis le neart, tha fhios, nuair a bha iadsan a' sleamhnachadh lag. Nach b' e sin cuideachd obair sagairt?

'S cò, mar a thuirt Pòl cuideachd, a tha foghainteach a chum nan nithean seo?

Cha robh esan, 's ged a bha comas eanchainn agus comas cridhe aige an argamaid a thionndadh an taobh seo 's an taobh ud 's an taobh ud eile: nach robh aige ri bhith lag am measg nan anfhann, na Iùdhach am measg nan Iùdhach, dhaibhsan a bha fon lagh mar dhuine fon lagh etc. – a bhith anns gach uile chruth do na h-uile dhaoine, a chum air gach uile dhòigh gun saoradh e cuideigin.

Nach robh fhios aige air a h-uile rud a bha sin? Gun toireadh Dia gràs dha, nuair agus mar a dh'fheumadh e. Chan ann ron àm, no às a dheoghaidh, ach aig an àm, nuair a bha feum aige air.

Nach robh fhios aige air a sin: na teacsan uile? Na geallaidhean uile: *Tha mise maille ribh a ghnàth, gu deireadh an t-saoghail. Feuch, air deàrnan mo làmh gheàrr mi thu. Chan fhàg, agus cha trèig mi gu bràth thu.*

Ach cha robh ceangal sam bith aig a sin – aig na geallaidhean mòra biothbhuan sin – le a dhreuchd, an robh? Nach robh iad a cheart cho fìrinneach ged nach biodh e na shagart idir – ged nach biodh ann ach gloic, no diol-dèirce, no amadan? Ged nach biodh

Air Cùl na Beinne Mòire

ann ach iasgair, no cruitear, no duine cumanta, ge b' e dè a bha sin a' ciallachadh?

Mu thrì uairean sa mhadainn, bha e ann am meadhan an fhàsaich. Dè a bha e a' diùltadh co-dhiù, agus carson? Carson nach robh e comasach – carson nach robh e deònach – an rud a rinn Crìosda fhèin a dhèanamh? A dhreuchd a ghabhail, a shagartachd a choileanadh mar bu chòir – mar a gheall e, na bhòidean mòra? *Rachadh an cupan seo seachad orm.* 'S carson nach robh e deònach an ùrnaigh sin a chrìochnachadh, mar a chrìochnaich Crìosda i? *Gidheadh, na biodh e mar as àill leamsa, ach mar as toil leatsa.*

O, cha b' e Crìosda esan, cha b' e.

Ach na geallaidhean! Na bòidean! Nach robh sin a' cunntas dad? 'S iad air an toirt seachad cho follaiseach, cho poblach.

'S ma bha an t-strì seo gu bhith ann, carson nach do rinn e i bho chionn bhliadhnachan? O chionn bhliadhnachan mòra.

Nach robh mìle cothrom aige – air a bhith aige. Na cothroman a ghabh na balaich eile ud – dè na h-ainmean a bh' orra a-rithist: Mìcheal Iain MacÌosaig, Terry Finnegan, Patrick Donnelly, Sean Kelly? Ach cha robh e airson a bhith coltach leothasan, a dh'fhalbh aon shamhradh, gu deas, is nach do thill.

Nach robh iad a' trèigsinn rudeigin a bha na bu mhotha na iad fhèin, dìlseachd is càirdeas nam measg?

'S an e sin a bha e fhèin a' dol a thrèigsinn a-nis cuideachd, am measg rudan eile?

Aig an àm seo, an t-àm bu mhiosa a bh' ann.

Uair sam bith ach a-nis.

Fuirich mìos, no bliadhna co-dhiù. No bidh thu nad chùis-nàire dhad mhàthair – fiù 's ged a tha i marbh – 's dhad athair – fiu 's ged a tha esan cuideachd marbh – dhad chàirdean, dhad bhaile, dhad choimhearsnachd, dhad eilean, dhad eaglais, dhad chreideamh 's dhut fhèin. 'S dòcha dha do Dhia.

Ach bha e daingeann, ged nach do thuig e an toiseach cò dha a bha e daingeann: nach robh dleastanas ann na bu mhotha na gach dleastanas sin?

Dleastanas dhan fhìrinn.

'S anns a' chamhanaich ghleac e leis an fhìrinn sin. Ga lomadh sìos, ga locrachadh sìos, chun na smior.

Gus nach robh athair no màthair no nàbaidh no baile no coimhearsnachd no saoghal air fhàgail ach e fhèin 's i fhèin.

Ise ag iarraidh air a bhith onarach, esan ag iarraidh oirre cuimhneachadh air dleastanas.

Ise ag iarraidh a bhith saor, esan ag iarraidh oirre cuimhneachadh air dlighe.

Ise ag iarraidh a bhith fìorghlan, esan ag iarraidh cùmhnant.

"Tha mi mar an dealan-dè," thuirt an fhìrinn. "Ma gheibh thu grèim teann orm, pronnaidh tu mi."

Agus shaoil e gu robh e àraid gur e an rud bog sin a bhrist a chridhe 's nach e an rud cruaidh. Chan e argamaidean Phòil ach dealbh an dealain-dè.

'S fad na maidneadh thug e taing airson an rud lag bhrisg sin ris an can sinn an fhìrinn: a bha, mar an dealan-dè fhèin, cho lainnireach brèagha a' sgèith is cho furasta a mharbhadh, gu luaithre 's dust, anns an t-suathadh eadar meur is òrdag. Fìrinn Chalbharaidh, is Dia an uile chumhachd a' bàsachadh ann an làn-laigse, airson an t-saoghail chruaidh.

Sin an fhìrinn a làimhsicheadh e o seo a-mach: an tè a bhàsaicheadh aon uair 's gum faigheadh tu grèim teann oirre. Fìrinn na h-iteig gun fhuaim, lainnireach gun dùil, gun fheum. Oir dè am feum a bha an dealan-dè a' dèanamh, a' snàmh eadar dìtheanan gu sèimh socair? Cha b' e cur no buain, treabhadh no cliathadh, mòine no feamainn. Mar lilidhean na machrach, gidheadh cha robh Solamh fhèin na uile ghlòir air èideadh mar aon dhiubh sin.

'S ann an àirde an fheasgair, le grian bhuidhe na Bealltainn a' gathadh air a' Bheinn Mhòir, a thug e dheth an coilear, a chuir e air deise is taidh, agus a choisich e a-mach rathad na buaile gu taigh Eàirdsidh Mhurchaidh. Chunnaic i e a' tighinn fad' às, 's rinn i na b' fhasa dha e, le dhol a-mach le bucaid uisge chun an tobair a bha eadar an taigh agus àird na buaile.

'S sheas i an sin, am boireannach àrd àraid seo, mar Rebecah aig tobar Nahoir, òigheil, ro mhaiseach. An t-uisge a' deàrrsadh às an t-soitheach, am feasgar cho ciùin, 's cho blàth 's cho sàmhach.

"Tha mi ag iarraidh do phòsadh," thuirt e, mar gu robh e ag iarraidh balgam uisge.

"Tha fhios a'm," thuirt i. "'S fhada on a bha dùil agam riut. Agus pòsaidh mi thu." Agus leis a' bheagan fhaclan soilleir sin eatarra, dh'atharraich iad, gu tur, cùrsa am beatha, an co-cheangal a bh' aca ri Uibhist, agus eachdraidh nach bu ro bheag.

Dh'uabhasaich e daoine ceart gu leòr: chan e nach robh a leithid air tachairt roimhe, agus nach tachradh a leithid a-rithist, ach cho luath agus cho poblach 's a bha an gnothach.

"Nam biodh e air fuireach bliadhna fhèin."

"No fiù 's mìos."

"No, gu dearbh, seachdain!"

"Ach ann an latha – ann an aon latha!"

"Dè bha ceàrr air an Spàinn – carson nach do dh'fhuirich e an sin an àite sinne a thàmailteachadh!"

"Smaoinich thusa!"

"Dìreach eagalach!"

"Uabhasach!"

"Dè an seòrsa eisimpleir a tha sin dhan òigridh?"

"Dhan fheadhainn bheaga."

"Dha na lapaich!"

"Gun toireadh Dia fhèin mathanas dhuinn!"

"Agus ise – nach robh i ag iathadh mu chuairt co-dhiù."

"Tha thu ceart: 's ise as coireach, 's i – nach deach i ga fhaicinn a' chiad là ud, ga bhuaireadh!"

"Nach eil iad ag ràdh gu bheil na cumhachdan aice co-dhiù?"

"An dà shealladh, mar a bh' aig a màthair."

"Bidh an duine bochd fo gheasaibh. Fon droch shùil."

"Eubha! Nach e sin a rinn Eubha air Adhamh bochd?"

"No mar a thuirt Colum Cille còir: 'Far am bi bò, bidh bean, 's far am bi bean, bidh buaireadh'."

'S bha e àraid (ach glè chuideachail dhàsan) gun deach a' mhòrchuid dhen choire a chur oirrese. Nach robh esan naomh, is beannaichte, is aonranach, 's nach robh ise riamh (mar a bha a màthair) glòir-mhiannach is uallach is àrdanach? A' smaointinn cus dhith fhèin, brèagha, glic, foghlaimichte. Nach biodh i a' leughadh leabhraichean a bhiodh a' tighinn tron phost? Bha cuid ag ràdh gu robh i a' toirt a-mach dotaireachd tro bhuidheann mhnathan air choreigin an Lunnainn. Buidseachd air choreigin, tha mi cinnteach.

'S cha robh sìon idir dhen sin ceart. Ma bha dad a' tighinn sa phost, b' e dìreach irisean a bha Macpherson's ann an Inbhir Nis air tòiseachadh air a chur a-mach mu bhuntàta agus sìol coirce agus seagail: cha robh buidseachd sam bith a' tighinn a taobh, mura canadh tu buidseachd le nòsan ùra airson achaidhean a threabhadh 's a chliathadh. 'S tha mi cinnteach gun canadh cuid sin cuideachd. 'S ma bha geasachd ann, 's e dìreach geasachd a' ghaoil, no co-dhiù miann a' ghaoil.

'S phòs iad ceart gu leòr, ged a b' ann gun bheannachd eaglais no eile, ach leotha fhèin, ann am fianais Dhè a-mhàin, air cùl na Beinne Mòire air an latha mu dheireadh dhen Chèitean, 1926. Latha ciùin samhraidh, na druidean 's na h-uiseagan nan ainglean àrda os an cionn, na h-iolairean 's na seabhagan nam fleasgaich, pìobaireachd na mara fodhpa, ruidhlichean nan dealan-dè, geallaidhean na cruinne-cè.

'S laigh iad greis anns an fhraoch, a' coimhead suas air buidheachas nan nèamh: sgòthan beaga bàna, sìorraidheachd ghorm, breacadh rionnaich gu tuath, fèath nan eun gu deas.

Cha robh adhbhar labhairt, oir bha na rinn iad gu leòr: cha chuireadh briathran ris an toileachas, no ris an uabhas. Bha leth-uair ann co-dhiù nuair a bha iad fhèin – 's na bha iad a' faireachdainn 's na rinn iad – gu h-iomlan a rèir a chèile, gun leisgeul, gun mhìneachadh, gun aithreachas. Airson greiseag bheag bhiothbhuan, bha an saoghal foirfe.

Ach cha do mhair sin, mar nach mair rud sam bith. Thàinig oiteag ghaoithe, le sileadh mìn air a cùl, a bha cho bog agus cho bòidheach air an gruaidhean. Laigh iad fhathast anns an uisge, mar nach robh anam no cridhe no eanchainn neo-eisimeileach aca, mar gu robh iad mar phàirt bunabhasach dhen fhraoch 's dhen ghaoith 's dhen uisge. Bhàsaich iad, no dh'ath-bheothaich iad, san tiotan sin. 'S an uair sin dhùisg iad.

"Feumaidh sinn falbh. Tha fhios agad air a sin?" thuirt e. "Às an eilean, tha mi a' ciallachadh. Chan urrainn dhuinn fuireach."

Bha fhios aice air a sin, ach cha robh i a' dol ga dhèanamh.

"Carson?" thuirt i.

Cheana – cho tràth sa phòsadh – bha an t-seann chòimhstri a' tòiseachadh. A' chòimhstri eadar e fhèin 's a laigsean: dh'iarradh esan fuireach cuideachd, ach ciamar? Carson a bha i a' cur ceist cho duilich? Carson nach canadh i, "Aidh, sin a nì sinn, Eòin!" Nach e sin a bu chòir do bhean, gu h-àraid bean nuadh-phòsta, a dhèanamh? Aontachadh. Aontachadh leis an duine.

"Carson?" thuirt i a-rithist, 's cha robh freagairt aige ach leisgeulan na laigse 's an eagail. Nach còrdadh am pòsadh le daoine. Gun goirticheadh na rinn iad a' choimhearsnachd cho mòr. Gun cuireadh iad cùl riutha. Gum biodh fuath aca dhaibh. Gun tilgeadh iad smugaidean spioradail orra, ag ràdh nan cridheachan: "Seall orra: an sagart grànda, 's ise – a' bhana-bhuidseach! Esan – nach b' urrainn a bhriogais a chumail suas! Nach b' urrainn a speur a chumail dùinte! A bhrist a bhòidean naomha! A bha pòsta aig Crìosda aon latha, agus aig banaicheard an làrna-mhàireach! Abair adhaltranas agus bristeadh fhàithntean!"

"Carson?" dh'fhaighneachd i, airson an treas turais, 's bha fhios aige nach robh freagairt ann.

"Innsidh mise dhut," thuirt i. "A chionn 's gu bheil an t-eagal ort. An t-eagal ort ro na chanas daoine, agus ro na smaoinicheas daoine mu do dheidhinn. No mu ar deidhinn. Uill, smaoinicheadh iad, ma-tha! Smaoinicheadh iad – agus canadh iad – na thogras iad, ach chan eil ar casan a' dol a dh'fhàgail Uibhist – carson a dh'fhàgadh? Carson a ruitheamaid air falbh, mar gu robh sinn air rudeigin uabhasach – rudeigin uabhasach olc – a dhèanamh? A bheil am pòsadh olc? A bheil an gaol olc?"

"Tha le sagart, tha mi cinnteach."

Bha e àraid, ach bha fhios aice air a h-uile sìon a bha e a' smaoineachadh, 's a bha e a' dol a ràdh, mus canadh e e. 'S cha b' e an dà shealladh a bha a' toirt na lèirsinn sin dhi idir ach dìreach eòlas oirre fhèin, 's air a coimhearsnachd, 's air na cumhachdan a bha a' stiùireadh na coimhearsnachd sin – èiginn, eagal, cleachdaidhean, companas. A Dhia, nach do dh'fhairich i uile e 's i a' fàs suas: mar a bha a h-àite air a chur roimhpe; mar a dh'fheumadh i bhith sàmhach; mar a dh'fheumadh i bhith modhail, umhail; mar a bha beachd na mòr-chuid – 's b' e fir a bha sin an còmhnaidh – daonnan ceart; mar nach b'urrainn dhut ceum a ghabhail a-mach às d' àite. Nach robh i fhèin – mar bhoireannach – air a bhith a' faireachdainn mar shagart fad a beatha: aonranach, eadar-dhealaichte, air a sgaradh bhon t-saoghal seo. Nach robh deagh fhios aice nach biodh daoine a' pòsadh a leithid de phearsa! Bhiodh e mar gum pòsadh tu aingeal, no diabhal, no rudeigin neo-shaoghalta! Saoil nach ann mu dheidhinn sin a bha sgeulachdan nan each-uisge 's nan ròn 's nam maighdeann-mara 's nan leannan-sìthe a phòs a-staigh dhan a' chinne-daonna? 'S dòcha gum b' e each-uisge a bh' ann an Eòin, an sagart a bh' ann roimhe! 'S dòcha gum b' e ròn a bh' innte fhèin, a mheall e!

'S rinn i gàire.

"A' ghòraiche," thuirt i. "Tha an gnothach glan às a rian – beò air eagal is uirsgeulan! Trobhad, a ghràidh." Agus phòg iad, chan ann mar shìthichean no eile, ach mar fhear is tè, cruaidh, lasanta, iarrtach, gràdhach. Feòlmhor agus spioradail le chèile.

"A bheil sin olc?" dh'fhaighneachd i dha, 's bha fhios aige nach robh.

"Ach chan e sin a tha a' cur dragh ort, a m' eudail," thuirt i, 's a-rithist bha fhios aige nach b' e. "Ach dìreach an t-seann cheist: ciont, mathanas agus saorsa." Is bha sin cuideachd ceart.

'S chaidh iad air an glùinean air beulaibh a chèile san fhraoch.

"Nì sinn e mar an absaidh," thuirt i. "Siuthad: *a, b, c*. Labhraidh tu an ciont, iarraidh sinn am mathanas agus creididh sinn an t-saorsa."

"An toiseach," thuirt i, mar gum b' ann le leanabh beag a chaidh a ghoirteachadh, "innis mar a tha thu a' faireachdainn – chan ann mar a tha thu a' smaoineachadh a tha thu a' faireachdainn, ach mar a tha thu a' faireachdainn ann an da-rìribh."

'S dh'aidich, no bhruidhinn e, leis a' bhoireannach àraid seo – Seasag Eàirdsidh Mhurchaidh . . . Chan e – bha fhios gur e Seasag Eòin a chanadh iad leatha a-nis . . . a bhean . . . a bhean ghràdhach (thuirt e seo a dhà no trì thursan leis fhèin) – mar nach do dh'aidich e, no nach b' urrainn dha aideachadh riamh (oir ciamar a b' urrainn dha), do Mhonsignor nam brògan dubha, no do dh' Àrd-easbaig Gardanza. Gu sìmplidh, gu h-onarach, le earbsa.

"Tha mi faireachdainn," thuirt e, " eagalach. Tha an t-eagal orm. 'S tha mi a' faireachdainn lobhte. Gun do leig mi m' eaglais agus mo dhaoine sìos. Gun do mheall mi iad agus gun do ghoirtich mi iad, le bhith a' leigeil orm fad dusan bliadhna gu robh mi gu bhith nam shagart. Gun do leig mi leis a' ghnothach ruith cho fada: an dòchas mòr a bh' aig daoine annam, gum bithinn urramach, is uasal is naomh. Tha mi a' faireachdainn gun do leig mi sìos a h-uile duine, gun do ghabh mi brath orra, gun do thrèig mi iad, agus air sgàth sin gun do lagaich mi iad. Gu bheil mi air creideamh neoichiontach nan daoine bochda seo a thruailleadh, an dòchasan beaga a mhilleadh le bhith a' gabhail mo rathaid fhìn, 's a' dèanamh mo thoil fhìn."

Nach beag am peacadh!, shaoil i, *'s nach mòr an ciont.*

"'S tha thu ag iarraidh mathanas airson sin?" thuirt i.

"Saorsa bhuaithe co-dhiù, oir tha fhios a'm gum mill e mi. Tha fhios a'm gum mill e na bliadhnachan a tha romhainn. Tha fhios a'm gun tòisich mi air thusa a choireachadh cuideachd, airson mo thàladh air falbh o mo dhleastanas."

"Ìobairt a bh' ann," thuirt i, "'s chan e dleastanas. 'S bha dùil agamsa gu robh aon ìobairt gu leòr – nach robh Calbharaidh gu leòr?"

"Ach bha mi pòsta mar-tha," thuirt e mu dheireadh thall. "Oir 's e sin a tha anns an t-sagartachd – tha fhios agad air a sin. Pòsta le bòidean ri Crìosda gu sìorraidh."

Choimhead i air airson ùine, ged a bha a shùilean air falbh bhuaipe, 's iad ìseal, a' coimhead sìos.

"Coimhead orm," thuirt i, 's mu dheireadh thog e a shùilean, 's chual' e i ag ràdh, "'S nach eil thu sin fhathast? Pòsta ri Crìosda, tha mi a' ciallachadh. Mar a tha mise."

'S aig a' mhòmaid sin, dè dh'itealaich a-nall ach dealan-dè: fear dhen fheadhainn orains-dhonn leis an can iad an Rìgh (*Danaus plexipuss*), a' gluasad gu ciùin eadar dà shòbhraig mun casan.

"Nach e riaghailt eaglais seach riaghailt na fìrinn a bha sin."

'S choimhead e air an dealan-dè, 's chuimhnich e air cho friollannach – 's cho brèagha – 's a bha an t-sìorraidheachd.

"Agus leighisidh e gach eucail," thuirt cuideigin dhiubh.

"Agus mathaidh e gach peacadh."

"Ged bhiodh iad mar an sgàrlaid, bidh iad geal mar an sneachd."

"Agus bidh duilleach na craoibhe a chum leigheas nan cinneach."

"Agus cha bhi mallachd air bith ann nas mò."

"Agus cha bhi bàs ann nas mò, no bròn, no èigheach, agus cha bhi pian ann nas mò."

"Oir chaidh na ciad nithean thairis."

"Oir is ann le gràs a tha sibh air ur teàrnadh, tre chreideamh a-mhàin: agus sin chan ann uaibh fhèin; is e tiodhlac Dhè e."

Dh'aidich iad le chèile nach b' e tìm – ach mathanas buan na mionaid uarach – a leighiseadh.

Meadhan an fheasgair a-nis: bha a' ghrian thall mun Eilean Sgitheanach. An t-uabhas rudan a cheart cho feumail – 's dòcha na b' fheumaile – len obrachadh a-mach fhathast air a' chiad latha pòsaidh seo. Cà robh iad a' dol a dh'fhuireach a-nochd? Dè bha iad a' dol a dh'ithe? Ciamar a bha iad gu bhith bèo? Ciamar, a bharrachd air carson.

Ghabh i a dhà làimh. "Tha mi a' toirt mathanas dhut," thuirt i, "an ainm Dhè, agus an ainm muinntir Uibhist. Ged nach eil ùghdarras sam bith agam sin a dhèanamh, tha mi ga dhèanamh. Mura bheil iad deònach a thoirt seachad, 's e gnothach eile tha sin. Bi saor. Bitheamaid saor."

Tròcair, shaoil e. Dh'fheumadh e a-nis earbsa a chur ann an tròcair Dhè agus ann an tròcair dhaoine. Cha b' urrainn dha an còrr a dhèanamh. 'S mura dèanadh iad tròcair, tha fhios nach e a choire-san a bha sin. Cha b' e a choire-san a bha sin, idir, idir. 'S mura b' e a choire-san a bh' ann, bha e saor, oir cha robh ciont ceangailte ri neoichiontas. Bha e saor, ma-tha. Ged a bha deagh fhios aice gun iarradh iad dìoghaltas air choreigin, gun rachadh a pheanasachadh fhathast. Aithreachas no mathanas no neoichiontas ann no às, bhiodh iad fhathast air an goirteachadh cho mòr 's gun cuireadh iad an cùl ris. Airson greis co-dhiù, gus an leighiseadh an gràdh iadsan tro choileantachd Dhè.

'S anns an t-saorsa chùmhnantach sin, chuir iad a' chiad oidhche-pòsaidh seachad ann am bothan àirigh tuath air Loch Chorghadail, ann an Gleann Uisinis, aig bun Coir' an t-Sagairt. Tobhta a bha iad a' cleachdadh o chionn trì fichead bliadhna mus deach muinntir Chorghadail fhuadach gu deas a Ghleann Dail le Cluny.

Tobhta cloiche, a bha fhathast dìonach. Cha toireadh e mòran a dhèanamh seasgair, tioram. Teine fosgailte aig aon cheann a ghabhadh a chàradh. Ceann-ithe 's ceann-cadail. 'S gu leòr de chlachan o thobhtaichean eile mun cuairt airson a leudachadh rè ùine. Cha b' e Blairs a bhiodh ann, ach dhèanadh e a' chùis.

Bha an tobar uisge aig ceann an taighe cho fìorghlan 's a bha e an latha a chaidh an Gàidheal mu dheireadh a chuipeadh às a' ghleann:

soilleir, deàrrsach, beò. Thug iad làn na boise do chàch-a-chèile. "Beannachd Dhè air an dachaigh," ars esan, ga chrathadh air an tobhtaidh. "An ainm an Athar, a' Mhic agus an Spioraid Naoimh." Chrath e boinnean oirrese agus air fhèin. "Agus na bhios beò ann."

'S sheas iad greiseag, mar chàraid òg sam bith, moiteil às a chèile, a' gabhail beachd uasal air an dachaigh ùir: ann an sùil a' mhic-meanma, mar a bhitheadh i – tèarainte, comhartail, blàth. Chan e taigh ach dachaigh. Aite dhaib' fhèin. Aite sàbhailte, gun chàineadh gun chunnart. Far nach cuireadh clèir no coimhearsnachd, nàbaidh no rìgh, dragh orra. Dìreach iad fhèin 's na thachradh.

Gheibheadh iad bàta an àiteigin, 's dòcha – 's mura faigheadh, dhèanadh iad tè. Fiodh gu leòr mun chladach. Iasg gu leòr, saor agus an asgaidh, sa mhuir. Fèidh fhathast air a' mhonadh eadar iad fhèin 's Loch Sgiobort. Dh'fheumadh iad gunna, ge-ta.

"Hud," thuirt i, "'s dòcha gum b' urrainn dhut bogha-seilg a dhèanamh! Cha seas gainnead an aghaidh na h-èiginn!"

'S nach cuireadh iad coirce is arbhar is seagal is eòrna! Is buntàta – nach robh an saoghal beò air buntàta! Is currain is tuineapan is càl. 'S nach robh maorach gu leòr air a' chladach fodhpa: feusgain, crùbagan, srùbain, muirsgeinean, faochagan, bàirnich, eisirean. Cha bhàsaicheadh iad!

"Dè mu dheidhinn coineanach?" thuirt i. "Airson na dìnnearach. Dìnnear mhòr na bainnse! 'S fhada on a dh'ionnsaich mi an glacadh, dìreach le mo chrògan. Dòigh a bh' aig Ruairidh a' Mhuilleir – bheil cuimhn' agad air?"

Agus 's ann aige a bha – Ruairidh a' Mhuilleir, a bha a' fuireach leis fhèin fad bhliadhnachan mòra ann an Snaoiseabhal. A ghlacadh bradain na h-oighreachd san dubh-ghealaich; a leagadh fiadh o chòig cheud slat; a bheireadh air buntàta fàs às a' chreig. Agus sgeulachdan cuideachd: sgeulachd Coise Cèin, Fear na h-Eabaid,

An Oidhche Mus Do Sheòl Sinn

Fionn an Taigh a' Bhlàir Bhuidhe, Cath nan Eun, an Ceatharnach Caol Riabhach – cha robh gin nach robh aige. 'S na laoidhean mòra: Laoidh Dhiarmaid, Laoidh Mhànuis, Laoidh a' Choin Duibh. Dh'ionnsaich i bhon bhodach bhochd na chumadh beò i a-nis.

'S dh'fhalbh i is thill i an ceann fichead mionaid le coineanach teann fo gach achlais, bradan tarra-gheal aig gach uilinn, agus taosg dhearcan anns gach làimh. Cha robh esan – 's cha do chuir sin iongnadh sam bith oirre – air an teine a lasadh fhathast.

"Seall a-nis na theagaisg Augustine dhut! Làn do chinn de Laideann, ach gun chomas teine a lasadh air mòintich!"

'S ghabh i fhèin ri na biorain, gan suathadh 's gam brodadh gus an tàinig an teine: a' chiad bhlàths teaghlaich ann an Corghadal o àm nam Fuadaichean.

'S chaidil iad far an robh iad, ann am bad luachrach a bha na h-èildean air a thrèigsinn airson nan cluaintean ìseal. Cadal math, fada, foiseil, domhainn. 'S e a chuir iongnadh orra cho furasta 's a bha e sin a dhèanamh: anns an t-sàmhchair, fo ghrìogagan nan rionnagan, cha robh cogais no tìm, beò no marbh, a' cur dragh orra. Dìreach iad fhèin, 's am feur fodhpa, 's na nèamhan os an cionn.

'S b' e seo a' cheist: dè an ìre gu 'm b' urrainn dhaibh an saoghal a chruthachadh às ùr? Is an seo, am b' urrainn dhaibh na thachair thuige seo a chur air an cùlaibh gu lèir, agus saoghal nuadh, Èden ùr mar gum bitheadh, a thogail an seo ann am bòidhchead agus ann an aonranachdas Chorghadail? Dìreach iad fhèin 's an cruinne-cè. Latha is oidhche. Feasgar is madainn. Earrach is foghar. Samhradh is geamhradh. Slàinte is tinneas. Reothart is contraigh. Gul is gàire. Sòlas is bròn. Beatha is bàs. Am b' urrainn dhaibh?

'S nuair a dhùisg iad, fo bhraon-dhealt na maidneadh, bha e na bu duilghe buileach. Oir bha i fuar, 's an saoghal a bha a' coimhead cho beag is cho meanmnach fo na rionnagan briobartach a-nis cho mòr is cho fiadhaich. Na bha ri dhèanamh dìreach airson cumail beò! Èirigh is nighe is ithe. Biadh a lorg an àiteigin, taigh a thogail, an talamh a ruamhar, le pleadhag no tobha, spaid no bioran – ge b' e dè a gheibheadh iad – sgoth fhaighinn, no a lorg, no a thogail, no a ghoid; iasg a ghlacadh, sìol fhaotainn, 's a chur 's a ràcadh 's a ghlanadh 's a chliathadh 's a bhuain. Gun inneal, gun eòlas. Gun òr, gun airgead. Cha b' ann airson latha, ach gu bràth sìorraidh.

"'Eil thu air na bunaitean a dhìochuimhneachadh a-rithist?" arsa Seasag. "Chan eil againn ach a bhith beò airson latha – cuimhnich? Seall air lilidhean na machrach agus mar a tha iad a' fàs. Chan eil iad ri saothair no ri snìomh. A dh'aindeoin sin, tha mise ag ràdh ribh nach robh Solamh fhèin na uile ghlòir air èideadh mar aon dhiubh seo. Cuimhnich?"

Dh'aotromaich sin e ceart gu leòr, oir gu follaiseach bha e fìrinneach: nach robh dìtheanan a' Chèitein cheana a' siabadh mun casan? Às na lilidhean nach tigeadh foghlam? Na dh'ionnsaicheadh iad tron èiginn! Chan e dìreach mu chur is buain fhèin, no mu iasgach, no mu chlachaireachd taighe, ach mu fhoighidinn is mu chruadal is mu bhristeadh-cridhe is bristeadh-dùil. Nach robh an gleann, 's na tobhtaichean, cheana loma-làn dheth. Cha robh aca ach an sùilean a thogail a chum nam beann is chitheadh iad sin.

Nam fuiricheadh iad an seo – 's carson nach fuiricheadh, no càit eile am fuiricheadh iad? – cha bhiodh feum a chaoidh air sgoilearachd eile. Am bitheadh? Nach robh foghlam gu leòr sna cnuic agus sa chuan, anns na tobhtaichean agus sna speuran os an cionn? Cha bhiodh feum air leabhar, tha fhios, an seo.

'S leis a sin, ghabh iad ris an obair, a' sireadh 's a' cruinneachadh, a' sgioblachadh 's a' sùmhlachadh, a' bristeadh 's a' claonadh, a' càradh 's a' leigheas, a' glacadh 's a' còcaireachd, a' cruthachadh 's a' dèanamh. Chan ann buileach a-mach à neoni, oir cha robh an talamh gun dealbh agus falamh, 's cha robh dorchadas air aghaidh na doimhne, ach dh'fhaodadh iad a ràdh, aig deireadh an latha, gum b' e am feasgar agus a' mhadainn an ciad latha.

'S dè a bh' aca? A bheag, agus gu leòr: aon cheann dhen taigh air a dhèanamh às ùr, glan, sgiobalta, tioram, dachaigheil. An teine ag obrachadh, beagan mònadh air a cruinneachadh, seann chrùisgean air a lorg sa pholl agus air a ghlanadh. Spaid air a dèanamh à bloighean a bha na seann Ghàidheil air fhàgail. Oisean air a chipeadh dheth airson a' bhuntàta, lòn mòr nam bradan air a chomharrachadh, am poll-mònadh a b' fheàrr air aithneachadh.

'S on a bha iad gun mhion-eòlas air an àite, b' fheudar dhaib' fhèin ainmeachadh. Thug iad Abhainn Seasaig air an abhainn, agus Cnoc Eòin air a' chnoc, on a b' iad fhèin a chunnaic iad 's a sheas orra an toiseach. Bha craobhan beaga deas air an abhainn air an tug iad Coille Cairistìona, mar chuimhneachan air a mhàthair, agus bàgh fodhpa air an tug iad Mol Eàirdsidh, mar chuimhneachan air a h-athair-se. 'S a-mach às a' bhalbhachd agus às an aineolas dh'èirich saoghal ùr, a dh'ainmich iad fhèin: Sruth na Grèine; Beinn na h-Èilde Bàine, Tom nam Pòg, Bruthach na h-Òtraich, Glaic nan Àigeach, Cladach nan Cnomhagain, agus – on a b' fheudar dhaibh àiteigin fhaighinn air a shon – Sloc nam Bramannan.

Chan e gun do thagh iad ainmean an t-saoghail ùir seo dìreach cho sìmplidh leis a sin: cha robh esan no ise buileach cinnteach an robh iad airson an seann saoghal a chuimhneachadh – no a dhìochuimhneachadh – ann an dòigh sam bith. Cleas fògarraich Chanada 's Astràilia, ged nach robh Eòin is Seasag ag iarraidh Bòrnais ùr no Staoinebrig nuadh no Dalabrog eile a stèidheachadh, cha robh e comasach dhaibh cnoc fhaicinn no abhainn ainmeachadh gun chuimhneachadh air na h-aibhnichean 's na cnuic a bh' ann.

'S leis a sin, chan e buileach làn-ùrachadh, mar a bha iad ag iarraidh, ach leth-ghluasad, a rinn iad dhen bheatha nuadh. Gun iad fhèin a mharbhadh, no làn-bhreug na dìochuimhne a chreidsinn, cha robh an còrr, tha fhios, a b' urrainn dhaibh a dhèanamh. Bha an ceum beag, ach cha robh e gun ghràs.

19

Bha an Cogadh Sìobhalta, mar a tha a h-uile cogadh eile, fuilteach agus brùideil, agus cha robh mac Chagancha no Don Alfonso, air taobh nan Nàiseantach, sìon na b' iarrtaiche air na bha Màiri, air taobh nam Poblach. Rinn iad caismeachd thuige an là ud agus an sùilean is an inntinnean fosgailte, làn bhruadaran is aislingean, bhreugan is dhòchasan.

Cagancha is Alfonso a' leigeil orra gu robh iad a' creidsinn gum biodh an Spàinn na b' fheàrr dheth fon Rìgh no fo na seann uachdarain no fo Franco – rudeigin co-dhiù – agus Màiri a' leigeil oirre gu robh i a' creidsinn gum biodh an Spàinn – chan e, ach an saoghal – na b' fheàrr dheth fo riaghladh an lagha, fo shluagh-fhlaitheas, fo a leithid fhèin a bha a' creidsinn cho slàn fallain ann an saorsa, cothromachadh, ceartas agus adhartas.

'S e an rud a bha gan sgaradh an aon rud a tha a' sgaradh sluaigh daonnan: na bha iad a' creidsinn a bha an taobh eile a' creidsinn. Aon taobh – canamaid na Nàiseantaich – a' creidsinn gu robh na Poblaich a' creidsinn ann agus a' seasamh airson collaidheachd, strìopachais, ana-ceartais, pàganachd. An taobh eile – canamaid na Poblaich – a' creidsinn gu robh na Nàiseantaich a' creidsinn ann agus a' seasamh airson muirt, eucoir, ana-ceartais, neo-ionannachd. Bha gach taobh deònach sabaid, agus bàsachadh gu h-uasal anns an t-sabaid, a chionn 's gur e dìreach brùidean a bh' anns an taobh eile. Cò nach leigeadh a bheatha sìos airson cur às do bhrùidealachd?

Ach nuair a sgaoil iad aig ionar nan aibhnichean, deas air Alagon, cha deach aon seach aon a dh'ionnsaigh bhrùidean: gu dearbh, cha robh diofar sam bith eadar na fir leis an do choinnich Don Alfonso agus mac Chagancha, an iar air an Ebro, agus na fir agus na mnathan leis an do choinnich Màiri, an iar air an Jalan: cha robh adhaircean no spògan sgoilte air taobh seach taobh. Gu dearbh, nam biodh tu air an t-èideadh a bha ag innse dhaibh cò dha a bha iad a' sabaid a thoirt bhuapa agus am fàgail measgaichte còmhla treis, cò aige tha fios dè a bha air tighinn às. Nam biodh saighdearan na cruinne-cè rùisgte, ciamar a bhiodh fhios aca cò dha a shabaideadh iad? No carson.

Ach nuair a ràinig iad, fhuair Alfonso agus Cagancha agus Màiri fàilte is furan.

"Bravo!"

"A charaid!"

"A chàirdean!"

"Tha sibh leinn – mu dheireadh thall!"

"Tha thu leinn – trobhad."

"Buaidh no bàs."

"Bàs no buaidh."

Is chaidh èideadh gach taobh a chur orra – Alfonso agus Cagancha ann an lèintean glasa nan Nàiseantach, Màiri ann an uaine phròiseil nam Poblach. Bha iad a-nis na bu chinntiche càit an robh iad a' seasamh, is carson. Dia air gach taobh.

Mhèars iad greiseig, is rinn iad caismeachd air beulaibh oifigearan. Dh'èist iad le piobrachadh is brosnachadh is misneachadh o na h-àrd-oifigearan: mac Chagancha 's Alfonso mu 'shaorsa' agus 'dìon-dùthcha' agus 'bunailteachdas', Màiri mu 'shaorsa' agus 'deamocrasaidh' agus 'còraichean'.

'S mhèars iad greis eile, is thachair iad ri chèile aig cath mòr Jarama, far an deach an latha le na Poblaich ged a chaidh àireamh nam marbh le na Nàiseantaich. Ann an cainnt a' bhuill-coise, b' e *draw* a bh' ann: shàbhail na Poblaich baile mòr Mhadrid, ach cha do rinn iad uimhir de leòn air na Nàiseantaich 's gun do chuir e stad orra. An ceann ochd seachdainean, bha Guernica na spealgan; an ceann ochd seachdainean eile thuit Bilbao agus Santander; an ceann ochd mìosan, bha an dùthaich gu lèir – mac Chagancha agus Don Alfonso agus Màiri Lachlainn Mhòir 'ic Iain Mhòir 'ac Dhòmhnaill Alasdair nam measg – fo smachd agus ùghdarras laghail Franco. 'S bha gus an latha a dh'eug i, san t-Samhain 1995 – an dearbh latha mòr stoirmeil a thug an seann aiseag, a' *Hebrides*, ceithir uairean fichead a' seòladh eadar Ùige is Loch nam Madadh. Tha cuimhn' aig an deagh chuid fhathast air a sin air a' Ghàidhealtachd!

'S e mìorbhail bheag a bh' ann ceart gu leòr gun d' fhuair an triùir aca beò às na blàran, oir 's iomadh triùir nach d'fhuair. Aig deireadh a' Mhàirt, '38, bha an gnothach mòr seachad, is thill saighdearan nan lèintean glasa (na bha beò dhiubh) agus saighdearan an èididh uaine (na bha beò dhiubhsan) air ais dhachaigh, is ro dheireadh an t-samhraidh bha an gnothach mar aisling chèin no trom-laighe.

Dh'fhosgail na cafaidhean a-rithist, le poileasman air oir gach sràid. Dh'fhosgail na taighean-òsta, le saighdear aig gach doras; dh'fhosgail na bancaichean is na h-oifisean is na h-eaglaisean, is bha na saighdearan mar bhuill-maise, nàdarra, cumanta, oifigeil, gach taobh a thionndaidheadh tu. Cha tug e ach seachdainean

An Cèilidh Mòr

dha na daoine gabhail ris an òrdugh ùr mar rud a bha ann bho àm a' chruthachaidh: bha e mar gu robh Franco, agus an stèidh a chuir e an grèim, riamh ro-òrdaichte. Cha robh sabaid fhollaiseach ann co-dhiù, no mì-chinnt. Cha robh sagairt air an crochadh; cha robh bùirdeasaich reamhar ann an cunnart am beatha. Cha robh cùisean saorsainneil, ach – air an làimh eile – fhad 's a chumadh tu socair, sàmhach, cha robh iad buileach dona. Bha an eaconamaidh a' fàs – luchd-frithealaidh gu leòr a dhìth sna taighean-seinnse, is rathaidean-iarainn is rathaidean-tearradh gu leòr gan togail – 's an saoghal a-muigh a-nis cho fad' às.

Munich cho fad' às. Abyssinia cho fad' às. Loch Baghasdail cho fad' às.

Bha an taghadh – no na taghaidhean – àbhaisteach aig Màiri le dhèanamh. A-nis on a bha cogadh mòr na saorsa caillte, am fuiricheadh i? Carson?

Bha i air ais far an robh i, ann am baile beag cadalach Tauste, ged nach ann ann an seada Alfonso an turas seo. Bha i air *azotea* (lobhta) meadhanach mòr fhaighinn an asgaidh o luchd a' bhaile mar thaing airson corp Lt Azana a ghiùlain dhachaigh. Bha an *azeota* air a roinn na trì seòmraichean: airson cadal, ithe agus leughadh. Bha i blàth (na h-uinneagan ris a' cheann a deas), brèagha agus comhartail. Dh'fhaodadh i, nam b' e a miann, an còrr dhe beatha a chur seachad an seo, aig fois, tromasanach, athaiseach, moineiseach. Ag ithe is a' cadal. A' leughadh is a' sgrìobhadh. A' cuimhneachadh is a' bruadar. 'S carson nach cuireadh, oir nach b' e seo a beatha 's a dùthaich a-nis co-dhiù? 'S dè eile a bha roimhpe? Bha fhios nach e tilleadh a Bhreatainn, 's i cho beag 's cho bìdeagach, 's cho bidseach ann an dòigh. 'S cha robh adhbhar fo thalamh no fo nèamh tilleadh a dh'Alba co-dhiù. Dè a bhiodh an t-àite sin a' ciallachadh dhi a-nis? Cha bhitheadh sìon. Sìon idir.

Fuachd is gailleann is ànradh le droch shìde. Gàidheil a' càineadh 's a' cùl-chàineadh a chèile; dùinte, gainntireach, smàdach. Gu h-àraid nan tilleadh ise, a dh'fhalbh an cois Sister Theresa 's nach do thill naomh, urramaichte.

B' fheàrr fada fichead fuireach an seo far an robh i, am measg nan daoine àraid seo a bha air gabhail rithe cho mòr. Aig nach robh fios cò i, no cò dha a bhuineadh i, no cò a b' athair dhi, no cò a bu mhàthair dhi, no dè a bha an dùil dhi. Aig nach robh eachdraidh no sloinneadh – no na slabhraidhean a bha co-cheangailte riutha – san àite seo. Aig nach robh fios mu Shister Theresa agus an trillsean-draoidheil. Aig nach robh fios mu Jennifer Quigley. Aig nach robh fios cho farsaing 's a bha an t-astar eadar na bha i an dùil a dhèanamh 's na rinn i. Aig nach robh fios cho mòr 's a dh'fhàillig i, a dh'aindeoin Lt Azana. Aig nach robh fios gu robh i a-nis deònach gu leòr strì na saorsa a thrèigsinn buileach glan airson fois is sìth is sàmhchais.

Cho math 's a bhiodh e an seo cuideachd, a' togail suas coimhearsnachd às ùr, a' leigheas nan sgaraidhean a bha air èirigh suas eadar deas is clì, Nàiseantach is Poblach, bochd is beairteach – fiù 's eadar fireann is boireann. Nach robh an t-uabhas aice ri chur ris a sin? Ise aig nach robh eachdraidh ri chumail suas, ach gun tàinig i aon latha dhan bhaile bheag chadalach seo a' giùlain corp Lt Azana, 's a dh'fhalbh – mar bu chòir – aon latha eile, a shabaid airson saorsa. A rinn sin, 's a mhair beò, 's a thill. Mar a rinn mac Chagancha agus Don Alfonso aig ceann shìos na sràide. 'S dè an diofar a-nis gur ann air an taobh eile a bha iadsan? Dè an diofar riamh?

'S airson greis bha i beò anns an aisling gun leighiseadh leabhraichean is modh is còmhradh na beàrnan mòra eadar nàbaidh is nàbaidh, fear is tè, creidmheach is neo-chreidmheach, bochd is beairteach. Thug i fiathachadh is fàilte dhaibh uile, an dòchas gun càireadh an cèilidh an cridhe, gun dèanadh fìon is cofaidh is òrain an rud nach do rinn cogadh is còimhstri.

'S gach oidhche Haoine, ri linn sin, chùm i *La Grande Cèilidh*, 'An Cèilidh Mòr'. *Boquerones, jureles* agus *pulpos* (sgadain bheaga agus gibearnaich) an toiseach. *Cazuela* (stiùbh) an uair sin. *Roscos* is *tortas* gu leòr. Agus fìon. Agus tì (duilleagan fiadhaich a bhiodh Don Alfonso a' cruinneachadh) agus cofaidh.

Don Alfonso daonnan a' tòiseachadh: òran tiamhaidh tùrsach, *cante jondo* a dh'ionnsaich e ann an Andalucia, no 's dòcha *copla* fhada a dh'ionnsaich e o na siopsaichean. 'S nuair a sheinneadh e, bhiodh Màiri a' smaoineachadh air ciamar a b' urrainn dhan duine ealanta, fhoghlaimichte, thruacanta seo a bhith air taobh nam Falangach: ciamar a b' urrainn ceòl cho drùidhteach tighinn à corp Faisistich? 'S bheachdaicheadh i air an diofar ann an da-rìribh eadar neach a bha faisisteach na mhiann 's na ghnìomh, agus daoine mar Don Alfonso, a bhiodh dìreach a' leantainn, 's gun fhios fo ghrèin dìreach carson. Ach gu robh iad a' sireadh comhartachd air choreigin, ann an aislingean poilitigeach a thionndaidh an gleoc air ais gu tìm nach robh riamh ann ann an da-rìribh, far an robh urram is uaisle is modh air an sealltainn dha na seann rudan. Ge b' e dè na seann rudan a bha sin, ann an ìochdraichean domhainn an cuimhne. Na mnathan sultach a dh'altraim iad nuair a bha iad nan leanabain bheaga bhìodach, shaoil i.

'S chuimhnicheadh i air Gàidheil a bha a cheart cho dona, no a cheart cho àraid: am bàrd ealanta sin, Iain Lom, 's e a' giùlan seachd cinn Dhòmhnallaich Inbhir Làir ann am poca air a dhruim; Raibeart an àigh a mharbh seachd saighdearan dearga le luirg cairt-mhònadh; Ceat mac Màghach a' dol siar le trì naoi cinn do dh'Ultaibh lais; na Leòdaich a' losgadh nan Dòmhnallach san eaglais ann an Eige; na Dòmhnallaich a' losgadh nan Leòdach san eaglais ann an Tròndairnis: eadar Mac Cailein Mòr agus Sliochd Olghair – "a wicked bloody crew whom neither law nor reason could guide or moddell" – cha robh a' Ghàidhealtachd gann de dh'fhaisistich na bu mhò.

'S na h-òrain gaoil aig Don Alfonso a cheart cho drùidhteach 's cho smaoineachail: rannan o iomall tìm, ceathramhan threubhan is chinnidhean nach robh a-nis ann.

'S ghabhadh a' chuideachd glainne fìon eile, 's dh'aithriseadh cailleach air choreigin – mar a bu trice Maria Fadrique – sgeulachd thoinnte à Navarre, taobh a màthar: measgachadh taitealach àraid, cuid a chuala Màiri ann am Bòrnais na fìor òige, cuid nach cual' i riamh, cuid nach do thachair riamh, cuid nach b' urrainn tachairt agus cuid – mar chleas eadar-nàiseanta nan ùbhlan – a bu chòir tachairt. Bha criomag dhen bhonnach mhòr an siud, agus òrain nan ròn, agus ceangal nan trì chaol, agus am beum-sgèithe agus an cailceadh. Cha robh cleas a dhèanadh sgiotaiche no sgoitiche le dìsnean ghillean-fheall, no le organ nam manach, no le oilean nan damhach, nach dèanadh an gaisgeach: cleasa clise, cleasa fise, cleasa frise, cleasa gise, cleasa doilbhe doilleire, cleasa cleiteam cleasach, anns a' chomh-thràth, le iarann is sgàthan is each.

Agus b' ann an seo – aig a' *Ghrande Ceilidh* – air aon oidhche Haoine am meadhan a' gheamhraidh ('39), a fhuair a' chuideachd a' chiad shealladh dhen inneal a bha a'dol a dh'atharrachadh am beatha. Thàinig Don Alfonso agus an sagart, Don Haracio, leis eatarra ann an ciste mhòr seòladair – Don Horacio ag innse dha na saighdearan a stad iad air an rathad gur e anart nam marbh a bh' aige sa chiste airson bantrach Don Avelino, a chaidh a stampadh – mar a bha fhios aca – an oidhche roimhe fo chrùidhean eich aig doras na h-eaglais air Calle de la Alhòndiga, far an robh e na laighe air a dhalladh.

An Cèilidh Mòr

'S a-mach às a' chiste, mar gum b' e draoidh no Franco a bha ann fhèin, thog Don Alfonso mìorbhail às deoghaidh mìorbhail, dhe gach seòrsa is dath is cumadh is cruth: fada is goirid, tiugh is tana, mòr is beag, aithnichte agus ana-ghnàthaichte. 'S cheangail e còmhla iad, le teudan is uèaraichean is dealgain is gnoigeanan fadhbhach is tramasgal eile nach fhaca a' chuideachd riamh roimhe. 'S mu dheireadh, 's e a' lòchradh le fallas, stad e, thionndaidh e cuibheall bheag airgeadach, agus thàinig na guthan cèin a-mach às an iarmailt: a' chiad rèidio ann an Tauste, agus, a dh'aindeoin Franco, an saoghal mòr am meadhan a' chèilidh.

'S gach oidhche Haoine às deoghaidh sin, fhuair an rèidio àite fhèin sa chuideachd: sheinneadh Don Alfonso an *cante jondo* no an *copla* mar a b' àbhaist: tiamhaidh, drùidhteach, deisleannach. 'S dh'aithriseadh Maria Fadrique tè dhe na sgeulachdan mòra aice: iongantach, uirsgeulach, fìrinneach. 'S an uair sin rachadh an rèidio air, le sgeulachdan mòra à àite fad' às a bha na b' iongantaiche buileach, gun fhios aig duine sa chuideachd dè a bha na uirsgeul 's dè a bha na fhìrinn: sgeulachdan à Munich 's à Berlin 's à Lunnainn 's à Mosgo 's às an Ròimh a' dol calg-dhìreach an aghaidh a chèile, fìrinn chinnteach aon phàirt dhen t-snàthaid dheirg ag atharrachadh gu bhith na dubh-bhrèig le aon tionndadh beag dhen ghnoban.

Munich a' gairm gu robh an Treasamh Reich a-nis stèidhichte air feadh na Roinn-Eòrpa; Lunnainn a' dol às àicheadh sin. Am BBC, mas fhìor, ag aithris à Mosgo, a' moladh Stalin; am BBC, ag aithris à Lunnainn, ga dhubh-chàineadh. Na h-Iùdhaich gu lèir marbh anns an Òlaind, anns a' Ghearmailt, anns an Ostair, anns an Ungair, anns a' Phòlainn, ann an Romàinia. Lale Anderson a' seinn a-mach à Belgrade:

"Von der Kaserne, vor dem grossen Tor
Stand eine Lanterne, und steht sie noch davor.
So wolln wir uns da wiedersehen,
bei der Laterne wolln wir stehn
Wie einst Lili Marleen."

'S an dearbh òran cuideachd a' tighinn à Lunnainn, 's Marlene Dietrich a' pògadh nam briathran:

"Underneath the lantern by the barrack gate,
Darling, I remember how you used to wait.
'Twas there you whispered tenderly
That you loved me, you'd always be
My Lili of the lamplight, my own Lili Marlene."

An dà thaobh a' dannsa ri Lili. 'S gach oidhche Haoine, 's iad nan cearcall an sin ann an Tauste – Màiri Lachlainn Mhòir 'ic Iain Mhòir 'ac Dhòmhnaill Alasdair, agus mac Chagancha, agus Don Alfonso, agus Maria Fadrique, agus Don Horacio, agus Dona Lucia, agus Juan Valera, agus Don Josè, agus dòmhlach chloinne mun casan – dh'èisteadh iad le Mussolini a' sgalthartaich riutha às an Ròimh; Hitler a' trod riutha à Berlin; Churchill gan gluasad à Lunnainn, agus – nuair a thàinig iad a-staigh air a' ghnothach – guthan coimheach Ameireaganach gam breisleachadh 's gam brosnachadh.

"À!" chanadh Don Horacio, a' gabhail glainne fìon. "An saoghal! An saoghal mòr! Sin agaibh gòraiche nam poileataics! Cluain an domhain! A' murt 's a' marbhadh a chèile, gun adhbhar. Nach math a bhith mach às – a bhith neo-phàirteach an seo san Spàinn, gun taic no cobhair a thoirt do thaobh seach taobh."

"Amadain!" chanadh Juan Valera ris. "Nach eil fhios agad gu

An Cèilidh Mòr

bheil Franco, ann an ainm na Spàinne – nad ainm-sa 's nam ainm-sa – a' cur a làn-thaic le na Nàsaich! An e sin a tha neo-phàirteachadh a' ciallachadh?" Is loisgeadh deasbad mhòr aingealta an àird mu cheartas no olc na rìoghachd aca, nach robh a' gabhail pàirt follaiseach idir sa chogadh.

"Nach cuala tu riamh mun duine air an rathad gu Iericho?" chanadh iad leis an t-seann shagart. "A chaidh a rùsgadh agus a lotadh le luchd-reubainn. A chaidh fhàgail an sin leth-mharbh, 's an sagart a choisich seachad air taobh eile an rathaid? Nach e sin an Roinn-Eòrpa? Nach e sin thusa? Nach e sin an Spàinn – a' coiseachd seachad air taobh eile an rathaid fhad 's a tha na h-Iùdhaich 's na siopsaichean 's na ciorramaich 's gach mac màthar eile air an sgiùrsadh 's air an creachadh, air am murt 's air am marbhadh?"

"À!" chanadh Don Horacio, a' gabhail glainne fìon eile, "sin far a bheil thu fada ceàrr, oir anns a' chosamhlachd sin bha Crìosda a' bruidhinn air duine àraidh a bha neoichiontach – dìreach fear a bha a' gabhail an rathaid sìos gu Iericho, gun e a' dèanamh cron air duine sam bith. Chan ionann sin is siopsaichean is Iùdhaich is luchd-fearas-feise is eile: dè tha sin ach aolach an t-saoghail, salchar is òtrach a dh'fheumar a ghlanadh. Mar bhàthaich a dh'fheumar a chartadh. Tha na Comannaich an aon rud – a Dhia bheannaichte nan gràs, nach robh iadsan a' gearradh sgòrnain nan sagart an seo dìreach o chionn beagan mhìosan? Nan leigeadh tu len leithid-san an saoghal a ruith, cha bhiodh rian no beusan moralta sam bith ann – dìreach brùidealachd, is toibheum, is dòlas, is truailleadh: strìopachas is stròdhalachd is straoidheasachd."

'S dh'òl e an còrr dhen fhìon, fhad 's a thòisich cogadh eile air taobh thall an teine eadar Juan Valera agus Don Josè, an turas seo mun Ruis.

"Sàbhailidh Stalin an saoghal fhathast – seall thusa nach sàbhail!

Ge b' oil leat!" arsa Valera. "E fhèin 's an t-Arm Dearg – 's ann às a sin a thig saorsa fhathast! Faic thusa mura bheil mi ceart! Dè a bhiodh sinn air a dhèanamh às aonais aig àm a' Chogaidh Shìobhalta? Nach e na h-oifigearan aige a bha nan cinn-iùil againn sa Bhriogàid? Creid thusa mise gur esan a shàbhaileas an saoghal fhathast o na Nàsaich! Creid e, ge b 'oil leat! A dh'aindeoin na tha sibhse a' smaoineachadh! Creid e!" 'S e na shuidhe an sin, reamhar, somalta, leadanach, mar chlag nach b' urrainnear a shàmhachadh.

"Am balgair esan," chanadh Don Jose. "Bugair grànda. Tuasdair caca. Buamastair gun chiall. Gloic. Amadan is murtair is marbhadair. Nas miosa na Hitler fhèin."

'S an ceann ùine – a-null mu mheadhan-oidhche – chuireadh Màiri stad air a' chèilidh 's air a' chòmhradh. Bhuaileadh i a basan, dhèanadh Dona Lucia glag le na *castanets*, sheinneadh Don Alfonso ceathramh cniadach, thogadh mac Chagancha giotàr, agus thòisicheadh an dannsa: *rotondo* agus *riau-riau* agus *malaguenas* agus – mu dheireadh thall – ann an uairean beaga rionnagach na maidne, na *remelinos* – na ruidhleachan fada sradagach a bha a' cur na cuimhne rudeigin a chunnaic i nuair a bha i beag bìodach, aig banais mhòr ann an sgoil Ghèarraidh na Mònadh.

'S nuair a dh'fhalbhadh iad uile dhachaigh, neach mu seach – ach, mar bu trice, dithis an taic a chèile – sheasadh i greis a' coimhead suas ri reultan farsaing nan speuran. 'S bha e smaoineachail, ceart gu leòr, shaoileadh i, gum biodh na dearbh reultan lem fhaicinn aig an dearbh àm os cionn Ghèarraidh na Mònadh, os cionn Rommel ann an Afraga agus os cionn àite leis an canadh iad Auschwitz, a chaidh ainmeachadh – airson a' chiad turas riamh – air an rèidio chriostal aig Don Alfonso na bu tràithe, dìreach mus do ghairm ise an *rotondo*.

B' e Radio Moscow a dh'ainmich an t-àite, tro eadar-theangachadh

An Cèilidh Mòr

Don Alfonso, aig an robh a' chainnt sin cuideachd. "Dè tha iad ag ràdh?" dh'fhaighneachd a h-uile duine dha. "O, dìreach gu bheil iad air àite mòr air choreigin a lorg ann an ceann a deas na Pòlainn: ospadal mòr no rudeigin. No pàirt dheth co-dhiù: tha an còrr dheth, tha iad ag radh, airson phrìosanachcogaidh."

'S cha deach an còrr a ràdh mu dheidhinn, ach 's iomadh oidhche anns na bliadhnachan mòra às deoghaidh a' chogaidh a bhiodh Màiri, na suidhe air verandah an *azotea, a'* cuimhneachadh air a' mhòmaid ùir. Mar a chual' iad an naidheachd, 's gun for aca dè a bha i a' ciallachadh. Mar a chaidh iad air adhart a dhannsa: *rotondo*, agus *riau-riau*, agus *malaguenas*, agus *remelinos* Gheàrraidh na Mònadh. 'S dòcha mar a chuala cuideigin an dearbh naidheachd an sin air seata criostail – dìreach am facal, *Auschwitz* – ann an cànain chèin mu ghnothach cèin ann an tìr chèin, 's a chùm orra dìreach a' cluich chairtean, no a' dèanamh deiseil airson na mònadh, no a' sgioblachadh an taighe.

Oir, mar ghèadh air Loch Bì, bha Màiri air i fhèin a shocrachadh san Spàinn, na lathaichean – cha mhòr gun fhiost' – a' tionndadh nan seachdainean, 's na seachdainean nam mìosan, 's na mìosan nam bliadhnachan. Cha robh sìon maireannach ach dìreach Franco fhèin, a bha a' spaidsearachd mu chuairt air an telebhisean ann an dathan ann an '72 mar a bha e ann an dubh is geal ann am '52, 's ann an dealbhan-gràinne ann am '42. B' e saoghal eile a bh' anns a' chòrr: na h-aisealan 's na cairtean 's na *caballos* air falbh, ach dìreach am fuidheall 's na deasgainnean a bhiodh na ceàird à Barcelona agus Seville a' taisbeanadh airson an luchd-turais. Na mnathan dubha, mar mhnathan dubha Èirisgeigh is Nis is Gheàrrloch, air a dhol glan a-mach à bith. Na *caciques* fhèin air a dhol às.

Fiats is Seats is Renaults aig gach oisean. Di Stefano is Puskas is Luis Suarez is Raymond Kopa nan curaidhean ùra, a' gabhail àite Maura is Lerroux is Azana is Caballero. A h-uile duine riamh a' coimhead na teilidh: dà chrannchur nàiseanta na seachdain a' beò-ghlacadh nan daoine, agus na geamaichean eadar Barcelona agus Real Madrid a' gabhail àite creidimh. Fiù 's Franco fhèin, gach oidhche Shathairne le cupa mòr còco ann an *El Pardo,* an taigh mòr aige còig mìle a-mach à Madrid, a' coimhead *Match of the Day.* "Nach eil sin gu leòr dhaibh?" sgrìobh e ann am fear dhe na leabhraichean-latha aige.

Don Alfonso is mac Chagancha is Don Horacio is Maria Fadrique nan sgeulachdan mòra air falbh cuideachd – Don Alfonso na chadal sàmhach na leabaidh chùbhraidh fhèin ann am '46, mac Chagancha ann an tubaist plèana 's e air an rathad a Mheagsago gus duais fhaighinn às leth athar ann am '55, Don Horacio ann an ospadal an luchd-cuthaich ann am '59, agus Maria Fadrique, aig aois 115, ann an dachaigh a h-ion-ogha ann an 1980, air a cuartachadh le blàthan mòra na Spàinne: *rosas, copihues, lilas, cubiertas, geranios* – ròsan, curracan cuthaige, liath-ghorman, blàth nam bodach, crobhan priachain. *Es la hora, amor mío, de aparter esta rosa sombría, cerrar las estrellas, enterrar la ceniza en la tierra: y en la insurrectión de la luz, despertar con los que despertaron o seguir en el sueño alcanzando la otra orilla del mar que no tiene otra orilla.*

'S chaidh Màiri fhàgail, leatha fhèin, na seann aois, san Spàinn, moiteil às cho uasal 's cho urramach 's cho fìrinneach 's a bha an dùthaich àraid seo, a dh'fhuiling na h-uiread. Cho uasal 's a bha Maria Fadrique an latha a bhasaich i, a' cuimhneachadh Navarre ann an 1870 nuair a chaidh i gu *fiera* mòr nan siopsaichean. Cho urramach 's a bha Don Horacio a' coimhead sa chiste: dìreach, stòlda, curanta. Cho fìrinneach 's a bha rolaistean is breugan mòra Don Alfonso is mhic Chagancha – chan e idir fìrinn nam briathran,

An Cèilidh Mòr

a bha cho dìomhain is cho fèineil, ach fìrinn nam faireachdainnean, a bha cho fosgailte 's cho fuasgailte, cho neoichiontach 's cho luasganach.

Na dhìleab, dh'fhàg Don Alfonso aon rud aicese, mar a dh'fhàg e aon rud aig gach neach. B' e an dìleab sin an rèidio criostail, nach b' urrainn do dhuine beò obrachadh on a dh'eug an cruthadair fhèin. Mar sin, bha an t-inneal na laighe gu buileach bog balbh san oisean o chionn leth-cheud bliadhna, ach briathrach sa chuimhne, labhrach sa mhac-meanmna, beò san da-rìribh.

Oir nuair a thionndaidheadh i an t-snàthad, a bha fhathast ag obrachadh, gu Radio Moscow, no Hilversum, no BBC Lunnainn, no Munich, no Cairo, no eile, cha tigeadh guth beò a-mach asta ach guth nam marbh, a' labhairt mu nithean a bha fhathast beò: Hitler is Auschwitz is Lili Marlene. 'S mar a bu shine a dh'fhàs i, fhuair i i fhèin uaireannan cuideachd a' fàgail na snàthaid ann an àite nach robh air ainmeachadh, eadar dà stèisean.

'S ann a shin, dh'èisteadh i le guthan nam marbh eile, ann an cànan nach cual' i o chionn cheithir fichead bliadhna: Cairistìona Lachlainn Mhòir ga tàladh le 'Tàladh Dhòmhnaill Ghuirm'; Lachlainn Mòr fhèin a' taomadh às mu dheidhinn Bhorodino; Eòin – 's e cho òg 's cho fallain – a' falbh a Bhlairs; a' Bhantrach Bharrach 's Lachaidh Mòr am Post, is Sìneag a' bruidhinn mu Ameireagaidh.

'S mus do dhùin i a sùilean, airson cadal, chunnaic i Sister Theresa cuideachd, còmhdaichte ann an geal, òg is brèagha is fallain. "Tiugainn," thuirt i. "Tiugainn còmhla leam, a ghràidh." Ach a dh'aindeoin a h-iarrtais, cha robh an comas no an cumhachd aig Màiri falbh còmhla leatha an turas seo. Bha i cho sgìth, 's am feasgar cho blàth – fàileadh nan ròsan cho cùbhraidh! – 's na guthan eile ag èigheach oirre tighinn chun a' chèilidh: Don Alfonso

An Oidhche Mus Do Sheòl Sinn

a cheana a' seinn, 's mac Chagancha a cheana leis a' ghiotàr, agus Maria Fadrique a cheana am measg nan sgeul.

Agus, seall – siud am fear òg a dhòirt fhuil air an son, 's e a-nis beò, is òg is fallain: Lt Azana, 's e air ceann a' chèilidh. Le a h-uile neart rinn i an gnothach air èirigh, 's chaidh i null ga ionnsaigh, far an robh iad uile cruinn: Poblach is Nàiseantach, Gearmailteach is Ruiseanach, Gàidheal is Gall.

20

Nuair a dh'fhàg Sir Alasdair a bhean, 's e a bha e a' fàgail cuideachd ach sliomaireachd na h-Ìompaireachd 's a phàirt mòr fhèin anns a' bhrèig spìocaich sin. Cha b' e Bunty – no am pòsadh tioram tràighte – a bha cèarr, ach gun do chreid e gum b' urrainn dha anam a reic gun phrìs no gun cheannach. Gum b' urrainn dha a bhith ag imlich nam Màidsearan ann an tòn Shasainn gun chosgais; gum b' urrainn dha a bhith marbh fhad 's a bha e beò.

'S nuair a dh'fhàg e, bha e mar tarraing analach, mar gum biodh e air dùsgadh à trainns na Somme san fhichead bliadhna a chaidh seachad – Bàl an Demob, 's an lèine streofonach Jabot, 's Comann Gàidhlig Lunnainn, 's an Dorking Gap, 's Bunty – dìreach mar aisling nach robh riamh ann. Cha b' ann gun adhbhar a bha na leacan ann am Flanders a' feitheamh le briseadh an latha agus le teicheadh nan sgàilean.

Ach a dh'aindeoin sin, cha robh de spionnadh ann na bheireadh air ais dhachaigh a dh'Uibhist e: thuit an neart sin le a bhràthair anns a' pholl aig an Aisne. Nan èireadh esan! 'S e a thilleadh! A dh'Uibhist bheag an eòrna! A hiù-o, a-hiù-o! Gur tu mo chruinneag bhòidheach! A thìr a' mhurain! A thìr an eòrna! A thìr a' phailteis de gach seòrsa! E fhèin 's na mìltean eile à Uibhist a bha balbh sa chèilidh mhòr còmhla leis ann am Flanders 's aig Ypres 's aig Mons 's aig Hill 60. 'S iad a dhùisgeadh Uibhist! 'S iad a dh'èigheadh le na creagan! Rachainn leat a dh'Ameireagaidh, nam freagradh siud mo phòca! Rachainn chun na gealaich leat, nam biodh do chuideachd deònach! Na dèanaibh tuilleadh e! Gu sìorraidh bràth tuilleadh! 'S gura mise tha gu cràidhteach; 's trom mo cheum, neo-eutrom tha mi; on a dhealaich mi rim chàirdean, thuit mo chridhe 's mo cheòl-gàire! Na dèanaibh tuilleadh e! Gu sìorraidh bràth tuilleadh! 'S fhir a shiùbhlas thar an t-sàile, thoir mo shoiridh gu mo chàirdean; guidheam nach trèig sibh ur n-àite airson uachdaran no bàillidh!

Ach esan – Ò, bha esan cho lag. Cho lag, laingean. Cho lag leis an uisge 's leis a' cheò. A dh'aindeoin Bunty agus braighdeanas bùirdeasach Shasainn a thrèigsinn, mu dheireadh thall. A dh'aindeoin 's gu robh e a' cur a chùl le faoineas is dìomhanas nam Màidsearan 's nan Còirneal, cha robh de spionnadh ann fhathast tilleadh dhachaigh buileach glan a dh'Uibhist: cha robh e ach a' dol letheach-slighe, a Ghlaschu. Feum aige fhathast air dìomhaireachd a' bhaile mhòir. Mar dhrungair a' leigeil seachad an uisge-bheatha, ach fhathast ag òl an leanna. *À! Nach ann mar sin a bha am mac stròidheil fhèin!* shaoil Sir Alasdair. *Ach air dha a bhith fhathast fada uaithe, chunnaic athair e, agus ghabh e truas mòr dheth, agus ruith e, agus thuit e air a mhuineal, agus phòg e e!*, a' dìochuimhneachadh dè cho fad-shligheach 's a bha am mac air roghnachadh a dhol sa chiad àite.

'S mar sin, air madainn bhrèagha earraich anns a' bhliadhna 1938, fhuair Sir Alasdair e fhèin aig St Pancras, a' tilleadh a dh'Alba.

Àrd os Cionn Fairfields

Ach chan ann dhan dùthaich a dh'fhàg e o chionn ceithir bliadhna fichead: b' fhada on a dh'fhalbh sin, ma bha i riamh ann.

Thug e sùil air na bha feitheamh air a' chòmhnard còmhla leis: sluagh a bha, gu follaiseach, a' falbh air eachtradh mòr. Air bhàinidh, mar gum biodh iad a' falbh a dh'Afraga. Mar a bha e fhèin 's Aonghas Iain, 's dòcha, an latha a dh'fhàg iad Inbhir Nis airson nan trainnseachan.

Sgioba iasgairean, len slatan fada, aig aon cheann, agus sgioba shealgairean, len gunnachan caola, aig a' cheann eile: a' dèanamh air bradain reamhar Spè agus cearcan-fraoich Earra-Ghàidheal. Dà dhusan sgoilear a' tilleadh gu Gordonstoun airson an treas teirm. Dithis às a' Chabaineat – dh'aithnich e Bhaltair Elliott, Rùnaire na Stàite airson Alba, agus Sir Tòmas Inskip, Ministear an Airm, o phartaidh air choreigin aig an robh e uaireigin, air an cuartachadh le gillean-coise. Bha iad sin uile – mar a bha e fhèin – a' siubhal First Class.

Air taobh thall an rèile bha dream eile a bha gu bhith a' siubhal Second agus Third Class: seòladairean, saighdearan, searbhantan boireann.

Shèid an fhìdeag, 's thill e dh'Alba cuide ris a' chòignear choigreach a bh' anns a' choidse còmh' leis: dà mhaighstir-sgoile a' tilleadh air ais gu Heriots ann an Dùn Èideann, ministear St Giles agus dà oifigear òg às na Horseguards a' dol a sheòladh airson seachdain air gheat a-mach à Tobar Mhoire.

Nam bruidhneadh iad leis, cha robh Sir Alasdair cinnteach dè an dreach a shealladh e dhaibh – dè an fhìrinn a cheileadh e no dè a' bhreug a dh'fhoillsicheadh e. An labhradh e le blas Albannach no Sasannach – oir bha e ro chomasach air na dhà. An dèanadh e na rinn e fad nam bliadhnachan mòra a chaidh seachad: fuireach sàmhach, ged a bha a chridhe a' bristeadh, ag aontachadh – le bhith balbh – le gnothaichean a bha a'cur sgreamh is gràin air? *Yes, sir; no, sir; three bags full, sir.*

'S dh'èist e leotha, a' toirt cothrom dhaibh 's gan tomhas aig an dearbh àm. Cho cinnteach asta fhèin, 's cho soilleir, mar nach robh dòigh eile air an saoghal fhaicinn, mar gun tachradh rud sam bith a bha iad ag iarraidh dìreach air an fhacal. Agus 's dòcha, gu dearbh, gur e sin a bha a' tachairt nam beatha: cha robh aca ach òrdugh a thoirt seachad, 's thachradh an rud. Leumadh na sgoilearan, ghluaiseadh na saighdearan, shuidheadh an coitheanal. 'S e fir a bha seo, mar an ceannard-ceud (no 's dòcha Crìosda fhèin) aig nach robh ach am facal a labhairt, agus bha e dèanta.

An dà mhaighstir-sgoile deimhinne gum faigheadh Alba an Calcutta Cup an ceann cola-deug. "Better ruck. Better ruck by far," thuirt aon fhear – am fear bha a' teagasg saidheans.

"Better trained too, old boy," thuirt am fear eile. Fear nan Classics. "In every department – five of our own old boys in the team, of course. *Mens sana in corpore sano.*" 'S an gàire geur fèin-spèiseil air an robh Sir Alasdair cho eòlach na chois.

"And what brings you north?" dh'fhaighneachd am ministear dha an ceann ùine. Fear mòr foghainteach falaichte fon deise stiallach dhubh. Sluaisreadh beag fo ìochdar a chainnt ga bhrathadh – b' e Gàidheal a bh' annsan cuideachd, uaireigin.

"Hatred and love," ars Alasdair, a' coimhead air gu dìreach.

Cha robh beachd sam bith aig a' mhinistear gum b' e a cho-chainnteach a bha seo. An deoghaidh fichead bliadhna am measg nam Màidsearan, cha robh sluaisreadh mìn sam bith a' leigeil Sir Alasdair sìos.

"'Fuath agus gràdh' a tha sin a' ciallachadh," thuirt e an uair sin, a' glacadh a' mhinisteir gun fhios.

Ach cha robh an dearbh fhear an ceann St Giles gun adhbhar.

"À!" thuirt e, gu socair, mar gu robh fios aige fad a bheatha gur e Gàidheal a bh' ann an Sir Alasdair. "Fear dhe na dìobaraich a' tilleadh dhachaigh, an e? Mar chlann Israeil san Èipheit – sin agaibh na Gàidheil a-mach às an dùthaich fhèin. Ach nach math gu bheil Esan a' dèanamh obair ionmholta fhathast, a' toirt nam fògarrach air ais dhachaigh, gu àite far an laigh an t-ainnis sìos ann an tèarainteachd, beò airson lòn a shàsaicheas agus airson aodach a mhaireas, am measg fìon aosta air a dheagh tharraing, mar gheugan seilich ri taobh nan sruth-chlaisean gus an tèid na claidhmhnean a bhualadh gu coltairean agus na sleaghan gu corrain-sgathaidh, 's an uair sin cha tog cinneach claidheamh an aghaidh cinnich, agus chan fhoghlam iad cogadh nas mò. No mar a thuirt an Salmadair:

'Mar eun à lìon an eunadair,
ar n-anam truagh chaidh às:
bhriseadh an lìon is sgaoileadh e,
is shaoradh sinn gu cas.'

'S dè a' cheàrnaidh dhen Ghàidhealtachd às a bheil thu?" Chaidh na briathran uile a labhairt nan aon, mar bhreitheanas agus mar cheist.

"Uibhist," thuirt Sir Alasdair, a' feitheamh leis an ath cheist, a thàinig cho nàdarra.

"Tuath no deas?"

"Caitligeach," thuirt Alasdair. "No Pàpanach, mar a chanadh tu fhèin. Tha fhios a'm gur e sin a tha thu airson fhaighinn a-mach. Dha nach eil na sruthan cainnt sin a' ciallachadh dad. Nuair a thig e gu adhradh, chan eil mise a' tuigsinn ach Laideann: *'In Nomine Patris et Filii, et Spiritus Sancti. Amen.'*"

Ach b' e duine a bha seo a bha air èirigh àrd na dhreuchd 's air nach cuireadh buaireadh no dànadas, toibheum no mì-mhodh, dragh sam bith. Air an taobh a-muigh co-dhiù. Cha robh an comas aige aideachadh gu robh claon-bharail sam bith ceangailte ris: bha e airson leigeil a chreidsinn gu robh e a' dèiligeadh le gach neach 's gach suidheachadh gu làn-chothromach. Nach robh claonadh sam bith aige an aghaidh Chaitligeach, ged a b' e beachd a chridhe gum b' e truaghain sheachranach a bh' annta fo bhraighdeanas gheasagan na conair-Moire. Ged nach canadh e sin le duine beò.

Bha e glè eòlach cuideachd air a bhith a' dèiligeadh le gach seòrsa (bha e an dràsta fhèin a' tilleadh à Lunnainn às deoghaidh coinneamh, mar sheaplain, leis an Rìgh) 's truas a ghabhail leotha uile, bochd is beairteach. Cha b' e gràdh ach truas, oir cha robh sìon a dh'fhios aige dè a bh' anns a' chiad rud. 'S bha truas aige ri Sir Alasdair, ceart gu leòr, a bha cho bras 's cho dìoghaltach a-nis air an trèan. 'S thuig am ministear carson cuideachd – nach robh e air Double Honours fhaighinn ann an Diadhachd agus Eòlas-Inntinn! Seòrsa de pharanoia, thuirt e leis fhèin. A' coireachadh an t-saoghail mhòir airson a thrioblaidean. Cha robh dad a dhèanadh tu airson a leithid, oir ge b' e dè a chanadh tu, thionndaidheadh iad e, gan dìon fhèin. B' fheàrr fhàgail aig ùrnaigh, agus toil an Tighearna. 'S ri linn sin, dh'fhosgail e a Bhìoball, 's dh'fhalaich e e fhèin an sin an còrr dhen chùrsa.

Taobh a-muigh na h-uinneig, chaidh Hertfordshire agus Buckinghamshire agus Northamptonshire agus Leicestershire seachad. Flasg-slèisne aig na h-oifigearan. Brannddaidh. Fear nan Classics le srann a' dol seachad air Derby. Am fear eile – am fear saidheans – a' dèanamh chearclan le peansail san *Racing Post*. An dà oifigear a-nis a' seinn:

"*What shall we do with the drunken sailor,*
What shall we do with the drunken sailor,

Àrd os Cionn Fairfields

What shall we do with the drunken sailor,
Early in the morn-ing.

"Oo eh and up she rises,
Oo eh and up she rises..."

Seachad air similearan mòra Mansfield is Worksop is Sheffield, 's a' dol tro Yorkshire, sheas fear dhiubh (am fear brèagha bàn, le sgàilean air bhior):

> "I step out on Sunday morning all dressed up to make a show,
> With my cane and white straw boater, ca-li-co pants and smart red bow.
> Folk I meet call 'Mighty fine morning!', turn their heads and look around:
> I can hear them whisper, whisper, 'That's the dandy of the town!'"

Is chuimhnich Alasdair air mar a bha fear eile dhe sheòrsa, Ralph Carson, a' seinn san aon nòs o chionn ghinealaich:

> "At last has come the time for which
> we always used to pine:
> we're all aboard the Viper
> and we lounge and smoke and dine,
> and watch the wheeling seagulls
> and the distant shore of France..."

Is bheachdaich e airson criomag ùine air seasamh an sin 's innse dhaibh mar a bha, 's cho faoin 's cho amaideach 's a bha poileataics is cogadh 's gach aisling eile... Ach cha do sheas, oir bha fhios aige gu robh sin fhèin faoin cuideachd, oir cò chuireadh stad air bruadaran na h-òige, no air cinnt mhic an duine. Ged nach canadh iad e, shaoileadh iad gur e gloic a bh' ann, agus seann ghloic aige sin, aig nach robh fios air dè dha-rìribh a b' urrainn daoine is treubhan is rìoghachdan a dhèanamh, aon uair 's gun cuireadh iad an inntinn ris. Agus 's dòcha gu robh iad ceart.

An Oidhche Mus Do Sheòl Sinn

Oir aig an dearbh àm, an ath dhoras anns an ath choidse, bha Bhaltair Elliott agus Sir Tòmas Inskip a' cromadh air beulabh map sgaoilte, a' comharrachadh far am biodh armachd na rìoghachd stèidhichte o seo a-mach: an Nèibhidh ann am Fiobha agus air Cluaidh, 's ann an Arcaibh agus anns an Òban agus ann an Caol Loch Aillse; Feachd an Adhair ann am Fiobha agus ann an Inbhir Àir, 's ann an Ceann Lòsaidh agus ann an Steòrnabhagh agus ann am Peairt; an t-Arm ann an Glaschu 's ann an Dùn Èideann, 's ann an Sruighlea agus an Inbhir Nis, 's an còrr dhen rìoghachd – Cnòideart, am Monadh Ruadh, Siorrachd Aonghais, na Crìochan – na raointean mòra falamh – nan ionadan eacarsaich dha na feachdan.

"Farsaingeachd gu leòr an sin," thuirt Sir Tòmas.

"Agus obraichean gu leòr na lùib," arsa Rùnaire na Stàite, 's e fhèin a' gabhail drudhag bhranndaidh.

Tuath air Dùn Phris dhùisg fear nan Classics. Bha an trèan a' gabhail rathad an taobh siar, a' leantainn Abhainn Nith: achaidhean mòra eòrna air gach taobh. Dròbh cheàrd a' campadh. Tractaran mòra a' treabhadh: mar a dh'atharraich Alba, shaoil Sir Alasdair. Mar a dh'atharraich mi fhìn.

"Behold her!" bha fear nan Classics a' labhairt, a' comharrachadh banaicheàrd air choreigin a bha muigh ann am meadhan achaidh (bha i air cosnadh latha fhaighinn na cailleach-ròcais aig tuathanach),

"Behold her, single in the field,
Yon solitary Highland Lass!
Reaping and singing by herself;
Stop here, or gently pass!"

Is an trèan ga fàgail 's ga fàgail na seasamh an sin na h-aonar

Àrd os Cionn Fairfields

a' crathadh a gàirdein ri na feannagan eadar Cìll Mheàrnaig agus Glaschu.

Bha Glaschu fhèin air ghoil le Taisbeanadh Mòr na h-Ìompaireachd, a bha dìreach a' fosgladh ann am Pàirc Bhellahouston – gu dearbh, b' ann airson sin a bha Elliott agus Inskip air tighinn à Westminster. Bha dùil an làrna-mhàireach ris an Rìgh, Seòras VI, agus a' Bhanrigh, Ealasaid, a bha a' dol ga fhosgladh gu h-oifigeil.

Choisich Alasdair cuide le na mìltean tarsainn drochaid Shiameuca a-null a Bhaile Ghobhainn. Còisirean chloinne nan sreathan a' seinn, mu seach, 'God Save Our Gracious King' agus 'Cuckoo, Cuckoo, Wherever You Are.' An tram mòr gleansach ùr aig Cunarder a' seòladh aig astar sìos Craigton Road agus Jura Street. 'S an uair sin an crann àrd fhèin ri fhaicinn na uile ghlòir – Tùr na h-Iompaireachd, trì cheud troigh a dh'àirde. Cha robh togalach cho àrd ri fhaicinn riamh roimhe ann an eachdraidh na h-Alba.

'S an uair sin sìos gu Pàirc Ibrox, far an robh Scouts agus Rovers a' bhaile a' cur air cuirm an asgaidh dha gach duine, a' crìochnachadh le dà cheud dhe na Rovers òga a' dèanamh an *Dashing White Sergeant* am meadhan Ibrox is Còmhlan-Pìoba Baile Ghlaschu a' cluich *Mrs Macleod of Raasay, Tail Toddle, The De'il amang the Tailors* agus *The Kilt Is My Delight*.

Fhuair e taigh-loidsidh faisg air Cathcart Road: seòmar cùil a' coimhead a-mach gu deas, Hampden air a làimh chlì, agus Pollokshields, far nach do ràinig na Gàidheil no na h-Innseanaich fhathast, chun an taobh eile. B' ann le bantrach às an Eilean Sgitheanach a bha an taigh, ach cha do leig Alasdair air gu robh ceangal sam bith aige ris a' Ghàidhealtachd: thuirt e dìreach gu robh e air a bhith sna feachdan thall thairis fad fichead bliadhna 's a-nis air tilleadh dhachaigh a lorg obrach, ged a bha fhios aig

An Oidhche Mus Do Sheòl Sinn

an dithis aca gu robh astar na bu ghoirte eadar na briathran 's an fhìrinn.

Bha còignear eile còmhla leis san taigh: Jacek Kelkowski, Iùdhach às a' Phòlainn a bha a' dèanamh uairean mòra feadh an latha aig tàillear thall am Bridgeton agus uairean mòra eile fad na h-oidhche aig greusaiche ann an seilear air Sauchiehall Street; nighean shàmhach à Obar-Dheathain a bha a' trèanadh gu bhith na dotair; balach àraid à Dun Èideann a bha na chleasaiche aig an Tivoli; draibhear bus; agus fear gun ainm, gun dreuchd, nach tàinig riamh a-mach às a rùm.

Chuir iad bliadhnachan a' chogaidh seachad còmhla, gun mòran a bharrachd air "Good morning" a ràdh le chèile gach madainn aig àm braiceist, 's nuair a sgaoil an cogadh cha robh air fhàgail san taigh-loidsidh ach e fhèin 's am fear gun ainm, gun dreuchd, nach tàinig fhathast a-mach às a rùm. Kelkowski sa chladh ann am Mount Vernon, 's an còrr air a dhol à sealladh, gun fhios cuin, no càite, no ciamar, no carson.

Chuir e fhèin a' mhòr-chuid dhe na bliadhnachan sin seachad na neach-faire air an oidhche aig John Brown's: na shuidhe ann am bogsa fiodh àrd os cionn Fairfields, mas fhìor a' cumail sùil a-mach airson mhèirleach, nach robh ann. Gach oidhche, a' dol air sioft aig ochd uairean feasgar, aig an eadar-àm neònach sin eadar latha is oidhche, 's a' crìochnachadh na sioft gach madainn aig ochd uairean, anns an eadar-àm àraid eadar oidhche is latha. Gu sìorraidh eadar dà shaoghal, eadar tighinn is falbh.

'S na shuidhe an sin, chitheadh e Glaschu a' fosgladh 's a' dùnadh fodha: solais a' dol air is solais a' dol dheth, mar gum biodh e a' coimhead film – millean Charlie Chaplin a' tighinn 's a' falbh. Mnathan-altraim is mnathan-fuaigheil. Peantairean is lighichean. 'S air gach taobh dheth – deas is tuath, siar is sear – chitheadh e

Àrd os Cionn Fairfields

cuideachd, a rèir sìde is air-raids, pàirt beag dhen chòrr de dh'Alba: prioban beaga solais a' comharrachadh gu robh daoine beò anns an Eaglais Bhric 's ann an Àird-Ruigh 's ann an Ceann a' Bharra 's ann an Grianaig. Bha an còrr dhen rìoghachd a-mach à sealladh, thar astair, air a còmhdach ann an dorchadas nach tolladh sùil.

'S bha e na shuidhe an sin fo sholas coinnle an oidhche a thàinig na Heinkels agus na Junkers an toiseach a-mach às an ear-dheas: srannan sheillean, ceart gu leòr, ach do dh'Alasdair mar rudeigin fada nas fhaide air ais air nach robh grèim aige air a-nis. Fuaim burraghlasach air choreigin o àm air nach robh cuimhne. Sgeulachdan Nèill Sgrob, 's dòcha, no dìreach athair air an daoraich: rudeigin dorcha, dìomhair, domhainn co-dhiù, nach b' urrainn dhut a chròthadh no a cheannsachadh.

'S choimhead e sradagan nan gunnachan-dìon a-muigh ann am Port Ghlaschu ag èirigh dha na speuran nan lasraichean brèagha dìomhain, 's an uair sin na bomaichean a' bualadh am Bruach Chluaidh 's an Dùn Breatann mar thàirneanaich an cois an dealanaich. 'S an ceann trì mionaidean bha a' chùis seachad, Singers na bhloighean, na Heinkels cheana a' dèanamh air a' Chuan a Tuath 's air na mnathan 's a' chlann air ais ann am Munich.

Ach cha do mhair sin na bu mhò – dìreach ceithir mìosan. "Their finest hour," thuirt Churchill, 's Alasdair – mar a bha a phiuthar Màiri aig an dearbh àm ann an Tauste – ag èisteachd leis air an rèidio. "Never in the field of human conflict has so much been owed by so many to so few." Agus smaoinich Alasdair – a-rithist – air Aonghas Iain 's air Niall Mac-a-Phì 's air Ruairidh Stiùbhart 's air na balaich òga eile à Cinn t-Sàile 's Gleanna Garadh 's Srath Ghlais, aig nach robh fiù 's ainm a-nis na chuimhne. Never indeed.

O, cha robh dragh aige gu robh an cogadh seo – an aghaidh nan Nàsach – ceart agus feumail. Bha iad olc, nach robh? Cho olc 's a

An Oidhche Mus Do Sheòl Sinn

ghabhadh. Sin a bha a h-uile duine ag ràdh co-dhiù. Murtairean is marbhaichean, a' cur às do chloinn is ciorramaich, sagairt is siùrsaichean, gun truas gun tròcair. 'S dh'fheumadh tu seasamh an aghaidh a leithid sin, nach fheumadh? A stampadh às. Freumh an uilc is meanglan an uilc: chan e a-mhàin Hitler ach a' Ghearmailt. 'S nach e sin a thuirt iad aig toiseach, 's aig deireadh, gach blàir a bha riamh ann? Nach e sin a thuirt na Caimbeulaich, 's iad a' sgathadh nan ceann far nan Dòmhnallach? Nach e sin a thuirt na Dòmhnallaich 's iad a' losgadh nan Leòdach? Nach e sin a thuirt a' mhuc Ghearmailteach 's e a' sàthadh nan corp aig Cùl Lodair? Nach e sin a thuirt Napoleon, 's an Ceusar, 's Haig? Nach e sin – fhathast – a chanadh Kennedy 's Nixon 's Milosevic 's Bin-Laden 's Bush 's gach mac màthar fear is tè eile a bhiodh a' creidsinn ann am fìreantachd am beachd-san 's ann am mearachd is cunnart nam beachdan eile?

'S carson? Oir chuimhnich Alasdair air cuairt a ghabh e fhèin 's Aonghas Iain a-mach a Chùl Lodair aig deireadh an Lùnastail ann an '14, air an aon latha a bha aca dheth mus do dh'fhalbh iad dhan Fhraing. "Cuairt brosnachaidh," thuirt an Còirneal riutha. "A dh'fhaicinn far an do sheas ar sinnsearan sa bhlàr. Far an do sheas is far an do thuit iad, airson adhbhar anns an robh iad fhèin a' creidsinn. A dh'fhaicinn nan seud – Gàidheil mar sib' fhèin – a leig sìos am beatha airson adhbhar na bu mhotha, 's na bu bhrèagha, na iad fhèin." Fear àrd caol guireanach a bh' ann. Taobh Inbhir Theòrsa. 'S bhiodh iad ag ràdh gum biodh a bhean – tè mhòr taobh Obair-Bhrothaig – ag obair air gach oidhche.

Ach cha b' e sìon dhe sin, no na seòid fon ùir, no na clachan-cinn dhrùidhteach, no am balla cloiche far an do sheas na Camshronaich chun a' bhàis, no dad eile mun mhurt sin a thug buaidh air Alasdair, ach an cafaidh a bha aig oir a' mhonaidh, a' frithealadh dhan luchd-

Àrd os Cionn Fairfields

turais. B' ann airson seo – tì agus sgonaichean – a bhàsaich Clann 'IcIlleBhràth. B' ann airson seo – silidh agus cairtean-puist – a bhàsaich na Gàidheil.

'S na shuidhe an sin ann am bogsa fiodh àrd os cionn Fairfields, bha fhios aige gu robh an dearbh rud fìor mu dheidhinn a h-uile dad eile. Dè a-nis a bha air fhàgail thall aig Mons agus Ypres agus aig an Somme agus Passchendaele, far an robh e fhèin cho fada? Achaidhean còmhnard loma-làn chroisean. Nach robh e fhèin còig mìosan deug ann an trainnsidh, 's aig deireadh na h-ùine sin bha iad dìreach air trì fichead slat a chosnadh. Chosg an t-astar clàbarach sin seachd ceud mìle anam.

'S nach biodh Fairfields fhèin, a bha e a' dìon – mas fhìor – anns a' bhogsa bheag fhiodh seo, an aon rud cuideachd aon latha: na thaigh-tasgaidh do luchd-turais. "Seallaibh," chanadh iad, "far am b'àbhaist dhaibh a bhith togail nam bàtaichean mòra. 'S abair bàtaichean! An *Queen Mary*! An *Queen Elizabeth*! An *Duke of York*! An *Indefatigable*! Bàtaichean mòra nan seòl 's nan crann! Nan cuairtean-turais 's nan cogaidhean."

Fodha anns a' yard bha fichead mìle duine trang a latha 's a dh'oidhche, a' togail bhàtaichean-cogaidh an aghaidh Hitler. 'S nach e an fhìrinn cuideachd, shaoil Alasdair – a dh'aindeoin na Heinkels is nan Junkers, is Singers air a losgadh gu talamh – nach e an fhìrinn cuideachd gun tigeadh an latha – 's cha bhiodh e fada às – nuair a bhiodh Breatann 's a' Ghearmailt a' malairt ri chèile, sgoilearan na h-Alba air chuairt anns a' Choille Dhuibh agus òigridh na Gearmailt a' cluich a-rithist aig Hampden. Seeler. Muller. Beckenbauer. Bertie Vogts. 'S carson nach bitheadh, shaoil e cuideachd. Oir nach robh tràth aig gach nì agus àm aig gach rùn fo nèamh. Àm gu marbhadh agus àm gu leigheas; àm gu cogadh, agus àm gu sìth. 'S nach do rinn E gach nì maiseach na àm fhèin? Nach

An Oidhche Mus Do Sheòl Sinn

e sin a bha am Bìoball ag ràdh? Maise cogaidh, a bharrachd air sìth. Tha fhios gum fàgadh an teachdaireachd sin cuideigin toilichte, mar a dh'fhàgadh a h-uile teachdaireachd, uaireigin.

'S aon latha, ann an toll dorcha am meadhan Bherlin, chuir am fear beag, caol, flagaiseach às dha fhèin: aon pheilear, 's bha am bruadar 's an trom-laighe, an t-uabhas 's a' chrith-thalmhainn seachad. Auschwitz seachad, is Birkenau. The Battle of the Atlantic is Pearl Harbour. The Heights of Cassino 's El Alamein. Ann am bunker beag suarach am meadhan an sgrios. E fhèin 's Eva Braun. Aon chagnadh air a' phuinsean 's dà pheilear. Pop-pop. *Jawohl*.

'S thòisich na cèilidhean a-rithist, oidhche Haoine sna St Andrew's Halls agus oidhche Shathairne san Institute. Cha robh miann aige a dhol thuca, oir bha e air a leòr de leth-Ghàidheil fhaicinn cheana na bheatha an ceann a deas Shasainn, ach gun do thachair gu robh a' chiad deireadh-seachdain dhen Bhliadhn' Ùir às deoghaidh a' Chogaidh – '46 – aige dheth. 'S gun do thachair, air an Dihaoine, aig leth-uair an deoghaidh a seachd, gu robh e a' coiseachd sìos Granville Street nuair a chual' e an ceòl: àrd is domhainn is tùrsach is tiamhaidh, mar gu robh na mairbh air èirigh a dh'innse mar a thachair.

'S air an àrd-ùrlar an sin bha an sàr-sheinneadar Aonghas MacLeòid ag innse mar a bha:

"*Gur duilich leam mar tha mi,*
'S mo chridhe 'n sàs aig bròn
Bhon an uair a dh'fhàg mi
Beanntan àrd a' cheò,
Gleanntannan a' mhànrain,
Nan loch, nam bàgh 's nan stròm,
'S an eala bhàn tha tàmh ann
Gach là air bheil mi 'n tòir."

Àrd os Cionn Fairfields

Seachd ceud co-dhiù ag èisteachd leis, balbh, sàmhach. Na fuaimreagan aige cho mòr 's cho farsaing, mar gum biodh an Cuan Siar a' fosgladh dìreach air do bheulaibh: na h-òthan 's na h-àthan 's na h-ùthan cho làidir 's cho uasal 's gum faiceadh tu gu grunnd an aigeil, gu bonn na trainnse, gu deireadh an t-saoghail.

"A Mhagaidh, na bi tùrsach,
A rùin, ged gheibhinn bàs –
Cò am fear am measg an t-sluaigh
A mhaireas buan gu bràth?
Chan eil sinn uileadh ach air chuairt,
Mar dhìthein buaile fàs,
Bheir siantannan na bliadhna sìos
'S nach tog a' ghrian an àird."

Seachd ceud Gàidheal a thàinig beò à cogadh Hitler mar a thàinig Clann Israeil às a' Mhuir Ruaidh: saoir is mnathan-altraim, oileanaich 's luchd-teagaisg, maraichean is bàird. Cuid dhiubh, mar Alasdair, a thàinig beò à cogadh a' Cheusair. Cuid fhathast a thàinig beò cuideachd à cogadh nam Boers.

"Oidhche mhath leat fhèin, a rùin,
Nad leabaidh chùbhraidh bhlàth;
Cadal sàmhach air a chùl
'S do dhùsgadh sunndach slàn."

Cuid nach tàinig beò à cogadh sam bith.

"Tha mise 'n seo san truinnsidh fhuair
'S nam chluasan fuaim a' bhàis,
Gun dùil ri faighinn às le buaidh –
Tha 'n cuan cho buan ri shnàmh."

'S às deoghaidh bualadh nam basan, òrain eile bho fhear eile: "Haidh o haidhream, chunnaic mis' a-raoir thu"; "Saoil, a Mhòr, am pòs thu, saoil am pòs thu Fiollaigean?"; "A' bhean a bh' aig an tàillear chaol, thug an t-aog an ceann dith"; "Air fal-al-al ò, ho-rò, air fal-al-al-è; air fal-al-al ò, ho-rò, air fal-al-al è; air fal-al-al ò, ho-rò, air fal-al-al è; fal-ì fal-ò, ho-rò, air fal-al-al è."

'S às deoghaidh do Niall tighinn à Afraga leis a' mhuncaidh, bha an dannsa ann: ruidhlichean is Scottisches is Strip-the-Willows gus an tug na mnathan-altraim 's na maraichean thairis, mar chlann òg às deoghaidh partaidh, mar shaighdearan air fòrladh.

"À Uibhist," thuirt e leis a' bhoireannach còmhla leis an robh e a' dannsa, a' cur iongnadh air fhèin gu robh e an seo idir, a' bruidhinn – no ag aideachadh gu robh e a' bruidhinn – Gàidhlig.

À Leòdhas a bha ise: bantrach-cogaidh eile – an duine aice an àiteigin àrd sna h-Alps. Bha e anns an RAF. Faisg air deireadh 1940 – faisg air an Nollaig, gu dearbh. Lancaster nach do thill. Sia bliadhna bhon sin a-nis. Mar shia mionaidean 's mar shia linntean.

'S bha e a cheart cho annasach 's cho àraid dhìse a bhith muigh 's a bha e dhàsan. "Cha robh dùil sam bith agam a bhith an seo a-nochd. Ach dìreach gun tug cuideigin ticeard dhomh – tha mi cinnteach gu robh truas aca rium, gam fhaicinn mar bhantrach bhochd, nam aonar leam fhìn," thuirt i le faileas gàire – nam mothaicheadh tu dha – na guth.

"'S nach eil?" thuirt esan, san aon ghleus, is fhreagair a sùilean gu robh.

"Tha e truagh gu leòr," thuirt i gu cinnteach, soilleir. "'S an shin chan eil mi nam aonar."

Waltz a bh' ann – St Bernard's. 'Cailin Mo Rùin-sa'. 'Eilidh'. 'Soraidh leis an Àit'. San dol mu chuairt, sheinn iad na pàirtean beaga air an robh iad eòlach. Dranndanaich ris a' chòrr.

Àrd os Cionn Fairfields

Eilidh a bh' oirre. "Tha 'n dìreadh garbh tron mhòintich is tron fhraoch. Ach shil mo dheòir nuair thug mi pòg dhut, Eilidh. Gur cruaidh ar càs 's gur easbhaidheach ar dùil."

'S air taobh a-muigh na talla, cha robh sìon a dh'fhios aca dè dhèanadh iad. Mar dhithis sgoile nach do chùm làmh riamh. Mì-chinnteach mu na bha freagarrach. Neo-shoilleir mu na bha iomchaidh. Coiseachd no bus. Tagsaidh no tram. Oidhche mhath leibh no beannachd leibh. "Slàn leat" no "Am faic mi thu?"

Choisich iad, suas Sauchiehall Street. Na cafaidhean cho laiste, mar nach robh black-out air a bhith riamh ann. Cheannaich iad poca tiops an urra. Esan dà fhichead 's a seachd a-nis. Ise seachd air fhichead. Dè chanadh iad. "An cluinn thu mi, mo nighean donn?" 'S e pòsta fhathast. Ann an ainm. Air pàipear. San lagh. Sgurran àrd nan Alps air crìoch a chur air a' phòsadh aicese. Bunty àrd am measg nan cluasagan cùbhraidh pinc. An Lancaster a' dol na spealgan teine. An robh diofar mòr eadar an dà chrìch? An robh aon do-sheachanta 's aon so-sheachanta? An robh?

"Chì mi thu, ma-tha. Uaireigin," thuirt ise. "Gheibh mi an Underground à seo. Gu Partaig."

Àraid mar a bha a h-uile duine aig an stèisean nan dithisean. Fear is tè, tè is fear, fear is tè, nan sreathan leud Buchanan Street. Dithis a' còmhradh, dithis le làmhan ceangailte, dithis a' pògadh. Nach math an cogadh a bhith seachad. Nach math sìth is gràdh is fois. Nach math bliadhnachan mòra romhpa. Ag obair aig Singers agus anns na gàrraidhean-iarainn. Anns an Infirmary agus air na busaichean. An t-uabhas seachad. An trom-laighe air a dhol mu sgaoil. Am Blitz. 'S an cual' thu gu bheil obair a' Hydro a' tòiseachadh? Damaichean mòra, 'ille. Fear aig Cruachan 's fear taobh Cheann Loch Lìobhann. Rolls Royce aig Hillington – cosnadh gu leòr an sin, a bhalaich. 'S an cual' thu iomradh gu bheil iad an dùil bailtean ùra – feadhainn spaideil ghlana ghoireasach – a thogail, aig Cille Bhrìghde an Ear 's aig Comar nan Allt? 'S dòcha gun tèid sinn dhachaigh – tha 'n t-iasgach a' togail air. Ring-netters.

Gach càraid len còmhradh fhèin. Cho math 's a bha 'n dannsa! Cho sgairteil 's a sheinn Aonghas MacLeoid! An cluinn thu mi, mo nighean donn! Dh'fhaodamaid flat fhaighinn – chunna mi tè an-dè shìos Dumbarton Road. £1100. Dìreach dà sheòmar is cidsin, ach nì e 'n gnothach airson toiseach tòiseachaidh. Cho cianail prìseil 's a bha gach lide-smaoin an oidhch' ud air Buchanan Street. Nas prìseile na an t-òr, 's nas finne na an canach. Nas righinne na creag, 's nas mìne na sìoda. Mar ghealach air Èitseal. Mar ghrian air Gèideabhal. Mar òrain nan sìthichean, sa chuimhne, biothbhuan a dh'aindeoin reusan.

"Thig mi còmh' leat," thuirt e, oir cha robh e deònach an aisling a leigeil mu sgaoil. "Dìreach chun an stèisein. Cumaidh mi orm às a sin – tha mise a' fuireach thall taobh Chathcart."

'S rinn iad sin, a' dol tulman-a-ghulmain 's thurraban-air-ghurraban tro na claisean lasrach fon talamh eadar St George's Cross agus Partaig. Far am biodh na radain mhòra mholach fad nan oidhcheannan grìbeach sàmhach. Bùithtean is taighean-òsta, eaglaisean is bearradairean os an cionn. Esan is ise. Ise is esan. Esan is ise. A' luasganachadh còmhla, guailnean a' suathadh, sliasaid ri sliasaid, glùin ri glùin, adhbrann ri adhbrann: St George's Cross, Kelvinbridge, Hillhead, Partick. An saoghal cho orains. An Cogadh a-nis cho fad' às. Mìos co-dhiù. Gàirdean ri gàirdean. Làmh ri làimh. Bilean ri bilean.

"Chì mi rithist thu? A-màireach?"

I toilichte gu leòr.

"Tha geama mòr ball-coise ann! Aig Parkhead. A' chiad gheama aig McGrory na mhanaidsear! Bobby Evans a' cluich! An tig thu còmh' leam?"

Àrd os Cionn Fairfields

"Thig."

'S i a' faireachdainn cho iongantach, na seasamh an sin am measg nam mìltean fhear, nan còtaichean clòimhe. Ceap air gach ceann 's flasg anns gach dàrnacha làimh. Lèintean uaine is geal air Celtic, gorm air Rangers. Tannoy cnacach a' gairm ainmean: Delaney, Dawson, McPhail, Waddell. Guidheachan eagalach o gach taobh. "Sorry, Madam" rithese, mar gu robh sin a' dèanamh diofar.

'S às deoghaidh a' gheama, sràidearachd sìos Argyll Street, na fir a' dòrtadh a-staigh dha na taighean-seinnse, na balaich dha na chip shops.

Chaidh iad airson cupa tì. Na Seòmraichean Seilich air Sauchiehall Street. Àirneis Rennie MacKintosh: seang is lìomhta is brèagha. Chuimhnich e air Bunty, mar a bha. Sgonaichean copach is silidh: damsan is plumais. Purpaidh is tiugh is milis. Tì Innseanach, na duilleagan a' snàmh ann am poit ghlainne.

"Bhiodh e math cuairt a ghabhail uaireigin," thuirt e. "Dha na Trosaichean. Suas taobh Loch Laomainn." *Dhan Ghàidhealtachd*, bha e a' miannachadh a ràdh, ach cha tubhairt. *A dh'Earra-Ghàidheal. A dh'Inbhir Nis. Dhan Eilean Sgitheanach. A dh'Uibhist. A Thìr a' Mhurain. A Thìr an Eòrna,*" ach cha tubhairt.

"Na Trosaichean?" thuirt Eilidh. "Bhiodh sin math. Bhiodh sin math uaireigin. A-mach à seo, baile na smùid."

Las i siogarait, ach dhiùlt esan. Bheireadh smoc miann a' bhranndaidh air ais thuige, 's cha robh e ag iarraidh sin a chaoidh tuilleadh. Gu sìorraidh bràth tuilleadh. Dh'fhàg e sin nuair a dh'fhàg e na Màidsearan.

"Dh'fhaodadh sinn a dhol ann Disathairne sa tighinn," thuirt e. "Bus suas gu Cill Fhinn, no trèan gu Balloch – do thoil fhèin."

I cho brèagha tron a' cheò. Mar Lauren Bacall, bachlach, dual-ach. Mar Ingrid Bergman ann an *Casablanca*. Ceòl piana a' dol

An Oidhche Mus Do Sheòl Sinn

ann an seòmar-cùil an àiteigin, àrd os cionn Bath Street: 'As Time Goes By':

"You must remember this:
A kiss is still a kiss,
A sigh is just a sigh;
The fundamental things apply
As time goes by."

"Greis thuige sin," thuirt i. "Greis mhòr gu Disathairn'. Sàbaid is seachdain ri threabhadh," 's ceò an t-siogarait a' dol na chearclan iomlan os a cionn. "Cha bu chòir dhomh bhith riutha," thuirt i, "ach tha am peacadh buan."

Cha tuirt e guth, ag èisteachd fhathast leis a' cheòl, mar a dh'èist e le Clarence Williams anns na Tricheadan.

"And when two lovers woo,
They still say, 'I love you' –
On that you can rely,
No matter what the future brings,
As time goes by."

"Chan eil thu ag èisteachd ri rud sam bith a tha mi ag ràdh," bha i ag ràdh.

"Tha mi duilich. Bha mi dìreach ag èisteachd leis a' cheòl."

"'S a' cuimhneachadh," chrìochnaich i dha, gun faighneachd dè a bha e a' cuimhneachadh. "Bha mi dìreach a' faighneachd am biodh tu dol dhan eaglais a-màireach."

An t-siogarait aice a-nis deiseil. A dà làimh a' cuartachadh a cupan teatha. Pàtaran seileach Sìonach.

"Cha bhi," thuirt e. "Uine mhòr o nach robh mi ann an eaglais. Chaidh mo chreideamh a thiodhlacadh aig Passchendaele."

Leisgeul, bha fhios aige, ach gur e deagh sgeul a bh' ann. Lethsgeul. Dè nach fhaigheadh tu dheth leis air sgàth Passchendaele. B' e sin aon rud a dh'ionnsaich e o Mhàidsearan na mallachd. 'S iomadh club ann an Chelsea agus taigh-shiùrsaichean ann am Belgravia a dh'fhosgail ribinnean Phasschendaele dhaibh.

Cha b' e sin, ge-ta, a dh'adhbharaich nach robh esan a' dol a dh'eaglais – dìreach nach robh adhbhar ann. Cha do smaoinich e air, 's dh'fhalbh an cleachdadh: bha e cho sìmplidh sin. Cha b' e Passchendaele no Freud a chuir às dha chreideamh, ach dìreach dìth a' chleachdaidh. Cha robh e sìon na bu mhiosa, no na b' fheàrr, às aonais, ged nach robh sin a' ciallachadh nach robh e a' creidsinn.

"'S e Caitligeach a bhiodh annad, ge-ta," thuirt i, a' lasadh siogarait eile, 's cha deach e às àicheadh.

"Uaireannan fhathast bidh mise a' dol dhan Eaglais Shaoir," thuirt i. "Tha an cleachdadh cho doirbh a sheachnadh. Co-dhiù aig àm comanachaidh. 'S fhathast, tha gach Sàbaid doirbh dhomh. Chan urrainn dhomh laighe san leabaidh, 's uaireannan cha dèan mi càil ach leughadh – na sailm, no Iain Buinean. Mar chomhartachd."

"Chan eil sìon ceàrr air a sin – nach e comhartachd a tha seo: an dithis againn an seo, cuide còmhla? Tha comhartachdan fada nas miosa ann."

An làmhan teann air a chèile eadar na cupannan.

"'S an e sin e?" thuirt i. "Dìreach comhartachd? An e sin na th' ann?"

"A' Waltz, a m' eudail!" thuirt e. "Cuimhnich air a' Waltz! 'S air an Scottische! 'S air an Strip-the-Willow! Aonghas MacLeòid 's 'An Eala Bhàn'! Chan e dìreach comhartachd a bha sin, an e? 'S an Underground! 'S Parkhead – John McPhail! Chan e dìreach comhartachd a bha sin! Na seo," thuirt e, a' teannachadh a làimh-se thuige fhèin.

An Oidhche Mus Do Sheòl Sinn

"Ach nach feum sinn dìreach a bhith mar seo? Nar suidhe gu sìorraidh ann an cafaidh, a' suirghe thairis air teatha? Fiù 's ged a chaidh do chreideamh a thiodhlacadh aig Passchendaele, nach eil mi ceart a ràdh nach urrainn Caitligeach pòsadh a-rithist?"

"Ann an eaglais, tha. Ach faodaidh tu pòsadh gun bheannachadh, gun shàcramaid, mar gum bitheadh."

"Ann an cùil ghrod, an ann? Ann an oifis bheag shuarach – registry office air choreigin thall taobh Ghovan?" An ceòl a' dol an àird a-rithist ann an uinneagan Bath Street.

"Moonlight and love songs,
Never out of date,
Hearts full of passion,
Jealousy and hate;
Woman needs man
And man must have his mate –
That no one can deny.
Well, it's the same old story,
A fight for love and glory,
A case of do or die,
As time goes by."

Cha robh dragh mòr sam bith aig Eilidh mu phòsadh – bha i dìreach airson a bhith soilleir dè bha, no dè nach robh, ceadaichte dhàsan.

"Tha rud sam bith ceadaichte," thuirt esan. "'S e dìreach a bheil thu airson na thogras tu a dhèanamh, no a bheil thu airson a bhith fo bheannachd. No fo ùghdarras. No fo smachd, a rèir 's mar a choimheadas tu air."

"Cleas a' bhalaich san sgeulachd, an e? – cuimhn' agad, balach nam bonnach a dh'fhàg an taigh? Am bonnach beag le mo bheannachd, no am bonnach mòr le mo mhallachd? Nach e sin a' cheist a chuir a mhàthair air?"

"'S e. Rudeigin mar sin," thuirt Alasdair.

"S dè mu do dheidhinn-sa, Alasdair? Am bonnach beag le beannachd, no 'm bonnach mòr le mallachd?"

"Uibhisteach a th' unnam fhathast," thuirt e. "Am bonnach mòr le beannachd! Tha fhios gu robh fhios agad gur e sin a chanainn?"

Gathan ciaraidh na grèine a-nis a' tighinn tron uinneig-chùil. Na h-igheanan a' tòiseachadh air an sgioblachadh.

"Dè mu dheidhinn bonnach mòr? An dràsta fhèin," thuirt e gu dùrachdach. "Carson nach falbh sinn air ar cuairt dha na Trosaichean an dràsta fhèin, air an fheasgar bhrèagha Shathairne seo. Fuirich thusa dìreach an sin – bidh mis' air ais ann an cairteal na h-uarach!" 'S dh'fhalbh e le cruinn-leum sìos an staidhre na dheann, ga fàgail-se ag èisteachd leis a' cheòl.

"This day and age we're living in
Gives cause for apprehension,
With speed and new invention
And things like fourth dimension,
Yet we get a trifle weary
With Mr Einstein's theory,
So we must get down to earth at times,
Relax, relieve the tension;
And no matter what the progress
Or what may yet be proved,
The simple facts of life are such
That cannot be removed –
You must remember this:
A kiss is still a kiss,
A sigh is just a sigh:

The fundamental things apply
As time goes by."

Is bha e air ais, na shruth fallais, ga togail suas 's e ag ràdh, "Tiugainn, tiugainn," 's ann a shin aig an doras, aig bonn na staidhre, bha motair-baidhsagal. "Triumph a th' ann," thuirt e. "Second-hand, ach nì e a' chùis." Is thog e suas i, a' cur a gàirdein mu chom 's a' falbh sìos Sauchiehall Street aig astar chun an taobh siar.

Seachad air a' BhBC agus Dùn Breatann, tuath gu Balloch, agus a' dìreadh às a sin dhan ear-thuath taobh Loch Laomainn, gus an do ràinig iad, ann an dol fodha na grèine, Cnoc an Iarla, àrd anns na Campsies.

Alba fodhpa, orains anns a' chiaradh.

Nach iomadh càraid eile a bha suainte an glacan a chèile, a' dùsgadh à ifrinn Hitler.

"Bidh e nas fheàrr, tha fhios," thuirt esan, 's ise na sìneadh air uchd. "Cha chreid duine tuilleadh a-nis ann an cogadh. Airson greis co-dhiù. Às deoghaidh siud, bidh sìth mhòr ann. Airson ginealach no dhà."

"Nach do chreid sibh sin a' chiad turas?"

"Cha do chreid: an uair ud ann an '18, cha robh ciall ann. O thoiseach gu deireadh."

"'S an turas seo bha?" Na gathan purpaidh mu dheireadh a' dol fodha deas air Creag Ealasaid.

"An turas seo thàinig rudeigin gu crìch: Fascism."

A sùilean dùinte fodha. E a' cur iongnadh air fhèin gu robh e a' làn-chreidsinn na bha e ag ràdh. An turas seo gu robh olc deiseil. Fiù's greiseag. Fiù 's greiseag bheag. Greiseag bheag bhìodach fhèin airson cothrom a thoirt do chuideigin. Do ghinealach ùr. Dhàsan. Do dh'Eilidh. Dha na neoichiontaich thruagh a bh' aig Parkhead am feasgar ud. Dha na h-igheanan anns a' chafaidh. Do Jimmy McGrory. Dha bhràithrean 's dha pheathraichean.

Saoil de thachair dhaibh? smaoinich e. Smaoinich e, airson a' chiad turas ann an ùine mhòr. *Màiri, a dh'fhalbh air motair-baidhsagal dhan Spàinn. Saoil an tàinig i às beò? 'S Eòin? Càit an robh e? 'S Sìneag is Seumas is Peigi is Iain is Dòmhnall Uilleam is Raonaid? Saoil an robh iad beò? Dè thachair dhaibh, ma thachair sìon idir?*

'S bhiodh e àraid, shaoil e, gum biodh iadsan a-nis aois eile. Na chuimhne, bha iad òg is bàn is luidealach. Mar an fheadhainn a laigh dearg am measg nan lusan-crom aig Flanders. "They shall not grow old . . . Age shall not weary them, nor the years condemn." 'S a-nis, bhiodh iad mar a bha e fhèin: sa mheadhan-aois. Sultach, reamhar, sgìth. 'S nach àraid – ged a choisicheadh iad seachad air an dràsta fhèin, 's e droch theansa gun aithnicheadh e iad. Gun bhriogais ghoirid no gun ghàgan air an casan-rùisgte. Bhiodh cip orra, 's drathaisean fada, mar a bh' air fhèin, 's brògan tacaideach! Wallets ann am pòcan-tòine nam briogaisean. Sgiortaichean ra-ra air Sìneag 's air Raonaid, 's dòcha. Lìomhadh air an ìnean 's lipstick air am bilean. Dìreach mar a bh' air a' chaileig bhòidhich a bha fodha – Eilidh. Eilidh NicRath, 's cò i? A bha òg uaireigin an Eilean Leòdhais. A bha òg fhathast.

Leòdhas. A bha na annas dhàsan. A chunnaic Passchendaele 's nach fhaca Nis riamh. A chunnaic Paris is Lunnainn 's nach fhaca riamh Steòrnabhagh. E fhèin 's Aonghas Iain a' mèarsadh a Bheinne Bhadhla 's às a sin a Loch nam Madadh 's às a sin gu Fort George.

Bha Eilidh air èirigh 's air coiseachd a-null gu iomall a' chnuic. A nighean òg a dh'fhalbhas le druim dìreach air an t-sràid. Bha basgaidean shìtheanan na bhroilleach. Am bòrd deasaichte le a gàir'.

An Oidhche Mus Do Sheòl Sinn

Ruith e a-null thuice, a' cur a ghàirdein timcheall a meadhain. "Canaidh tè rium," thuirt e rithe, a' cagarsaich na cluais, "'Tha pròis na coiseachd.' Ach freagraidh mise, mar as còir:

"Eil pròis anns a' ghrèin san adhar?
'Eil farmad eadar a' chlach 's an t-òr?"

"Inns dhomh mu Leòdhas," thuirt e. "Cha robh mi riamh ann."

"An càin thu daoimean airson lasair
no'n cuan airson a lainnir chiùin?" ars ise,
"Tha soitheach gheal am measg nam bàta
's am measg nan adan dubh' tha crùn."

"Agus 's tus' an crùn?"

"Cha mhi."

"Crìosda?"

"Tha mi cinnteach."

"'S clann-nighean an sgadain?"

"Tha mi cinnteach."

"'S cò leis a bha e colach – Leòdhas, tha mi a' ciallachadh?"

"Mar Uibhist, tha mi cinnteach," thuirt i. "Glact' eadar ifrinn is nèamh. As t-samhradh, cho bòidheach ri àit' sa chruinne-cè. Ann am meadhan a' gheamhraidh cho nimheil ri àit' a chunna tu riamh. Sònraichte fhad 's a bha thu sa chàirdeas, uabhasach mura robh."

"'S an robh thusa? – sa chàirdeas, tha mi a' ciallachadh?"

"Bha 's cha robh. Oir cha robh mi air mo theàrnadh, tuigidh tu. 'S aige sin, cha b' urrainn dhan chàirdeas ach a bhith saoghalta – aimsireil, mar gum bitheadh. Bha càirdeas eile ann, tuigidh tu – càirdeas a' chomanachaidh, no càirdeas nan naomh. Càirdeas biothbhuan, sìorraidh a bha sin."

"'S an robh thu ga iarraidh?" dh'fhaighneachd e. "No 's dòcha gum bu chòir dhomh a ràdh: a bheil thu ga iarraidh?"

Àrd os Cionn Fairfields

Thionndaidh i thuige, a sùilean bog le deòir.

"Cò nach bitheadh? Cò riamh nach do shir an ubhal as àirde? Cò riamh a ghabh ris nach biodh sinn biothbhuan? Nach maireadh càil. Fiù 's seo, Alasdair." Is phòg iad a-rithist – no airson na ciad uair – gun fhios am maireadh rud sam bith, ach a' creidsinn gum b' fhiach creidsinn gum b' fhiach.

Gum b' fhiach, airson an tiotain ud co-dhiù, a bhith beò.

21

'Sphòs iad ri linn sin, an ceann seachd seachdainean, aon uair 's gun deach an glaodhachadh laghail a choileanadh: an ainmean steigte ann an lòsan uinneig air Renfield Street fad trì seachdainean air eagal 's gun gearaineadh duine gu robh sìon ceàrr. Mar gum bodraigeadh duine air an rathad seachad a cheannach leabhar ann an Smiths no fags aig McColl's.

Dithis a bha ag obair san oifis na fianaisean, ged nach robh sìon a dh'fhios aca dè bha iad a' fianais: còrdadh eadar dà shaoghal. Nan aon fheòil dha-rìribh. *Agus bha iad le chèile lomnochd, an duine agus a bhean, agus cha robh nàire orra.*

Fhuair iad àite air taobh a deas na h-aibhne, faisg air Queen's Park: Albert Road. Esan ri saoirsneachd aig John Brown's, ise ann an Gartnavel, air sioft na h-oidhche. Seòmar-suidhe is cidsin is dà sheòmar-cadail is seada mòr fiodh sa ghàrradh, 's an dithis aca cho sona le na ròin air Calbhaigh.

Oidhcheannan mòra nan trams, a' dol dhan Tivoli a dh'èisteachd le Will Fyfe agus Harry Gordon. Harry Lauder fhèin aon oidhche

"Teanga ghlan na fìrinn"

aig an Alhambra, 's uair sa mhìos – mar bu trice an Dihaoine mu dheireadh – air ais dhan Institute, a dh'èisteachd le Kitty NicLeòid 's Petrine Stiùbhart 's Seumas C. Caimbeul 's Dòmhnall MacAonghais. Jimmy Shand uair aig a' Phavilion 's Iain Powrie 's a' Wick Scottish a' cumail taic ris. A' chlann-nighean le sgiathan orra 's na fir a' breabadaich an ùrlair.

Eàirdsidh Grannd, a-mach gu tìr nan Gall. Feeling like a man, dol iomrall 's dol air chall. Sgàilean iarainn nan Gàidheal. The noise was just like thunder, dear. O, bha. Cur tuainealaich nam cheann. Nursaichean is oileanaich. Seòladairean is searbhantan. Eaglaisean is taighean-òsta. Charlie Tully is Bertie Peacock. Calum Ceanadach is Ceana Chaimbeul.

Clann-nighean an sgadain air siubhal. Dha na h-uaighean gainmhche. An gàire mar chraiteachan salainn, an sàl 's am picil air an teanga. Peigi 'Ain Chaluim agus Màiri 'Ain Dhonnchaidh agus Anna Dhonnchaidh Alasdair, a phòs anns a' Bhruaich agus a fhuair tòrr phreusantan. Nan tràillean aig ciùrairean cutach, às deoghaidh Cogadh Afraga. Ùine mhòr on uair sin. Ùine do-thomhas. Ùine mhanntach. Ged bheirteadh gaol cho coimhleanta ri gaisge an aghaidh chàs, gun athadh, gun teagamh, gun dòchas, goirt, crò-dhearg, slàn; ged bheirteadh an gaol do-labhairt, cha bhiodh ann ach mar gun cante nach b' urrainn an càs tachairt, a chionn is gu robh e do-labhairt.

"'Eil cuimhn' agad nuair bha sinn
A-muigh air cùl a' ghàrraidh,
'S nuair dh'iarrainn gus d' fhàgail,
Do làmh bhith ga mo theannachadh.

'S na hi lo lo li ho rinn ho."

An Oidhche Mus Do Sheòl Sinn

Cèilidhean anns na leth-cheudan nach do chrìochnaich: cèilidhean stuama, càirdeil, dàimheil. Dìreach pinnt no dhà, no drama no dhà, airson lasadh: cha b' e misg is strùidheasachd is daorach. Ò, nach àghmhor a-nis bhith fàgail an àite-tàimh seo 's a' dol a sheòladh; le cridhe suaimhneach bidh mi ri gluasad gu eilean suairce nan cruachan mònach. Ò chì, chì mi na mòr-bheanna. Eilean buadhmhòr nam fuar-bheann àrda, nan coilltean uaine, 's nan cluaintean fàsail.

Dithis chloinne cuideachd: dà nighean, Winifred agus Anna, a rugadh ann am '52 agus ann am '56. Cuairtean gun chrìch leotha: gu Inbhir Àir agus Baile Bhòid agus Dùn Omhainn. Air trèanaichean cugallach gu Dùn Phris, air busaichean critheanach gu Sruighlea, an toiseach sa Hillman Imp aca fhèin dhan Eaglais Bhric, 's an uair sin ann a Wolseley, 's mu dheireadh ann an Rover, gu Dun Èideann 's Inbhir Nis 's Obar-Dheathain 's Stratford 's Lunnainn.

Eilidh daonnan deiseil le picnic: ceapairean beaga donna le hama, is botal stout dhàsan. An aon rud, ach le càise, dhi fhèin, agus am bagaichean beaga fhèin (le dealbhan Daffy Duck) do Winnie agus Anna. Lathaichean mar bhruadar, mar aisling, solta, sàbhailte, stòlda, sòlasach, sìorraidh. Siùbhlach.

Fhuair e àrdachadh, gu foreman joiner, 's ise o staff nurse gu matron. Na h-igheanan nan cùis-aoibhneis: brèagha, tapaidh agus umhail.

Winnie gu sònraichte na toileachas dhaibh: thàinig i gun fhiosta, mar gum bitheadh, às deoghaidh sia bliadhna gun dùil ri leanabh. Bha an GP cho cinnteach 's a ghabhadh, 's Eilidh fhèin ann an àiteigin an ìochdar a h-inntinn a cheart cho cinnteach gur e breitheanas a bh' ann airson pòsadh gun bheannachd minister ann an registry office.

"Bonnach beag le beannachd," thuirt Alasdair nuair a fhuair e mach, ach làn eagail a bhith na athair aig aois. Cò shaoileadh gun tigeadh seo à Passchendaele.

Bha iad fhèin dhen bheachd gur dòcha gur e iad a bhith aig uiread de chèilidhean fhad 's a bha i, gun fhios dhaibhsan, sa bhroinn, a dh'fhàg Winnie cho ceòlmhor. "Hud," chanadh esan, "nuair a smaoinicheas tu air, nach robh i a' cluinntinn 'An Eala Bhàn' on a chaidh a gin, a-staigh an sin!"

"'An Ataireachd Àrd!'" chanadh ise.

"'Birlinn Ghoraidh Chròbhain!'"

"'Bodachan a' Mhìrein!'"

"'Mo Rùn Geal Dìleas!'"

"'Suas leis a' Ghàidhlig!',", 's dhèanadh iad gàire, suigeartach, gràdhach, naomh.

Ach b' àraid gur ann ris a' phiàna a chuir i taobh: ruithean beaga meanbha air na h-iuchraichean riamh on a bha i a dhà, gus an robh i a' cluich Mozart agus Bach agus Handel mus robh i a sia: 'Ode to Joy', agus 'Jesu, Joy of Man's Desiring', agus 'He Shall Feed His Flock Like a Shepherd', na pongan ag èirigh 's ag at, a' sìoladh 's a' tràghadh, mar fhuaim an taibh, sruthladh is onfhadh na fairge, cathadh-mara na Haf, marcan-sìne a' chridhe.

Thug iad i nuair a bha i a seachd chun an Royal Scottish Academy of Music and Drama, far an tuirt an t-àrd-ollamh, fear Iacob Stavolus às an Ostair, nach cual' e a leithid riamh. Dh'fhàg i an sgoil san robh i (Hillhead Primary) 's chaidh i dhan acadamaidh, a' dèanamh chuspairean cumanta sa mhadainn 's a' cur a' chòrr dhen latha 's dhen fheasgar seachad a' cluich gach ionnsramaid-ciùil a chaidh riamh a chruthachadh, eadar oboes agus tubas. Gu nàdarra, cha robh guth air a' phìob-mhòir no air a' bhogsa no am meileòidian.

'S bha Anna a cheart cho iongantach na dòigh àraid fhèin: rugadh i le bràighe-beòil sgoilte, ach rinn an lannsair ann an Canniesburn

An Oidhche Mus Do Sheòl Sinn

mìorbhail na fìor òige, 's chan aithnicheadh duine beò cho faisg 's a bha i air a bhith duaichneach.

"'S nach eil sinn uile," thuirt an dotair air an fheasgar a chaidh an leigheas mu dheireadh air adhart.

'S bheachdaich Alasdair is Eilidh a-rithist an e gainne na cainnt sa chiad dà bhliadhna dhe beatha a thug comasan dannsa àraid dhi, oir ged nach labhradh i nuair a bha i beag (le greimeannan na beul), bha i riamh a' gluasad ann an dòigh a bha ealanta, snasail. Ann an dòigh uasal, urramach – 's dòcha gur e sin na briathran ceart.

Sheasadh i on a bha i sia mìosan, 's mus robh i bliadhna dh'aois bha dòigh àraid aice air gluasad, eadar a corra-biod agus leum, mar gu robh sìthichean nan seann daoine fìrinneach fa-dheòidh. Nach e a' Bhantrach Bharrach a dhèanadh an sogan rithe! Nach e Lachaidh Mòr am Post a chreideadh a-nis!

Chaidh i taobh *ballet* ceart gu leòr, air a h-oideachadh aig Madame Zisoma, ban-Laitbhianach aig an robh sgoil-dhannsa ùr-nodha ann an Kelvinside. Arabesques is *Battements* is *Entrechats* gu leòr a' dol gach latha is Sàbaid, gus an robh i na b' fhaisge air a bhith na h-aingeal na bhith daonda, a' gluasad air sràid is ùrlar mar nach robh susbaint idir annta. Anna Fonteyn a bh' aca oirre san sgìre, 's cha b' iongnadh sin.

Le toileachas na cloinne, cha tug Alasdair is Eilidh an aire dha na Leth-cheudan, na Seasgadan agus na Seachdadan a' siubhal seachad. Eadar partaidhean 's cuirmean-ciùil 's deuchainnean-sgoile 's oidhcheannan-phàrantan 's consartan 's fèisean-orcasta 's farpaisean-ballet air feadh na rìoghachd, bha an linn deiseil 's na h-igheanan nan inbhich mus do mhothaich iad gu robh am beatha fhèin seachad. Ann am priobadh na sùla, mar gum bitheadh, bha esan ceithir fichead agus ise trì fichead. John Lennon marbh, Jimmy Carter air falbh.

"Teanga ghlan na fìrinn"

Ann an Jordanhill an uair ud (sin far an robh iad a' fuireach a' mhòr-chuid dhe na Seasgadan 's na Seachdadan) chunnaic iad an saoghal cha mhòr gu lèir tron telebhisean: *Z-Cars* an toiseach, 's an uair sin *Woodstock* (air sgàth na cloinne), 's mu dheireadh *Boys from the Blackstuff*. Ìomhaighean grànach eile eadar sin cuideachd: Nixon agus Perry Mason agus Gorbachev, Cassius Clay agus Donaidh Dòtaman agus Princess Di.

Aon latha (1 Lùnastal 1976), deich bliadhna fichead às deoghaidh dhaibh pòsadh, thill iad dha na Trosaichean, dhan dearbh àite san do stad iad an latha eile leis a' mhotair-baidhsagail – Cnoc an Iarla. Ciaradh feasgair eile a bh' ann, purpaidh a-null taobh Chreag Ealasaid. An ceò dubh a bha os cionn Ghlaschu uaireigin air falbh: na factaraidhean mòra, Singers is eile, a-nis nan làn-tàmh. An A82 loma-làn charbadan, deas is tuath. Anna air chuairt gu Prague cuide le Scottish Ballet. Winnie air a bhith trì bliadhna cheana ann a Yokohama còmhla le Orcastra Nàiseanta Iapan. I a' tighinn dhachaigh an ceann mìos, 's an uair sin a' dol gu Wellington. Bràthair aig Eilidh an sin, a chaidh a-null òg ann an '26. Alasdair a bh' air. A rinn cruinn-leum dhan a' chidhe às an Nèibhidh, 's nach do thill. 'S nach tilleadh.

"Tha e mar an-dè," thuirt ise.

"Eagalan mòra, ge-ta, aig an àm! Na co-dhùnaidhean a bh' againn le dhèanamh! Cho doirbh 's a bha iad a' faireachdainn! 'Eil cuimhn' agad?"

Rinn i gàire. "Tha cuimhn' a'm air an eagal, 's chan eil air na ceistean. Chan eil càil a chuimhne a'm air na gnothaichean a bha cho mòr, 's tha a-nis man neoni."

Ach bha aigesan, 's le beagan piobrachaidh bhitheadh 's aicese. Nam b'fhiach a dhèanamh. "Siuthad," thuirt i ris. "Cuir nam chuimhn' e – na rudan a sgàin ar cridhe aig an àm – na faileasan mòra a bha cho eagalach uaireigin."

An Oidhche Mus Do Sheòl Sinn

Cha b' ann ri dibhearsain a bha i na bu mhò, ach iarrtach, dùrachdach, a' caoidh na cuimhne.

"Creideamh," thuirt esan. "Creideamh is beachdan dhaoine: nach eil cuimhn' agad? Càit am pòsamaid, 's cò a phòsadh sinn? 'S ciamar a phòsadh sinn? – 's e sin, nam b' urrainn dhuinn pòsadh idir! Nach eil cuimhn' agad – Caitligeach mòr mar a bha mise, agus Pròstanach mòr mar a bha thusa!"

"'S mar a thuirt mise riut gum pòsadh MacRath sinn, nam faigheadh e an cothrom!"

"Fhad 's a bhithinn air mo theàrnadh! Air m' iompachadh! Air mo shlànachadh! Air mo shàbhaladh! Ge brith dè bhuaithe! Fhad 's a thionndaidhinn, 's fhad 's a chuirinn mo chùl ris an Eaglais Chaitligich! Mar gum b' urrainn dhomh! Mar gum b' urrainn dhan ghrèin a bhith na gealaich!"

"'S mar a thuirt thu rium gum biodh pòsadh san Eaglais Shaoir dhutsa cha mhòr a cheart cho dona ri Passchendaele!"

"Tha mi duilich," thuirt e. "Tha mi duilich – uabhasach duilich – mun sin."

Na longan-cogaidh a' dol siar à Fàslane fodhpa. Eacarsaich eile. Mar nach do rinn iad eacarsaich gu leòr a cheana, shaoil Alasdair. Sir Alasdair, chuimhnich e. Sir Alasdair, mar a bh' ann. Nach do dh'inns e riamh dhìse, dhan bhoireannach àraid, bhrèagha a bha ri thaobh. A chompanach còir. A chòmhlaiche 's a choimhleapach. A tharman-thuirim.

Na gnothaichean a chleith e bhuaipe: 's carson? Hud, cha b' fhiach an innse: na gòraichean mòr ud mu Phasschendaele is eile. Dè bh' ann co-dhiù ach poll is bàs? Bha e na b' fheàrr gun ghuth a ràdh. Fada, fada na b' fheàrr. Tìm eile a bha sin, tìm gun chiall, gun fheum.

"Tha mi uabhasach fortanach gun do choinnich mi leat," thuirt e,

"Teanga ghlan na fìrinn"

ge-ta. "An oidhch' ud air Granville Street. Oidhche an St Andrew's Hall! Oidhche Aonghais MhicLeòid!"

"Teanga ghlan na fìrinn
On chridh' tha dìreach rèidh!" thuirt ise.

"Bha thu math dhomh. Cho math le Dia fhèin." Thug i sùil air, 's cha robh e ri fanaid sam bith.

"Rinn mi mo dhìcheall," thuirt i. "'S cha robh mi riamh cinnteach an robh sin gu leòr." Bu chòir dha caoidh. Bha fhios aige air a sin: gum bu chòir dha na deòir sileadh. Ach cha do shil. Bhàsaicheadh e fhathast, bha fhios aige, gun na deòir a bu chòir a shileadh. Gun na briathran a bu chòir a ràdh a ràdh. 'S dè na briathran a bha sin? "Tha mi duilich?" "Tha – bha – gràdh agam ort?" "Bhithinn air bàsachadh às t' aonais?" "Rinn thu ceart gu leòr?"

An robh briathran ann?

"Thug thu sear dhiom is thug thu siar dhiom,
Thug thu ghealach is thug thu ghrian dhiom,
Thug thu 'n cridhe a-staigh nam chliabh dhiom,
Cha mhòr, a ghaoil ghil, nach tug 's mo Dhia dhiom."

Am b' urrainn dha sin a ràdh? An canadh e sin?

"'S an robh mi ceart gu leòr?" dh'fhaighneachd e, an àite sin, 's choimhead i air a' bhodach a bha le taobh a-nis: a companach còir. A còmhlaiche 's a coimhleapach. A tarman-tuirim. Athair a cloinne.

"Bha," thuirt i gu socair. "Bha thu ceart gu leòr. Dìreach savvy, mar a chanamaid uaireigin." 'S rinn an dithis aca gàire gàirdeachais. Gum b' urrainn do mhìorbhailean a bhith cho sìmplidh. Gu robh Winnie is Anna cho saor. Nach deach sìon dhen chràdh 's dhen chreideamh 's dhen bhochdainn a dh'fhuiling iadsan nan òigridh a dhòrtadh orrasan. Saorsa an aineolais, chanadh MacRath. Bha fhios aice air a sin cuideachd.

An Oidhche Mus Do Sheòl Sinn

'S bha aon rud eile a' cur dragh air. "'Eil thu a' smaointinn gun do rinn sinn ceart gu leòr gun a' Ghàidhlig a theagasg dhaibh?" 's priobadh mòr nam bliadhnachan a' plathadh seachad air a bheulaibh: Winnie a' cluich *Greensleeves*, Anna a' dèanamh pirouettes. Cha do bhruidhinn e riamh leotha mu Uilleam Ros, no Màiri Nighean Alasdair Ruaidh. Cha robh eòlas sam bith aca air *Carmina Gadelica* no air pìobaireachd Sheonaidh Roidein. 'S cha robh e buileach cinnteach carson, nas motha: dìreach nach do smaoinich e mu dheidhinn. Cha robh ùine aca, is chaidh an tìde seachad cho luath, 's bha an t-àm seachad, 's na h-igheanan air fàs suas, nan Goill, mus do mhothaich e. Cha robh ùine ann air a shon, is cha robh feum air.

'S nam biodh iad air tòiseachadh leis a' Ghàidhlig, nach biodh mìle rud eile air a bhith crochte le sin cuideachd: eachdraidhean dìomhair ris an do chuir e a chùl, creudan teann a bha air a dhol à fasan, iomallachd mhì-fhallain. Nach b' fheàrr – nach b'fheàrr fada – dìreach gabhail le staid an latha, stuagh-mhara na Beurla, adhartas an t-saoghail mhòir, agus cràdh is deuchainn na cànain a chur gu taobh. Bhiodh e na bu nàdarraiche – gun luaidh air gum biodh e na b' fhearr agus na b' fhasa – dìreach a bhith beò ann an Glaschu sa Bheurla. Hud, cha bhiodh Gàidhlig aca aig Parkhead. No aig Scottish Ballet. No ann am Prague no Yokohama.

Bha a beachd fhèin aig Eilidh, ach chan ann leis an fhìrinn sin a fhreagair i e. An fhìrinn gun do rinn iad ceàrr, gun do mheall iad iad fhèin, 's gun do dh'fhalaich iad dìleab phrìseil on cuid chloinne. Gun do ghoid iad sin bhuapa. Ach nach do dh'fhuiling iad – nach do dh'fhuiling esan – gu leòr a cheana, dìreach le bhith beò, gun an t-uallach seo – an ciont seo – cuideachd a thilgeil air.

"Dè eile bha ri dhèanamh?" thuirt i gu sèimh, 's an oidhche a-nis air tighinn, le corran gealaich a' dèarrsadh os cionn Eilean Arainn.

"Teanga ghlan na fìrinn"

"Rinn sinn na rinn sinn, ceart no ceàrr. 'S tha na h-igheanan coibhneil is brèagha is foghlaimichte is fìrinneach. Cha chuireadh cànan criomag ris a sin – faodaidh tu a bhith moiteil asta, Alasdair. Dìreach mar a tha iad. Cha bu chòir nàire sam bith a bhith oirnn. Fiù 's ged as e 'Goodnight, Daddy' a chanas iad riut a chaoidh, 's nach e 'Oidhche mhath, a Phapaidh'!"

'S chreid e i, oir cha robh an còrr gu feum.

'S rinn e gàire beag cuideachd, ceart gu leòr, a' tionndadh thuice 's ga pògadh, sean 's gu robh e, 's e a' sìor chagairt na cluasan rudeigin eadar 'You must remember this' agus 'A Mhagaidh, na bi tùrsach'. Cha b' e salm Dhaibhidh a bh' ann, shaoil i, ach bhiodh an dearbh fhear moiteil às. 'S bha is ise.

'S i ag ùrnaigh, fo a h-anail, gum biodh Dia tròcaireach. Oir nach tubhairt e, uaireigin an àiteigin, gum b' fheàrr leis tròcair seach ìobairt, agus gun cuireadh an gràdh falach air mòran pheacaidhean.

"Mo ghràdh," thuirt i, gu follaiseach. "Alasdair, a Shir Alasdair, a ghràidh."

22

O nach tàinig duine faisg oirre, 's o nach deach iad fhèin faisg air duine, b' fheudar do dh'Eòin 's do Sheasaig saoghal slàn a chruthachadh dhaib' fhèin sna bliadhnachan sin.

Clach an taighe fhaotainn 's a ghearradh 's a stèidheachadh. Fraoch a thional, 's an tughadh a chur air. Bàthach is stàball is àtha a thogail. An talamh a thaomadh. Poll-mònadh fhosgladh. Crann a shàthadh. Feamainn a sgaoileadh. Sgoth a dhealbh. Ròpa-fraoich a shnìomh. Cliabh a cheangal. Rionnaich is cudaigean is lèabagan a ghlacadh, le brod is tàbh is làmh. Fèidh a mharbhadh. An cladach a shiubhal gus fiodh fhaighinn airson leabaidh agus beinge agus ciste-laighe.

'S e bu duilghe nach robh bò no caora, each no cearc, aca a chumadh beò iad. Cha robh sìol buntàta, no coirce, no seagail, no eòrna. Cha robh ann ach na bh' ann gu nàdarra, mas e sin am facal – biastan na talmhainn is èisg na mara.

"Feumaidh sinn sìol fhaighinn," thuirt Eòin aon latha. "Gus cothrom a thoirt dhuinn fhìn. Chan urrainn dhuinn a bhith beò gu sìorraidh o latha gu latha air maorach is coineanaich. Chan e beatha tha sin ach dìreach èiginn."

"Leabhraichean," thuirt Seasag. "Bàrdachd, litreachas, òrain – an e sin a tha sinn a' lorg fhathast?"

Rinn Eòin gàire, 's e cho eòlach oirre a-nis. Cho domhainn 's a bha a tuigse, cho fialaidh 's a bha a cridhe.

"Hud! Tha fhios agad nach e – dè am feum a th' ann am Pliny an seo! Dìreach gum biodh a' bhliadhna againn mar a chruthaich Dia i – ràith air an ràith, mìos air a' mhìos, latha air an latha. Cur is buain. Toradh is asbhuain. Earrach is foghar."

"Agus thug an talamh a-mach feur, luibh a ghineas sìol a rèir a gnè, agus craobh a bheir a-mach meas, aig a bheil a sìol innte fhèin a rèir a gnè: agus chunnaic Dia gu robh e math. Nach e sin e?"

"Rudeigin mar sin," thuirt Eòin. *"Ann an doilgheas ithidh tu dheth uile lathaichean do bheatha."*

"Chan eil thu ag iarraidh a dhol air ais?" dh'fhaighneachd i. "Gu rud nas fhasa? Teicheadh? Dh'fhaodadh sinn bàta fhaighinn. Falbh fhathast, gu tìr-mòr. A dh'Ameireagaidh, 's dòcha."

Bha iad nan suidhe aig bun Beinn na h-Èilde Bàine. An t-Eilean Sgitheanach – sgìre Bhatairnis – thall air am beulaibh.

"Rinn cus sin a cheana," thuirt e. "Air am fuadach a dh'Ameireagaidh le beachdan dhaoine. Nì sinn ar saoghal ann an seo – nach buin e dhuinn, nach ann leinn a tha e? Planntaichidh sinn e. Cuiridh sinn sìol. Fàsaidh e. Chì sinn toradh ar saothrach. Feamainn is todhar is bàrr. Aon latha, na diasan arbhair a' crathadh sa ghaoith."

"Feumaidh sinn sìol," thuirt i gu sìmplidh. "'S pìos machrach – chan fhàs arbhar no eòrna san fhraoch seo."

'S cho furasta a-rithist 's a bha na briathran, 's cho doirbh an gnìomh. An dòchas – an aisling – gum b' urrainn dhaibh a bhith

An Oidhche Mus Do Sheòl Sinn

beò leotha fhèin, nan càraid, nan dithis, nan aonarachd air cùl na Beinne Mòire.

"'S ciamar a gheibh sinn sìol gun a ghoid no a cheannach?" dh'fhaighneachd e. "Cha ghoid sinn, 's chan eil dad againn leis an ceannaich sinn e."

"Ma-tha," thuirt i cho soilleir, "feumaidh sinn faighneachd air a shon. Air iasad, no mar dhèirce."

Ma bha eagal oirre, seo e: gun rachadh iad o thaigh gu taigh ann an Uibhist a' lorg poca sìl 's gun deigheadh an diùltadh air gach starsaich. Gun canadh iad, air cùl gach uinneig, aig ceann gach gàrradh: "Seall orra a' tighinn – an sagart naomh 's an t-siùrsach! A' lorg cuideachadh a-nis! An fheadhainn a bha a' dol a dhèanamh saoghal mòr dheth leotha fhèin, a' siubhal nam bailtean nan tràillean a' lorg poca sìl! Ma tha iad cho math sin, lorgadh iad an cuid sìl fhèin." Gun irioslaicheadh iad iad fhèin, ach a dh'aindeoin sin gun tilleadh iad lom, falamh. Air an nàrachadh gun dad idir air a shon.

"Thèid sinn gu d' athair-sa an toiseach," thuirt i. "Ann an làn-shoilleireachd an latha."

"Canaidh iad," thuirt e, "nach robh de thùr annainn fiù 's tilleadh fo sgàil an dorchadais. Gu robh sinn a' magadh orra, a' tilleadh cho poblach – cho follaiseach – dhan bhaile."

"Canadh iad na thogras iad," thuirt Seasag. "Nach tuirt Crìosda fhèin gum biodh gach nì a tha falaichte air fhoillseachadh, agus an nì a tha air a chleith air a dhèanamh aithnichte? *An nì a dh'innseas mise dhuibh anns an dorchadas,* thuirt e, *labhraibh e anns an t-solas, agus an nì a chluinneas sibh anns a' chluais, searmonaichibh e air mullach nan taighean.*'"

Bha a' ghrian a' dìreadh gu a h-àirde. Heilgheabhal Beag is Heilgheabhal Mòr a' deàrrsadh thall romhpa. Bliadhna on a dh'fhàg

An Oidhche mus do Sheòl Iad

iad an taigh, a' coiseachd on t-sagartachd 's on choimhearsnachd a-mach tron bhuaile is suas dhan bheinn. Fathannan is càineadh air an cùlaibh, eagal is bochdainn romhpa. Mìorbhail a cheana gun tàinig iad beò tro gheamhradh. Gun d' fhuair iad tobhta, 's gun do chàirich iad i. Gun do ghlac iad gu leòr choineanach, 's gun d' fhuair iad pailteas ghiomach anns na faicheannan. Fèidh cuideachd, is sgadain is rionnaich: na rudan nach buineadh do dhuine ach do Dhia fhèin.

'S nach buineadh an sìol dha cuideachd, fiù 's ged a bhiodh ainm marsanta air a' phoca? Hud, dh'fhaodadh iad a 'ghoid', oir nach ann leis a' chinne-daonna a bha e co-dhiù, ach cha 'ghoideadh'. Nach ann air a ghoid a bha a h-uile sìon co-dhiù? Uibhist fhèin, air a ghoid o na tùsanaich le na Lochlannaich. Air a ghoid bhuapasan le Somhairle Mòr. Chan ann le carthannas a fhuair Mac 'ic Ailein Mùideart is Beinne Bhadhla dha fhèin. Hud, shaoil Eòin, nach e a ghoid a chaidh a dhèanamh air a' bhuntàta fhèin an toiseach: Walter Raleigh o na daoine ruadha? Mar a chaidh a h-uile sìon eile a ghoid.

Ach dh'iarradh iadsan e. Dh'iarradh. Ann an solas an latha. Fa chomhair an t-saoghail mhòir. Fosgailte, onarach, follaiseach.

'S choisich iad sìos an cnoc, esan an toiseach, ise ga leantainn. An raineach a' dealachadh air gach taobh, am fraoch a' cromadh sìos, 's a' leum suas air an cùlaibh. Lagan cùbhraidh nam meann. Frìthean aonranach nam fiadh. Sruthan fìorghlan nan gleann.

Thàinig an sealladh aig bàrr Teacail: na bailtean uile nan sreathan fodhpa, on Ìochdar mu thuath gu Dalabrog mu dheas. Iad cho eòlach orra ri cùl an dùirn: Gèirinis, Grodhaigearraidh, Stadhlaigearraidh, Dreumasdal, Hobha Mòr, Hobha Beag, Snaoiseabhal, Peighinn nan Aoirean, Staoinebrig, Ormacleit, Bòrnais, Cill Donnain, Geàrraidh Bhailteas, Fròbost, Aisgeirnis. Mingearraidh agus Loch Aoineart agus Loch Sgioport agus Loch a' Chàrnain a-null gu Rubha Ghàisinis air an taobh acasan.

An saoghal mòr, a ghràdhaich iad 's a dh'fhàg iad 's a ghràdhaich iad. 'S a ghràdhaicheadh iad a-rithist. Le cead no gun chead. Lachaidh Mòr 's a' Bhantrach. Mac 'ic Ailein is Eòin Bhorodino. Gach siad is gloic, uasal is ìseal.

Bha iad ceart gu leòr.

Madainn bhrèagha earraich a bh' ann, 's iad a' cromadh eadar Maoladh Creag nam Fitheach agus Maoil Daimh. Sìos dhan ghleann, eadar Loch a' Cheann-dubhain agus Loch Airigh Amhlaigh. Bog lianach. Air a chòmhdach le canach an t-slèibh. Geal, bàn. Arralach. Tìmeil.

B' fheàrr gun làmh a ghabhail. B' fheàrr tighinn còmhla, ach nan aonar. Gun nàire, ach gun phròis.

'S sheas an fheadhainn a bha muigh greis mhòr, a' coimhead orra, a' cromadh a-nuas às a' bheinn. An dithis seo a dh'fhalbh – a theich – o chionn bliadhna: Mgr Eòin – mac Lachlainn Mhòir 'ic Iain Mhòir 'ac Dhòmhnaill Alasdair – agus ise – Seasag Eàirdsidh Mhurchaidh 'ic Eòghainn. A' coiseachd a-nuas às a' bheinn, dhachaigh. Esan air thoiseach, a' coimhead roimhe, 's ise dà cheum air a chùl, a' coimhead air cùl a chinn.

'S e Beileag Raghnaill a ghluais an toiseach, na ruith thuca, le breacag arain còmhdaichte ann an tubhailt. "Seo. Seo agaibh. Rinn mi dìreach an ceartuair fhèin i. Tha i fhathast blàth. Gabhaibh i. Bidh treis o nach d' fhuair sibh aran ùr. Aran-eòrna." Bha na deòir na sùilean, 's i a' cuimhneachadh. Air mar a dh'fhalbh Cairistìona aice fhèin, 's nach do thill. A dh'Inbhir Nis.

"Mar a tha e," thuirt i, "cha bhi feum air ìm no gruth no eile – leaghaidh e nur beòil mar a tha e. Tha e dìreach air tighinn às a' ghreidil."

An Oidhche mus do Sheòl Iad

'S bhrist Eòin an t-aran, na dhà leth, 's na chairtealan naomha. Thug e pìos do Bheileig 's do Sheasaig 's dha fhèin, 's sheas iad tiotan anns an t-sàmhchas, balbh-bhriathrach. Tiotan a choisrig an saoghal, na bh' ann, 's na bhiodh ann. 'S dh'ith iad, an t-eòrna a' leaghadh air an teangannan, mar a gheall a' chailleach, fhad 's a thàinig treud dhaoine eile a-nall dhan ionnsaigh: Seonaidh Mòr Shnaoiseabhail agus Ruairidh Iain Chlachair agus Donaidh Dhùghaill Alasdair agus Iain Beag a' Mhuilleir, le cuid dhe na mnathan agus dròbh chloinne.

"Thill sibh," thuirt Seonaidh Mòr.

"Dìreach airson poca sìl," thuirt Eòin. Gach neach cho socair 's gun cluinneadh tu na druidean àrd os cionn Stans na Fèille.

"Pocannan gu leòr agamsa," ars Iain Beag. "Bheir mi dhut na dh'fheumas tu."

"Agus eòrna," arsa Donaidh Dhùghaill. "Saor an asgaidh."

'S bha a' chlann mun cuairt orra, a' faighneachd cò leis a bha e coltach a-muigh sa bheinn, agus an robh e fìor gu robh bòcain is fuamhairean thall an sin, 's am fac' iad fhathast each-uisge Loch Chorghadail, 's an robh e fìor gu robh na fèidh a cheart cho pailt thall an sin 's a bha a' ghainmheach air a' mhachaire.

"Tha. Tha. Tha cuid dheth fìor," thuirt an dithis aca. "Cho fìor 's a ghabhas," 's thug Seonaidh Mòr iad gu taobh mu dheireadh thall, a-null gu mullach Stans na Fèille.

"'S chan eil sibh a' fuireach, ma-tha?" thuirt e riutha.

"Chan eil. Cha robh dùil againn leis a seo, ach le càineadh. Ach b' fheàrr fuireach far a bheil sinn, thall air cùl na beinne. Tha e aonranach, ceart gu leòr, ach tha sinn air fàs – air fàs cleachdte ris. Bhiodh e doirbh tilleadh."

Las Seonaidh Mòr an tombaca – O'Reilly's Special Black. Fàileadh leathair às. A' cur na chuimhne Gardanzia, airson adhbhar air choreigin.

"Cha toir daoine fada a' faighinn seachad air rud," thuirt Seonaidh Mòr. "Rinn e buaireas beag airson greis, ach cha do mhair sin." An tombaca dubh a-nis na cheò glas, ag èirigh. "Gu dearbh, 's ann a bha truas againn leibh. Leib' fhèin a-muigh an sin fad geamhraidh. 'S tric a smaoinich sinn a dhol a-mach gur faicinn. Ach cha deach. Chuir an t-eagal stad oirnn. Cha robh fhios againn am biodh sibh ag iarraidh duine fhaicinn. Cha robh sinn cinnteach mur deidhinn. Mu dheidhinn dè na bha sibh a' faireachdainn, no ag iarraidh, no an dùil, a dhèanamh. 'S o nach robh sinn cinnteach, dh'fhuirich sinn an seo, socair, sàmhach."

Bha muinntir a' bhaile air tilleadh gu an cuid obrach. "'S airson sin tha mi duilich," thuirt Seonaidh Mòr. "Airson sin, tha sinn uile duilich."

"Cha robh sinne dad na b' fheàrr," thuirt Eòin. "Nach e pròis is eagal a chùm sinn air cùl na Beinne Mòire fad bliadhna."

"Fhad 's nach e a tha gur tilleadh air ais ann a-nis," thuirt e gu h-ealamh, a' pronnadh an tombaca sìos le òrdag mhòr chraosach. Meòirean a làimhsich ceaba is stamh, giùlan is leanabh.

"Cha till sibh nur n-aonar, ge-ta," thuirt e. "Nì sinn cinnteach às a sin." Is dh'fhalbh e, le ceumannan mòra a-mach dhan mhòintich.

'S chùm Eòin is Seasag orra, a dh'fhaicinn athar-san. Deas air Loch an Iasgair, tarsainn nam ballachan cloiche, seachad air a' chaibeal. Sàmhchas mòr a-bhos na taobhannan seo. Bhiodh an sluagh a' cruinneachadh todhar a' chladaich.

Comhartaich chon an àiteigin fad' às, thall taobh Ormacleit. An taigh aca fhèin sàmhach: a' chairt, mar a bha i riamh, aig ceann na h-iodhlainn. Cha robh duine a' gluasad. Na cearcan air sparran na bàthcha mar a bha iad aig toiseach na linne. A h-uile sìon cho socair, ach chan ann le socair a' bhàis: bha ceò às an t-similear, blàths anns a' chagailt.

Clann! shaoil Eòin. *Sin an diofar. Chan eil clann sam bith an seo a-nis. Fuaim nam pàistean air falbh. Chan eil air fhàgail ach am bodach.*

"Eòin? Eòin? An tu tha siud? Bha fhios a'm gun tilleadh tu. Bha. A dh'aindeoin 's na thubhairt iad." An guth cho làidir 's a bha e riamh, ach a bhodhaig air lagachadh. E na laighe air leabaidh na clòsaid, na shuidhe suas, a' leughadh. Sailm Dhaibhidh.

Eòin is Seasag còmhla san doras.

Mar a bha e fhèin 's Cairistìona an là ud. Latha an treabhaidh. An latha a phòg iad fa chomhair an t-saoghail. 'S a thug iad mathanas dha chèile. Làn-mhathanas.

Gàire na shùilean. "'Eil fhios agaibh," thuirt e, "cò leis a tha mi a' faireachdainn colach. Mar Iàcob fhèin, an deoghaidh a h-uile cealgaireachd, gam beannachadh uile: Reuben agus Simeon agus Lèibhi. Iùdah is Sebulun is Issachar. Dan agus Gad agus Aser. Ièseph agus Beniàmin."

"Na can rium gu bheil creideamh air grèim fhaighinn oirbh nur seann aois!" thuirt Eòin.

"Cha do dh'fhàg e riamh mi," thuirt athair. "Ciamar a dh'fhàgadh? Dh'aidich mi sin an latha a thug do mhàthair mathanas dhomh a-muigh am measg a' choirce. Trobhadaibh an seo. Trobhadaibh an seo, an dithis agaibh," agus ghluais iad, mar a ghluais mic Iàcoib.

Shuidh iad air leabaidh na clòsaid, còmhla leis.

"Thàinig Iain dhachaigh," thuirt am bodach. "Do bhràthair Iain a bha ann an Obar-Pheallaidh. Tha e air a' chruit a ghabhail thairis. Balach gasta. Fear-obrach math. Tha e air a' chladach an dràsta, aig na staimh. E fhèin 's Anna 's Ealasaid – nì iad ceart gu leòr. 'S mar a chì sibh, chan eil fada agamsa – seachdain, 's dòcha. Mìos aig a' char as fhaide."

Dhlùthaich e riutha, 's a shùilean 's a chainnt na bu shoilleire na bha iad riamh na bheatha. "Tha mi an-fhoiseil airson a bhith còmhla leatha fhèin san uaigh – an tè nach maireann. Ann an leabaidh Hàllainn. Cha b' urrainn dhomh falbh gus an tàinig sibh, 's nuair a dh'fhalbhas sibh a-rithist falbhaibh saor, slàn. Chaill mise lùths nan casan o chionn bliadhna, 's mura b' e sin, bhithinn fhìn air a dhol a-mach far an robh sibh, ach bha fhios a'm gun tigeadh sibh. Cha robh mi airson Iain no eile a chur le teachdaireachd, oir bha mi airson ur n-aodannan fhaicinn. Gun nàire no aithreachas. 'S tha mi gur saoradh cuideachd on dleastanas tighinn chun na h-uaighe. Cha ruig sibh a leas tighinn chun an tiodhlaicidh – falbhaibh saor, agus stèidhichibh ur saoghal ùr fhèin ann an Corghadal."

An t-uabhas a bh' aca le ràdh ris a-nis, nuair a bha an ùine cho gann! 'S cha bu bheag feum a' mhòr-chuid dheth, 's le sin cha tuirt iad dad. "'S ma chì sibh an còrr dhen teaghlach gu sìorraidh tuilleadh – Peigi is Raonaid is Alasdair is Sìneag is Seumas is Màiri – canaibh an aon rud leotha. Canaibh leotha gu robh mi duilich. Gun do dh'fhàillig mi iad, ach gun tug i fhèin mathanas dhomh air a shon, agus gun do bhàsaich mi saor."

Thàinig an gàire air ais na shùilean. "Agus gràdhaichibh a chèile. Os cionn a h-uile rud, gràdhaichibh a chèile. Falbhaibh a-nis, agus thoiribh leibh rud sam bith a tha sibh ag iarraidh."

Agus dh'fhàg iad, mar a bha iad, le na bh' aca bhuaithesan, oir bha gu leòr ann.

'S choisich iad air ais an rathad a thàinig iad, seachad air a' chaibeal, tarsainn nam ballachan cloiche, deas air Loch an Iasgair. 'S faisg air Stansa na Fèille, chunnaic iad an sluagh a' tighinn, ultach aig gach fear is tè: pocannan sìl, is clèibh, is ùird, is sàibh, is crann-treabhaidh, is spaid is treidhsgeir is locair is cuibheall-shnìomh is plàta is cas-chrom is cliathan is speal is ràcain is forcan is tobhannan is ròpannan is sìomain-murach is deimhisean is peanta-comharrachaidh is teàrr is siosaran-beum is spàin-aoil is

An Oidhche mus do Sheòl Iad

càrdan is ceirsleanan-snàth is plaideachan is coireachan is poitean is truinnsearan is cupannan is dorghain is slatan-maghair is brod-leàbaig is lìn-sgadain is bobhtaichean is àrcannan.

Ruairidh Iain Chlachair le each is cairt. Donaidh Dhùghaill Alasdair le coileach is dusan cearc. Iain Beag a' Mhuilleir le rùda 's sia othaisgean. Seonaidh Mòr le mart is dà ghamhainn.

Chaidh na h-ultachan a chàrnadh air a' chairt – clèibh is pocannan-sìl is siosaran is eile – 's ghairm Seonaidh Mòr gum buachaillicheadh e fhèin an sprèidh – na h-othaisgean 's na cearcan 's eile – a-mach dhaibh gu an àite-tàimh. Dà chù aige – Rover air ceann, agus Glen air sàil – 's ghluais iad uile an ear, tarsainn Abhainn Ròdhaig, deas air Teacal, a-steach a Ghleann Uisinis, far an robh iad gu bhith fuireach.

Dhealaich Seonaidh Mòr leotha an sin, am beul a' ghlinne. "Cumaibh na coin cuideachd," thuirt e. "'S gum biodh Dia leibh. 'S cleachdaibh am machair airson an eòrna. Na dh'fheumas sibh dheth." 'S thog e air, an iar, a-mach à sealladh, mar aingeal Dhè.

B' e bliadhna bho latha an *General Strike* a bh' ann san rìoghachd mhòir – an treasamh latha dhen Chèitean, 1927 – ged nach robh for sam bith aig Eòin no aig Seasaig air a sin. Cha robh no air mìorbhailean mòra eile na linne nuair a thàinig iad: Auschwitz is Suez is Armstrong na gealaich.

Chuir iad an sìol is dh'fhàs e: buntàta tioram milis, agus seagal is arbhar is eòrna is coirce a chùm iad fhèin is an cuid sprèidh beò reamhar fad iomadh bliadhna. Thug iad an aire air na caoraich, is dh'fhàs a' chlòimh aca ainmeil air feadh an t-saoghail mhòir: glan agus mìn, ach righinn is maireannach. Shoirbhich leis a' chrodh: bainne is ìm is gruth gu leòr on bhàrr. Barailtean sgadain is rionnaich aig ceann an taighe. Maragan à mionaich nam molt. Brot is feòil às a' chòrr.

Ach na dh'ionnsaich iad. Na seusain a' falbh le roid 's na raoidean nan adagan 's na h-adagan nan toitean 's na toitean nan cruachan. Greis anns an àthaidh a h-uile oidhche a' bualadh arbhair. A' spioladh an eòrna far nan raoidean leis an làimh. Sin an uair sin ga chàthadh 's ga spaideadh 's ga chruadhachadh. Agus sùil an t-sùirn: sin far an robh an teas! Fìor chridhe a' ghnothaich, mus tigeadh e chun na bràthadh, 's a' mhin, 's an t-òran, 's dòcha, 's a' ghreideal 's a' bhreacag 's an t-ìm a' leaghadh oirre, 's iad nan suidhe, air feasgraichean fada earraich, am bàrr buidhe a' dòrtadh sìos an smiogaidean.

An coirce a' siabadh òr san fhoghar. Na giomaich 's na crùbagan cho reamhar, milis. Fallas air an gruaidhean sa pholl-mhònadh ann an teas an earraich. A' sruthadh sìos an dromannan, fliuch, blàth. Iad a' suidhe, 's a' gabhail fois, eadar a' mheanbh-chuileag 's na creithleagan. A' gàireachdainn 's a' còmhradh. A' cìobaireachd 's a' bleoghann, a' gabhail brot 's a' laighe ann an achlaisean a chèile.

Bha e math a bhith beò. Nach robh?

Eadar cur is buain, treabhadh is cliathadh, innearadh is feamnadh, sgaoileadh is cruinneachadh, teannachadh is tiormachadh, tughadh is clachaireachd, cha robh ùine airson a' chòrr. Dh'fhalbh Baldwin 's Chamberlain 's Churchill 's Attlee 's Eden 's MacMillan 's Wilson 's Heath 's Callaghan, 's thàinig Thatcher 's cha tug iad an aire. Thàinig 's dh'fhalbh Stalin 's Khruschev 's Brezhnev gun fhios dhaibh. Cha robh Castro sa pholl-mhònadh, no Roosevelt san iomair-bhuain, no Nixon aig na clèibh, ged a dh'fhàs an siùcar daor ann am bùth a' Mhuilich agus fhuair cuid an Uibhist an dole.

Cha robh iad riamh cinnteach an e beannachadh no breitheanas a bh' ann nach robh clann aca, ach cha robh, 's cha do chuir sin suas no sìos iad an ceann ùine. An toiseach ghabh iad e mar pheanas airson na rinn iad, ach cha do mhair sin: nach biodh e an uair sin air a bhith eu-comasach dhaibh fuireach far an robh iad, às aonais

An Oidhche mus do Sheòl Iad

sgoil, no dotair, caraidean cluiche no eile. Nam biodh clann air a bhith ann, thuirt iad, cha bhiodh an t-saorsa aca fuireach far an robh iad 's dèanamh mar a thogradh iad.

An dràsta 's a-rithist, ceart gu leòr, bhuaileadh deireadh an sgeòil iad: nach biodh mac no nighean ann a dhèanadh caoidh air an son; nach maireadh an cuimhne, 's na rinn iad, ann am briathran ogha no iar-ogha no ion-ogha no dubh-ogha. Gun tàinig iad, 's gum falbhadh iad, mar oiteag ghaoithe, gun fhios aig duine beò mar a bha iad a' faireachdainn. Nach biodh an seo ach na clachan, nach canadh guth mun latha a choisich iad a-mach às an eaglais, no mun latha a thug Seonaidh Mòr dhaibh an saoghal, no mun latha a chaidh e fhèin suas sa Bhrabazonian Special còmhla le Lilidh. Lilidh dhubh nan gleann. Sìorraidheachd on uair sin. An robh latha ann a bhruidhinn e Spàinntis le Juan Mendez? *Esta es propriedad de Joseph Altamirano.* An do thachair sin? An Consetta! Dona Maria de la Vega. Thachair. Thachair uaireigin.

Ach na dheoghaidh sin, b' fheàrr, 's dòcha, nach robh clann aca. Aig am biodh fios. A dh'fheumadh tuigsinn mar a dh'atharraich an saoghal. Nach tuigeadh, 's dòcha. A bhiodh air am bristeadh le eachdraidh am pàrantan. A dh'fheumadh aon latha tighinn a-mach às a' ghleann, a dh'ionnsaigh an t-saoghail mhòir – am measg charbadan is innealan, bhuairidhean is uabhasan, mhìorbhailean is chur-seachadan. Cha bhiodh teans aca, na truaghain, ann an saoghal sradagach Einstein: gun eòlas aca ach air eich agus treabhadh, bhiodh iad nan tràillean 's nan culaidhean-magaidh. Dìreach mar uain a chum a' chasgraidh.

'S leis a sin, dhùin – no dh'fhosgail – Eòin agus Seasag iad fhèin sa ghleann san robh iad, gun ghluasad às rè leth-cheud bliadhna 's a chòrr. Gun uaireadair no mìosachan ach a' ghrian 's na ràithean, cha robh aois no ùine air an aire, ach gun tàinig latha 's gun do shiubhail latha, gun tàinig ràith, 's an uair sin ràith eile. Às deoghaidh greis, bha iad mar Melchisidech fhèin, gun athair, gun mhàthair, gun shinnsireachd, gun toiseach lathaichean, gun deireadh beatha. Ghluais 1926 a-staigh do 1927 agus a-staigh do 1937 agus '57 agus '77 gun chomharraidhean aithnichte sam bith, ach gun do chaochail an t-seann làir uaireigin, agus na coin a thàinig an toiseach – Rover is Glen – ach gu robh an cuid oghaichean – an làir bhàn agus Sìleas is Dìleas – slàn fallain, a' siubhal nan cnoc.

Cha robh aois orra fhèin na bu mhotha ach gu robh fhios aca gun do rugadh iad ron Chogadh Mhòr, mar a chanadh iad ris – an cogadh a thug crìoch air cogaidhean. Mar a b' fhiosrach dhaibhsan, cha do bhàsaich duine ann an trainns bhon uair sin. ('S cha do bhàsaich na bu motha, ach ann an seòmraichean-gas 's le napalm 's ann an ionadan-malairt an siud 's an seo.)

Chan e gu robh iad air am mealladh nach robh iad a' fàs sean: nach robh ròcan preasach na h-aois air gruaidhean brèagha Seasaig, 's nach robh an fheusag aigesan a-nis cho geal 's cho mìn le canach an t-slèibh. Dìreach nach robh ainm mionaideach air a chur air beulaibh sin: cha robh feum aca air pàrtaidh co-là-breith airson fios a bhith aca gu robh am beatha aimsireil.

'S mu dheireadh, bhrist an saoghal sin, air latha brèagha samhraidh eadar rùsgadh agus dupadh nan caorach. An sin, am measg mèilich nan uan agus fàileadh làidir na clòimhe, thachair an rud a dh'fheumadh tachairt uair no uaireigin: an grèim a sgàineadh an saoghal.

Bha e a' gabhail anail 's a' cuimhneachadh a' chiad latha: an latha ud aig oir an locha, leis an spitheig, nuair a thàinig Mgr Eàirdsidh, àrd air a' ghige. Mar a chual' e am fuaim an toiseach, mar bhrag nan clachan-meallain: iongannan nan each fad' às. Drumaichean beaga, mar ùird athar, a' bragadaich air cloich.

An Oidhche mus do Sheòl Iad

'S shaoil e gu robh e gan cluinntinn a-rithist: cruaidh, leantainneach, faisg. 'S an duslach a bh' ann an latha ud, mar a dh'èirich e mu na h-eich, an ceò a' gluasad aig astar an ear a-mach an Rathad Mòr, ris an canadh na bodaich Ceum an Rìgh.

'S nach àraid gu robh e fhèin na bhodach a-nis, dìreach mar siud, ann am priobadh na sùla. 'S crùidhean nan each a' bualadh cruaidh a-nis, 's an ceò a' tiughachadh, a-mach às a' mhorghan, 's thuig e, anns a' mhionaid uarach, nach e eich Mhgr Eàirdsidh a bha seo idir, ach a chridhe fhèin, a' bualadh na buille-bàis, a' dol aig astar dealanaich an ear, gu ceann an Rathaid Mhòir, ris an canadh na bodaich cuideachd Slighe nan Naomh.

'S b' i fhèin – Seasag Eàirdsidh Mhurchaidh – a fhuair e, mar bu chòir, an ceann dà uair a thìde, na laigse am measg na clòimhe, 's na coin – Sìleas agus Dìleas – nan laighe fhathast gu foighidinneach a' feitheamh leis an fhead nach tàinig. Anail fhathast na uchd, ach na buadhan uile fo ghlais.

'S shil i na deòir, mar nach do shil boireannach riamh na deòir, nan sruthan caoir-gheal: chan ann airson a bhàis, ach airson a bheatha, 's na dh'fhuiling iad 's carson. A dh'fhalbh ann am priobadh na sùla, 's nach tilleadh. An todhar nach deigheadh a chruinneachadh a-nis; an sìol nach deigheadh a chur; an t-each nach deigheadh a bheairteachadh. An oidhirp mhòr seachad – gach earrach a bh' ann a-nis a' laighe balbh foidhpe.

'S mar a rinn iomadach boireannach eile, chuir i air a gualainn e, 's ghiùlain i dhachaigh e gus altram gu slàinte no uaigh. 'S anns an altram, thill snàithleanan cainnt à aignidhean na h-inntinn, a chuir boinne no dhà eile dhan chaolas mhòr a bha eadar na thuirt esan 's na thuig ise, 's na thuirt ise 's na thuig esan.

Cho farsaing, thuig i an uair sin, 's a bha cuantan an eòlais nach robh aca air a chèile – fiù 's acasan, a bha na bu dlùithe ri chèile na

An Oidhche Mus Do Sheòl Sinn

bha an crotal ris a' chreig. Còmhla leth-cheud bliadhna 's a trì, 's na bha ri ionnsachadh fhathast! Na mìorbhailean leis an robh dùil aca nuair a bha iad òg, 's gun fhios aig duine beò. Na smuaintean dòchasach a bha aca eadar a' bhuaile agus Blairs. Na rudan a bha iad a' dol a ràdh – a' dol a dhèanamh – eadar rùsgaidhean mòra an t-samhraidh agus leac teallaich a' gheamhraidh. Na briathran nach deach a labhairt, na h-òrain nach deach a sheinn, na sgeulachdan nach deach innse. Na dealbhan nach deach a tharraing. An gràdh nach deach aithris.

Chaidh aithris a-nis.

Facal air an fhacal, ìomhaigh às deoghaidh ìomhaigh, ainm às deoghaidh ainm, bruadar às deoghaidh bruadair, dòchas às deoghaidh dòchais, bristeadh-cridhe às deoghaidh bristeadh-cridhe.

Chualas mu Lachaidh Mòr am Post, agus a' Bhantrach Bharrach, agus Mgr Eàirdsidh a' ghige. Chaidh innse mu Eòin Bhorodino agus mu Iain Mòr Odessa. Chualas sgeul air Eachann Aonghais Eachainn agus Bunty Hunter. Monsignor nam brògan dubha agus Bertie Peacock. Churchill agus Sister Theresa O'Rourke. An Dotair Lees agus an t-Àrd-easbaig Gardanzia. Iain Fhionnlaigh a' Ghobha agus Iain Mhurchaidh Aonghais Mhòir, a thill às a' chogadh air leth-chois.

'S dh'inns ise – Seasag Eàirdsidh Mhurchaidh – sgeulachd eile, nach deach innse fhathast. Mun latha a bha i beag 's a chunnaic i iolaire a' dòrtadh a-nuas 's a' falbh le uan na spuirean tarsainn Meall Thucrabhat. 'S mun oidhche a chunnaic i na Fir-Chlis nan sradagan àrd os cionn Ghèideabhal. 'S mu na lathaichean mòra deireannach a chuir i seachad cuide le a leannan, Eòin Dòmhnallach.

Agus aon oidhche – an oidhche mus do sheòl iad – chaidh iad sìos gu oir an locha – Loch Chorghadail. Bha a' ghealach slàn,

An Oidhche mus do Sheòl Iad

agus saidealan craobh-sgaoilidh a' deàrrsadh àrd am measg nan rionnagan. Agus an sin – fhad 's a bha teachdaireachdan dealain an t-saoghail seo a' siubhal aig astar os an cionn – thilg iad an spitheag a bha air a bhith riamh na phòcaid on là ud eile.

Leum i, a h-aon, a dhà, a trì.

Agus – cho fada 's a chuala mise – cha deach i fodha fhathast, 's i a' leum, àrd, soilleir, cinnteach, air locha farsaing na siòrraidheachd.

23

Bha an nighean a-nis cuideachd air a' mhadainn a chur seachad a' lorg na cloiche cheart. Tè ìseal, rèidh, chòmhnard, nach fhacas a leithid riamh. 'S bha i aice a-nis, 's i cho caol le ìne modail: an spitheag a b' fheàrr a chunnaic neach riamh.

Shuath i i air ais 's air adhart le h-òrdaig, ga tionndadh tòrr thursan, a' coimhead oirre gu mionaideach. Mun cuairt, cha robh sìon ri fhaicinn ach na geòidh nan cròthad air taobh thall an locha. 'S bha a' Bheinn Mhòr a-rithist fo cheò.

Bha i dìreach eadar an leogan a chur na pòcaid 's a tilgeil nuair a chual' i am fuaim an toiseach, mar bhrag nan clachan-meallain: stararaich chuibhlichean agus ceòl nam fònaichean-làimhe fad' às, a' seòladh eadar na ceithir carbadan mòra a bha a' cromadh Stansa na Fèille: bhan gheal 's bhan ruadh 's bhan dhubh 's bhan ghlas – am film crew air tighinn.

Stad na bhanaichean àrd aig Beinn a' Charra, 's chaidh seòrsa de chrann a chur an àird, ceudan de throighean suas dha na speuran, 's thàinig tè a-mach às a' bhan, le camara beag didsiteach na làimh dheis is fòn-làimhe na làimh chlì. Bha còta mòr dubh oirre an aghaidh na gaoithe, agus ad dhubh a' blàthachadh a cinn, 's sheas i an sin àrd air an spiris, a' filmeadh gu deas, suas seachad air Caolas Bharraigh, gorm ann an grèin an Ògmhios.

"We can get the entire thing from here," thuirt i dhan fòn-laimhe. "360 degrees giving us the initial establishing shot. A lovely mixture of isolation and distance. The light's perfect. Let's go for it," 's thàinig na h-actaran 's an luchd-fuaim 's an luchd-solais 's an luchd-bìdh a-mach às na bhanaichean, gach fear is tè air cùmhnant goirid, 's gun aca ach deich latha uile-gu-lèir airson am film a dhèanamh. Iad a' falbh Diluain dhan Spàinn, gu Tauste.

Film airson seanail didsiteach mu dheidhinn seann shagart air choreigin on linn mu dheireadh, a dh'fhàg an t-sagartachd agus a phòs.

"Strange the things that were controversial at one time," thuirt am PA, aig àm cofaidh.

"As if any of it really mattered," thuirt an draibhear.

"At least we'll get a tan in Spain."

'S thall aig oir an locha, choimhead an nighean òg – Raonaid NicAonghais – orra gu dùrachdach, an spitheag fhathast teann na làimh. Bha i trì-deug, 's a cheana cinnteach dè bha i a' dol a dhèanamh le beatha – rudeigin co-cheangailte le na meadhanan. Telebhisean, bha i cinnteach, no 's dòcha filmichean fhèin, ma bha i fortanach.

'S nach e an spitheag a leumadh, nan tilgeadh i i! Dà fhichead slat co-dhiù, le ochd leumannan deug! Nach e sin a thuirt Amelia a rinn ise an-dè? 'S nach tuirt Natalie an latha roimhe gun do thilg ise tè a chaidh ceud slat co-dhiù, le mìle leum! Am breugaire ise!

"And I'm going to be a film-star" aice na chois. An òinseach ise! Shealladh ise dhaibh!

An Oidhche Mus Do Sheòl Sinn

'S dòcha gum biodh iad ga filmeadh an dràsta fhèin. Nach robh zoom-lenses cumhachdail ann a-nis. 'S dòcha gum biodh i fhèin san fhilm ùr seo. Shealladh sin do Natalie agus do dh'Amelia!

'S fhuair i grèim air an leum-liuchdadair gu teann eadar an òrdag agus a' chorrag mhòr, agus nuair a chual' i an tè air a' chrann ag èigheach 'Action!', thilg i a' chlach cho luath 's cho làidir 's a b' urrainn dhi.

Leum a' chlach air an uisge, mar bhradan air dubhan, mar dhannsair air àrd-ùrlar. Àrd, soilleir, cinnteach.

'S an uair sin – ann am priobadh na sùla – chaidh a' chlach fodha, 's cha robh ri fhaicinn ach làraich nan cearcallan briste far an deach i a-mach à sealladh. 'S ann am mionaid, bha sin fhèin air falbh cuideachd, 's uachdar an uisge mar a bha e roimhe, luasganach, gorm, critheanach.

"Cut!" dh' èigh an tè a bh' air an spiris, is stad na camarathan, is ghluais na carbadan air falbh, gu tuath.

Sheas Raonaid greis aig oir an locha, a' coimhead air far an deach a' chlach à sealladh. 'S sheas i greis cuideachd a' coimhead air far an deach luchd nan camarathan à sealladh. 'S iad a bha cearta coma. A' cruthachadh an t-saoghail choimhich aca fhèin do shrainnsearan an eadar-lìn. Na bha i air a thilgeil air falbh airson dè? Dìreach feuch am faiceadh luchd nan camarathan i! 'S iad a' coimhead an taobh eile co-dhiù. Cha dèanadh i a-rithist e! Cha dèanadh.

"Hud," shaoil i, "cha bhiodh e cho doirbh sin. Chan eil e cho domhainn sin. 'S urrainn dhomh a dhèanamh," 's thòisich i air grunnachadh a-mach, anns an t-sàmhchas mhòr, gus an robh an t-uisge mu h-adhbrann 's mu luirgean 's mu glùinean 's mu sliasaid 's mu meadhan 's mu com 's mu h-amhaich, 's chrom i sìos, a' sporghail airson na spitheig.

'S an ceann tiotan shuath a làmh air rudeigin: cnap air choreigin air grunnd an locha. Thog i làn a dùirn, 's dè bh' ann ach grunn chlachan cruinnichte còmhla ann am meadhan an loch: spitheag às deoghaidh spitheig às deoghaidh spitheig. An tè a thilg Seonaidh Iain uair dhen t-saoghal, agus an tè a thilg Dùghall Sheumais Dhùghaill, agus tè dhen fheadhainn a thilg Eòin nuair a bha e òg, agus an tè a thilg Amelia, agus an tè a thilg Natalie, agus an tè a bha i fhèin dìreach air a thilgeil: oir b' e an fhìrinn nach do thilg aon seach aon dhiubh a' chlach na b' fhaide na thilg neach sam bith eile. Bha iad uile air cruinneachadh san aon àite, ann an teis-meadhan an locha.

Airson tiotan, smaoinich i gun toireadh i leatha dhachaigh iad, ach cha tug. An àite sin, sheas i aig oir an locha, an turas seo na h-aonar, agus thilg i air ais iad le a h-uile neart, cruinn, còmhla.

Agus 's iad a leum! Mar crùidhean nan each! Mar aisling à neamh! Mar chlobha Iain Fhionnlaigh a' Ghobha!

Còmhla, 's iad a rinn an sealladh! Còmhla, 's iad a rinn am fuaim! Còmhla, 's iad a rinn an dannsa! Stararaich! Stararaich! 'S iad a rinn an seòladh!

'S dh'fhalbh ise dhachaigh, is deagh fhios aice a-nis dè bha i a' dol a dhèanamh le a beatha.

Notaichean

Gheibh an leughadair aig a bheil ùidh sna h-orain, ùrnaighean, rannan, geasagan, geamaichean agus an dualchas air an do rinn mi feum anns an nobhail seo tuilleadh fiosrachaidh mun deidhinn anns na leabhraichean a leanas:

Carmina Gadelica; *Sgialachdan Dhunnchaidh* le K.C. Craig; *Iùl a' Chrìosdaidh*; *Sporan Dhòmhnaill* le Dòmhnall Ruadh Phàislig (gu sònraichte na notaichean aig Somhairle Mac a' Mhaoilein); *Uibhist a Deas* le Dòmhnall Iain Dhonnchaidh; na làimh-sgrìobhaidhean aig Dòmhnall Iain Dhonnchaidh a tha taisgte ann an Sgoil Eòlais na h-Alba; *Orain Luaidh Màiri Nighean Alasdair* le K.C. Craig; *Rosg Gàidhlig* deasaichte le Uilleam MacBhàtair; *Bàrdachd Ghàidhlig* deasaichte le Uilleam MacBhàtair; *Saoghal an Treobhaiche* le Aonghas Mac Ill' Fhialain, deasaichte le Iain Latharna Caimbeul; *Orain Ghàidhlig* le Seonaidh Caimbeul air a dheasachadh le Iain Latharna Caimbeul; *Gaelic Words and Expressions from South Uist and Eriskay* le Maighstir Ailein Dòmhnallach; *Folksongs and Folklore of South Uist* aig Maighread Fay Shaw; *Stories and Songs from Loch Ness-side* le Alexander MacDonald; *A School in South Uist* le Frederick Rae; *Modern Spain, 1875-1980* le Raymond Carr; a' bhàrdachd aig Antonio Machado, Frederico Lorca agus Pablo Neruda; Am Bìoball; *Scalan, The Forbidden College, 1716-1799* le Dr John Watts; *Developments in the Roman Catholic Church in Scotland 1789-1829* le Dr Christine Johnson; *The Scots College in Spain* le Rev Fr Maurice Taylor; *The Scots College Paris, 1603-1792* le Brian M. Halloran; *The Mission to South Uist* – typescript le Rev. Fr Alexander Campbell air Blairs agus an t-sagartachd a tha taisgte ann an Taigh-Chanaigh (mo thaing do Mhaighread Fay Shaw agus Magda agus do

An Oidhche Mus Do Sheòl Sinn

Hugh Cheape); agus na h-irisean a leanas: *Innes Review, Transactions of the Gaelic Society of Inverness, The Celtic Review,* 1904–1916 agus *Tocher.*

Tha mi cuideachd gu mòr an comain diofar dhaoine a thug dhomh fiosrachadh an siud 's an seo air òrain is rannan is eile. Tha na ceudan dhiubh ann tarsainn nam bliadhnachan 's tha mi an dòchas gu bheil mi air urram a thoirt dhan fhiosrachadh 's dhan eòlas sin. Taing dhuibh. Tha an taing airson an t-eòlas coilionta a' dol gu iomadach neach a rinn an rud as lugha ann an gràdh.

Bha làn-notaichean gu bhith an cois an nobhail seo an toiseach, ach a-nis chan eil ann ach na notaichean mu na pìosan a tha a' buntainn le na diofar chànan a tha an lùib an leabhair, a bharrachd air a' Ghàidhlig 's air a' Bheurla – Ruisis, Spàinntis, Fraingeis, Laideann agus Greugais.

Bidh an còrr dhe na notaichean air an tasgadh ann an Leabharlann Nàiseanta na h-Alba ann an Dùn Èideann, còmhla le dreachdadh tràth neo dhà dhen nobhail, far am faigh neach sam bith aig a bheil ùidh an cothrom sin fhaicinn agus a leughadh.

Notaichean

Duilleag

43: *Te Deum laudamus*... Dhutsa, a Dhia, tha sinn a' toirt molaidh: tha sinn ag aideachadh gur tu an Tighearna. Dhutsa, Athair shìorraidh: tha an domhan uile a' toirt adhraidh. Dhutsa tha na h-ainglean uile: dhutsa tha na nèamhan is uile chumhachdan. Dhutsa tha na Cherubim is na Seraphim ri co-sheirm le fonn gun tàmh. Is naomh, naomh, naomh Tighearna Dia nam feachd. Tha nèamh is talamh làn de mhòrachd do ghlòire.

48: *Vôtre majesté*... A dhuin'-uasail (A Rìgh, A Mhajesty), 's e toileachas – gu dearbh urram – a th' ann a bhith nur seirbheis, 's gu dearbh 's e urram a bhiodh ann bàsachadh air ur son. Mo thaing do dh'Iain Mac a' Phearsain airson na Fraingeis seo!

60: *Sancti venite*... Hoc sacramento... Thig faisg is gabh de Chorp Chrìosd, 's òl an Fhuil a chaidh a dhòrtadh dhut; air ar slànachadh leis a Chorp 's an Fhuil le anamannan nuadh, tha sinn a' toirt taing do Dhia. Leis an t-sàcramaid seo...

61: *Supra quae propitio*... Gum b 'e do thoil sealltainn a-nuas orra le gnùis thròcaireach agus ghràsmhoir, agus gabhail riutha mar a dheònaich thu gabhail ri tobhartais do sheirbheisich ionraic Àbel, agus ri ìobairt ar n-Athar naoimh Abrahàm.

68: *Pleni*... Tha nèamh agus talamh làn de d' ghlòir.
Hosanna... Hosanna anns na h-àrdaibh.
Benedictus... Is beannaichte esan a tha a' tighinn an ainm an Tighearna.

79: A' chiad loidhne bhon Iliad aig Homer. (Mo thaing gu Konstantinos Kosmidis.)

80: *Sub tuum praesidium*... Tha sinn a' ruith fod dhìon, a Mhàthair naomh Dhè. Na diùlt ar n-iarrtas an àm ar feuma: ach saor sinn daonnan bho gach cunnart, Òigh ghlòrmhor agus bheannaichte.

80: *Mater purissima*... A Mhàthair ro-ghlan. Guidh air ar son. A Mhàthair gun truailleadh. Guidh air ar son. A Mhàthair gun smal. Guidh air ar son.

89: *Pange lingua gloriosi*... Theanga, seinn le caithream cheòlbhinn, Dìomhaireachd Corp glòrmhor Chrìosd, Agus Fhala prìseil, mòrail, 'N èirig chòrr a dhìol ar fiach.

150: *Esta es propiedad*... Sin agad an oighreachd aig...

151: An Ruisis à *Anna Karenina* le Tolstoy.

An Oidhche Mus Do Sheòl Sinn

152: A' bhàrdachd aig Aontonio Machado (1875-1939). B' ann à Seville a bha Machado, ach ghluais e a Mhadrid nuair a bha e ochd.

> Mi siubhal rathaidean, a' bruadar
> anns a' chiaradh. Na beanntan
> òir, na craobhan giuthais uaine,
> na craobhan darach smùirneach! . . .
> Càit a bheil an rathad a' dol?

154: *Los mejores de los estudiantes* . . . Na h-oileanaich as fheàrr. An fheadhainn as fheàrr. An fheadhainn as fheàrr . . . A bharrachd air an fheadhainn againn fhìn, tuigidh tu."

159: Laoidh nàiseanta na Fràinge: am *Marseillaise*. Seo m' eadar-theangachadh:

> Dè tha iad ag iarraidh, na tràillean ud –
> luchd-brathaidh agus rìghrean brùideil?
> Cò dha tha na slabhraidhean gràineil seo,
> Na geimhlean cruaidh iarainn seo?
> 'S ann dhuinne tha iad, a Fhrangaich – ah!
> An truaillidheachd! Dè nì sinn mu dheidhinn?
> 'S ann oirnne a tha iad a' cur nan seidhneachan,
> gus ar tilleadh gu bhith nar tràillean!

172: A' bhàrdachd 'A Orillas del Deuro' le Antonio Machado. Seo m' eadar-theangachadh air a' chiad rann:

> Am meadhan an Ògmhios, air latha brèagha,
> 's mi leam fhìn air na sgurran creagach àrd
> a' sireadh nan còsagan, gu mall, slaodach,
> nam shruth fallais a' suathadh m' aodainn,
> bha m' anail nam uchd, air leum, na chrith;
> dìreadh, ceum air cheum, air adhart suas
> ainneartach, faiceallach, cròg is làmh
> le bata, mar bhuachaill', mar chìobair,
> suas àrd dha na beanntan torach brìoghmhor,
> air mo bhàthadh le fàileadh – ròs Moire, lus an rìgh, slàn lus, lus
>   na tuise.
> Dhòirt grian mhòr theinnteach sìos air na h-achaidhean buidhe
>   searbh.

Notaichean

232: *afarolado*: an gluasad ann an tarbhadaireachd nuair ghluaiseas an tarbhadair gu aon taobh, a' sguabadh am *muleta* (an neapraig dhearg) os cionn a chinn fhad 's tha an tarbh a' brùcdadh seachad.

236: *El sol es mejor torero*: abairt, no seanfhacal Spàinntis, a' ciallachadh gur e a' ghrian an tarbhadair as fheàrr a th' ann, a' cur ris an dràma eadar solas is faileas, beath' is bàs.

237: *Afición* – gràdh agus eòlas a bhith agad air tarbhadaireachd. *Descabellar* – 's e seo an 'coup de grace' a nì tarbhadair aig deireadh na sabaid, nuair a mharbhas iad am beathach le claidheamh eadar an claigeann agus a' chiad aisinn.

Parones – tè dhe na gluasadan as ealanta anns an t-sabaid, nuair a thàlas e an tarbh thuige leis a' chleòc no leis an neapraig dhearg. An uair sin, gun a chasan no a bhodhaig a ghluasad idir, tha e toirt air an tarbh ruith thuige – agus seachad air a chorp – dìreach meudachd òirleach no dhà bhuaithe. *Recorte* – an aon seòrsa gluasaid, ach gu bheil an tarbhadair a' mealladh an tairbh gus tionndadh an taobh eile, gu goirt, aig a' mhionaid mu dheireadh.

317: *caballos* – eich

318: *Es la hora...* A' bhàrdachd aig Pablo Neruda. Seo m' eadartheangachadh:

Tha an t-àm ann, a ghràidh, an ròs trom a bhristeadh,
na rionnagan a dhùnadh sìos 's an dust a thiodhlaiceadh,
agus, anns a' chamhanaich ghorm, dùsgadh leothasan a dhùisgeas
no cumail oirnn sa bhruadar, a' ruighinn bruach eile na mara,
*   far nach eil bruach.*

Gun seòladh an Tighearna Dia dhuinn an t-slighe anns an gluais sinn, agus an nì a tha sinn ri dhèanamh.

Ieremiah 42:3